国家出版基金项目
NATIONAL PUBLICATION FOUNDATION

外国文学学术史研究
主编
陈众议

《一千零一夜》研究文集

أبحاث مختارة لألف ليلة و ليلة

宗笑飞 编选

译林出版社

图书在版编目（CIP）数据

《一千零一夜》研究文集 / 宗笑飞编选. -- 南京 : 译林出版社, 2025. 7. --（外国文学学术史研究 / 陈众议主编）. -- ISBN 978-7-5753-0647-8

Ⅰ. I371.077-53

中国国家版本馆CIP数据核字第2025UV0713号

《一千零一夜》研究文集　宗笑飞／编选

责任编辑　杨小龙　张紫毫
装帧设计　孙逸桐
校　　对　王　敏
责任印制　颜　亮

出版发行　译林出版社
地　　址　南京市湖南路1号A楼
邮　　箱　yilin@yilin.com
网　　址　www.yilin.com
市场热线　025-86633278
排　　版　南京展望文化发展有限公司
印　　刷　江苏凤凰通达印刷有限公司
开　　本　652毫米×960毫米　1/16
印　　张　21.75
插　　页　2
版　　次　2025年7月第1版
印　　次　2025年7月第1次印刷
书　　号　ISBN 978-7-5753-0647-8
定　　价　145.00元

总序

在众多现代学科中有一门过程学。在各种过程研究中，有一种新兴技术叫生物过程技术，它的任务是用自然科学的最新成就，对生物有机体进行不同层次的定向研究，以求人工控制和操作生命过程，兼而塑造新的物种、新的生命。文学研究很大程度上也是一种过程研究。从作家的创作过程到读者的接受过程，而作品则是其最为重要的介质或对象。问题是，生物有机体虽活犹死，盖因细胞的每一次裂变即意味着一次死亡，而文学作品却往往虽死犹活，因为莎士比亚是“说不尽”的，“一百个读者就有一百个哈姆雷特”。

换言之，文学经典的产生往往建立在对以往经典的传承、翻新，乃至反动（或几者兼有之）的基础之上。传承和翻新不必说，但奇怪的是，即使反动，也每每无损以往作品的生命力，反而能使它们获得某种新生。这就使得文学不仅迥异于科学，而且迥异于它的近亲——历史。套用阿瑞提的话说，如果没有哥伦布，迟早会有人发现美洲；如果伽利略没有发现太阳黑子，也总会有人发现。同样，历史可以重写，也不断地在重写，用克罗齐的话说，“一切历史都是当代史”。但是，如果没有莎士比亚，又会有谁来创作《哈姆雷特》呢？有了《哈姆雷特》，又会有谁来重写它呢？即使有人重写，他们缘何不仅无损于莎士比亚的光辉，反而能使他获得重生，甚至更加辉煌灿烂呢？

这自然是由文学的特殊性所决定的，盖文学是加法，是并存，是无数“这一个”之和。鲁迅谓文学最不势利，马克思关于古希腊神话的“童年说”和“武库说”更是众所周知。同时，文学是各民族的认知、价值、情感、审美和语言等诸多因素的综合体现。因此，文学既是民族文化及民族向心力、认同感的重要基础，也是使之立于世界之林而不轻易被同化的鲜活基因。也就是说，大到世界观，小到生活习俗，文学在各民族文化中起到了染色体的功用。独特的染色体保证了各民族在共通或相似的物质文明进程中保持着不断变化却又不可淹没的个性。唯其如此，世界文学和文化生态才丰富多彩，也才需要东西南北的相互交流和借鉴。同时，古今中外，文学终究是一时一地人心的艺术呈现，建立在无数个人基础之上，并潜移默化、润物无声地表达与传递、塑造与擢升着各民族活的灵魂。这正是文学不可或缺、无可取代的永久价值与恒久魅力之所在。

于是，文学犹如生活本身，是一篇亘古而来、今犹未竟的大文章。

此外，较之于创作，文学研究则更具有意识形态和上层建筑属性，因而更取决于生产力和社会形态、社会发展水平。这也是马克思主义的基本观点之一。如是，我国现代意义上的文学研究起步较晚，外国文学研究更是如此。虽然以鲁迅为旗手的新文学运动十分重视外国文学，但从实际成果看，1949年前的外国文学研究却基本上属于旁批眉注、前言后记式的简单介绍，既不系统，也不深入。因此，我国的外国文学研究几乎可以说是在新中国成立以后全面展开的。而系统的外国文学学术史研究，这还是第一次。

一

学术史研究也是一种过程学，而且是一种相对纯粹的过程学。不具备一定的学术史视野，哪怕是潜在的学术史视野，任何经典作家作品研究几乎都是不能想象的。

然而，后现代主义解构的结果是绝对的相对性取代了相对的绝对性。于是，许多人不屑于相对客观的学术史研究而热衷于空洞的理论了。在一些人眼里，甚至连相对客观的真理观也消释殆尽了。

于是，过去的“一里不同俗，十里言语殊”成了如今的言人人殊。于是，众生喧哗，且言必称狂欢，言必称多元，言必称虚拟和不确定。这对谁最有利呢？也许是跨国资本吧。无论解构主义者初衷何如，解构风潮的实际效果是：不仅相当程度上消解了真善美与假恶丑的界限，甚至对国家意识形态，至少是某些国家的意识形态和民族凝聚力都构成了威胁。然而，所谓的“文明冲突”归根结底是利益冲突，而“人权高于主权”这样的时鲜谬论也只有在跨国公司时代才可能产生。

且说经典在后现代语境中首当其冲，成为解构对象。因此它们不是被迫“淡出”，便是横遭肢解。所谓的文学终结论也正是在这样的背景下提出来的。它与其说指向创作实际，毋宁说是指向传统认知、价值和审美取向的全方位颠覆。因此，经典的重构多少具有拨乱反正的意义。

正是基于上述缘由，中国社会科学院外国文学研究所于2004年着手设计“外国文学学术史研究工程”计划，并于翌年将该计划列入中国社会科学院“十一五规划”。这是一项向着重构的整合工程，它的应运而生标志着外文所在原有的“三套丛书”（即20世纪60至90年代——“文革”时期中断——的“外国文学名著丛书”、“外国古典文艺理论丛书”和“马克思主义文艺理论丛书”）等工作的基础上又迈出了新的一步，也意味着我国的外国文学研究已开始对解构风潮之后的学术相对化、碎片化和虚无化进行较为系统的清算。

由是，关乎经典的一系列问题将在这一系统工程中被重新提出。比如，何为经典？经典是必然的还是偶然的？经典重在表现人类的永恒矛盾（用钱锺书的话说是“两足动物的基本根性”）呢，还是主要指向时代社会的现实矛盾？它们在认知方式、价值判断、审美取向方面有何特征？经典及经典批评与时代社会的生产力和生产关系、经济基础和上层建筑等关系何如？批评及批评家的作用（包括其立场、观点和方法及其与时代社会的一般和特殊关系）又如何？此外，经典作家的遭际与性情、阅历与禀赋，经典的内容与形式、继承与创新，以及文学的一般规律和文学经典的特殊性等诸如此类的问题，都将是本工程需要展示并探讨的。

且说世界文学一路走来，其规律并非羚羊挂角，无迹可寻。童年的神话、少年的史诗、青年的戏剧、中年的小说、老年的传记是一种概括。由高向低、由外而内、由强至弱、由大到小，等等，也不失为一种轨辙。如是，文学从模仿到独白、从反映到窥隐、从典型到畸形、从审美到审丑、从载道到自慰、从崇高到渺小、从庄严到调笑……终于一头扎进了个人主义和主观主义的死胡同。小我取代了大我，观念取代了情节；"阿喀琉斯的愤怒"变成了麦田里的脏话；"路漫漫其修远兮，吾将上下而求索"变成了"我做的馅饼是世界上最好吃的"；诸如此类，不一而足。当然，这不能涵盖文学的复杂性和丰富性。事实上，认知与价值、审美与方法等的背反或迎合、持守或规避所在皆是。况且，无论"六经注我"还是"我注六经"，经典是说不尽的，这也是由时代社会与经典本身的复杂性和丰富性所生发的。

二

众所周知，文学是人类文明的重要组成部分。马克思主义的经典作家向来重视文学，尤其是经典作家在反映和揭示社会本质方面的作用。马克思在分析英国社会时就曾指出，英国现实主义作家"向世界揭示的政治和社会真理，比一切职业政客和道德家加在一起所揭示的还要多"。恩格斯也说，他从巴尔扎克那里学到的东西，要比从"当时所有职业的历史学家、经济学家和统计学家那里学到的全部东西还要多"。列宁则干脆地称托尔斯泰是俄国革命的一面镜子。这并不是说只有文学才能揭示真理，而是说伟大作家所描绘的生活、所表现的情感、所刻画的人物往往不同于一般抽象的概括、数据的统计。文学更加具体、更加逼真，因而也更加感人、更加传神。其潜移默化、润物无声的载道与传道功能更不待言。站在世纪的高度和民族立场上重新审视外国文学，梳理其经典，展开研究之研究，将不仅有助于我们把握世界文明的律动和了解不同民族的个性，而且有利于深化中外文化交流，从而为我们借鉴和吸收优秀文明成果、为中国文学及文化的发展提供有益的“他山之石”。习近平总书记提出的“不忘本来，吸收外来，面向未来”与“洋为中用”“古为今用”思想一脉相承。

“观乎天文以察时变，观乎人文以化成天下”；文学作为人文精神的重要基础和介质，既是人类文明的重要见证，同时也是一时一地人心、民心的最深刻，也最具体的体现，而外国文学则是建立在各民族无数外国作家基础上的不同时代、不同民族的认识观、价值观和审美观的形象反映。研究人心自然不能停留在简单抽象的理念上。因此，走进经典永远是了解此时此地、彼时彼地人心民心的最佳途径。换言之，文学创作及其研究指向各民族变化着的活的灵魂，而其中的经典（包括其经典化或非经典化过程）恰恰是这些变化着的活的灵魂的集中体现。

如是，“外国文学学术史研究”立足国情，立足当代，从我出发，以我为主，瞄准外国文学经典作家作品和思潮流派，进行历时和共时双向梳理。目前共四辑，由二十五部学术史研究专著、二十五部配套译著组成：第一辑涉及塞万提斯、歌德、雨果、左拉、庞德、高尔基、肖洛霍夫和海明威；第二辑包括普希金、茨维塔耶娃、康拉德、狄更斯、哈代、菲茨杰拉德、索尔·贝娄和芥川龙之介；第三辑为乔叟、简·奥斯丁、陀思妥耶夫斯基、泰戈尔和希伯来经典；第四辑涵盖《一千零一夜》、巴尔扎克和列夫·托尔斯泰。

三

格物致知，信而有证；厘清源流，以利甄别。“外国文学学术史研究”中的经典作家作品学术史研究系列顾名思义都是学术史研究（或谓研究之研究）。学术史研究既是对一般博士论文的基本要求，也是一种行之有效的文学研究方法，更是一种切实可行的文化积累工程，同时还可以杜绝有关领域的低水平重复。每一部学术史研究著作通过尽可能竭泽而渔式的梳理，即使不能见人所未见、言人所未言，至少也能老老实实地将有关作家作品的研究成果（包括有关研究者的立场、观点和方法）公布于众，以裨来者考。如能温故知新，有所创建，则读者幸甚，学界幸甚。相配套的经典论文翻译，则遴选有关作家作品研究的标志性成果，其形式类似于外文所先前出版的"外国文学研究资料丛书"。

同时，每一部学术史研究著作将由三部分组成。第一部分为经典作家（作品）的学术史梳理。这是相对客观的，但其中的艰难也不可小觑。首先，学术史梳理既不像平素泛舟书海，拾贝书滩，尽意兴而为之地俯拾由己和随心所欲；其次，牵涉语种繁多，而且经过20世纪的形形色色的方法论和批评思潮的浸染，用汗牛充栋来形容经典作家作品研究成果已不为过。因此，要在浩如烟海的研究史料中攫取最有代表性的观点和方法，实在是件考验耐心和毅力的事情。战战兢兢，生怕挂一漏万，自不待言，且挂一漏万在所难免。因此，我们只能择要概述，甚至把侧重点放在经典作家的代表作上。不然纵使篇幅再大，也难以涵括浩瀚的文献资料。换言之，去芜杂的枝蔓和重复的敷衍，留精粹要义和真知灼见是必然的，但也是不容易做到的。它考验我们涉猎的深度和广度，而且也是检验我们学术水准和价值判断的重要环节。

第二部分研究之研究何尝是一大考验。都说20世纪是批评的世纪，在经历了现代主义的标新立异和后现代主义的解构风潮之后，在各种思潮、各种方法杂然纷呈的情况下，如何言之有物、言之成理、不炒冷饭，殊是不易；如何在前人的基础上有所发现、有所前进，就更是难上加难。但反过来看，正因为文化相对主义的盛行和批评的多元，也才有了我们展示立场、发表见解的特殊理由和广阔余地。举个简单的例子，解构主义针对二元论的颠覆虽然是形而上学的，却不可谓不彻底。其结果是相当一部分学者怀疑甚至放弃了二元思维。但事实上二元思维不仅难以消解，而且在可以想见的未来仍将是人类思维的主要方法。真假、善恶、美丑、你我、男女、东方和西方等实际存在,并将继续存在。与此同时,作为中国学者,面对西方话语,我们并非无话可说。总之,从文学出发,关心小我与大我、外力与内因、形式与内容、反映与想象、情节与观念,以至物质与精神、肉体与灵魂、西方与东方等诸如此类的二元问题,以及经典在民族和人类文明进程中的地位和作用,依然可以是我们的着力点。当然,二元论绝不是排中律,更非二元对立,而是在辩证法的基础上融会二元关系及二元之间所蕴藏的丰富内涵和无限可能性。毋庸讳言,改革开放以来,学术界解放思想,广开言路,但日新月异中不乏矫枉过正、时髦是趋。比如大到存在与意识、物质与精神的辩证关系,小到客观与主观、客体与主体等,都大有乾坤倒转、黑洞化吸之势。至于意识形态"淡化"之后,跨国资本主义的一元化意识形态更是有增无已;真假不辨、善恶不论、美丑混淆的现象所在皆是;个人主义大行其道,从而使抽象的人性淹没了社会性;普世主义势不可挡,以致文化相对主义甚嚣尘上。文学从大我到小我,从外向到内倾,从模仿到虚拟,从代言到众声喧哗;真实给虚幻让步,艺术向资本低头;对妖魔鬼怪和封建迷信津津乐道,任帝王将相和无厘头充斥视域,能不发人深省?然而,经典作家是说不尽的,以上的任何一位作家都是无法穷尽的。用巴尔加斯·略萨的话说,伟大的经典具有"自我翻新"的本领。至于何为经典,虽然也是个说不尽的话题,但用简单的方式综观前人的观点,也许可以用三句话来概括:一是它们必须体现时代社会(及民族)的最高认知和一般价值(包括人类永恒的主题、永恒的矛盾);二是其方法的魅力及审美的高度不会随着岁月的更迭而褪色或销蚀;三是其情感表达能够长久地引起共鸣和共振。当然这是将复杂问题简单化的一种说法。而本课题便是关乎经典之所以成为经典的一种较为复杂的论证方式。需要说明的是,经典不等于市场。用桑塔亚那的话说,经典不在于一时一地喜欢者的多寡,而在于喜欢者的喜欢程度。如果在此基础上再加上一个历史的维度,那么这话也就更加全面了。

学术史研究的最后部分为文献目录。它在尽可能详尽的基础上，还要有所选择。不然，展示一个经典作家的学术史，光文献目录就可以编辑厚厚的几大本。因此，去粗存精，是为重要或主要文献目录。

总之，在逆全球化抬头、AI迭代发展的今天，重新拥抱经典不仅是一种持守，而且彰显了语言文学如何作为不同国族精神主权的鲜明特质。然而，奇妙的是，各民族文学经典最容易为全世界读者所喜爱，这也是文明互鉴成为可能、人类命运共同理念成为共识的有力证据，更是马克思主义国际主义和世界人民大团结等美好愿景对人同此心、心同此理的最好注解。

最后需要说明的是，“外国文学学术史研究”的中长期目标是在作家作品和流派思潮研究的同时，进行更具问题意识的学术史乃至学科史研究，以期点面结合，庶乎“既见树木，又见森林”；若能密切联系实际，促进中华学术的繁荣、发展和创新，则读者幸甚，我等幸甚。无疑，此工程面向全国高校及科研机构，希望有志于外国文学学术史的同仁踊跃加盟、不吝赐教。

陈众议

2025年元月修订

目录

编选者序

兹为《一千零一夜》研究篇章精选集。诚然,精选只是取法乎上,能否仅得其中有待读者方家检验。

《一千零一夜》是一部流传了近十个世纪的民间故事集,岁月悠悠,它的许多故事如万珠播撒,被后人口口相传,并归入笔下。特别是自18世纪被翻译至欧洲开始,随着译本的增多、影响的扩散,尤其是民俗学、东方学的兴起,有关手稿源头梳理和作品研究逐渐成为显学。近两个多世纪以来,世界各国有关它的研究专著不胜其数,其中尤以欧洲、美国和阿拉伯国家为盛,这一点我尝试在《〈一千零一夜〉学术史研究》中做了梳理,虽竭尽努力,但囿于篇幅和语言所限,仍不能满意,遑论穷尽。如同在那本书的前言中所说,我所着力收集的,主要是有关它的影响因子、流传路径及价值研究方面的专著,论文不在遴选范围之内。

也正因如此,这部论文集可被视作对学术史研究的一种补充。然而,更大的一个问题也就随之而来了。如果说我们把20世纪开始的研究视为更为专业的探赜,那么这一个多世纪以来,比起《一千零一夜》的研究专著而言,相关论文更是汗牛充栋。从早期对手稿源头的爬梳,并对其进行分析,到后来的故事形态学、故事影响学,再到晚近的运用各种新理论、新方法对其思想内涵、叙事方式、诗学和美学价值进行的多方位的探究,有关《一千零一夜》的著述可谓不胜其数,而且与时俱进、层层深入。面对如此众多的论文,如何选择和甄别,的确是一个严峻的问题。在尽可能多地阅读和梳理之后,这些论文的整体特点大致显现出来,且可归入以下几个类别:一、早期研究多以爬梳手稿的源头为主。这方面，阿拉伯学者、波斯学者和西方学者都曾做过卓绝的贡献。比如20世纪初几位著名先学，包括德·塞西、麦克唐纳等，都曾就其源头著书立说。彼时知名的《皇家亚洲学会杂志》(*Journal of the Royal Asiatic Society*)就经常刊登有关《一千零一夜》的爬梳成果。这类研究面临诸多难题，且许多问题难有确切定论，加之随着民俗学以及更多理论和方法的问世，源头学慢慢退出了历史舞台。二、从平行比较或影响比较的层面出发，探讨《一千零一夜》与本国文学关系的论文在众多论文中也占据相当比重。这一点不难理解，毕竟这部民间故事集在西传过程中对众多国家的文学创作和发展都起到了或多或少的影响，也受惠于许多东方国家，研究彼此间的交织融合也曾是学者们关注的焦点。三、随着普洛普等民间文学前贤的研究理论成果大量问世，对《一千零一夜》故事形态、故事母体的研究也一度变得炙手可热。许多关注《一千零一夜》故事中印度母体、波斯母体、故事功能等的论文也不在少数。四、跨越文学文本，从思想、宗教、历史文化等社会学角度，对《一千零一夜》进行新领域的研究拓展，也成为一个时期内《一千零一夜》研究的主要特点之一。这一特点在东方国家，特别是在阿拉伯本土表现突出，它与阿拉伯民族主义意识的兴盛不无关联。这些暂时搁置神话和感性维度、靠近现实和社会学层面的研究，不仅有助于突出《一千零一夜》的东方属性，而且对作品的阿拉伯属性，甚至伊斯兰教、基督教等宗教渊源与差异，都从更深的层面挖掘了这部民间故事集的社会价值，同时也是对民俗学、神话学价值的补充。五、伴随着上世纪末、本世纪初各种新型研究理论的发展与成熟，对其的研究也呈现出美学层面的螺旋式擢升和深化。这一时期，有相当一批从心理学、叙事学、诗学等角度分析该民间故事集的论文发表。在这些大类基础上，《一千零一夜》的研究也体现出一些不足：论文虽然数量繁多，却时有重复，难以跳出特定的窠臼，特别是在比较文学研究领域，令人耳目一新的论文较为稀少；有些论文虽有开拓，资料也较为新颖，但又难免流于堆砌，深入程度略显匮乏，这不得不说是一种遗憾，当然也为未来的研究提供了可发展空间。

有鉴于此，本论文集在甄选过程中，尽量考虑选取具有经典性、代表性、针对性的论文，既力求覆盖上述特点，又希望避免重复，并努力保持通俗性和深刻性兼具，以期呈现《一千零一夜》研究的“沧海一粟”，激发读者跃入“沧海”的兴趣。

值得特别一提的是，篇首的三篇选自我非常喜爱的一位学者——罗伯特·厄文（Robert Irwin）的专著《〈一千零一夜〉：导读》（*The Arabian Nights: A Companion*）。虽然它们篇幅较长，但我觉得非常必要。正如我在《〈一千零一夜〉学术史研究》中谈到的那样，倘若读者不从事专题研究，那么厄文的这些章节无疑是了解这部民间故事集流传路径、基本内容和主要特征的最佳选择。它们分别从故事成书、故事来源、翻译流传和奇幻特点等角度，充分探讨了《一千零一夜》的广袤内涵和艺术价值。并且，厄文的语言优美流畅，却不失学术严谨，的确是无与伦比的经典导读。我把它们放在卷首的位置，也是希望读者在阅读之后对接下来的专题研究会有更好的理解和认知。对于阿拉伯学者的研究，因为前面提到的诸如卷帙浩繁却略显重复等原因，我在萃取时依从了经典原则，其中包括当代阿拉伯世界最早研究这部民间故事集的学术论文，以及中国读者比较熟悉的埃及作家纳吉布·马哈福兹的《一千零一夜》访谈。虽然后者的观点未必精确，但他从作家既感性又相对间离的角度让我们看到这部民间故事集影响后世文人们创作的蛛丝马迹。此外，所选译文中，《山鲁佐德/山鲁亚尔：框架故事浅析》一文为陈美容所译，《世界文学是跨文化理解之桥》为李庆本所译，选自《山东社会科学》2012年第3期。其余文章为本人所译，其中西班牙语论文在翻译过程中得到了陈众议老师的帮助，在此一并致谢。

最后，仍然不得不再次强调，本论文集所遴选的诚然只是沧海的一粟，虽最为本人所喜爱，却未必完全契合读者方家的期望与认知。唯愿此论文集能起到引玉之功，促使更多的读者去关注其他相关研究。如此，本论文集的翻译便不算是全然徒劳。

没有作者的书

[英国]罗伯特·厄文

文本考据能否增加我们阅读《三个苹果的故事》或《理发师的故事》的愉悦？这很难说。然而，《一千零一夜》是口传文学还是书面文学，它的民间起源和东方原型，以及它的叙事技巧、社会和政治内容等，要想厘清诸如此类的，甚至更多的问题，必须先了解《一千零一夜》早期版本的真实面貌，以及这些故事又是怎样由阿拉伯人汇编集成的，否则任何争论都会失之于空洞。除此之外，我还希望人们日益认识到，文本考据和编纂技术自有其魅力所在。文本考据就像侦探工作，既要付出步履艰难的日常努力，也偶有灵光一现的演绎推理；最终，疑点逐渐减少，对象的面纱被逐层揭开，直至“罪犯”眼看就要落网。因此，如同下文将要看到的，我们需要进一步了解《一千零一夜》的文本传播史，而它已然被赝品制作者和故事仿制人弄得面目不清。

在 1704 年伽朗的译本出版之前，西方对《一千零一夜》的存在并没有准确的认知（尽管在此之前，就如同我们即将看到的，《一千零一夜》的个别故事已经被收录在某些中世纪和文艺复兴运动时期的故事集中）。起初，这些故事只是被当作消遣读物，或仅仅被看作东方童话故事的仿本和戏仿来加以研究。探究故事的一个或多个来源、汇编的年代和可能的作者，这项工作及至 19 世纪早期方才展开。也就是说，有关《一千零一夜》的学术研究是伴随着东方学成为一种学术规范而展开的。1798 年至 1799 年，拿破仑及其队伍在埃及短暂逗留期间，东印度公司对翻译家和语言学家的需求激增，神学家对与希伯来语相关的闪族语言的兴趣也愈加浓厚。1821 年亚洲社会基金会成立，1823 年皇家亚洲学会成立，凡此种种都极大地激发了欧洲人对阿拉伯语及其文学的兴趣。[1]

正是欧洲人对这部故事集的兴趣促成了第一版阿拉伯语印刷本《一千零一夜》的问世，亦即 1814 至 1818 年由东印度公司威廉堡学院赞助在印度印刷的两卷本《一千零一夜》。[2] 它吸收了前两百多夜故事，也就是今天所知的加尔各答一本。威廉堡学院的教师谢尔瓦尼谢赫（Sheikh Shirwanee）是加尔各答一本的编纂者，他并未说明改版依从了哪份手稿。谢尔瓦尼并非意在出版该故事集的学术性文本，他所看重的仅仅是作品的娱乐性，即如何给英国人带来愉悦，以及供学习阿拉伯语的人使用。他相信这些故事最初出自一位叙利亚阿拉伯人的手笔，其目的同样是为了供学习阿拉伯语的人使用。正如我们已经

1 有关东方学的兴起，参见 Raymond Schwab, *La Renaissance orientale* (Paris: Payot, 1950)，尽管 Schwab 的这部专著主要集中在印度。同时可参考 Maxime Rodinson, *Europe and the Mystique of Islam* (Seattle and London: University of Washington Press, and I. B. Tauris, 1987); Albert Hourani, *Islam in European Thought* (Cambridge: Cambridge University Press, 1992); E. W. Said, *Orientalism* (New York: Vintage, 1979)。后者是一部令人振奋的著作，由它引起的一些争论与评骘，可参见 B. Lewis, "The Question of Orientalism," *New York Review of Books*, vol. 29, no. 1 (1982): 49–56; R. Irwin, "Writing about Islam and the Arabs: A Review of E.W. Said, *Orientalism*," *Ideology and Consciousness*, vol. 9 (1981–2): 103–12; E. Sivan, "Edward Said and his Arab Reviewers," in idem, *Interpretations of Islam: Past and Present* (Princeton: Darwin Press, 1985), pp.133–54。所译厄文文章中相关阿拉伯语的拉丁化拼注，依照通行惯例有所调整。——译者注

2 *The Arabian Nights Entertainments; in the Original Arabic: Published under the Patronage of the College of Fort William, by Shuekh Uhmud Bin Moohummud Shirwanee Ool Yumunee,* 2 vols (Calcutta: P. Pereira, 1814, 1818)；关于早期印刷版本的综述，可参见 Nikita Elisséeff, *Thèmes et motifs des Mille et une nuits* (Beirut: Imp.catholique, 1949), pp.65–8; Muhsin Mahdi, *Alf Layla wa-Layla,* vol. 1 (Leiden: Brill, 1984), pp.14–22。

知道的，第二个印刷本是1824至1843年由哈比希特（Habicht）和弗莱舍（Fleischer）出版的布雷斯劳本。这两个版本以及后来的印刷本所蕴含的阿拉伯故事，激发了学术界对其起源的辩论。

1795年，路易·马蒂厄·朗格勒（Louis Mathieu Langlés）在巴黎成立了东方语言学院。1814年，在《辛巴达航海记和女人的诡计》（*Les voyages de Sinbad le marin et la ruse des femmes*）的译序中，朗格勒指出，《一千零一夜》的故事最初是来自印度。他还援引了迈斯欧迪（Al-Mas'ūdi, 896—956）的话作为证据。

冯·哈默-珀格斯塔尔男爵（Baron von Hammer-Purgstall）进一步推进了朗格勒的观点。1826至1839年间，冯·哈默-珀格斯塔尔在《亚洲杂志》（*Journal asiatique*）上刊发了一系列文章。他强调，波斯人和波斯语是将印度故事引入阿拉伯地区的传播中介，而且其引入时间不晚于公元10世纪。不过，安东尼·西尔维特·德·塞西（Antoine Silvestre de Sacy, 1758—1838）男爵对前者的观点并不以为然，塞西是位詹森主义者、保皇党、信奉实证主义的伟大语言学家，同时也是文本编纂家，写过《阿拉伯语语法》（*Grammaire arabe*, 1810），并曾接替朗格勒出任东方语言学院院长，他可以说是那一代几乎所有法国阿拉伯语言学家的师长。他的弟子和后学包括马克西米利安·哈比赫特（Maximilian Habicht）、海因里希·弗莱舍（Heinrich Fleischer）、让·沃西（Jean Warsy）、迈克尔·萨巴格（Michael Sabbagh）等。1817年，德·塞西发表了有关加尔各答一本的评论文章。文中，他草率地否定了迈斯欧迪的波斯传播和印度源头说。对他而言，那些故事简直太阿拉伯和伊斯兰化了，绝不可能来自印度。随后，他在碑文和文字学院（the Académie des Inscriptions et Belles-Lettres）的《回忆》（*Mémoires*）杂志发表文章，再次声称《一千零一夜》是13世纪在叙利亚编撰而成的，但其作者最终未能竣工。[1]

1 Silvestre de Sacy, "Compt-rendu du tome 1er de la première edition de Calcutta," *Journal des savants*, vol. 5, no. 11 (1817): 667–86; *idem*, "Memoire sur l'origine （转下页）

1835年，埃及布拉克出版了《一千零一夜》的两卷本校勘版。[1] 虽然1798年法国入侵埃及后，拿破仑很快就在开罗成立了阿拉伯语印刷厂，但1821年穆罕默德·阿里（Muhammad Ali）政权在开罗郊区布拉克成立的印刷厂才算是埃及第一个本土印刷厂，后者也是阿拉伯世界首批印刷厂之一。某个据说是叫阿卜杜·拉赫曼·萨福提·沙尔卡维（Abd al-Rahman al-Safti al-Sharqawi）的谢赫在印刷厂曾看到过《一千零一夜》，但他所说的版本没有表明来自哪份手稿。不过，1835年布拉克本成为后来印刷本所依据的源头，也是莱恩译本的基础。与其他《一千零一夜》的印刷本不同，布拉克本并不像是混编本。它看起来更像是对一份18世纪埃及手稿的编辑加工。这份手稿如今已经散佚了。普遍而言，布拉克本源手稿的阿拉伯语，比加尔各答一本和布雷斯劳本所依从手稿的那些杂乱无章、半口语化的语言要准确得多。这使得它成为《一千零一夜》的第四版，也就是最后一版具有历史意义的定版印刷本的主要依据，后者于1839至1842年在加尔各答出版，凡四卷，一般被称为加尔各答二本。[2] 它的编译者麦克纳顿（Macnaghten）不仅参考了布拉克本，同时也参照了另外两种印刷本以及18世纪的埃及手稿。由于使用了多份原始手稿，加尔各答二本又被视为《一千零一夜》的“最全”版。也正因如此，托伦斯（Torrens）、佩恩（Payne）、伯顿（Burton）、利特曼（Littmann）等人在翻译《一千零一夜》时均以这个版本为基础。在印制过程中，尽管各类学者都参与其中，但没有任何一个版本可以算作真正意义上的学术善本。它们的“编辑者”只是录入手稿，所矫正的只是错误的语法和拼写，而这不免又增添了一些新的误差。

（接上页）du recueil de contes intitulés les *Mille et une nuits*," *Mémoires de l'Académie des inscriptions et belles-lettres*, no. 10 (1829): 30–64.

1 *Alf Layla wa-Layla*, 2 vols (Cairo: Bulaq, 1835).

2 *Book of the Thousand and One Nights Commonly Known as the "Arabian Nights Entertainments": Now for the First Time Published Complete in the Original Arabic*, ed. W. H. Macnaghten (Calcutta: East India Company Press, 1839–1842).

1838 至 1841 年，莱恩依据布拉克本所译的删节本问世。这又激起了对这些故事起源和本质的新一轮推测。莱恩本人的观点是，尽管这些故事可能曾有波斯原型，如同我们今天所知道的，但它们是由一至两位马穆鲁克王朝时期的埃及作者所书写的，亦即大约写于 1500 年。而到伯顿出版他的译本时，他以角色的丰富性为据否定了莱恩的观点。[1] 伯顿认为，这些故事的最初核心是从波斯传入阿拉伯本土的，但故事没有一个单独的作者，而是由许多人历经漫长时代才完成的，其最后一版大约告竣于 16 世纪。如今看来，伯顿在这场争论中占了上风，他的结论得到了好友赫尔曼·佐藤伯格（Hermann Zotenberg）的鼎力支持。佐藤伯格查阅了巴黎国家图书馆的东方手稿，是第一位尝试将所有遗存下来的《一千零一夜》手稿进行全面考察和比对的学者。

今天，已知存留的阿拉伯语手稿至少有 22 份，它们大部分都被佐藤伯格爬梳过。[2] 他认为大多数现存的手稿都写于埃及，也有少部分来自叙利亚，还有一份手稿似乎是巴格达原本的抄本（所以格外重要，因为几乎所有学者都一致相信，《一千零一夜》的第一个阿拉伯语版本应该是汇集于中世纪时期的伊拉克）。现存的这些手稿多出于晚

1 Richard Burton, *A Plain and Literal Translation of the Arabian Nights Entertainments, Now Entitled the Book of the Thousand Nights and a Night* (Benares = Stoke Newington, London: Kamashastra Society, 1885), pp.66–94 (pt 1 of the “Terminal Essay”).

2 有关《一千零一夜》的手稿，参见 H. Zotenberg, “Notice sur quelques manuscrits des *Mille et une nuits* et la traduction de Galland,” *Notices et extraits des manuscrits de la Bibliothèque nationale de Paris*, no. 28 (1888): 167–320; D. B. Macdonald, “Lost Manuscripts of the *Arabian Nights* and a Projected Edition of Galland,” *Journal of the Royal Asiatic Society*, vol. 43, no. 2 (1911): 219–26; idem, “A Preliminary Classification of Some Mss of the *Arabian Nights*,” in *Volume of Oriental Studies Presented to E. G. Browne* (Cambridge: Cambridge University Press, 1922), pp.304–21; idem, “The Earlier History of the *Arabian Nights*,” *Journal of the Royal Asiatic Society*, no. 3 (1924): 355–97; Elisséeff, *Thèmes et motifs des Mille et une nuits* (Beirut: Imp.catholique, 1949), pp.55–64; Muhsin Mahdi, *Alf Layla wa-Layla*, vol. 1 (Leiden: Brill, 1984), pp.25–36 (in Arabic)。

近时期，并且大多归入了欧洲的图书馆。那些写于 18 至 19 世纪的手稿，极有可能是为了满足欧洲猎稿者（manuscript-hunter）在近东地区猎取手稿的需求。（近东地区只留下来区区几份手稿，这从一方面说明这一作品在那里似乎并不太受欢迎。而另一方面，人们也完全可以认为，正是因为故事太受欢迎了，以至于那些手稿被热心的读者和勤奋的说书人毁坏。）

佐藤伯格有诸多令人称道的贡献。他最重要的成就或许是辨识出了伽朗译本所依从的手稿。这是一份三卷（册）手稿，尽管有人指出这份手稿可能还有第四卷，不过后来遗失了。1701 年，伽朗收到了来自叙利亚的这几卷手稿。佐藤伯格还正确地指出，这份手稿不仅仅是伽朗大部分故事的主要来源，还极有可能是现存最古老的《一千零一夜》的手稿。手稿的笔迹、纸张和语言都表明，它产生于马穆鲁克王朝时期（13 世纪中期到 16 世纪早期）的叙利亚。特别是在手稿的书眉上写有几个收藏者的名字。最早的一位是塔基谢赫（Sheikh Taj），他大约生活于公元 15 世纪晚期的哈马地区，其孙于伊历 943 年（公历 1536 或 1537 年）继承了这份手稿。而通过笔迹研究，佐藤伯格推断这份手稿应完成于 14 世纪晚期。不久，他又把这个时间向前推到 14 世纪早期。

然而，巴黎国家图书馆的三卷（册）手稿并不涵盖伽朗译本中的所有故事，少数为读者所熟知的莱恩和伯顿版中的《一千零一夜》故事也不在其中。伽朗版的故事包含二百八十一夜，四十多个故事（计算略有出入，这取决于如何判定故事单元），而第三卷手稿也是残缺的，在《盖玛尔·宰曼》（*Qamar al-Zaman*）故事讲到一半时就中断了。阿拉丁、阿里巴巴、辛巴达、狡猾的戴莉拉和艾哈迈德王子，以及其他一些故事并不在这份手稿中。很明显，伽朗一定还接触过其他早期手稿，只不过它们后来散佚了。较之巴黎国家图书馆藏本（手稿）而言，伽朗译本中开篇的框架故事更为完整详尽，并且他所增添的许多细节不太像是个人的凭空想象，比如山鲁亚尔父亲的名字等，事实上这些在后来的埃及手稿中也是存在的。约翰·理查德森（John Richadson）

曾编撰《阿拉伯语语法：主要服务于东印度公司》（*A Grammar of the Arabic Language: Principally Adapted for the Service of the Honourable East India Company*, 1776），他在书中收录的阿拉伯语版《理发师第五个兄弟的故事》之前，草率地将伽朗本视为“连一半都算不上的不完美翻译”。理查德森在他的语法书中引用的手稿曾属于著名的东方学家威廉·琼斯（William Jones），如今也已遗失。据说这份手稿与现存的叙利亚分支手稿相仿，不过长度是后者的两倍。

另外两份叙利亚手稿，分别收藏于梵蒂冈和英国政府印度事务办公室，与巴黎国家图书馆的手稿一样，中断于相同的地方。它们的内容也极其相似，说明这三份手稿最初可能都来自于同一份底稿。佐藤伯格还研究了许多埃及手稿。他发现，埃及手稿中的故事更多，但较之叙利亚手稿，它的故事主线却更简略（尽管情况并不总是如此）。除此之外，有些故事还显得杂乱无章，读起来索然寡味。埃及手稿（也即众所周知的“佐藤伯格埃及校订版”，或曰“ZER 本”）大部分出现于1800 年左右，也就是伽朗译本近百年之后。佐藤伯格还在一份《一千零一夜》的巴格达本手稿副本中发现了阿拉伯语版的“阿拉丁与神灯”。然而，正如我们后来知道的，这个发现并不那么有说服力。

在 1880 至 1890 年间，佐藤伯格和其他一些学者对《一千零一夜》做了大量的研究工作。在这个过程中，他们就文本形成的历史逐渐达成了共识。大部分学者都认同，《一千零一夜》是一部故事集，它最早来自印度和波斯。在大约 8 世纪早期的某个时候，这些故事被翻译至阿拉伯语，起名为《一千夜》（*Alf Layla*）。这一结集便是《一千零一夜》的基础。其实，故事的原始核心部分规模很小。后来，在 9 世纪或 10 世纪的巴格达，这个核心开始膨胀，被加入了许多阿拉伯故事——其中包括一些有关哈里发哈伦·拉希德（the Caliph Harun al-Rashid）的故事。同样，从大约 10 世纪开始，又有一些曾经独立流传的传奇和系列故事被收入到这个故事集中，诸如史诗故事《欧麦尔·本·努埃曼》（*Omar bin al-Nu'uman*）和《辛迪巴德》（*Sindibadnama*），后者在伯顿版中的名字为《女人的诡计与恶毒》（*The Craft and Malice of*

Women)。13世纪之后，在叙利亚或埃及，又有新的故事层汇入其中。这些故事关注情爱、魔法或底层百姓的生活。现代伊始，仍有许多故事不断汇入埃及故事层中，这使得其规模越来越大，它的篇幅也多到足以满足书名所承诺的一千零一个夜晚。同时，古老的故事被悄悄地现代化了，人们能看到有些故事中出现了枪、咖啡馆、烟草等，这些东西显然是后来才有的。

关于《一千零一夜》的源头和早期形态的论争，所依赖的证据并不仅仅是手稿本身。一些中世纪时期的其他著述也曾提到过《一千零一夜》或类似的作品。迈斯欧迪写过一本历史漫谈《黄金草原》（*Murūj al-Dhahab*）。在谈到故事时，他曾这样提及：

> 有一部故事集，是从波斯、印度和希腊语翻译过来的。对这些故事的构成，我们前面已有讨论，例如《赫扎尔·艾夫萨乃》（*Hazar Afsan*）。它的阿拉伯译名是《一千个传奇》（*Alf Khurafa*）……这本书通常也被称为《一千夜》（*Alf Layla*），讲述的是一个国王、宰相，以及宰相女儿和侍女的故事。后两人分别叫山鲁佐德和敦亚宰德，还有些类似的书，如讲述印度国王及其大臣逸闻趣事的《法尔扎赫和西马斯之书》（*The Book of Ferzeh and Simas*）。还有《辛迪巴德之书》（*The Book of Sindibad*）以及其他一些类似的故事。[1]

伊本·纳迪姆（Ibn al-Nadīm，卒于约公元990年）的记述大体上支持了迈斯欧迪的观点。前者是个书商，同时也是书目编纂者。他收集编纂了直到他那个时期所能知道的几乎所有书目，名为《索引》（*Kitah al-Fihrist*）。据他所言，写作和收集逗乐故事最早在前伊斯兰时期的萨珊波斯就成为一种时尚了。当然，他对这些作品评价不高：

1 Al-Mas'udi, *Les Prairies d'or*, ed. and trans. C. Barbier de Meynard, vol. 4 (Paris: Imprimerie Impériale, 1861–77), pp.89–90.

第一部关于这类故事的书就是《赫扎尔·艾夫萨乃》(*Hazar Afsan*),书名的意思是"一千个故事"。之所以起这个(名字),是因为他们的一个国王有个习惯,在与一位女子结婚并共度一晚后,第二天便会将她杀掉。后来,他娶了一位聪慧机智的女子山鲁佐德,她从结婚开始便给国王讲故事,可是又总在夜晚结束的时候被迫中断,国王要求她第二晚接着讲。如此这般,她讲了一千个夜晚。这段时间,他(国王)一直与她在一起,她怀了国王的子嗣,并将这个消息告诉了国王,承认自己是用了一些小伎俩。国王被她的聪慧所感动,爱上了她,最终没有杀害她。国王还有个小姨子叫敦亚宰德,在这件事情上一直支持她的姐姐。

伊本·纳迪姆说,尽管"赫扎尔·艾夫萨乃"的意思是一千个夜晚,但实际上该书只有二百多个故事。他还补充道:"这真是一本非常粗糙的书,基本不值得一提。"[1] 在《目录》中,他还列出了其他一些关于拜占庭帝国的夜谈、历史、语言和格言警句的书籍,其中再次提到了"国王山鲁亚尔以及他与讲故事的女子山鲁佐德结婚的原因"。[2]

同样,开罗"旧书冢"[3](Geniza, 可被视为中世纪的埃及犹太人资料档案,稍后详述)也为我们提供了一些证据。这个旧书冢里存放着

1 Ibn al-Nadim, *The Fihrist of al-Nadim*, vol. 2, trans. Bayard Dodge (New York: Columbia University Press, 1970), pp.713–14.

2 Ibid., p.718; cf. R. Irwin, "The Image of the Byzantine and the Frank in Arab Popular Literature of the Late Middle Ages," in Benjamin Arbel, Bernard Hamilton, and David Jacoby (eds.), *Latins and Greeks in the Eastern Mediterranean after 1204* (London: Routledge, 1989), p.230.

3 开罗"旧书冢"(Geniza)与上千年来生活在旧开罗福斯塔特区的犹太人的一种习俗有关。一些历史久远、已经破损的书籍或手稿会被存放在福斯塔特区本·以斯拉犹太会堂的阁楼或者地下室。中世纪时期,许多书籍或手稿中都有上帝的名号,犹太人认为这类神圣的字迹应当被妥善存放,以便随着时间的流逝自然而然地化为尘埃。后来,这个旧书冢也存放一些不仅限于宗教内容的各类破旧书籍、文稿、文件、卷轴等。——译者注

一些 12 世纪开罗犹太书商、公证人借书记录的残片，上面记载的其中一本被借出的书就是《一千零一夜》[1]（这是我们第一次看到《一千零一夜》这个最终形式的书名）。15 世纪早期埃及历史学家麦噶里兹（al-Maqrizi）也证明，这些故事那个时候就已经在埃及流传了。他引用的是 13 世纪西班牙文人伊本·萨义德（Ibn Said）的话，而后者又是援引某位科尔多瓦人的观点，其大意是说《一千零一夜》的故事在 11 世纪晚期的埃及法蒂玛王朝（Fatimid times）时就已经开始流传了。[2]

最后，在 18 世纪晚期土耳其故事集《神圣幻象》（*Phantasms of the Divine Presence*）的序言中，克里特人阿里·阿齐兹·阿凡提（Ali Azizi Efendi）[3]声称，自己的故事是译自阿斯玛仪（al-Asma'i）[4]的《一千夜》（*Elf Leyle*）以及其他一些故事。阿里的集子中有许多故事在《一千零一夜》中很常见，但这并不能够证明 9 世纪著名的巴士拉哲学家、哈伦·拉希德哈里发的宫廷文人阿斯玛仪真的编撰过这本故事集；总而言之，学者们对“《一千零一夜》的独立作者”论，通常持非常谨慎的态度。[5]

1 S. D. Goitein, “The Oldest Documentary Evidence for the Title *Alf Laila wa-Laila*,” *Journal of the American Oriental Society*, vol. 79, no. 4 (1959): 301–2.

2 Al-Maqrizi, *Kitab al-Khitat* (Cairo: Bulaq Press, 1854), p.485.

3 阿里·阿齐兹·阿凡提（Ali Azizi Efendi, 1749—1798）出生于今天的克里特岛，1796 年曾赴普鲁士担任大使，后于 1798 年逝世于柏林。他的代表著作为《幻象》（*Muḥayyelāt*），应当是厄文提到的《神圣幻象》（*Phantasms of the Divine Presence*）一书，主要描述的是有关精灵、仙女和魔法的故事，还体现出一定的苏非主义思想。——译者注

4 指阿卜杜·迈力克·伊本·古莱布·阿斯玛仪（‘Abd al-Malik ibn Qurayb al-Aṣma‘ī, 约 740—828/833），阿拔斯时期著名的阿拉伯语言学家和语法学家，同时也是著名的自然科学家，曾写过一系列有关动物、植物的书，其代表作为诗歌选集《阿斯玛亚特》（*Asma‘iyyāt*）。有关其是否真的编撰过《一千夜》，还有待查证。——译者注

5 Richard Burton, *Supplemental Nights to the Book of the Thousand Nights and a Night,* vol. 3 (Benares = Stoke Newington, London: Kamashastra Society, 1886–8), pp.41–2; Nabia Abbott, “A Ninth-Century Fragment of the *Thousand Nights*,” *Journal of Near Eastern Studie*, vol. 8, no. 3 (1949): 157n.

从这些外部证据看，某些类似于《一千零一夜》的故事在9世纪或10世纪就开始流传了，但对这些写于13世纪之前的文本或文本碎片本身的研究，还是耗费了学者们旷日持久的心力，直到二战之后，才有了重要的进展和发现。这是因为有两张纸莎草残页在埃及干燥的天气中得以保存下来，其产生时间可追溯到9世纪。芝加哥大学获得了这两张残页，由著名的纸莎草专家纳比娅·阿伯特（Nabia Abbott）解读后公诸于世。这是埃及现存的最古老文字手稿之一。非常幸运的是，幸存的残页上写有书名《一千个夜晚的故事》（*Kitab Hadith Alf Layla*）以及故事开篇的约十五行内容。里面讲到，敦亚宰德问山鲁佐德，如果她还没有休息，能否也给自己讲个故事，譬如一些“有关男性优点、缺点、狡猾、愚蠢、慷慨、贪婪、勇敢和懦弱的例子，这些性格特点有些是先天的，有些是后天的，有些是属于他自身独特的品质，有些则是叙利亚人或贝都因人的行为规范”。[1]很明显，虽然题目稍有不同，并且这份残页中也没有提到开篇的框架故事中有关山鲁亚尔和谢赫宰曼的不幸遭遇，但是很明显，我们看到的这份残页是《一千零一夜》的原型。

综上所述，我们或可得出结论，波斯的《赫扎尔·艾夫萨乃》很有可能在8世纪或9世纪早期被翻译成了阿拉伯语，最初名为《一千个奇闻故事》（*Alf Khurafa*），后来被改名为《一千个夜晚》。然而，这一早期文本的残页与《一千零一夜》后来留存下来的故事以及那些手稿的关系究竟如何？此外，叙利亚手稿和后来的埃及版本又有怎样的联系？关于这些，我们还不是十分清楚。在缺乏《一千零一夜》关键资料的情况下，任何观点充其量都只能是推测。邓肯·布莱克·麦克唐纳（Duncan Black Macdonald）最早提出计划，要做《一千零一夜》最初期版本的注疏版。他认为从现存的手稿来推断《一千零一夜》的最

1 Abbott, “A Ninth-Century Fragment,” *Journal of Near Eastern Studie*, vol. 8, no. 3 (1949): 129–64.

初面貌是有可能的。[1]麦克唐纳1863年出生于格拉斯哥，在格拉斯哥和柏林学习闪族语言，后来任教于美国哈特福德神学院。他的主要学术兴趣在穆斯林神学和灵性学。他对《一千零一夜》的兴趣只是其专业兴趣的衍生品，因为在他看来，这些故事能够反映穆斯林民众信仰的焦点和意象。麦克唐纳对灵性世界和心理学尤其痴迷。

他追随佐藤伯格的足迹，仔细研究《一千零一夜》的各种手稿，并于1908年开始陆续发表研究成果。在《一千零一夜》的学术研究领域，他最主要的成就是在剑桥的博德莱恩图书馆发现了一份独一无二的有关阿里巴巴故事的手稿。阿里巴巴的故事在巴黎国家图书馆的手稿中是阙如的，因此有人推测这个故事是伽朗的自创。麦克唐纳通过大量的关键性细节来证明，布雷斯劳印刷本所依据的基础，即哈比希特所谓的"突尼斯手稿"其实并不存在。印刷本实则是基于多种手稿拼贴而成。麦克唐纳计划出版伽朗手稿的校勘本，将其与另一部早期叙利亚手稿进行对照，后者如今存放在梵蒂冈。不过，到他1943年去世时，这项工程并没有太大的进展。

无论东方还是西方中世纪手稿的校勘，都使用类似的古典文本编纂技术。[2]这些技术很大程度上依赖于被称为"书写讹误"的心理病理学。从那些晚近才开始出现，且原始手稿已经散佚的各种副本入手，

1 关于麦克唐纳，请参考 William Douglas Mackenzie, "Duncan Black Macdonald: Scholar, Teacher and Author," in *The Macdonald Presentation Volume* (Princeton, London and Oxford: Princeton University Press, Oxford University Press, 1933), pp.3–10; Jean-Jacques Waardenburg, *L'Islam dans le miroir de l'Occident* (The Hague: Mouton & Co., 1962), pp.132–5。

2 有关手稿考据与编辑，参见 Paul Maas, *Textual Criticism* (Oxford: Oxford University Press, 1958)；M.L. West, *Textual Criticism and Editorial Technique* (Stuttgart: De Gruyter, 1973); E. J. Kenny, *The Classical Text: Aspects of Editing in the Age of the Printed Book* (Berkeley and Los Angeles: University of California Press, 1974)；Sebastiano Timpanaro, *The Freudian Slip* (London: New Left Books, 1976)。关于阿拉伯手稿（包括《一千零一夜》），参见 Jan Just Witkam, "Establishing the Stemma: Fact or Fiction?" *Manuscripts of the Middle East*, no. 3 (1988): 88–101。

文本考据力求做到尽可能准确地重构原始手稿的面貌。麦克唐纳正是通过厘清某些手稿与早期一份或多份手稿的传承关系来建立一种谱系，或曰假想血统，以此力求实现上述目的。许多常见的错误非常重要，它们有助于证明某些手稿其实依赖于一个共同的源头。这是因为，同一部作品的早期和晚期手稿如果有相同的抄写错误，这不可能仅仅是出于巧合，更有可能是晚期手稿直接抄录了早期的手稿（或早期手稿的副本）；又或者这两份手稿有同源关系，它们共同的错误来自它们所抄录的那份手稿。常见的书写错误属于精神病理学范畴，包括遗漏字母（比如需要双拼的字母只写了一个），字母重复（本应是一个字母，结果写了两次），串行（saut du même au même, 跳到了下方有相同单词或短语的地方）。研究这些共同的错误有助于建立起手稿的族谱树，这种族谱树和18世纪自然学家林奈用来归类生物有机体的系统非常相似。

文本考据的目的之一是力求确定最初的手稿。然而，我们必须意识到，最早的手稿未必是最完美的。早期已经散佚手稿的副本也许才是更好的。更重要的是，文本考据是要建立谱系原型并确定其形成年代。也就是说，通过研究现存手稿在不同流传链中的误差下降，来推断早期那份假想的手稿。根据考据专家保尔·马斯（Paul Maas）的观点，原型的意思是"产生第一次分裂时的那个祖本"。然而，原型并非一定，也并不总是与手稿的最初版本相一致。文本考据可以试图超越原型，来推测原始版本最初被书写时的面貌，如去除错误和后来有意增添的内容，以呈现一份假想中的标准祖本。

一个谱系，如果能够证明其存在交叉混合（或曰交叉感染，cross-contamination）——也就是说，如果在制作相关作品副本的过程中参阅了不止一份早期手稿，那么这个谱系就会比较复杂。其结果会使人发现，一系列作品（包括拼写错误）出自该谱系的两个或多个分支。考据学从本质上来说，是一门建立在推测基础上的科学，因而其结果经常引发争议。有些文本考据学者注意到，采用二分法谱系学的考据学者经常得出令人怀疑的结论。E. J. 肯尼（E. J. Kenny）认为，这种情形常常会导致一组手稿被认为是主要血统链，而所有其他的手稿则被放在一起，作为另一个支系，即使这个支系的成员各不相同、鱼龙混杂，且并不具备同组成员所应有的共同特质，而这显然有失恰当。

最后值得一提的是，有一批卓越的文本考据先驱，其中包括本特利（Bentley）、帕斯夸里（Pasquali）和拉克曼（Lachman），他们曾经校对过一些只有或假定只有单独作者的文本，以及一些可能真的来自一部原始手稿（甚至可能有作者亲笔签名）的文本，即现存的所有手稿可能都由此而出。此外，这些学者还研究过诸如荷马、卡利马科斯（Callimachus）、卢克莱修（Lucretius）等文人，他们的作品为后世敬仰，因此抄写者们总是耗尽心力，以求复制准确。当阅读遇到困难时，细心的抄写员出于尊重和严谨，会不惜把自己抄写的内容与该作品的其他手稿进行对比（因而也就极有可能出现"交叉感染"）。

穆赫辛·马赫迪（Muhsin Mahdi）曾是芝加哥大学的阿拉伯语教授，后在哈佛执教，他和同事一道接过了这项由麦克唐纳率先提出的课题，继续对伽朗的手稿进行校对，并试图重建《一千零一夜》的手稿原型，也就是伽朗版和其他叙利亚、埃及手稿的源头。这项繁重的工作耗去了他多年时光：逐个单词、逐个变音符号地去比对有时难以阅读的阿拉伯语手稿。马赫迪的这项工作开始于 1959 年，而直到 1984 年他的卓越成果才得以面世，那是令人赞叹的成果。[1]

马赫迪以伽朗所依据的三卷（册）叙利亚手稿为基础，将其与其他存留下来的叙利亚手稿进行比较，关注它们之间的变化和讹误。他将所有叙利亚系手稿与埃及系手稿进行平行比较，尽管后者的产生时间更晚一些。虽然有些叙利亚手稿看起来似乎受到了埃及分支谱系的浸染，但通过分析早期的版本，马赫迪还是为所有的叙利亚手稿重建了它

1 Mahdi, *Alf Layla wa-Layla* (Leiden: Brill, 1984). 尽管正文、导言和关键内容都是阿拉伯语，不过马赫迪在第一卷末尾用英语详细说明了自己的研究目的和研究结论。

们共同的祖先（也就是它们的原型，用阿拉伯语说是 al-dustur[1]），剔除了所有后期的添加和变体。随后，他还对主要的埃及手稿进行了同样，但略显粗疏的爬梳，并假定这个分支谱系也有一个共同的祖先。最后，他比较了这两份重构的叙利亚和埃及手稿，假设它们是所有现存的手稿的源头，并由此推测它们共同祖先、初始原型的面貌。故事不大可能超出原型文本，不过关于原型所依据的母本（"mother" source，阿拉伯语是 al-nuskha al-umm）构成，马赫迪给出了合理的推测。根据他的观点，母本大约于 13 世纪或 14 世纪早期产生于叙利亚，略早于原型从母本中复制出来的时间，而伽朗的译本所依从的正是距原型很近的一个版本。母本则有可能是基于编纂于伊拉克的《一千零一夜》的更早源头。不过关于后者的形式构成，马赫迪没有擅自做出推测。

对阿拉伯语言学家来说，这是他们首次可以如此轻易地接近《一千零一夜》的古代文本。同样，这也是学者们第一次可以对《一千零一夜》的语言、风格、叙事技巧进行细致的评析。原型（al-dustur）以及伽朗本的风格呈现出明显的多样性：从方言、俗语变成藻饰、标准的古典阿拉伯语。马赫迪认为这是有意为之："作者"根据故事的社会背景和叙述者的身份来调整语言。当然，也许这种语言风格的变化仅仅说明各种版本是混乱的，其杂糅是随意的。不过，马赫迪并不认为《一千零一夜》的叙利亚本编纂者会那么草率和随意。叙利亚校订本中的故事并非杂乱堆砌，而是彼此连贯、有隐性设计的巧妙安排。尤其是，马赫迪认为，在主要叙述框架内的那些典型故事都是被精心设置的，它的隐含目的是彰显典型故事的荒诞不经。换句话说，"作者"正是用这种故事来解构故事本身的。[2]

1 译为宪法、宪章，或是法律的基础。马赫迪在其阿拉伯语版《一千零一夜》的序言中对其手稿进行了爬梳、分类，用 al-dustur 来指代所有分支的源头，其下为埃及分支、叙利亚分支，而埃及分支又有早期和晚期等不同支派。——译者注

2 Mahdi, "Exemplary Tales in the *1001 Nights,*" in *The 1001 Nights: Critical Essays and Annotated Bibliography, Mundus Arabicus,* vol. 3 (Cambridge, MA: Dar Mahjar, 1983), pp.1–24.

还有一个例子可以作为对马赫迪观点的支持和补充：如果把前二百七十到二百八十个故事视为一个单元（也就是伽朗本中的故事），就会看到它们存在一些重复的叙事技巧和意象。当然，其核心便是一个人讲故事就可以挽救生命的叙事技巧，这正是山鲁佐德之所为。同样，给魔鬼或精灵讲故事以挽救商人生命的老人们，还有在巴格达三位女子房中的顾客们，驼背死了之后被逮捕的人，他们也都是这么做的；此外还有对身体残缺的关注（譬如三个独眼的流浪汉、基督教掮客和犹太医生的故事中失去手的年轻人、理发师畸形的兄弟等）。叙事适时停止是为了让故事再次启动，并继续下去；地下空间则总是和情欲与危险联系在一起。“作者”喜欢戏谑和黑色幽默，允诺会讲一些从未讲过的新故事，例如辛巴达系列故事及《尤南国王和圣人杜班》中的鳄鱼故事等；还有就是不厌其烦地列举购物清单，正如我们在《巴格达的脚夫和三位女子》及驼背系列故事的开头所看到的。

然而，即使在这些核心故事中可以看到相同的主题，这也不能说明这些故事有一个共同的作者或编纂者。不过，马赫迪将这组早期叙利亚本故事的连贯性与佐藤伯格本（ZER）的故事烩进行对照，后者曾认为“抄写者抛弃了（叙利亚编纂者的）初衷，从而把这部故事集视为一个地洞，可以随意把一个又一个故事扔进洞中，而不用顾忌其风格、结构，结果使其前后矛盾、有些面目全非”。[1] 在马赫迪看来，所谓《一千零一夜》没有最初的编撰者，其结构随意多变，这是个陈旧的观点。其之所以产生只是因为研究尚不够充分。

马赫迪相信，伽朗的手稿吸收了所有，或者说几乎所有早期马穆鲁克王朝有价值的故事，也就是写于叙利亚的、包括二百八十二夜的四十多个故事。后来，在埃及，为了满足听众的需要，抑或为了凑够

1 Mahdi, “Exemplary Tales in the *1001 Nights*,” in *The 1001 Nights: Critical Essays and Annotated Bibliography, Mundus Arabicus*, vol. 3 (Cambridge, MA: Dar Mahjar, 1983), p.23.

题目所说的夜数，越来越多的故事被加入进来。马赫迪的主要成就即在于他对伽朗手稿严格细致的校对。不过一路走来，他还另有一些有趣的发现。譬如他认为，出自伊拉克传承链的唯一一份巴格达手稿是份赝品，据说是 19 世纪早期由黎巴嫩的迈克 · 萨巴赫（Michael Sabbagh）抄录的。萨巴赫所做的其实是把那些存放在巴黎的各种埃及和叙利亚手稿拼合在一起，制作出了他那份赝品。他是位不错的作家，因此在制作过程中夹带了自己的风格品位。鉴于没有找到阿拉伯原本的“阿拉丁故事”，他于是将法文版的该故事译回阿拉伯语。“发现”这份所谓的巴格达手稿让萨巴赫名利双收。同样，马赫迪还指出，另外一份据说是伽朗版续本和完本的古旧手稿，也同样是由一位名叫查维斯（Chavis）的叙利亚牧师编纂出的赝品，它实际上抄自 18 世纪的埃及手稿。查维斯和萨巴赫一样，可能都曾把伽朗的法语版阿拉丁译成了阿拉伯语。阿里巴巴手稿也遭遇了类似的情况：麦克唐纳在博德莱恩图书馆发现了它，当时它在让 · 沃西手里。后者是塞西的法国学生，18 世纪曾以商人的身份在埃及定居。这个故事同样是经由伽朗版法语故事再翻译成阿拉伯语的。

马赫迪通过认真严谨的校对和研究工作得出了一些有趣的结论。但这些结论，特别是有关谱系和原型的结论也引发了一些问题和质疑。他所使用的是由古典学者开创的方法，主要适用于研究已知著名作家，诸如曼尼利乌斯（Manilius）和卢克莱修等人的名作。即便是到了中世纪，欧洲的抄写员们也常常殚精竭虑，不厌其烦地将手中的手稿与其他手稿对比，勘定错误，以期准确呈现这些拉丁大家们的作品。但对中世纪阿拉伯的通俗文学作品而言，情形或许略有不同。《一千零一夜》未被视为经典文本，故而也未受到学术界的特别关注。因之，中世纪《一千零一夜》的手稿抄写员很可能并不重视他们所抄写的内容。马赫迪也注意到了这一现象，通过如今存放于英国图书馆一份手稿的旁批眉注就可以看出：18 世纪晚期阿勒颇书商艾哈迈德 · 拉巴特（Ahmad al-Rabbat）曾经向外租借故事集和诗集，当这些故事集开始破损残缺时，他就会填补页码，有时还会为此插入新的故事。

《一千零一夜》的抄写员从来不必额外费心，去考虑抄写的阿拉伯语是否正确，因为这些手稿最初就不是以完美无瑕的古典阿拉伯语写成的。同样，对于增加或删除故事、故事中的某些事件或是词语，他们也没有什么好犹豫的。如果没有十足的理由让抄书员去尊重这份无名的通俗作品，那他们当然就更不会有动力去比对其他手稿，以求自己的抄写准确无误。不过，马赫迪还是认为，稍晚的那份叙利亚手稿明显有交叉混杂的痕迹，能看出其中有埃及语言传统。那么，究竟是什么促使叙利亚抄写员如此大费周章呢？

事实上，《一千零一夜》的许多副稿都是为了利于职业或是业余说书人朗朗上口的讲述而写就的。说书人也许无须了解整本故事（更遑论在意其精确性）；他只需知道故事的梗概，以供他发挥即可。此外，如果说书人自己抄了份手稿，他也极有可能在这个过程中自我发挥，按照自己的喜好加入他编造的故事。当然，因为伽朗手稿是现存最古老的手稿之一，所以很难说较晚的埃及版不是从更早的版本中抄录过来的。古典文本的考据学家们尝试制作谱系图，来追溯单一作者的单一源头——这也是马赫迪得出的结论。然而，《一千零一夜》更像《新约》，你无法认定它有单一的原始手稿，也无法推断它有最初的定版真本。每个时代，故事都有可能会被增删。马赫迪的谱系证明了 13 世纪《一千零一夜》的手稿几乎没有存留下来，因为越向前追溯，谱系就变得越狭窄，似乎正指向某部单一手稿。而从开罗的旧书冢和麦噶里兹的著作里透露出来的信息中，我们能看出，《一千零一夜》在 11 至 12 世纪就已经广为人知了。因此，我们能认为只有 13 世纪那份手稿才是后来所有抄本的基础吗？看来不太可能。

马赫迪认为“母本”源自叙利亚，而伽朗获得的手稿尽管写于叙利亚，但从其内容看，它对开罗的熟悉程度似乎比对叙利亚的任何地方都高。此外，马赫迪的谱系过于依赖欧洲图书馆的手稿——大部分是由欧洲旅行者在埃及和叙利亚收集的。埃及手稿会不会因为容量较大、产生年代较晚，就被判定为稍逊一筹呢？（关于埃及版的问题，为什么会认为在所有的印刷版中只有布拉克本是依据单一的埃及手稿呢？）叙利亚和埃及的所有手稿都有“三个老人通过给魔鬼讲故事来挽救商人生命”这个故事。然而，叙利亚本中没有第三个老人的故事，埃及手稿中却有。这难道说明埃及本所依据的是另一个抄本？如果埃及手稿中第三个老人的故事是准确的，那么它所囊括的其他故事也可能是准确的。还有一点值得注意，叙利亚手稿中的《盖玛尔·宰曼》故事刚刚开始便在第二百八十三夜戛然而止。马赫迪在其编纂的《一千零一夜》中为了完成这个故事，不得不借助博德莱恩的埃及手稿，也就是沃特利·蒙塔格（Wortley Montagu）手稿，它于18世纪晚期被一个号称“戴着铁假发”的爱德华·沃特利·蒙塔古带到英国，据称此人是个臭名昭著的家伙，招摇撞骗，还以通灵者和阿拉伯学者自诩。[1]

尽管马赫迪的谱系表明，所有的故事都来自于13世纪或14世纪的一份叙利亚单一手稿，但看起来，至少还应该有另一份更早一些的叙利亚手稿，它比伽朗得到的手稿内容更丰富，并且理查德森（Richardson）在写他的语法书时曾参考过它。此外，马赫迪认为伽朗的手稿可以追溯到14世纪，这是否正确呢？他所依据的那份手稿（如今已散佚）是否也可以上溯至13世纪呢？[2]大多数证据表明，事实并非如此。所谓能追溯至13世纪，是因为偶然发现了《理发师的故事》，故事中说理发师于伊历653年（即公历1255年）用星盘进行占卜。[3]

1 有关他真实的冒险生涯，请参考 Jonathan Curling, *Edward Wortley Montagu, 1713–1776* (London: Andrew Melrose, 1954)。关于这份手稿，参见 Fatma Moussa-Mahmoud, “A Manuscript Translation of the *Arabian Nights* in the Beckford Papers,” *Journal of Arabic Literature*, vol. 7, no. 1 (1976): 7–23。

2 给《一千零一夜》确定年代，请参考 MacDonald, “The Earlier History of the Arabian Nights,” Journal of the Royal Asiatic Society, vol. 56, no. 3 (1924): 353–97; W. Popper, “Data for Dating a Tale in the *Nights*,” *Journal of the Royal Asiatic Society*, vol. 58, no. 1 (1926): 1–14; Wiebke Walther, *Tausendundeine Nacht* (Munich: C.H. Beck, 1987), pp.16–8。

3 Mahdi, *Alf Layla wa-Layla*, vol. 1 (Leiden: Brill, 1984), p.235; Husain Haddawy, *The Arabian Nights* (London and New York: Penguin Classics, 1990), p.255.

尽管如此，抛开佐藤伯格和马赫迪对手稿日期的判断，伽朗手稿中有其他证据表明，他所依据的手稿不可能早于 15 世纪。基督教掮客在焦里（Jawli）的商旅客栈遇到了某个开罗人，而这个客栈修建于 14 世纪早期。[1]《犹太医生的故事》中提到过大马士革的一所大房子，它被视为素顿·阿卜杜·拉赫曼的官邸。假如这是对“Sudun min Abd al-Rahman”的误译，那么这个人应当是赛义夫·丁·素顿·敏·阿卜杜·拉赫曼（Sayf al-Din Sudun min Abd al-Rahman），他于 1424 年任大马士革总督，卒于 1438 年。[2] 最后，还有个比较确凿的证据，在《犹太医生的故事》中，使用的是阿什拉夫第纳尔，而这种货币于 1425 年阿什拉夫·巴尔斯贝伊苏丹（Sultan al-Ashraf Barsbay）[3] 统治时期才开始流通。[4]

综上所述，我们可以看出，这个复杂的问题仍尚无定论。所需的工作量仍然很大。特别是，中东地区的图书馆里仍有许多手稿有待研究，这将对制作 ZER 本的校对版大有助益。当然，这无疑是一项艰巨而耗时的任务。针对单个故事或故事链的研究同样也是非常重要的，追踪它们的历史脉络比将其纳入《一千零一夜》的主体和对其译本进行平行比较更为重要。还有，研究奥斯曼土耳其帝国的历史和巴尔干半岛的通俗小说可能也会有意外的发现。前文我们曾提到过阿里·阿凡提的故事集，他认为《一千零一夜》是由阿斯玛仪编纂的。似乎也有证据表明，至少在 17 世纪，罗马尼亚便有了《一千零一夜》

1 Mahdi, *Alf Layla wa-Layla*, vol. 1, p.290; Haddawy, *The Arabian Nights* (New York: W.W. Norton & Company, 1990), p.215.

2 Mahdi, *Alf Layla wa-Layla*, vol. 1, p.319; Haddawy, *The Arabian Nights*, p.241. 有关素顿此人的职业，参见 Gaston Wiet, *Les Biographies du Manhal safi* (Cairo: Institut français d'archéologie orientale, 1932), p.162 (no. 1133)。

3 阿什拉夫·巴尔斯贝伊（Sultan al-Ashraf Barsbay）于 1422—1438 年统治埃及地区。

4 Mahdi, *Alf Layla wa-Layla*, vol. 1, p.319. 哈德维在他的译本《阿拉伯之夜》中用的一个关键词是“两个第纳尔”（p.241），而不是“两个阿什拉夫第纳尔”。这是其质量上乘的译本中罕见的小瑕疵。

的流传。罗马尼亚版是从希腊版翻译过来的，而希腊版又出自叙利亚本，据称这份叙利亚手稿是基于9世纪时的抄写员穆萨·伊本·以撒·卡斯拉维（Musa ibn Isa al-Kasrawi）由波斯语翻译至阿拉伯语的。[1]

很明显，给像《一千零一夜》这样一部作者佚名，且缓慢发展并经历了众多杂糅的作品确定初始年代是个非常复杂的问题。《一千零一夜》究竟经历了多少年？这个问题和其他问题一样，其答案取决于如何界定它的祖本。它是否源自波斯原型《赫扎尔·艾夫萨乃》？或者源自仅留下寥寥几行字迹的9世纪的《一千夜》？又或者说，《一千零一夜》应当指的是12世纪那份连寥寥几行字迹都没能留存的手稿？还是纯属猜测的13世纪叙利亚手稿？抑或伽朗所依据的14世纪或15世纪手稿？甚至是莱恩和伯顿译本（其中收入了自15世纪至19世纪早期的古本和近代本的各种故事，包括《辛巴达》《乌木马》《阿里巴巴》等）所从出的版本驳杂的手稿呢？

编后记

罗伯特·厄文（Robert Irwin，1946—2024），毕业于牛津大学，系著名的历史学家、阿拉伯学资深专家，曾担任圣安德鲁斯大学历史系讲师（1972—1977），后为伦敦大学亚非学院研究员，《泰晤士报文学副刊》的中东栏目编辑。厄文以其对东方学、中东历史问题、阿拉伯文学，特别是《一千零一夜》的关注及相关研究成果而闻名，代表作有《中世纪中东：马穆鲁克王朝早期1250—1382》（*The Middle East*

1 H. T. Norris, Review of Haddawy's *Arabian Nights, Bulletin of the School of Oriental African Studie*, vol. 55, no. 1 (1992): 330–31.

in the Middle Ages: the Early Mamluk Sultanate 1250–1382, 1986)、《〈一千零一夜〉：导读》（*The Arabian Nights: A Companion*, 1994）、《伊斯兰艺术》（*Islamic Art*, 1997）、《伊本·赫勒敦：天才的一生》（*Ibn Khaldun: An Intellectual Biography*, 2018）等。其文风清雅简洁，内容详尽充实，剖析深入浅出，可读性极强。他的《〈一千零一夜〉：导读》对于全面了解《一千零一夜》的成书、传播及流变具有不可忽视的意义，故此本书选译了其中三章，本篇《没有作者的书》（"The Book Without Authors"）译自：*The Arabian Nights: A Companion*, London: Allen Lane, 1994, pp.42–62。

故事之海

[英国]罗伯特·厄文

过去之井深邃幽远。我们或可将其称为无底之渊？

——托马斯·曼《亚克伯的故事》

两个市井无赖冒充商人，与一位客商同行，决定将后者洗劫一空。然而，两个贼人又各怀鬼胎，打算一旦得手便将赃物据为己有，所以他们都在对方的食物里下了毒。结果两人都死了，客商得以安然上路。这便是《一千零一夜》中《商人与两个骗子》的主要内容。和这个故事基本相同，但结构更精致也更令人满意的是《坎特伯雷故事集》（*The Canterbury Tales*）中的《宽恕者的故事》（"The Pardoner's Tale"）。话说有三个暴徒，因为同伴被死神夺去了性命，决心去寻找死神。一位神秘的老人告诉他们，死神就在某棵树下。但他们没在那里看到死神，而是发现了一个宝藏，于是每个人都想密谋杀死其他同伴。最终他们得偿所愿，三个人全都命归黄泉。这个故事更早、更朴素的原型见诸于古代印度故事集，也即《佛本生故事》（*Jataka*）。在约翰·休斯顿（John Huston）的电影《碧血金沙》（*The Treasure of the Sierra Madre*, 1947）中，有段情节也是对这个故事的改编。[1]

1 Richard Burton, *A Plain and Literal Translation of the Arabian Nights* （转下页）

年轻男子来找一位老虔婆，请她帮忙牵线搭桥，想和城中的一位女子约会。老虔婆认识这位女子，但麻烦的是，这位女子品行端正贤淑。于是老虔婆设下一计。她做了一张大饼，里面放了很多胡椒粉，把它喂给一条母狗。母狗吃了后满眼都是眼泪。老虔婆带着这条狗假装拜访那位贤淑的妇人。妇人问她为何这条狗在哭泣，老虔婆告诉她，这条狗其实是个女人，被巫师施了魔法遂变成一条狗，因为她拒绝一位年轻男子的求爱，所以，当她一想到自己以前的样子，想到自己竟然那么愚蠢，拒绝欢愉，她就会流泪。就这样，贤淑的妇人接受了老虔婆的劝说，在她的安排下和那位男子约会。约会的时间到了，女子吃惊地发现和她约会的男子竟然是自己的丈夫。但她迅速镇定下来，开始斥责丈夫，说她设下这个计谋就是为了试探他，给他一个教训。丈夫发誓会痛改前非，并从此信任妻子。这个故事中有两个彼此关联的元素：小狗哭泣的诡计和妻子急中生智。这便是《一千零一夜》中《欺骗丈夫的妻子》这一故事，它包含在智者辛迪巴德系列故事当中。大致相同的这两部分故事内容在其他地方也能看到，比如 11 世纪的梵语作品《故事海》（*Katha Sarit Sagara*），12 世纪的拉丁文作品《教士故事》（*Disciplina clericalis*），中世纪英语韵文故事《希瑞斯夫人》（*Dame Sirith*），14 世纪波斯纳赫沙比（al-Nakhshabi）的《鹦鹉传》[或曰《鹦鹉之书》（*Tutinameh*）]，14 世纪薄伽丘（Boccaccio）的《十日谈》（*Decameron*）以及 20 世纪托马斯 · 曼（Thomas Mann）的小说《浮士德博士》（*Doctor Faustus*）等。[1]

（接上页）*Entertainments, Now Entitled the Book of the Thousand Nights and a Night*, vol. 3 (Benares = Stoke Newington, London: Kamashastra Society, 1885), p.158; E.L. Ranelagh, *The Past We Share: The Near Eastern Ancestry of Western Folk Literature* (London: Quartet, 1979), pp.205–7.

1 Burton, *Nights*, vol. 6 (London: Kamashastra Society, 1885), pp.152–5; Eberhard Hermes (trans. and ed.), *The Disciplina Clericalis of Petrus Alfonsi* (London, Berkeley: University of California Press, 1977), pp.124–5; Dorothee Metzliki, *The Matter of Araby in Medieval England* (New Haven and London: Yale University Press, 1977), pp.97–103; Ranelagh, *The Past We Share* (London: Quartet, 1979), pp.182–8.

《一千零一夜》中许多其他故事也是如此。譬如,《一千零一夜》中的乌木马毫无疑问也正是乔叟笔下“乡绅故事”中的那匹马。同样,这匹马还出现在北非《一百零一夜》(*One Hundred and One Nights*)和13世纪法国浪漫故事《克里奥马德斯》(*Cleomades*)中,并同样见诸于《故事海》。[1] 事实上,《一千零一夜》的几乎每个故事都有自己的前身、从出或诸如此类的先本。故事彼此之间交织缠绕,在永无止境的传播过程中,它们不断被复制、润色、颠倒、删减、不断交融以及调整自身的结构——但这些故事是否有一个最初的版本?要想厘清一个故事究竟是何时开始被传述,又是何时被记录下来,经历了怎样的传播过程,这几乎是不太可能的。同样,这个故事在最后被讲述时其最终版本又会是什么样,这恐怕也无法说清。好的故事很少受到语言和文化边界的限制。故事集的研究者往往发现自己漂泊在无边无际、深邃悠远又波浪起伏的故事之海中。

下面我将要论述的,是对这些故事简单,甚至可以说非常简要的评析,它们不是《一千零一夜》本身——可以说,这块拼图的核心部分尚未找到。然而,我们将要讨论的每一个故事都或多或少和《一千零一夜》有些关系,只有把这部阿拉伯故事集置于全球视野中来考量,并将其与相对应的梵语、希腊语、拉丁语和其他语言故事集进行比较,我们才能够更好地理解它。

一些学者认为所有伟大的故事都始于印度[2],那我们就从这里开始。《佛本生故事》是一部巴利文故事集,它包括547个寓言、故事、传奇、格言和传说。据说这些故事与佛祖的前世有关,集成之初它并不为人所知。虽然现存的最早版本为5世纪的巴利文本,但其产生年代

1 Burton, *Nights*, vol. 5 (London: Kamashastra Society, 1885), pp.1–32; M. Gaudefroy-Demombynes, *Les Cent et une nuits* (Paris: Sindbad, 1982), pp.182–98, 299–302; Dorothee Metzliki, *The Matter of Araby in Medieval England* (New Haven and London: Yale University Press, 1977), pp.140–41.

2 有关梵文故事集,参见 A. B. Keith, *History of Sanskrit Literature* (Oxford: Oxford University Press, 1928)。

应该更早。故事大部分含有劝世的道德教化功能。在《公牛与驴的故事》（“The Tale of the Bull and the Ass”）以及和它有关的《商人和妻子的故事》（“Tale of the Merchant and his Wife”）中，男人懂得动物的语言，从它们的对话中他知道自己不应将这个秘密泄露。这两个故事也见于《佛本生故事》和《一千零一夜》开篇的框架故事。在后者中，宰相把这个故事讲给女儿山鲁佐德，他原以为这样就可以阻止她成为国王山鲁亚尔的下一任新娘。相同的故事，或类似的故事片段也能在梵语故事《僵尸鬼故事二十五则》（*Vetalapanchavinsati*）、中世纪拉丁语故事《罗曼司传奇》（*Gesta Romanorum*）和爱沙尼亚及爪哇的民间传说中看到。同样，《佛本生故事》里还有许多其他故事存在于后来的梵语和西方故事集中，前者如《五卷书》（*Panchatantra*），后者有《伊索寓言》（*Aesop's Fables*）。

梵语的《五卷书》形成时间不晚于公元 6 世纪，它是一部框架叙事结构故事集，讲述了一位婆罗门智者如何以理国智慧教导三个王子。[1] 因此，它属于“王子镜鉴”（mirrors for princes）一类故事。然而，很明显，这些故事面向更为广泛的受众，并非仅仅为王子而作。并且，以《佛本生故事》为例来说，尽管它声称收集这些故事的目的是为了道德教化，但毋庸置疑的是，它们除了有教化作用外，还有明显的娱乐功能。《五卷书》关注的是友谊的取舍、争斗与和平、财富的得失，以及如何避免行为草率。动物是这些故事的主角——统治者是狮子，两只狼一好一坏，都是狮子的谋士，还有一只愚蠢的猴子，诸如此类。这部故事集很受欢迎，流传久远。公元 6 世纪时，它被译为巴拉维语（古波斯语），即《白德巴的故事》（*The Fables of Bidpai*）。8 世纪时，伊本・穆格法（Ibn al-Muqaffa）把它译为阿拉伯语，取名《卡里来和迪木乃》（*Kalila wa-Dimna*, 两只谋士狼的名字）。后来，它又从阿拉伯

1 有关《五卷书》和《卡里来和迪木乃》，参见 T. Benfey, *Pantschatantra*, 2 vols, (Leipzig: F. A. Brockhaus, 1859); Ion G.N. Falconer, *Kalilah and Dimnah, or the Fables of Bidpai* (Cambridge: Cambridge University Press, 1885); Cyril Glassé, *Encyclopedia of Islam*, 2nd ed., (San Francisco: Harper & Row, 1989), s.v. “Kalilah wa-Dimnah”。

语移译至古叙利亚语、希伯来语,并最终被译成大部分欧洲语言[1]。

《故事海》吸收了几乎所有《五卷书》的故事。这部规模更加宏大的故事汇编由托尼(C.H. Tawney)将其自梵语译成英语(出版于1880—1884年),并由诺曼·彭泽(Norman Penzer)以《故事的海洋》(*The Ocean of Story*, 1928)为名再次出版,更为通俗易懂。这部英语版共有厚厚的十卷(册)。[2]或许是因为它被翻译到西方的时间比《一千零一夜》更晚,因此其在西方的名气远不如那些阿拉伯故事。这部有关道德教化、诙谐幽默又略带些恐怖气息的故事集最初由11世纪的苏摩提婆(Somadeva, 又译月天)[3]编撰,他是位克什米尔宫廷诗人。尽管故事集看起来规模庞大,但它似乎只是德富(Gunadhya, 音译古那底耶)所著的一部更为庞大的巨著《伟大的故事》(*Brihat-Katha*)的删节版。后者大约集成于公元7世纪,但随后就散佚了。整体来看,《故事海》最明显的特点是它的厌女倾向。"女人天生像闪电般变化无常":凶残、无信、泼辣的女人在故事中比比皆是。这几乎是前现代时期故事集一成不变的特点,特别是框架故事。缘何如此?这还值得进一步研究。

就像中世纪荷兰格言说的那样:"大鱼吃小鱼。"单个故事会被故事集吞噬,这些故事集随后又会被更大的故事集吞噬。除了《五卷书》中道德教化的寓言外,《故事海》还包括《僵尸鬼故事二十五则》[4]。僵尸鬼(Vetala)是游荡于墓地的邪灵。在这个故事集套故事集的作品中,有个略显古怪的框架故事,讲述的是国王欠乞丐一个人情。国王许诺给这个乞丐找一具尸体,尸体被挂在墓地的一棵树上。当国王靠近尸体时,它突然发出了邪恶的笑声,因为它被僵尸鬼附体了。这一

---

1 应有误,因为古叙利亚语本《卡里来和迪木乃》应当在阿拉伯语本之前。——译者注

2 Somadeva, *The Ocean of Story*, C. H. Tawney trans., N. Penzer ed., 10 vols, (London: Chas. J. Sawye, 1924–1928).

3 11世纪印度迦湿弥罗国诗人,迦湿弥罗是今克什米尔的古称。

4 Louis Renou trans., *Contes du vampire* (Paris: Gallimard, 1963),这是带注疏的全译本。

被附体的死尸坐在国王的肩头，僵尸鬼知道乞丐想在国王回去的时候杀死国王，于是就一直给国王讲故事，好让他走得慢一些。最后，死尸教会国王如何用计谋战胜乞丐。伯顿曾把一些这样的故事从印度翻译并传播到英国，题名为《维克拉姆和吸血鬼》，或曰《印度魔鬼的故事》（*Vikram and the Vampire: or Tales of Hindu Devilry*, 1870）。这些故事同样都有着浓厚的厌女倾向，也许正是这一点吸引了伯顿。这个故事集里就包含了那个通晓动物语言的商人，并最终出现在《一千零一夜》的框架故事中。《一千零一夜》中有个《通晓万物精髓的国王》（"The King who Kenned the Quintessence of Things"）[1]的故事，它的前身也能在这部僵尸鬼故事中找到线索。

《鹦鹉故事七十则》（*Sukasaptati*）在印度汇集的时间应当不晚于12世纪。一个鹦鹉，通过不断讲故事来劝解女主人不要有出格的念头。虽说鹦鹉讲故事是为了规劝妇人守贞从德，但它所讲的大部分都是狡猾、不贞女子的故事。14世纪，纳赫沙比（1350）将这部鹦鹉故事集从梵语译为波斯语，题名为《鹦鹉传》，它因此得以传到中东地区。

关于《一千零一夜》最早的源头是印度故事集，这个观点由来已久。前文我们已经提到，冯・哈默・珀格斯塔尔认为，波斯的《赫扎尔・艾夫萨乃》是《一千零一夜》最早版本的核心故事来源，而前者本身就是翻译、改编自印度故事。整个19世纪，有关西方文化的东方——通常是指印度——起源，一直困扰着某些学术研究。文化传播论认为，文化通常有个单一的源头，从那里传播至其他文明，这已成为一种通行的观点。这种理论认为，事物不大可能在几种文明中独立产生、发展。马克斯・缪勒（Max Müller, 1823—1900）可以说是语言史和梵语语文学研究方面的翘楚，他的观点是印度乃文化的源泉。西奥多・本菲（Theodor Benfey, 1809—1881）同样是位德国梵语学者、语言学家，他在翻译的《五卷书》（1859）序言中写道："世界上几乎所有的童话和民间故事都源自印度。"他还进一步指出，10世纪之前，这类

1 佩恩译本中名为"The King who knew the Quintessence of Things"。——译者注

故事通常都是靠口传（尽管他相信《五卷书》是个例外）。在那之后，印度故事才以文字的形式经由波斯和阿拉伯传到欧洲。本菲还相信，有些印度故事集还经由西藏传到了蒙古，而在 13 至 14 世纪，蒙古人复将其带入欧洲。故事就好像是太阳，总是自东向西穿行。《五卷书》的故事便是先从梵语译至波斯语，然后是古叙利亚语、阿拉伯语，再后来才被译为各种欧洲语言。在本菲看来，对于文学与民间传奇的研究者们在欧洲和印度所发现的其他常见故事，这种情形同样适用。本菲和他的追随者还一致认为，用故事套故事的方式为讲述者提供借口，这种思路是印度特有的。

在《一千零一夜》的研究史领域，埃曼纽尔·科斯奎因（Emmanuel Cosquin, 1841—1921）是本菲的得意门生，但他还是有所扬弃的，并不赞成印度民间文学通过蒙古人传至欧洲这一观点。科斯奎因也不认为印度是所有故事的起源。他更倾向于认为印度次大陆并非源头，而是蓄水池，是所有自产和外来故事的储存处。不过，他对《一千零一夜》的印度源头说深信不疑。在《〈一千零一夜〉框架结构序：波斯传奇与〈以斯帖记〉》（“Le Prologue-cadre des *Milk et une nuits*, les légendes perses et le Livre d'Esther,” *Revue biblique*, 1909）一文中，科斯奎因首先对《一千零一夜》框架故事的波斯起源说提出了质疑。同样，他也反对“一个失传的古老波斯故事曾被重新编写进《圣经·以斯帖记》”（以斯帖是亚哈随鲁国王的新娘，是她拯救了犹太人）这个观点。其次也是更重要的，科斯奎因在文中试图论证《一千零一夜》的框架故事是对更加古老的印度故事的改写和串接。[1] 在框架故事中，至少有三个印度故事的元素被借用：第一个元素是不再相信女性忠贞的国王；第二个是受超自然生灵控制的女性，这种超自然生灵或曰妖魔试图控制女性，防止她背叛，但女性总能摆脱控制并和其他男人亲热；最后是不知疲倦、无休无止地讲故事，以拖延厄运降临。前两个主题也能在大约公元

1 Emmanuel Cosquin, *Etudes folkloriques: Recherches sur les migrations des contes populaires et leur point du départ* (Paris: Édouard Champion, 1920), pp.45–7.

250年中国僧人康僧会（Seng-Houei）[1]所译的佛教故事《旧杂譬喻经》（*Kieou Tsa P'iyu King*）里看到，科斯奎因认为后者也译自梵语。这个故事讲的是一个王子因为母亲的恶行而郁郁寡欢，后来他遇到一个婆罗门法师，这个婆罗门的妻子被他封在一个极小的罐子里，他可以随意吞咽或是吐出。但婆罗门不知道他的妻子也会魔法，每当他睡着的时候，他的妻子就会从罐子里出来，从嘴里吐出她的秘密情人和他幽会。故事内容明显和国王山鲁亚尔的遭遇相似。而山鲁佐德讲故事，也能在印度卡纳克曼加里的耆那教传说中找到先例，国王让她的妻子讲了六个月的故事，每个故事都必须在第二天夜里结束。

科斯奎因推测，康僧会编撰的故事是建立在散佚的梵语故事基础上，但尚无确凿证据。如同佩里教授（B. E. Perry）指出的那样，这个中国故事也有可能是来自古代波斯故事，后者后来被收进《赫扎尔·艾夫萨乃》。[2]《一千零一夜》中的男子和女子被变成动物，这也一直被认为出自印度故事传统，让人想起佛教徒和印度教徒的转世说。不过，这个主题在世界民间故事中很普遍，把人变成动物这种基本想象并非一定出自单一源头。北美印第安人的神话中也有这种意象。在《一千零一夜》的《第二个流浪汉的故事》中，王子被变成了一只会写字的猴子，它的来源很可能是一种集体记忆，并非佛教徒或印度教徒所特有，它更有可能受到了古埃及猴形书写神透特（Thoth）的启发。人变动物这一主题同样也是阿普列乌斯（Apuleius）拉丁语作品《金驴记》（*The Golden Ass*）的核心。人们同样还会想到奥维德的《变形记》（*Metamorphoses*）。正如其标题所示，这本书讲述的也都是人兽转换的神奇故事。如果我们回溯得再久远些，就会看到在《奥德赛》（*Odyssey*）中，喀耳刻把奥德修斯的同伴变成了动物，难道我们非要从古老的梵文模型中寻找灵感吗？

无论如何，印度都不能被视为阿拉伯框架叙事技巧的唯一可能源

1 康僧会（？—280）是三国时期吴国僧人，传其祖籍为西域康居国，约于公元241年来到吴国属地，在那里传播佛教，还曾从印度引入制糖之法。在吴地期间，他还翻译了《六度集》《旧杂譬喻经》等佛教典籍。——译者注

2 B.E. Perry, "The Origin of the Book of Sindbad," *Fabula*, vol. 3, no. 3 (1960): 26–27n.

头，因为框架叙事技巧同样存在于西方世界。将小故事嵌套在大故事中是一种基本技巧。在《奥德赛》中，荷马让奥德修斯在阿尔基努斯国王的宫廷上讲故事，奥维德的《变形记》也玩弄同样的故事套故事技巧。此外，印度说书人也不能断言厌女倾向是他们的独有特产。早期基督教故事中也存在类似的主题。即便本菲本人也认为，伊索这一类型的动物寓言同样起源于西方，比如希腊，许多其他故事具有西方源头也是有可能的。

在《一千零一夜》中，古希腊和罗马文学留存下来的故事和意象随处可见。伽朗可以说是第一个注意到这个问题的人。他指出，辛巴达在第三次航海时遇到了巨人，并在逃跑前弄瞎了他的眼睛，这个桥段是对《伊利亚特》中奥德修斯遭遇波吕斐摩斯这一情节的重复。伽朗还发现，《一千零一夜》中的《海中出生的石榴公主和她的儿子白德尔・巴斯姆国王》是喀耳刻对奥德修斯的同伴施行魔法这一情节的改写。在这个故事中，女巫拉卜王后用毒药将她从前的情人都变成了鸟。据说，9世纪翻译家侯奈因・伊本・伊沙格（Hunayn ibn Ishaq）能够熟练背诵荷马史诗的片段，而且很可能还是希腊文的，不过他并未将其翻译成阿拉伯语。虽然从《一千零一夜》以及比鲁尼（al-Biruni）、沙哈尔斯塔尼（al-Shahrastānī）[1]等文人的作品中能够看出，那时《荷马史诗》在一定程度上已为人所知；不过书目编撰者伊本・纳迪姆在其索引中仅仅只提到过荷马的名字，而《伊利亚特》和《奥德赛》也是直到本世纪才被翻译成阿拉伯语。[2]

---

1 穆罕默德・沙哈尔斯塔尼（Muhammad al-Shahrstānī, 1086—1153）是著名的波斯宗教史学家、历史学家、伊斯兰学者。其代表作为《教派与信条之书》（*Kitab al-Milal wa al-Nihal*），以客观、哲学的角度研究伊斯兰教。——译者注

2 有关荷马与《一千零一夜》，参见 Armand Abel, *Les Enseignements des Mille et une nuits* (Brussels: Éditions de la Librairie Encyclopédique, 1939), p.113; Mohamed Abdel-Halim, *Antoine Galland, sa vie et son ouevre* (Paris: Librairie Nizet, 1964), p.296; Gustave E. von Grunebaum, “Greece in the *Arabian Nights*,” in idem, *Medieval Islam: A Study in Cultural Orientation* (Chicago: University of Chicago Press, 1953), pp.303–4。

石榴公主这个形象或许也和海洋女神、阿喀琉斯的母亲忒提丝有关。《伊比库斯之鹤》(*The Cranes of Ibycus*)讲述的是公元前6世纪希腊诗人被报复、谋杀的故事。《一千零一夜》中拜巴尔苏丹的警卫官讲述的系列故事[1]中“第十六个巡逻官的经历”便借鉴了《伊比库斯之鹤》。《辛巴达航海记》中鲁赫(rukh,一种巨型的神秘大鸟,传说可以带人飞越高空)的原型也能在卢锡安(Lucian)的《真实历史》(*True History*,公元2世纪作品)中看到。伪卡里斯蒂尼(Pseudo-Callisthenes)的《亚历山大传奇》(*The Romance of Alexander*)中的许多浪漫和冒险意象都被吸收进了《一千零一夜》。

在公元前3世纪或公元前2世纪,罗马剧作家普劳图斯(Plautus)写了一部叫作《吹牛士兵》(*Miles gloriosus*)的戏剧。此剧讲一对情侣比邻而居,他们在公用的那面墙上凿洞以便幽会。在《一千零一夜》中,《盖马尔·宰曼和珠宝商的妻子》也有极为相似的情节,这不能说只是巧合。古斯塔夫·冯·格鲁内鲍姆(Gustave von Grunebaum)认为,无论是罗马戏剧还是阿拉伯故事,都可以追溯到更古老的希腊源头。当然,也很有可能是普劳图斯剧作的某个版本经由希腊传至叙利亚,某位阿拉伯文人看到了,将其改写成这个故事。古典主义作品中的戏剧传统和阿拉伯故事集的关系还大有可研究的空间。在后文章节中我们会看到,古典哑剧中的某些主题和《一千零一夜》的一些故事题材也有着亲缘关系。

关于晚期阿拉伯故事的情节结构、主题和母题中的希腊和罗马原型,针对性的例证枚举起来还有很多。[2]此外,有趣的是,10世纪伊

---

1 见之于伯顿本和佩恩本,英文译名为“El Melik Ez Zahir Rukneddin Bibers El Bunducdari and the Sixteen Officers of Police”。——译者注

2 关于古典文学遗产,特别是普劳图斯的作品对《一千零一夜》的影响,参见 Edward Rehatsek, “A Few Analogies in the *Thousand and One Nights* and in Latin Authors,” *Journal of the Bombay Branch of the Royal Asiatic Society*, vol. 14, no. 1 (1880): 74–85; Armand Abel, *Les Enseignements des Mille et une nuits* (Brussels: Éditions de la Librairie Encyclopédique, 1939), pp.111–3; von Grunebaum, “Greece in the *Arabian* (转下页)

拉克书商伊本·纳迪姆著有一本《索引》，这本书在“拜占庭帝国夜谈故事、历史、寓言和格言书目名录”（The Names of the Books of the Byzantines about Evening Stories, Histories, Fables and Proverbs）这一条目下记载了一本名为《国王山塔里尤斯以及他为何与讲故事的莎札德结婚》（*Shatariyus the King and the Reason for his Marrying Shazad the Storyteller*）的书。[1]《索引》的后面还提到，山鲁亚尔和讲故事的山鲁佐德的原型或许出自希腊。虽然是有这种可能，但事实似乎并非如此。尽管这样，人们还是喜欢猜测：是否在10世纪或早些时候这个故事的拜占庭希腊版本就已经存在了？它不禁让人怀疑，或许《一千零一夜》的某个版本并非经由希腊而被译为各种巴尔干半岛语言。它的故事至少有一部分在伽朗译本之前就已经为罗马尼亚人所知。事实上，山鲁佐德这个框架故事不太可能源自拜占庭，不过，《一千零一夜》的许多传奇故事，诸如《屋恩斯·乌朱德和大臣之女袖中玫瑰》等，都极有可能借用了拜占庭传奇的某些范式。

当然，大部分古希腊和拉丁文学作品并没有被阿拉伯人模仿、改写，或是引入阿拉伯文学。在我看来，欧里庇得斯（Euripides）、埃斯库罗斯（Aeschylus）、彼得罗尼乌斯（Petronius）和马库斯·奥雷里乌斯（Marcus Aurelius）等人的作品就未曾在后来的中东文学中留下痕迹。为何一度曾经广受欢迎的故事，甚至是一种文学流派会逐渐式微和消亡呢？这是一个非常有趣的问题。举例来说，阿拉伯文学曾从犹太、希腊、罗马以及波斯先驱那里借鉴了智性文学和寓言，后来的中世

（接上页）*Nights*," *Journal of Near Eastern Studies* 1, no. 3（1942): 294–319; idem, "Greek Form Elements in the *Arabian Nights*," *Journal of the American Oriental Society*, vol. 62, no. 3 (1942): 277–92; Perry, "The Origin of the Book of Sindbad," *The Classical Review*, vol. 11, no. 3 (1961): 304; idem, "Two Fables Recovered," *Byzantinische Zeitschrift*, vol. 54, no. 1 (1961): 4–14; idem, "Some Traces of Lost Medieval Story Books," in *Humaniora: Essays in Literature, Folklore, Bibliography, Honouring Archer Taylor* (Locust Valley, NY: J. J. Augustin, 1960), pp.150–60。

1 Ibn al-Nadim, *The Fihrist of al-Nadim*, trans. Bayard Dodge, vol. 2 (New York: Columbia University Press, 1970), p.718.

纪基督教王国又从阿拉伯人那里学到了更多。然而，所有这些如今都不再有人问津。17 世纪拉封丹的寓言几乎为这一文学形式画上了句号。虽然《辛巴达七次航海故事》一直流传到今天，并被搬上了银幕，但其形式已有了很大改变；而曾经流传颇广、妙语连珠的女奴苔娃杜德如今更是几乎被彻底遗忘了，只有专家学者才会关注。下文我们将会关注那些如今仍然流传的故事，分析它们得以流传的原因。

通过地区征服，阿拉伯人不仅从希腊、罗马，也从科普特人、犹太人、柏柏尔人和波斯人那里继承了讲故事的传统。《一千零一夜》的有些故事还能在埃及法老时代的文学作品中找到最初的雏形，这些故事或片段很有可能经由埃及科普特基督教居住区的民间故事而传到了阿拉伯人那里。例如，《嫉妒者和被嫉妒者的故事》（在《一千零一夜》中由第二个流浪汉讲给愤怒的魔鬼）能在古埃及的《谎言蒙蔽真理》（“The Blinding of Truth by Falsehood”）这个故事中找到原型，后者的文字形式大约出现于公元前 13 世纪。还有，第十二王朝时期写于纸莎草上的《遭遇海难者的故事》（*The Tale of the Shipwrecked Man*）的某些主题也能在《辛巴达七次航海故事》中找到痕迹。《一千零一夜》中狡猾的戴莉莱为了行窃把对手们都灌醉了，事成之后为了炫耀，她又剃光了熟睡的醉汉们右边脸颊上的胡须。这个举动也像是模仿希罗多德《历史》中拉美西斯三世时期的一个贼人。最后，那些相信只有印度人发明了框架叙事结构的人，应当想想古埃及的《讲给胡夫的魔法故事》（*The Magical Stories Told to King Cheops*, 韦斯特卡纸莎草卷，写于公元前 18 至公元前 16 世纪），里面的国王胡夫就曾让儿子们给他讲述魔法师的种种幻迹。[1]

---

1 有关法老时期存留下来的故事，参见 Hasan El-Shamy, *Folktales of Egypt* (Chicago: University of Chicago Press, 1982), pp.248, 259, 275, 281; *Encyclopedia of Islam* (2nd edn), s.v. “Alf Layla wa-Layla”, 关于古埃及文学，参见 Gaston Maspero, *Popular Stories of Ancient Egypt* (London and New York: G. P. Putnam’s Sons, 1915)；Ernest A. W. Budge, *Egyptian Tales and Romances: Pagan, Christian, and Muslim* (London: Thornton Butterworth, 1931); W. K. Simpson (ed.), *The Literature of Ancient Egypt* (New Haven: Yale （转下页）

其他近东古老文明也对《一千零一夜》的生成有所助益。《布鲁奇亚冒险》（讲述一位前伊斯兰国王寻求永生的故事）的许多内容都是古巴比伦史诗《吉尔伽美什》的翻版。编写于公元前一千年的文字版《吉尔伽美什》就记载了这个故事。[1] 同样，苏美尔人的《尼普尔城的可怜人》（"The Poor Man of Nippur"）讲述一个人设计了三次巧妙计谋来为自己报仇，它以口传和文字形式流传了两千多年，同样再次出现在《一千零一夜》中。[2] 值得注意的是，被伯顿收到译本中的《圣人海卡尔的箴言》[3]——它其实来自于一份由查维斯（Chavis）拼凑的伪《一千零一夜》手稿——实则是古老的亚述故事集《阿喜卡尔的故事》（*Book of Ahigar*）[4] 的中世纪阿拉伯文版。[5]

比起古代闪族文明和其他古典文化的遗产，波斯前伊斯兰时期的文学对中世纪阿拉伯故事传说的影响当更为明显，也更为广泛。故事、寓言和智性文学的发展得益于帕提亚和萨珊人的统治。不幸的是，早期波斯文学作品的原始面貌基本没有保存下来，这很可能是因为 7 世纪伊斯兰征服之后，这些作品被阿拉伯化了。《赫扎尔·艾夫萨乃》，或者说"一千个故事"，被认为是《一千零一夜》的波斯原型。

（接上页）University Press, 1972); Stith Thompson, *The Folktale* (Berkeley: University of California Press, 1977), pp.273–6。

1 Stephanie Dalley, "*Gilgamesh* in the *Arabian Nights*," *Journal of the Royal Asiatic Society*, vol. 1, no. 1 (1991): 1–17.

2 O. R. Gurney, "The Tale of the Poor Man of Nippur and its Folktale Parallels," *Anatolian Studies*, vol. 22 (1972): 149–58.

3 收录在伯顿本《〈一千零一夜〉补遗》第七卷（*The Supplemental Tales to* The Book of the Thousand Nights and a Night, Volume VII）中。——译者注

4 也被译为《阿喜卡尔训言》（*Words of Aḥiqar*），大约产生于公元前 7 世纪至公元前 6 世纪的美索不达米亚地区，目前现存的文字手稿为公元前 5 世纪的一份纸莎草片段，出土于埃及。讲述的是亚述国王辛那赫里布的一位大臣为训诫侄子，所说的一些教化箴言。这个故事流传很广，被称为"世界文学中最早的'国际书籍'"之一。——译者注

5 Nikita Elisséeff, *Thèmes et motifs des Mille et une nuits* (Beirut: Institut français de Beyrouth, 1949), p.48.

关于它，我们之前已有论述。伊本·纳迪姆认为，这本书据说由传说中的古波斯国王巴赫拉姆的女儿胡麦编撰。而据迈斯欧迪所言，山鲁佐德是巴赫拉姆的母亲。书商和目录学家伊本·纳迪姆与历史学家迈斯欧迪都倾向于认为，故事类作品总是有波斯或是印度源头。通常情况下，他们是对的。但是，迈斯欧迪认为非常重要的《辛迪巴德之书》中的系列故事也是来自印度，这将19世纪以本菲为代表的一些学者引向了错误的方向。

《辛迪巴德之书》，也叫《狡猾恶毒的妇人》，并不存在于前伊斯兰时期的波斯版本，其现存最古老的手稿来自叙利亚。[1] 从叙利亚本，它又被移译至希伯来语和后来的各种欧洲语言。同样，它也被译为阿拉伯语，并被纳入《一千零一夜》。这部道德教化故事集与航海家辛巴达的系列故事毫无关系。邪恶的王后坚持要杀死国王的儿子[2]，七位大臣为了阻止国王下手，纷纷给国王讲故事，这是它的框架叙事结构。故事中，儿子在面临污蔑和指控时，需保持七天缄默。邪恶的后母污蔑王子这类故事在古代《佛本生故事》中早有先例。尽管如此，对迈斯欧迪认为上述故事来自印度这种含糊其词的观点，古代故事集研究专家佩里（Perry）教授不太认同，他反而认为故事具有西方渊源，即来自《沉默的塞孔都斯》（*Secundus the Silent*）这个拉丁传奇故事。

沉默的塞孔都斯据说是生活在哈德良时期（Emperor Hadrian）的哲学家。他听说有人认为世上没有忠诚的女人，便想通过试探母亲来验证这句话的准确性。由于他离家多年，母亲没有认出他来，欣然准备和他上床。这时他退却了，母亲死死追问他何以如此，他将真相告诉了母亲，结果母亲上吊自杀了。塞孔都斯被自己的坦诚带来

---

1 关于《辛迪巴德之书》，参见 Perry, “The Origin of the Book of Sindbad,” *The Classical Review*, vol. 11, no. 3(1961): 304; S. Belcher, “The Diffusion of the Book of Sindbad,” *Fabula,* vol. 28, no. 1 (1987): 34–58。

2 此处原文有笔误。厄文称国王的儿子叫辛迪巴德，但该故事中名叫辛迪巴德的，其实是国王的谋臣，也被称为智者。辛迪巴德负责教导王子。——译者注

的后果吓坏了，从那以后，他发誓永远沉默。当哈德良国王问他一些哲学问题时，塞孔都斯皆拒绝回答。他还不知道国王已经暗下决心，如果他打破自己沉默的誓言，就会将他革职。是他的沉默救了他。最终，他坚持用笔谈的方式来回答国王的各种难题。这个传说所传递的信息是：肉欲是邪恶的，沉默是一种美德。故事具有毕达哥拉斯派传统。作为一个框架故事，它后来又产生了多种变体，先后被波斯文学和阿拉伯文学作品所模仿。于是，这种毕达哥拉斯派的厌女倾向才与《一千零一夜》中古代佛教和印度教的厌女倾向融为一体。

另一个被收入《一千零一夜》的波斯故事是《印度的杰里阿德国王和他的大臣希马斯》（"King Jali'ad of Hind and his Wazir Shimas"）。《辛迪巴德之书》也多少模仿了这个有着框架叙事结构的系列故事。在杰里阿德系列故事中，国王的大臣通过讲故事来反诘妒妇，以保护国王贤明的儿子希马斯。[1] 和《辛迪巴德之书》的命运相同，这个故事的波斯源头版也已不复存在。类似的故事还有 7 世纪的波斯故事《巴赫蒂亚尔之书》（*Bakhtiyarnama*），这个故事的阿拉伯语版被收录在布雷斯劳本中，并出现在伯顿译本的补遗本第一卷，题名为《十位大臣：阿扎德巴赫特国王和他的儿子》。在这个故事中，大臣们是奸邪的，王子巴赫蒂亚尔必须不断讲故事，来反驳十位邪恶的大臣；后来有位强盗头领出面，证明巴赫蒂亚尔是国王的亲生儿子。

需要指出的是，只有很少一部分波斯故事集能有幸被译成阿拉伯语，并最终进入《一千零一夜》。波斯故事的规模远比存留下来的要大得多。分析和解读《马尔祖班之书》（*Marzubannama*）[2]、《七美

1 H. Zotenberg, "Histoire de Gal'ad et Chimas, roman arabe," *Journal asiatique,* vol. 6, no. 6 (1885): 551; idem, vol. 67, no. 7 (1886): 97–123; Perry, "The Origin of the Book of Sindbad," *The Classical Review*, vol. 11, no. 3 (1961): 1–94, *passim.*

2《马尔祖班之书》是 13 世纪早期的波斯韵散文故事集，由各种说教故事和语言组成，属于"王子镜鉴"类作品。——译者注

女》(*Haft Paykar*)[1] 以及古老的巴列维语故事《维斯与朗明》(*Vis and Rahmin*, 也作 *Vis and Rāmin*)[2] 等的情节是件十分有益的工作。《维斯与朗明》还可能是欧洲爱情故事《特里斯坦和伊索尔德》(*Tristan and Isolde*)的原型。但要做这项工作,原本简短、独立的章节就极有可能被铺衍成大量结论和论据的海洋。如果愿意,人们可以永远畅游在这片古老的故事海洋里,在《一千零一夜》中找寻来自柏柏尔、格鲁吉亚、叙利亚、亚美尼亚、土耳其和马来西亚的各种原型、类似和延异。当然,这或许会令我们感到非常疲倦,于是忍不住会问:难道阿拉伯人自己就没有创造故事吗?是的,阿拉伯故事的确要归功于他们的先辈和邻居,但这是一个文化交流的普遍规律;就像我们很快就会谈到的那样,欧洲文学领域卓越的天才(包括但丁、薄伽丘和乔叟等)也要十分感谢阿拉伯世界那些无名的说书人。阿拉伯人吸收了多少故事,他们就汇编并传播了多少。基督徒拿走了这些故事,却剔除了其中特有的伊斯兰元素。

显而易见,要想厘清每个佚名故事或故事集的确切起源时间和地点,通常是十分困难,也是不大可能的。民俗学家们努力尝试梳理故事的迁徙规律,但并不成功。他们的困难大多源自这样一个事实:他们所致力于研究的故事,往往都是由吉卜赛人、船员和商人以口传的形式散播到世界各地的,而学者们却只能依据现存的书面文本来追溯这些故事的流散痕迹。这些文本可能有着极大的误导性。因此,到目前为止,本文的观点依然是:无论是山鲁佐德或山鲁亚尔的框架故事,还是其框架中所蕴含的故事的原始核心,我们都尚无确凿的根据来认定它们是否源自印度,并且经由波斯传到西方国家;因为印度也有可

1《七美女》即《巴赫拉姆之书》(*Bahramnameh*),讲述的是萨珊王朝巴赫拉姆五世的故事。后来曾被菲尔多西(Ferdowsi)和尼扎米(Nizami)改写。传说国王巴赫拉姆在一座宫殿闲逛之时,在一间上锁的房间内,看到了七位美女的画像,并爱上了她们,后来终于抱得美人归。七位美女分别给国王讲述了一些故事。尼扎米《五卷诗》(*the Khamsa*, 又作 *Panj Ganj*)中该故事名为《七美女》。——译者注

2《维斯与朗明》是一部安息帝国凯扬王朝时期的爱情叙事诗,11 世纪由诗人古尔刚尼以巴列维语为底本改写为达里波斯语的叙事诗。——译者注

能只是接受并传播了这些故事。

当然，相似的环境会催生相似的故事，这也是一个毋庸置疑的事实。编故事的人往往会想到某些特定的基本情节。如此一来，基本内容相同的故事，也许会在世界不同的地域独立产生，这就是多元发生论（polygenesis）。假如偶尔在印度或中国发现了一个故事存留下来的最早文字版本，这并不一定意味着这个故事最初产生于东方。要记得造纸术是 9 世纪[1]的时候由中国传至中东地区的，并在 10 世纪广为传播。至少从幸存下来的资料看，随着纸张的广泛利用，以文字形式记录的阿拉伯故事和其他作品也随之大量出现了。

爱丁堡大学的土耳其语讲师约翰・沃尔什（John Walsh）曾于 1950 年代写过一篇文章，他认为“一个没有绘画或是雕刻艺术的社会，也不会生产故事，因此，所有伊斯兰的民间故事和浪漫传奇要么是前伊斯兰时期的，要么是从其他民族汲取的，并且，就像被掠夺来的肖像绘画或人物雕塑一样，这些故事的原有特征也或多或少被抹去了”。[2] 这类粗鄙的东方主义理论暴露出对伊斯兰艺术成就的无知，同样暴露出其对伊斯兰文学成就的陌生。但我们也必须承认，中世纪阿拉伯故事集的确是随心所欲地攫取了梵语、波斯语先辈们的成果，这也正是本节讨论的重要主题之一。不过，民间文学和类似作品的传播是全球现象，并且，正像我们将要看到的，欧洲文学对阿拉伯文学的攫取与阿拉伯文人洗劫他们邻居的著作一样，都丝毫不曾留情。

尽管翻译其他语种的作品始自伍麦叶哈里发时期，但在阿拔斯哈里发曼苏尔时期（754—775 年在位）被杀害的伊本・穆格法很有可能是第一位将文学作品（波斯语的《卡里来和迪木乃》）译至阿拉伯语

1 最早应为公元 8 世纪，据说 751 年唐代高仙芝与大食（阿拔斯王朝）的怛罗斯战役之后，曾有一些精通造纸术的唐朝俘虏经由撒马尔罕被带往阿拉伯地区，这些俘虏很有可能将造纸术沿路传播至上述地区。——译者注

2 J. R. Walsh, “The Historiography of Ottoman-Safavid Relations in the Sixteenth and Seventeenth Centuries,” in Bernard Lewis and P. M. Holt (eds.), *Historians of the Middle East* (London: Oxford University Press, 1962), p.197.

的文人[1]。后来，在哈里发麦蒙（al-Mamun, 813—817 年在位）的领导下，翻译运动达到高潮。[2] 麦蒙是哈伦·拉希德（Harun al-Rashid）的儿子，他建立的智慧宫既是图书馆，也是研究机构，其最重要的一项工作就是翻译希腊、印度、波斯和其他语种的书籍。然而，麦蒙团队的译者们优先翻译的是数学、医学、化学、哲学和其他实用学科的书籍。他和他的后继者们似乎并不热衷于支持世界文学名著的翻译，哈里发们也无意赞助带有娱乐性质的阿拉伯文学的发展。

正如我们已经指出的那样，伊本·纳迪姆和迈斯欧迪倾向于认为《一千零一夜》这部故事集的源头是印度或波斯。然而，佩里指出：

> 阿拔斯哈里发时期（750—1258），近东地区故事书的激增并非由于人们猜测的那样，是印度故事素材或有关范式的输入，而是由于伴随着新的波斯-阿拉伯文化而来的散文作为一种合法的文学形式受到了赞赏。[3]

阿拉伯人翻译波斯书籍很少忠实于原文。伊本·穆格法翻译《卡里来和迪木乃》时便加入了大量的补充和修正。[4] 他的翻译启发了后来的

1 这里是指伍麦叶时期阿拉伯的翻译主要集中在医学、哲学等领域，文学作品的翻译则要稍晚。——译者注

2 有关翻译运动，参见 L. E. Goodman, “The Translation of Greek Materials into Arabic,” in M. L. J. Young, J. D. Latham and R. B. Serjeant (eds.), *Religion, Learning and Science in the Abbasid Period* (Cambridge: Cambridge University Press, 1990), pp.477–97。

3 Perry, *Some Traces* (Urbana: University of Illinois Press, 1960), pp.156–7.

4 关于伊本·穆格法和《卡里来和迪木乃》，参见 Esin Atil, *Kalila wa Dimna: Fables from a Fourteenth-Century Arabic Manuscript* (Washington: Smithsonian Institution Press, 1981); J. D. Latham, “Ibn al-Muqaffa and Early Abbasid Prose,” in Julia Ashtiany, T. M. Johnstone, J.D. Latham, R. B. Serjeant and G. Rex Smith (eds.), *Abbasid Belles-Lettres* (Cambridge: Cambridge University Press, 1990), pp.48–77; *Encyclopedia of Islam* (2nd ed.), s.v. “Ibn al-Muqaffa” and “Kalilah wa-Dimnah” ; R. Irwin, “The Arabic Beast Fable,” *Journal of the Warburg and Courtauld Institutes*, vol. 55, no. 1 (1992): 36–50。

阿拉伯文人，他们开始转向整理带有教化或政治寓意的动物寓言故事集。《卡里来和迪木乃》非常有名，每一位朝臣和官员都应当熟悉它的故事和格言。在整个中世纪时期，它都被视为两部阿拉伯最伟大的文学作品之一。

另外一部无疑就是哈里里（al-Hariri, 1054—1122）的《玛卡梅集》（*Maqāmāt*）。哈里里的这部作品是受到了"时代翘楚"赫迈扎尼（al-Hamadhānī, 968—1008）同名作品的启发，并多少对其进行了模仿。[1] 赫迈扎尼的《玛卡梅集》也许是阿拉伯世界第一部原创散文作品（不是另一种语言作品的改写本）。不过，尽管它在赫迈扎尼的时代取得了巨大的成功，但较之于语言更精美、体裁更标准的哈里里作品，它就黯然失色了。玛卡梅体裁内容上包含许多逸闻趣事，属于韵散文，中间窜入的许多插曲或片段其实是为了炫耀机智和雄辩之才。以哈里里的《玛卡梅集》为例，主人公艾布·宰德是一个狡猾、贪婪的酒鬼、无赖，靠狡黠机敏和三寸不烂之舌谋生。艾布·宰德在书中有 50 场都是在刻意展示其修辞、演说或雄辩之才。就像 R. A. 尼科尔森（R. A. Nicholson）[2] 在其《阿拉伯文学史》（*A Literary History of the Arabs*）中所说的，艾布·宰德向他的观众呈现了一幕幕"精彩的演说、富于教化的布道、忧伤的哀曲，偶尔还夹杂着一些翻唱的小曲和下流的笑话"。[3] 正如我们将会分析的，骗子在中世纪阿拉伯文化中占有重要的地位。很多时候，艾布·宰德和散落在阿拉伯其他作品中狡黠

---

1 有关赫迈扎尼和哈里里的《玛卡梅集》，参见 R. A. Nicholson, *A Literary History of the Arabs* (Cambridge: Cambridge University Press, 1930), pp.328–36; Abdelfattah Kilito, *Les Séances* (Paris: Sindbad, 1983); A. F. L. Beeston, "Al-Hamadhani, al-Hariri and the *Maqamat* Genre," in Ashtiany *et al.* (eds.), *Abbasid Belles-Lettres*(Cambridge: Cambridge University Press, 1990), pp.125–35; Shmuel Moreh, *Live Theatre and Dramatic Literature in the Medieval Arab World* (Edinburgh: Edinburgh University Press, 1992), pp.104–22。

2 R. A. 尼科尔森（R. A. Nicholson, 1868—1945），英国东方学家，主要研究伊斯兰文学与伊斯兰神秘主义，曾出版波斯文人鲁米《玛斯纳维》的英译注疏本。——译者注

3 R. A. Nicholson, *A Literary History of the Arabs* (London: T. Fisher Unwin, 1907), p.332.

的乞丐、小偷、妓女和宗教骗子都很类似。但他的主要特点在于：他首先是一个精通语法的骗子和语言艺术大师。这一点最重要，他运用隐喻、双关语、平行语，甚至是头韵和重句等各种技巧来帮助自己摆脱种种困境。相形之下，哈里里的著作对于那些认为经典文学作品需当含蓄晦涩的人来说，可谓圭臬。

《卡里来和迪木乃》与《玛卡梅集》都是当时的散文经典，每一个受过教育的阿拉伯人可能都读过。而一个受过教育的阿拉伯人如果偶然读到《一千零一夜》，他可能不会声张，因为这部作品题材粗俗，风格粗鄙，根本不值得认真对待。

然而，倘若说《一千零一夜》不被视为真正的文学作品，那么从某种程度上来说，它的那些更为复杂艰涩的反面典型也难逃这一命运。须知在中世纪阿拉伯，根本就没有"文学"这个词。现代语言中的"文学"（adab, 音译为艾代卜），也指代狭义的纯文学（belles-lettres）。但在中世纪，它既不泛指文学，也不专指狭义的文学。其最初含义指向道德修养、礼节礼仪等[1]。随着时间的推移和词义的扩展，"文学"一词逐渐开始用来指代上流社会的文学和文化交流，特别是指社会精英的交际活动。法庭书记官也被认为是掌握了"文学"的人，其含义除了上述内容外，还包括制定条约草案，了解历史、地理、诗歌、谚语、笑话和谐趣故事等各种知识。[2]然而，尽管各种故事或许也是朝臣"文学"的一部分，但通常情况下，虚构类文学作品在中世纪阿拉伯世界仍然

1 例如，阿拉伯文学家绍基·塔依夫（Shaoqi Ḍayf, 1910—2005）在其《阿拉伯文学史·贾希利叶卷》中曾对艾代卜（adab）一词有过阐释，认为这个词随着游牧风俗向文明生活的转化，其含义经过了不断的发展和衍变。它最初指呼唤人吃饭，"宴会"（ma'dubah）便是由这个词根而来。后来，艾代卜逐渐含有道德、礼仪、有教养的含义，也可被译为"雅学"。——译者注

2 有关"文学"的起源和发展，参见 Barbara Daly Metcalf (ed.), *Moral Conduct and Authority: The Place of Adab in South Asian Islam* (Berkeley: University of California Press, 1984) (esp.chapters by Peter Brown, Ira M. Lapidus and Gerhard Bowering); S. A. Bonebakker, "*Adab* and the Concept of *Belles- Lettres*," in Ashtiany *et al.* (eds.), *Abbasid Belles-Lettres* (Cambridge: Cambridge University Press, 1990), pp.16–30。

地位低微。像《一千零一夜》这类故事，往往被归于传奇（khurāfa）类，属于杜撰和娱乐作品，适合女人和孩子们看，尤其是晚上作为休憩的闲谈。伊本·纳迪姆曾经列出这类故事的一些清单，不过没有涉及其具体内容。这些有趣的故事名单包括《巨蜥的脚骨》（“The Foot Bone of a Giant Lizard”）、《母牛的牛郎》（“Lover of the Cow”）、《鸟粪》（“Bird Droppings”）等。伊本·纳迪姆通常不太喜欢散文体作品，认为它“平淡冷削”。[1] 他与其他阿拉伯人一样，只偏爱诗歌。诗歌是最崇高、最具挑战性的文学形式，吸引着众多有雄心、有才华、有进取心的文人。

而《一千零一夜》却因其充斥着传奇故事，多半用最简单、最口语化的散文形式写就，因此在中世纪阿拉伯文学中的地位很低。毫无疑问，如果不是偶然被翻译成法语，并且刚好迎合了 18 世纪欧洲人的口味，这部独特的故事集就很难逃脱默默然跌入忘川的命运。即使是在今天，除了一些学者和作家外，阿拉伯世界仍然轻视这部作品。它的故事通常被视为粗俗、怪诞、幼稚，最重要的是写得非常粗糙。不过，尽管地位不高，这部故事集在阿拔斯王朝时期也还是颇有几位竞争对手的。

第二章中我们谈到过，伊本·纳迪姆曾说有位名叫穆罕默德·伊本·阿卜杜斯·哲赫沙耶尔（Muhammad ibn Abdus al-Jahshiyari, ?—942）的文人，以写政论文章为主，同时还是大臣助理，他写的大臣传记最为有名：

> 他曾致力于编撰一部阿拉伯、波斯、希腊等地一千个故事的书。每个故事皆独立成篇，且彼此并无关联。他让讲故事的人（被称为 musamirun，意为夜谈者，或者晚上讲故事的人）汇聚一堂，给他讲述他们所知的精彩故事和有趣经历。他还会从一些故

1 Ibn al-Nadim, *The Fihrist of al-Nadim*, Bayard Dodge trans., vol. 2 (New York: Columbia University Press, 1970), pp.712–24, 734–5.

事、寓言书中挑选自己喜欢的内容。利用这种优势，他收集到了四百八十夜故事，每夜为一个完整的故事，篇幅约达五十页。遗憾的是，他在去世时尚未完成计划中收集的一千夜故事。我曾看到过这本书的一些章节。[1]

可惜，哲赫沙耶尔汇编的故事到今天已经所剩无几了，人们只能在《奇闻异事》（*Hikayāt al-Ajība wa'l-Akhbār al-Gharība*）中找到它的些许蛛丝马迹。[2] 这部佚名作品仅有一份手稿存留于伊斯坦布尔，大约制作于14世纪。虽然现存的这份手稿年代较晚，但故事的内容表明：这部故事集最初应该是收集于10世纪的埃及。它的目录页列出了42个故事，但现存的只有18个。[3] 这些故事中有几个在《一千零一夜》里也能看到，最广为人知的就是《巴格达理发师的六个兄弟》和有关石榴公主的故事（这两个故事伽朗手稿中也有），以及《懒汉阿布·穆罕默德》等。有些故事在《奇闻异事》中有，而《一千零一夜》里却是没有的，其中最有趣的当属《四十个女子的故事》（"The Story of the Forty Girls"），后面我们会谈到它。

《奇闻异事》还包括故事《苏阿勒和舒穆勒》（"Su'l and Shumul"），内容非常奇特，讲述了一对也门青年男女间的爱情。舒穆勒由于某种原因被迫离家，苏阿勒走遍整个黎凡特地区，在一个又一个修道院寻找她的身影。有趣的是，这个故事还存在于一份16世纪的独立手稿当中。在这份手稿里，故事开始被分成了几个夜晚，晨曦来临之时，姐姐

1 Ibn al-Nadim, *The Fihrist of al-Nadim*, Bayard Dodge trans., vol. 2 (New York: Columbia University Press, 1970), p.714; cf. *Encyclopedia of Islam* (2nd ed.), s.v. "Djashiyari".

2 Hans Wehr ed., *Al-Hikayat al-Ajibah wa'l-Akhbar al-Gharibah* (Wiesbaden: Otto Harrassowitz, 1956).

3 也有资料表明《奇闻异事》从目录来看，其完整手稿应包含42章，手稿保存下来的有18章，包含26个故事，其中有六个故事与《一千零一夜》中的大致相同。它是由德国阿拉伯学者汉斯·韦尔（Hans Wehr, 1909—1981）进行校对和翻译的。——译者注

山鲁佐德停止讲述，她的妹妹则催促她在第二天夜里继续讲故事。很明显，抄写员是想把《苏阿勒和舒穆勒》这个故事插进《一千零一夜》，但在第 35 页之后，他显然对这件事情失去了兴趣，于是又一口气把故事讲完了。[1]

塔努赫（Al-Tanukhi）[2] 是一位居住在巴格达的卸任法官，他和哲赫沙耶尔一样，也喜欢搜集故事。[3] 他最重要的著述《劫后重生》（*Al-Faraj ba'd al-Shidda*）就像书名说的那样，是一本轻松的故事集，收集了书面和口头流传的一些段子。9 世纪以后，以“苦尽甘来”（joy after sorrow）为主题的书籍渐渐成为阿拉伯文学的一个亚流派，塔努赫的《劫后重生》便是这一流派的代表作品。这些令人放松的故事以先病后愈、先穷后富、先败后胜等为主题。《一千零一夜》中有许多故事也与“苦尽甘来”（或曰“皆大欢喜”）这一主题有关。诸如《一梦成富翁》《嫉妒者和被嫉妒者的故事》等。《劫后重生》和《一千零一夜》有很多值得比较之处。不幸的是，前者至今没有校勘译本。塔努赫的另一部作品《谈话回忆录》（*Kitāb Nishwār al-Muhāḍara wa-Akhbār al-Mudhākara*）的部分内容曾被翻译成英文，译名为《美索不达米亚法官的席间漫谈》（*The Table Talk of a Mesopotamian Judge*, 1922）。但很遗憾，这个译本是删节本。在这本书中，塔努赫依然利用了口头流传的故事资源，正如他在序言中所说的：“我编这本书的目的是收集人们口口相传的故事，迄今为止，它们还存在于人们的脑海中，尚未被记录成文字。”塔努赫的《席间漫谈》《一千零一夜》以及其他一些故事

---

1 F. C. Seybold (ed.), *Geschichte von Sul und Schumul. Unbekannte Erzahlungen aus Tausend und Einer Nacht* (Leipzig: Verlag von M. Spirgatis, 1902).

2 Abu'Ali al-Muhassin ibn'Ali al-Tanukhi，被称为 al-Tanukhi（939—994），是 10 世纪的法官和文学家。他出生于当时阿拉伯世界的知识之都巴士拉，来自一个有影响力的地主和司法家庭。这个作品所采用的《掩饰和回忆的精华》（*Nishwar al-Muhadara wa-Akhbar al-Mudhakara*）是 al-Tanukhi 的两个伟大的幸存作品之一。

3 有关塔努赫，参见 D.S. Margoliouth, *Table Talk of a Mesopotamian Judge* (London: Royal Asiatic Society, 1922); *Encyclopedia of Islam* (1st ed.), s.v. “Tanukhi” ; Wiebke Walther, *Tausendundeine Nacht* (Munich: C.H. Beck, 1987), pp.19, 24。

集里皆有一个重要类型，那便是宣扬王子或大臣的慷慨，比如《一千零一夜》中的《哈依部落的哈提姆》《宰丹之子穆安与三位女子》《哈立德之子叶海亚对造假信人的宽容》等。这类故事都集中描述了巴尔马基家族（Barmecide dynasty）[1] 大臣们的闪族式传奇与慷慨，他们为阿拔斯哈里发服务。看起来这类故事似乎是乞丐们（意指说书人——译者注）为了打动听众，从他们那里骗取钱财而编造的，故而大多比较简洁。后来埃及抄写员和编撰者开始扩充《一千零一夜》的规模时，似乎也撷取了塔努赫故事集里的一些元素。

9 至 10 世纪，伊拉克出现了第一批故事集。至于缘何在那时集中出现，其原因尚不清楚。到马穆鲁克王朝后期，叙利亚和埃及又出现了改写这些故事的风潮，这很有可能是因为这些故事集迎合了马穆鲁克上流阶层的文学趣味。古祖里（Al-Ghuzūli, 卒于 1412）是个柏柏尔人，马穆鲁克时期他由北非移居大马士革，用阿拉伯语从事创作。[2] 他的作品《欢乐之地满月升起之处》（*Maṭāli' al-Budūr fi Manāzil al-Surūr*）是一部"文学"（adab）作品，所包含的都是轻松愉快的内容，诸如鲜花、微风、食物饮品、宴饮歌舞、妇人女奴等。其中有一个很长的章节是关于夜谈故事的，也就是夜晚讲的故事。在这一章所叙述的七个故事或曰七夜故事中，至少有四个与《一千零一夜》的故事有对应；并且，在古祖里这部结构松散的故事汇编中，一定还有更多的故事也能在《一千零一夜》中看到其影子。这些故事不仅仅基本内容相同，有些时候甚至连字句都完全一致。这说明很有可能《一千零一夜》的晚期编撰者们在编纂过程中攫取了古祖里的故事，就像他们曾攫取塔努赫的一样。

1 曾是伊朗巴尔赫地区一个非常有势力的家族。——译者注

2 有关古祖里，参见 C. Torrey, "The Story of el-Abbas and his Fortunate Verses," *Journal of the American Oriental Society*, vol. 16, no. 1 (1896): 43–70; idem, "A Story of a Friend in Need: The Arabic Text Edited from the Vienna Manuscript of al-Ghuzuli and Translated for the First Time," *Journal of the American Oriental Society*, vol. 26, no. 1 (1905): 296–305; *Encyclopedia of Islam* (2nd ed.), s.v. "Ghuzuli"。

生于艾恩塔布（马穆鲁克时期叙利亚一个讲土耳其语的城镇）的土耳其人白德尔·丁·艾尼（Badr al-Din al-'Ayni）是一位宗教学者、历史学家，成名于开罗。他曾任开罗的市场监察员和几任苏丹的宫廷历史学家，用土耳其语和阿拉伯语双语进行写作，以其阿拉伯编年史《珍珠瓔珞》（*'Iqd al-Jumān*）而闻名。他也曾编撰过一本适合不同阶层阅读的娱乐故事集《故事逸闻大全》（*Majmū'a Mushtamil 'ala Hikayāt wa Ghayriha*）。

1401 年，奥斯曼土耳其帝国的建立者帖木儿对大马士革进行肆意破坏。此后，年轻的伊本·阿拉布沙（Ibn Arabshah, 1392—1450）[1] 作为俘虏被带至帖木儿的中亚首府撒马尔罕。15 世纪 20 年代，他回到马穆鲁克王朝治下的领土，在此之前一直生活在奥斯曼苏丹穆罕默德一世的宫廷中。[2] 今天，人们记得他，主要是因为他在帖木儿王国度过了悲苦的生活。《一千零一夜》中有个故事讲述的正是这件事。他还翻译了 13 世纪波斯动物寓言集《马尔祖班之书》。后来，他又扩充和重写了这部波斯作品，并给它起名《哈里发的笑话集锦》（*Fākihat al-Khulafā' wa-Mufākihat al-Zurafā'*）。虽然这本书意在成为"王子们的镜鉴"，但所涉内容都是有趣的故事，没有明显的教化功能。故事集的框架结构借鉴了《卡里来和迪木乃》，讲述的虽是鸟兽们的故事，但明显隐喻人类。同样，《哈里发的笑话集锦》的有些故事与《一千零一夜》相同，其中就包括那个每年说一次谎的奴隶，以及商人与两个骗子等故事的变体。

---

1 伊本·阿拉布沙（Ibn Arabshah, 1392—1450），帖木儿王朝时期的阿拉伯文学家、旅行家，通晓阿拉伯语、土耳其语和波斯语。他出生于叙利亚，后被作为俘虏带至撒马尔罕，在此期间曾将大量的阿拉伯语文献译为波斯语、土耳其语，二十多年后回到大马士革，晚年居住于埃及，并卒于埃及。——译者注

2 有关伊本·阿拉布沙，参见 Freytag ed., *Fakihat al-Khulafa wa Mafakihat al-Zurafa*, 2 vols (Bonn: Eduard Weber, 1832), reviewed by Sylvestre de Sacy in *Journal des savants* (1835): 602–12, 652–67; Clement Huart, *A History of Arabic Literature* (London: William Heinemann, 1903), pp.363–4; El-Shamy, *Folktales of Egypt* (Chicago: University of Chicago Press, 1982), pp.263, 275–6; *Encyclopedia of Islam* (2nd ed.), s.v. "Ibn Arabshah"。

《哈里发的笑话集锦》里还有些故事也能在另一部小故事集《诙谐集锦》(*Mustaṭraf fi Kull Fann Mustaẓraf*)中看到,后者收集于马穆鲁克王朝时期的埃及。作者伊卜什希(al-Ibshīhī,约卒于1446年)[1]收集并改写的这部故事集内容庞杂,包括故事、传统习俗、格言寓言以及道德警句。[2]其中一些故事在《一千零一夜》中也很常见,这可以看出作者和《一千零一夜》晚期埃及手稿的编撰者都借鉴了相同的资源。魔法、奇迹和混乱的男女之情在《一千零一夜》和其他故事集中都比较突出,但同时它们也有关于圣人和美德的启迪故事。这不容忽视。有些故事集甚至专注于启迪教化,其中就包括14世纪也门苏非神秘主义文人雅非伊(al-Yafi'i)的《圣人故事的微风花园》(*Rawḍ al-Riyāḥīn fi Hikāyāt al- Ṣalihīn*)。[3]他所撰写的这部有关苏非的精彩绝伦的故事集同时借鉴了伊卜什希和那些被认为扩充了《一千零一夜》容量的篇什。

马穆鲁克王朝终结之后,各种文学流派中很少再有阿拉伯文人的身影,直至18世纪晚期。贾巴尔蒂(al-Jabarti)[4]作为最伟大的阿拉伯历史学家之一,开始着手编撰自1517年奥斯曼征服起到他那个时代的埃及历史。他记载了1798年拿破仑·波拿巴入侵埃及的情形。贾巴尔蒂还在开罗的法国人研究所内与法国学者进行交流。可能正是法国人把他们对《一千零一夜》的热情传递给了贾巴尔蒂。于是后来

1 沙哈布·丁·穆哈迈德·伊卜什希(شهاب الدين محمد الابشيهي,1388—1446/1448),出生于埃及法尤姆地区,曾多次前往埃及求学,是著名的教法学家、文学家,著有《雅艺甄选》(المستطرف في كل فن مستظرف)等。——译者注

2 参见 *Encyclopedia of Islam* (2nd ed.), s.v. "Ibshihi"。

3 有关雅非伊其人,参见 Mia I. Gerhardt, *The Art of Story-Telling: A Literary Study of the* Thousand and One Nights (Leiden: Brill, 1963), pp.369, 372n, 374, 465; *Encyclopedia of Islam* (1st ed.), s.v. "Yafi 'I"。

4 阿卜杜·拉赫曼·贾巴尔蒂(عبد الرحمن الجبرتي,1754—1825),埃及著名历史学家,其代表作《传记编年记述奇观》(عجائب الآثار في التراجم والأخبار),简称为《贾巴尔蒂历史》(تاريخ الجبرتي),是18—19世纪最重要的历史书,书中详细记述了法国人侵埃及前后埃及的社会状况,是了解18—19世纪埃及的重要参考文献。——译者注

他便曾尝试编一部《一千零一夜》洁本。但遗憾的是，这部洁本并没有保存下来。[1]

值得一提的是，还有一本奇闻集，过去也被视为阿拉伯故事集。这就是《马赫迪伯爵的故事》（*Contes du Cheykh el-Mohdy*, 1835，亦说1833——译者注），据说它译自一部名为《令昏睡者愉悦而给清醒单身汉的礼物》（*The Present to the Awakened Bachelor for the Delight of the Somnolent Sleeper*）的阿拉伯故事集。其作者是与贾巴尔蒂同时代的一个名叫穆罕默德·马赫迪谢赫（Sheikh Muhammad al-Mahdi）的人。这部著作由让-约瑟夫·马塞尔（Jean-Joseph Marcel）"翻译"。后者是位阿拉伯问题专家，1798年曾随拿破仑出征埃及。框架故事的开篇讲述一位年轻人为让他的听众睡觉而不停地讲故事。尽管历史上真的有这么一位穆罕默德·马赫迪谢赫，但毫无疑问，故事却是虚构的，是欧洲人模仿《一千零一夜》的杰作。更有甚者，"讲故事者靠讲故事让听众睡觉"这个主题是马塞尔从卡佐特（Cazotte）的《一千零一个故事》（*Mille et une fadaises*）那里窃取的。[2]

许多阿拔斯、马穆鲁克以及奥斯曼时期一度声名卓著的文人最终渐渐被人遗忘，这由上述例证可见一斑。当然，这一个案也表明，《一千零一夜》的故事并非那些无名说书人的专利。在很多情况下，它们出身名门，经由杰出的学者和文学家传播，并收录在选集当中，而不仅仅只是在咖啡馆游手好闲者的口耳间流传。虽然大部分受过教育的阿拉伯文人都认为散文比不上诗歌，甚至常常表现出对散文类虚构作品的轻视，但不可否认的是，许多杰出文人自己就很喜欢讲故事。他们偶尔会从《一千零一夜》借用一些故事，来表达自己的政治或宗教主张，这是极有可能的。同时这些学者还极有可能把新的或异域元素糅进阿拉伯故事。古祖里是柏柏尔人，艾因尼是土耳其人；伊本·阿拉布沙通

1 D. Ayalon, "The Historian al-Jabarti and his Background," *Bulletin of the School of Oriental and African Studies*, vol. 23, no. 2 (1960): 246.

2 Huart, *A History* (London: William Heinemann, 1903), pp.425–6; Ayalon, "The Historian al-Jabarti," Bulletin of the School of Oriental and African Studies 23, no. 2 (1960): 246.

晓多种语言，曾在土耳其和波斯文化中心生活多年。然而，这些文人“写”故事只是为了记录它们（或者说最多算是改编它们）。他们并不原创故事——或者说，即使他们这么做过，也并未声张。在中世纪阿拉伯社会，创作故事可不是件值得夸耀的事：文人们最多只会说他们在传播故事。山鲁佐德自己也并不创作故事，她只讲述她所听到的。我们得相信她有着超常的记忆力，而不是创造性的想象力。

据说，塔努赫或伊本·阿拉布沙所编撰的故事，通常只适合受过教育的精英文人。当然，他们的作品有时也会有大众读者，这也是不难想见的。不过，他们的作品甚至那些《一千零一夜》的故事，也都因出色的散文体史诗的流传而黯然失色。很显然，后者更吸引淳朴大众。12 世纪的北非犹太文人萨姆瓦勒·伊本·耶赫叶·马格里布（Samwal ibn Yahya al-Maghribi）[1] 曾记录了童年他还是一个学生时对流行史诗的喜爱：

> 10 至 13 岁，我很喜欢历史读物和故事。我总是渴望阅读那些远古发生的故事，了解过去世纪的一切。我阅读各种不同的故事集和逸闻趣事。通过这些，我爱上了那些充满想象的长篇叙事，继而开始喜欢大部头的小说，比如安塔拉等人的传奇，双角王亚历山大，凤凰的故事，等等。[2]

最终，他从对这些虚构历史的喜爱走上了严肃的学术之路：研究伊斯兰历史，并出于对伊斯兰历史的经验而改宗伊斯兰教。这是题外话。

许多流行的民间史诗固然都基于历史，但这种基石显然是极不可靠的。[3] 数个世纪的时间与数场战争被杂糅在故事中，难免将现实变

---

1 萨姆瓦勒·伊本·耶赫叶·马格里布（Samwal ibn Yahya, 1130—1180），著名犹太数学家、天文学家和物理学家，出生于犹太家庭，后改宗伊斯兰教。—— 译者注

2 Franz Rosenthal, *A History of Muslim Historiography* (Leiden: Brill, 1962), pp.42–3.

3 有关中世纪阿拉伯民间史诗，参见 R. Paret, *Die Geschichte des Islams im Spiegel der Arabischen Volksliteratur* (Tübingen: J. C. B. Mohr, 1927); *idem, Der Ritter-* （转下页）

成了虚构。这些史诗情节冗长，灾难迭出，个中的故事大多都需要讲几周或是几天。这和19世纪欧洲的连载（feuilleton）小说一样。中世纪散乱的传奇故事大多是先从早前8世纪以来的拜占庭战争，再从1090年以后针对十字军的鏖战中汲取灵感，欧麦尔·本·努埃曼的故事便是这类故事的典型。它最初是一个独立的故事，后来被收进《一千零一夜》中。这篇冗长的史诗般的故事（在伯顿本中长达250页，这还不包括其中嵌套的小故事）虚构了一段7世纪穆斯林国王与基督教君士坦丁堡国王联手对付基督教罗马皇帝的斗争历史。故事中虚构的英雄人物原型与9世纪马拉特亚（今土耳其东部的一座城市）国王欧麦尔或多或少有一点联系，那正是阿拉伯人与拜占庭激烈争战的时期。有关他以及其他一些和拜占庭人战争的模糊记忆，与后来12世纪反对十字军的圣战糅合到了一起。突出法兰克人的特点，故事中邪恶的杰夫兰显然是对戈弗雷·达·布庸（Godfrey of Bouillon）的扭曲和丑化，后者是第一次十字军东征的领导者之一，也是第一位统治耶路撒冷的法兰克人。

在这篇以及其他一些类似的史诗故事中，对10至13世纪事件的记述是时空颠倒、顺序交杂的，它们被嵌入一系列充满骑士侠义精神和神秘魔法故事中。在来自大臣们形形色色的阴谋诡计的裹挟下，英雄超人踏上艰难旅程。这种明知其不可为而为之的史诗品格并非

（接上页）*Roman von Umar an-Numan und seine Stellung zur Sammlung von 1001 Nacht* (Tübingen: J. C. B. Mohr, 1927); R. Goossens, "Autour du *Digenis Akritas*: La Geste d'Omar dans les *Mille et une nuits*'," *Byzantion*, vol. 7, no. 1 (1932): 303–16; M. Canard, "Delhemma: Epopée arabe des guerres arabo-byzantines", *Byzantion*, vol. 10, no. 1 (1935): 283–300; N. Christides, "An Arabo-Byzantine Novel: *Umar B. al-Nu'man* compared with *Digenis Akritas*", *Byzantion*, vol. 22, no. 1 (1962): 549–604 ; U. Steinbach, *Dhat al-Himma. Kulturgeschichteliche Untersuchungen zu einem arabischen Volksroman* (Wiesbaden: Franz Steiner Verlag, 1972); G. Canova, "Gli studi sull'epica popolare araba," *Oriente moderno*, vol. 57, no. 1 (1977): 211–26; P. Heath, "A Critical Review of Modern Scholarship on *Sirat Antar* ibn Shaddad and the Popular Sira," *Journal of Arabic Literature*, vol. 15, no. 1 (1984): 19–44; B. Connelly, *The Arab Folk Epic and Identity* (Berkeley: University of California Press, 1986)。

阿拉伯文学独有。事实上，拜占庭史诗《边境的狄吉尼斯》（*Digenis Akrites*, 其产生年代难以确定，但书面文本大致出现于12世纪）的许多细节似乎都取自《欧麦尔·本·努埃曼的故事》，诗歌讲述了一位戍边英雄为拜占庭而战，它在主题与描述手法上都与阿拉伯史诗惊人相似。阿拉伯故事还极有可能影响了其他地区的同类作品，诸如11世纪的佚名亚美尼亚史诗《萨逊的大卫》（*David of Sasun*）和12世纪格鲁吉亚邵塔·鲁斯塔维里（Shota Rustaveli）的《豹皮骑士》（又译《虎皮骑士》，*Knight of the Panther Skin*）。当然，这方面还有待进一步研究。

回到《一千零一夜》，《盖里布与他的兄弟阿吉布的一生》和《欧麦尔·本·努埃曼的故事》相似，也是个冗长荒诞，充满魔法、战争和浪漫情节的大杂烩。同时，和后者一样，它最初也是一部独立的故事，最终以极其庞大的篇幅进入了《一千零一夜》的埃及校订本。当然，也有许多在中世纪阿拉伯世界流传的史诗没有被《一千零一夜》收录，其中包括《德尔赫玛》（"Dhat al-Himma/Delhemma"）[1]以及《赛义德·巴塔尔传》（"Sayyid Battal"）[2]等。这些传奇像前面提到的故事一样，表面上看起来都是发生在阿拉伯-拜占庭战争期间，然而同时又将时空扭曲，清晰地再现了与十字军战斗的场景。

莱恩在《现代埃及礼仪习俗》（*Manner and Customs of the Modern Egyptians*）关于故事的一章中指出，在19世纪早期的开罗，《一千零一夜》的故事很少被口耳相传，说书人和听众更喜欢艾布·宰德（Abu Zayd）、扎希尔·贝巴尔斯（al-Zahir Baybars）以及安塔拉（Antar）的英勇事迹。[3]在说书人嘴里，艾布·宰德是希拉里部落（新月部落）头

1 10世纪或稍晚时期的故事，讲述的是巴格达的哈里发与君士坦丁堡的皇帝之间的战争，德尔赫玛是位英勇的女子，也是故事中的主人公。——译者注

2 14—15世纪的土耳其故事，现仅存一些手稿残篇，讲述的是英雄人物巴塔尔的传奇经历。——译者注

3 Edward William Lane, *An Account of the Manners and Customs of the Modern Egyptians. Written in Egypt during the Years 1833–1835* (London: Charles Knight & Co., 1836), chs. 21–23. 该书第4章有关于这一论点更为详尽的内容。

领的儿子，肤色黝黑。他的传奇事迹主要围绕11世纪新月部落的征服和战胜北非柏柏尔人。在一些变体中，这些事迹的传奇色彩更加浓厚。这个系列故事大致形成于11世纪，它借鉴了古老传奇的情节、主题和方法，并且在几个世纪的流传中加入了一些事件和人名，有些来自穆斯林反对十字军的圣战。说书人常在音乐的伴奏下传颂艾布·宰德和新月部落的英雄事迹。

《扎希尔·贝巴尔斯传》（*Sira of al-Zahir*）在19世纪开罗的流行程度仅次于前者。这个传奇大约形成于15世纪，与埃及苏丹扎希尔·贝巴尔斯一世（1260—1277年在位）的真实生平略有关联。这位苏丹与十字军及蒙古人的战斗经历杂糅在一起，被描绘成一系列落魄的冒险，充满了神秘、奇幻的经历。（如果我们要想探讨《一千零一夜》以及其他中世纪故事对待罪行的态度，那么这部传记也给我们提供了许多可谈的内容。）

《安塔拉传奇》与这两部史诗不同，它流传很广，是一部关于前伊斯兰时期（"蒙昧时期"）诗人和战士的生动传奇，主人公有阿拉伯人和埃塞俄比亚人血统，但这部史诗在说书人那里并不见得那么受欢迎。莱恩认为，咖啡馆的听众们不太容易理解诗歌。《安塔拉传奇》基本上是韵散文体，但诗歌大约有一万首，也穿插在韵散文体故事中。这部传奇还有一个令人烦恼之处，就是它的篇幅太大，其现代印刷版有32卷（册）。安塔利亚（指靠讲安塔拉的故事为生的人）总会有所取舍，而非照单全收。如果听者对某段故事没有太大兴趣的话，他们就会选择其他故事，比如《一千零一夜》。

尽管从普及程度来看，《一千零一夜》可能无法与英雄史诗比肩，但它却在19世纪埃及的咖啡馆中占有一席之地，虽然不算太稳固。至于北非西部地区，还有一部故事集更受欢迎，它就是《一百零一夜》（*Mi'at Layla wa-Layla*）。[1] 据说这部作品现存最古老的手抄本写于1776年，但里面的故事显然是收集于中世纪的北非地区。它包含的

1 M. Gaudefroy-Demombynes, *Les Cent et une nuits* (Paris: Sindbad, 1982).

某些故事与容量更大、更著名的故事集《一千零一夜》非常相似，有些甚至完全一样。在它的框架故事《园中花》（"Flower of the Gardens"）中，有着和题目相同绰号的年轻男子园中花仪表堂堂、英气逼人，但当他发现妻子和别人有染时，便瞬间不再英俊。据说，只有通过后来一系列经历（包括监视女王和她的随从），并发现所有女人都是不忠的时候，他的面容才得以恢复。他警告国王说，王后背叛了国王。国王立即处死了王后，自那以后，便每夜迎娶一位童贞女孩做新娘，第二天一早将其斩首，直至山鲁佐德出现。后者成功地终止了这种循环。《一百零一夜》中同样也有《铜城》《乌木马》《辛巴达》等故事，但也有一些故事并不为《一千零一夜》的编撰者所知。这部北非故事集比它的东部伙伴要短小得多，山鲁佐德在其中只需要讲 8 个月的故事，之后就怀孕了（这部故事集在戈德弗雷伊-戴蒙比尼斯的法译本中仅有 260 页）。

伟大的阿拉伯史诗经常相互借鉴，仿佛穿越一片主题繁杂的沼泽，彼此时而交杂，时而分化。它们提供了一幅阿拉伯历史画卷，里面有诗人们的个人英雄主义事迹，有被俘的公主、形形色色的战役和角斗、野心勃勃的歹徒、巧言令色和阴谋诡计，还有神奇的毒药、亚马孙女战士、魔力护身符和许多机械装置等。故事集中的史诗和短小精悍的故事为中世纪伊斯兰世界增添了神秘色彩。然而，如同我们业已看到的，情节主旨和突出事件很容易跨越文化边界，阿拉伯人从印度等东方文化获得借鉴，转而又向拜占庭等西方国家输出文化。如今，是时候考量中世纪欧洲对阿拉伯人的亏欠了。尤其是我们应当认真研究在伽朗译本出现的数个世纪之前，《一千零一夜》的整部作品或部分内容是否就已经开始以一种或多种欧洲语言在西方流传了。

虽然有一部分《一千零一夜》的内容曾被移译至拜占庭，但西班牙和西西里无疑是将阿拉伯知识——包括阿拉伯消遣文学——翻译和传播至欧洲的主要环节。[1] 早在 10 世纪，阿拉伯语的希腊科学、数

1 有关中世纪欧洲翻译阿拉伯典籍的总体情况，参见 R. W. Southern, *Western Views of Islam in the Middle Ages* (Cambridge, Mass.: Harvard University Press, 1962);（转下页）

学著述便在西班牙被翻译成了拉丁文，但具有一定规模的翻译运动是出现在 12 世纪的托莱多，它是当时主要的翻译中心。那时，译者们对阿拉伯人用自己的语言保存下来的希腊哲学、数学著作表现出极大兴趣。1143 年，《古兰经》也被翻译成了拉丁语，不过这是为了用于反穆斯林的论战。第一部大量引用阿拉伯小说的拉丁语著作是《教士的故事》。这部故事选集 12 世纪由佩德罗 · 阿方索（Pedro Alfonso, 拉丁名 Petrus Alfonsi）编撰于托莱多。佩德罗 · 阿方索是位精通阿拉伯语的犹太人，1106 年改宗基督教。在《教士的故事》中，他收集了 34 个典型的框架故事。佩德罗在序言里说，他写这本书是为了使人们更好地了解造物主，并引领他们过上高尚的生活。同时，为了避免无聊，他以故事的形式将这本书分成 34 个部分。

佩德罗 · 阿方索不仅大量借鉴了阿拉伯寓言和故事，他的序言也沿用了东方模式。他还汇编吸纳了多种阿拉伯著作，包括《卡里来和迪木乃》以及辛迪巴德系列故事。也有学者留意到，在《教士的故事》中出现了“哭泣的泼妇”（weeping bitch）类的故事。这本书广为流传。它被翻译成多种语言，成为阿拉伯故事进入后来的欧洲故事集的传播中介。例如，许多故事中的元素被糅进《罗曼斯史诗》（*Gesta Romanorum*），后者大约产生于 13 世纪，描写了许多罗马时代圣人的传奇生活。[1]

整个 13 世纪，特别是智者阿方索（Alfonso the Wise, 西班牙语作 Alfonso el Sabio, 1252—1284 年在位）时期，翻译运动的重心开始

（接上页）James Kritzek, *Peter the Venerable and Islam* (Princeton: Princeton University Press, 1964); Norman Daniel, *The Arabs and Mediaeval Europe* (London: Longman, 1975); Juan Vernet, *Ce que la culture doit aux Arabes d'Espagne* (Paris: Sindbad, 1978); Maxime Rodinson, *Europe and the Mystique of Islam* (Seattle: University of Washington Press, 1987), pp.3–37。

1 有关《教士故事》的影响，参见 Metzliki, *The Matter of Araby* (Philadelphia: University of Pennsylvania Press, 1977), pp.95–106。

转向将阿拉伯典籍翻译成西班牙俗语。[1] 在阿方索的主持下,《卡里来和迪木乃》被译至西班牙语。不过,同时存在的、由卡普亚的约翰(John of Capua)翻译的拉丁版本在当时的欧洲流传更广,这个版本后来被翻译成其他俗语。辛迪巴德系列故事也在阿方索的哥哥费德里克亲王的资助下被翻译成西班牙语,题名《辛德巴尔》(*Sendebar*)或是《女人骗术之书》(*Libro de los enganos e los asayamientos de las mugeres*, 1253)。

智者阿方索的侄子唐·胡安·马努埃尔亲王(1282—1348)收集了51个典型故事,取名《卢卡诺尔伯爵》(*El Conde Lucanor*)。[2] 这是一个简单的框架故事,由智者通过故事的形式达到劝诫目的。胡安·马努埃尔精通阿拉伯语,他的这部说教故事集吸收了很多阿拉伯文学元素。其中有个关于巫师堂·伊扬和圣地亚哥牧师的故事,以"瞬间经年"(the years-of-experience-in-an-instant-of-time)为主题,后来被阿根廷短篇小说家豪尔赫·路易斯·博尔赫斯重新挖掘,创作了《被延时的巫师》("The Sorcerer Postponed")。在博尔赫斯的故事中,或许堂·伊扬就化身为那个讲故事的人,他就像一个巫师,能让人在不到一个小时的时间内经历一生。丁乃通(Nai-tung Ting)曾经专门研究过此类故事,他举出了这类故事的一个晚近例证,那就是刘易斯(C. S. Lewis)的小说《狮子、女巫和魔衣柜》(也就是《纳尼亚传奇》)。[3]《一千零一夜》中《巫师与巴格达的年轻厨师》的故事也体

1 将阿拉伯语典籍译为西班牙语,这方面的研究请参考 Angel Gonzalez Palencia, *Historia de la literatura arabigo-española* (Barcelona: Editorial Labor, 1928); Vernet, *Ce que la culture doit aux Arabes d'Espagne* (Paris: Sindbad, 1985)。

2 有关唐·胡安·马努埃尔,参见 Palencia, *Historia* (Madrid: Real Academia de la Historia, 1970), pp.313–4; Vernet, *Ce que la culture doit aux Arabes d'Espagne* (Paris: Sindbad, 1985), pp.320–1; T. Montgomery, "Don Juan Manuel's Tale of Don Illan and its Revision by Jorge Luis Borges," *Hispania*, vol. 47, no. 4 (1964): 464–6。

3 Nai-tung Ting, "Years of Experience in a Moment: A Study of a Tale Type in Asian and European Literature," *Fabula*, vol. 22, no. 2 (1981), pp.210–11 (and cf. pp.190–19 on Don Juan Manuel).

现了这个主题。胡安·马努埃尔有关国王考验三个儿子的故事同样基于一个著名的东方故事，并能在9世纪编年史家塔巴里的世界史和《一千零一夜》中找到原型。在后者，故事名为“也门苏丹和他的三个儿子”。《卢卡诺尔伯爵》中还能看到理发师第五个兄弟的变体。

加泰罗尼亚的拉蒙·卢利（Catalan Ramón Lull, 1233—1316）曾写过游吟诗，年轻时生活放浪不羁，后来悔过自新，成为一名方济会修士。[1]他之后写的作品都致力于传播信仰。卢利一生著述丰厚，据统计有243部之多。他精通阿拉伯语（据说是为了改变异教徒的信仰），并用阿拉伯语著书立说。[2]《动物之书》（*The Book of the Beasts*）是一部寓言故事集，许多都来自东方。卢利显然利用了《卡里来和迪木乃》，包括其阿拉伯语版和西班牙语版。有趣的是，卢利的书中有个《商人和他妻子的故事》与《一千零一夜》中山鲁佐德给她父亲讲的那个框架故事极为相似。此外，西班牙大戏剧家卡尔德隆·德·拉·巴尔卡（Calderón de la Barca, 1600—1681）的巴洛克传奇故事《人生如梦》（*La vida es sueño*）也极有可能是源自《睡着的人和醒着的人》（也被译为《清醒的梦中人》）。不过，《一千零一夜》的这个故事是个纯粹的闹剧，而卡尔德隆的戏剧却直指人类身份认同的本质，正如剧中主角西吉斯蒙多（Segismondo）王子开始尝试辨别清醒与梦幻、真理与现实。在狱中，西吉斯蒙多陷入冥思：

> 我曾梦见我在这里，
> 镣铐锁住我的身体。但就在刚刚的梦里，
> 我还身居高位，光鲜无比，
> 这生活是什么？是狂乱，是迷离，
> 是阴翳，是谵妄，是一场虚迷。

---

1 关于卢利，参见 E. Allison Peers, *Ramón Lull: A Biography* (London: The Society for Promoting Christian Knowledge, 1929)。

2 卢利最终改信伊斯兰教。——译者注

至善是如此缥缈，这生活
本就是梦幻一场，迷梦只是迷梦。

（在莎士比亚《驯悍记》的第一幕中，我们还能看到《清醒的梦中人》这个故事情节的诙谐版。莎士比亚或许是从16世纪某部英国故事集中看到这个情节的梗概，而故事集里的这个故事是来自口传还是书面文本，我们不得而知。）[1]

阿拉伯文学对欧洲中世纪文学的影响并不仅限于西班牙。那些看起来是源自阿拉伯的主题和情节，我们也能在12至13世纪的俚语俗语故事（fabliaux，短小的韵文故事，通常都是喜剧）中看到，比如玛利亚·德·法兰丝（Marie de France，1154—1189）的《莱斯》（*Lais*）、《特里斯坦与伊索尔德》（*Tristram and Iseult*）、《白花之花》（*Floire et Blanchefor*）、《奥卡辛与尼克莱特》（*Aucassin and Nicolette*），阿德内特·莱·罗伊（Adenet Le Roi）的《克里奥马德斯》（*Cleomades*），以及《普罗旺斯的皮埃尔山和美丽的抹大拉》（*Pierre de Provence et la belle Maguelonne*）。其中最后一个与《卡玛尔·宰曼的故事》尤为相似。不仅如此，阿拉伯和法国故事还常常会涉及雄鸟抛弃雌鸟这个主题，它后来又被乔叟所吸收。11世纪德语史诗《恩斯特公爵》（*Herzog Ernst*）在细节上与水手辛巴达的冒险经历不谋而合。13世纪，佚名作品《尼伯龙根之歌》（*Nibelungenlied*）和沃尔夫拉姆·冯·爱舍巴赫（Wolfram von Eschenbach）的《帕西法尔》（*Parsifal*）都含有东方主题。[2]

---

1 Ferial J. Ghazoul, "*The Arabian Nights* in Shakespearean Comedy: *The Sleeper Awakened* and *The Taming of the Shrew*," in *The 1001 Nights: Critical Essays and Annotated Bibliography/Mundus Arabicus*, vol. 3 (1983): 58-70. 这个故事可能来自《卢卡诺尔伯爵》。所不同的是在《卢卡诺尔伯爵》中戳穿皇帝新装的是个黑奴。——译者注

2 有关阿拉伯故事和主题在欧洲文学中的传播，参见 Metzliki, *The Matter of Araby* (New Haven: Yale University Press, 1977); Ranelagh, *The Past We Share* (London: Quartet Books, 1979)。

在英国乔叟（Geoffrey Chaucer, 1343—1400）《坎特伯雷故事集》（*The Canterbury Tales*）中的《侍从的故事》里有一匹黄铜机械飞马，阿拉伯骑士骑着它来到鞑靼王坎巴思汗的宫廷。乔叟或许是受到了阿德内特·莱·罗伊的《克里奥马德斯》中乌木马的启发。这还不是故事中唯一的阿拉伯元素。卡纳西公主得到了一枚神奇的戒指，能助她听懂鸟类的语言，她偷听到雌隼被雄隼吸引。这段插曲无疑来自《一千零一夜》的《穆鲁克王冠和杜尼娅公主的故事》，其接受媒介或许是《普罗旺斯的皮埃尔山和美丽的抹大拉》（*Pierre de Provence et la belle Maguelonne*）。此外，《商人的故事》中有关戴绿帽的情色故事、爱侣和梨树等意象，显然也可在13世纪科尼亚的苏非大师贾拉鲁丁·鲁米（Jalal al-Din al-Rumi）的神秘主义作品《玛斯纳维》和《一千零一夜》的《傻瓜丈夫》里找到它的波斯和阿拉伯原型。[1]

有关梨树和情侣的故事同样见诸于14世纪欧洲的另一部框架故事集薄伽丘（Boccaccio）的《十日谈》（*Decameron*）中。[2]这部作品并不自诩自己有多少独创性。故事由那些为了逃避黑死病而从佛罗伦萨逃亡来的朝臣们讲述，差不多九成故事都能找到原型。《十日谈》的大部分内容都和《一千零一夜》以及其他阿拉伯故事集的内容相同。例如，在薄伽丘的故事中，卡兰德里诺被愚弄，认为自己怀孕了，这个原型可能最初来自《一千零一夜》的《怀孕的法官》（*The Qadi who Had a Baby*），福德里戈和鹰的故事也有可能是来自古老阿拉伯有关慷慨的传奇故事《塔依部落的哈提姆》。15世纪的马萨乔·萨勒尼塔

1 有关《坎特伯雷故事集》的阿拉伯元素，参见 Chaucer Society, *Originals and Analogues of Chaucer's Canterbury Tales* (London: Kegan Paul, Trench, Trübner & Co., 1872–88); W. F. Bryan and Germaine Dempster, *Sources and Analogues of Chaucer's Canterbury Tales* (Chicago: University of Chicago Press, 1941); Metzliki, *The Matter of Araby* (New Haven: Yale University Press, 1977)。

2 关于《十日谈》，参见 A. C. Lee, *The Decameron: Its Sources and Analogues* (London: University of Michigan Library, 1909)。

诺（Masuccio Salernitano）的《故事集》（*Novellino*）包含 50 个意大利南部的故事，它也或多或少模仿了《十日谈》。其中《倒霉的尸体》基本与《一千零一夜》的驼背人系列故事相同。（当然，要想说萨勒尼塔诺的故事与《一千零一夜》属于同一谱系，我们必须慎之又慎，因为这类倒霉尸体的故事也同样存在于北美印第安文学中。）

在伽朗译本之前的数个世纪里，欧洲就已经有这么多故事集与《一千零一夜》具有雷同元素。这使得一些学者猜测，《一千零一夜》应当有个更早的译本在欧洲流传——或许是据说产生于 12 世纪的西班牙拉丁译本。然而，我们至今尚未找到这样的文本，也没有资料表明这样的文本的确存在。尽管有大量的实据证明，像辛迪巴德系列以及“乌木马”这样非常独特的故事，其部分内容都曾被拉丁语或欧洲拉丁俗语文学再利用，但这些故事都是 15 世纪之后才被加入到《一千零一夜》中去的。并且，虽然我们前面提到过《卡玛尔·宰曼的故事》与《普罗旺斯的皮埃尔山和美丽的抹大拉》之间，《驼背的故事》与萨勒尼塔诺的故事之间存在某种关联，但《一千零一夜》的早期核心内容，诸如上述两个故事，在欧洲文学中却很是少见。不过，要下定论还为时过早，我们不能否认欧洲也许是通过口传的方式引进了这些故事。它们或独立存在，或穿插于其他故事之中。

更为重要的是，中世纪的意大利或许就已经对《一千零一夜》的框架叙事有所了解。乔万尼·塞坎比（Giovanni Sercambi, 1347—1424）的《故事集》（*Novella*）包含 155 个故事，由逃避 1374 年的瘟疫而离开卢卡的人物讲述。很明显，塞坎比借用了《十日谈》的框架故事结构，其中有几个故事还直接取自后者，故而平淡无奇。然而，《阿斯托夫的故事》（“Novella d’Astolfo”）却引起了阿拉伯文学研究者的兴趣。在这个故事中，国王借助同锡安商人藏在箱子中的女子亲近，从而得以摆脱自己被背叛的忧伤。在和她亲近后，国王给了她一枚戒指。这无疑是《一千零一夜》那个框架故事的复现：山鲁亚尔和沙赫宰曼与被魔鬼锁在箱子中的女子亲热。当然，由于匈牙利民间故事中也有类似版本，因此这个故事也极有可能是通过巴尔干半岛来到意大利的，而并非直接源自阿拉伯文本。[1]

山鲁亚尔和沙赫宰曼的经历似乎在16世纪阿里奥斯托（Ariosto）的史诗代表作《疯狂的奥兰多》（*Orlando Furioso*）中也有再现。在第28章中，客栈老板给鲁道夫讲了一个故事，国王乔孔多和弟弟阿斯图尔夫前往后者的领地旅行，途中他发现忘了一些东西而折回宫去，结果意外发现自己最爱的妃子躺在卑贱的奴仆怀中。乔孔多克制怒火，没有杀掉这两人，而是偷偷溜回到弟弟身边继续旅行。到了弟弟的国度后没多久，他发现弟弟的王后竟然也背叛丈夫，和侏儒相拥相伴。乔孔多很开心他不是唯一的倒霉蛋，并把这事情告诉了弟弟。平静了下来之后，弟弟同意和哥哥一道出外探险，一路走来，他们发现这个世界上竟没有一个忠诚的女人。这之后，故事主线开始和《一千零一夜》有所不同了，但其结论仍然一致，即无论采取什么样的措施，都无法保证女人忠贞不贰。鲁道夫最后接受了这样一种观点："我的确相信，女人的诡计是无穷无尽的，世界上所有书籍都记录不完哪怕是其中的一小部分。"[2]

16至17世纪的欧洲故事集还受到《一千零一夜》的另外一些故事和其他阿拉伯故事的影响，例如詹弗兰切斯科·斯特拉帕洛拉（Gianfrancesco Straparola）的《快乐的人》（*Piacevoli notti*）、纳瓦拉·达·玛格丽特（Marguerite da Navarre）的《魔法大全》（*Heptameron*）、吉姆巴蒂斯达·巴西耳（Giambattista Basile）的《五日谈》（*Pentamerone*）等。其中《五日谈》里的50个故事都是童话和幻想，分为十个夜晚讲述。巴西耳讲述的是意大利南部的民间故事，

---

1 有关塞坎比，参见 Cosquin, *Études Folkloriques* (Paris: Honoré Champion, 1922), pp.286–8; Bryan and Dempster, *Sources* (Chicago: University of Chicago Press), pp.21–2; *Encyclopedia Iranica* (New York: Encyclopedia Iranica Foundation), s.v. *Alf Layla wa-Layla*。塞坎比的很多故事似乎都来自东方，包括《一千零一夜》。

2 Ariosto, *Orlando Furioso*, trans. Guido Waldman (Oxford: Oxford University Press, 1974), pp.339–51.

但他本人却是贵族出身，受过良好教育，喜欢幻想和冒险。20世纪小说家伊塔洛·卡尔维诺（Italo Calvino）认为《五日谈》“是一个地中海莎士比亚式怪人的梦，这个怪人痴迷于恐怖灵异故事；对他而言，食人魔和巫婆永远都不嫌多，在他的难以置信而又怪诞的比喻中，崇高与粗俗肮脏交织在一起”。[1]巴西耳是童话故事的先锋人物。在前现代时期，小说、民间故事或者童话故事这几种文学种类之间的界限并不十分清晰。中世纪以及现代早期欧洲流传的“民间故事”，许多都是口口相传的，体现的则是每一个体对文学创造的记忆。从另一方面来说，故事的收集者（比如《十日谈》和《坎特伯雷故事集》）同时利用了口传和书面两种资源。通常情况下，故事会不断在口头和书面文本中循环传递。

1697年，夏尔·佩罗（Charles Perrault）出版了《鹅妈妈的故事》（*Contes de la mère l'Oye*），这标志着民间文学作为一种独特的类型有了更加清晰的边界。这本书以法国农夫给孩子们讲故事的形式展开，共8个故事，竟然使其在宫廷和女士们的风雅沙龙成了一种时尚。后来伽朗的《一千零一夜》译本之所以能够受到欢迎，《鹅妈妈的故事》带来的童话和奇幻故事的流行浪潮便是其中一个原因。佩罗、德奥诺伊（D'Aulnoy）、伽朗和其他一些文人都致力于取悦有教养的成人读者。（佩罗、伽朗和格林兄弟所选的一些故事，曾经在知识分子和社会大众中很受欢迎，但到19至20世纪，它们已经沦为托儿所孩子们的精神食粮。我们尚不清楚缘何如此，一部分原因可能在于科幻小说逐渐取代了童话故事，满足了成人对奇思幻想的需求。）

尽管佩罗和他的法国后继者们都从农夫和口传故事中获取资源，但他们都极力将故事改写得更具文学品味。雅各和威廉·格林兄弟在出版他们源自口传素材的民间故事集《格林童话》（1812—1822）

1 Italo Calvino, *Italian Folktales* (London: Penguin Books, 1980), p.xv.

时也是这样做的。[1] 大部分故事在后来的版本中又被兄弟两人进一步修改。这些故事是德国威兰、赫德尔以及崇拜中世纪和民间诗歌的时代浪漫主义的产物。后来，詹姆斯·麦克弗森（James Macpherson）改写了据说是3世纪盖尔诗人奥西安的作品，以《由盖尔语或厄斯语翻译的苏格兰高地古代诗歌集萃》（*Fragments of Ancient Poetry Collected in the Highlands of Scotland and Translated from the Gaelic or Erse Language*, 1760）为名出版，这无疑又进一步刺激了德国对民间诗歌的崇尚。这部假托奥西安的赝品实则是麦克弗森的手笔，但最初人们并不知道。

德国人对民间故事的崇拜尤其体现在《鼹鼠》及其类似的德语故事上。19世纪德国民间故事学家竭尽心力，想给曾分裂为数百个君主国和独立城邦的德意志赋予一种文化认同感和神话般的传统。格林兄弟声称他们选择的故事来自德国各地，他们遍访文盲，或者说至少是没有受过良好教育的农民，把他们的故事原原本本、不加修饰地呈现出来。尽管这些准则对后来的民间故事家产生了很好的影响，但事实上格林兄弟的所做和所说并不相符。近年来，一些深入的研究表明，他们依靠的讲述者其实很少，仅有的那些人也大多居住在卡塞尔，并且是受过教育的中产阶级。格林兄弟对内容进行了加工，以增强其可读性和教化功能。他们的“最佳”故事提供者是两位有法国生活背景的卡塞尔人，他们记得童年时期听到过的伽朗版故事，这或许可以解释为何在格林兄弟的民间故事中会有“阿拉丁”和“阿里巴巴”的身影，尽管他们已经变形，却仍然依稀可辨。格林兄弟自己也视《一千零一夜》为自己讲述的八个故事取之不尽的源泉。此外，“海兔”的故事也有可能源自《一千零一日》（*Mille et un jours*）中的《卡拉夫王子和中国公主的故事》。《一千零一日》是佩蒂斯·德·拉·克罗瓦

1 有关格林兄弟和他们的故事来源，参见 Otto Spies, *Orientalische Stoffe in den Kinder und Hausmärchen der Bruder Grimm* (Waldorf-Hessen: Verlag für Orientkunde Dr. H. Vorndran, 1952)；J.M. Ellis, *One Fairy Story Too Many* (Chicago: University of Chicago Press, 1983)。

（Pétis de la Croix）收集的东方故事集。该故事同样还为戈齐的戏剧与普契尼的《图兰朵》提供了创作灵感。

《一千零一夜》的故事在被剥去了伊斯兰和东方特色后，以口传的方式流传于前现代时期的德国，意大利、法国和西班牙也是同样情形。大多数情况下，我们无法确定这些故事最初是以口传还是手稿的形式进入欧洲的。而格林兄弟显然是《一千零一夜》的拥趸，雅各・格林曾将它誉为"东方的诗性地图"。从小就阅读《一千零一夜》的汉斯・克里斯蒂安・安徒生（Hans Christian Andersen）也说自己为这些故事着迷，但他在讲到这些故事作为自己的创作灵感时，显然要理性得多。他的《打火匣》（"Tinder Box"）显然借鉴了阿拉丁的故事，而《美人鱼》又或许模仿了《海中出生的石榴公主》的故事。同样，他的《皇帝的新装》也似乎是基于土耳其故事集《四十个大臣的一生》（*The History of the Forty Viziers*，或它的变体《卢卡诺尔伯爵》）。

西方小说家与短篇小说作家肆意从《一千零一夜》攫取创作元素。关于这个问题，我们接下来将会探讨。回到本章的主题，在欧洲，民间文学研究的兴起，以及收集童话故事的热情高涨（这多少要归功于格林兄弟及其作品的刺激），都和民族主义的兴起、文献学的发展是同步的。这与中东地区截然相反。正如恩斯特・戈尔纳（Ernest Gellner）指出的那样："阿拉伯民族主义以古老的精英文化自居，反对作为其变体的民间文学，并以此来定义自我身份与民族界限。而在欧洲东部和中心地区，情形却完全相反。"[1] 也就是说，阿拉伯知识阶层以地域化和方言化来看待民间文学，然而在大多数情况下，他们相信"阿拉伯民族"已经超越了20世纪欧洲列强在近东地区划定的民族疆界。尽管后来在巴格达和开罗都设有民间文学研究所，但阿拉伯人对口传韵散文故事的兴趣始终不大。埃及民间文学中心档案馆馆长哈桑・沙米（Hasan El-Shamy）指出："现代民族主义意识形态无视地方

1 Ernest Gellner, *Nations and Nationalism* (Ithaca, NY: Cornell University Press, 1983), p. 63.

民间方言，将古典阿拉伯语视为阿拉伯语国家的主要统一力量。小说和短篇故事作为从欧洲文学直接舶来的产品，只有在19世纪晚期才出现，这一点也不奇怪。”[1] 然而，正如本章已经谈到，并且下章还将继续论述的那样，欧洲小说及其短篇小说的发展都极大地得益于《一千零一夜》和其他阿拉伯虚构作品、民间故事。这实在是一个悖论。

编后记

有关作者罗伯特·厄文（Robert Irwin, 1946—2024），请参见第一篇《没有作者的书》编后记，本篇《故事之海》（“Oceans of Stories”）译自：*The Arabian Nights: A Companion*, London: Allen Lane, 1994, pp.63–102。

1 El-Shamy, *Folktales of Egypt* (Chicago, IL: University of Chicago Press, 1980), p.xlii.

奇迹的世界

[英国]罗伯特·厄文

笔是最有力量的巫师。

——巴利努斯[1]

在《叙事艺术与魔法》("Narrative Art and Magic")一文中，豪尔赫·路易斯·博尔赫斯(Jorge Luis Borges)将进展缓慢的现实主义心理小说和冒险故事、短篇小说进行了对比。他认为，后二者受制于完全不同的叙事逻辑，它们"并非建立在推理之上，而是借联想和隐喻——发出古老的魔法之光"。[2] 中世纪讲故事的人无疑就如同巫师，他们将话语组织起来，以期达到需要的效果。中世纪的伊斯兰巫师更是了不起的有书之人[3]。在《朱德尔和他的兄弟》(*Judar and his Brethren*)故事中，马格里布巫师不相信一部叫作《古老寓言》的古

1 *Encyclopedia of Islam* (2nd ed.), s.v. "Balinus".

2 Jorge Luis Borges, "Narrative Art and Magic," in *Borges: A Reader*, ed. E.R. Monegal and A. Reid (New York: E. P. Dutton, 1981), pp.34–8.

3 此处蕴含一种类比隐喻。阿拉伯人主要将犹太教徒和基督教徒誉为"有书之人"('ahl al-kitāb)，意思是有经书的人，对他们所信奉的宗教给予一定的尊重和肯定，以区别于拜物教和多神教徒。而伊斯兰教对巫术原本是持否定态度的，但在北非特别是马格里布地区，由于前伊斯兰时期的巫术有着悠久的历史，很难断绝，因此厄文此处是重点强调他们是有知识、有法术的人。——译者注

籍会是某个人的私有财产，“它关注的是方外之事，是无价之宝，谁都买不起；金银与珠宝无法衡量它的价值，因为那里隐含着地球的宝藏和打开一切秘密的钥匙”。在《大臣和医师杜班》（“The Tale of the Wazir and the Sage Duban”）[1]的故事中，被愚蠢的国王判处死刑的医师给了国王一本书，声称这本书可以让他被砍掉的头继续说话。然而，事实上，他给国王的是一本有毒的书，国王翻书时由于舔了已经沾上毒墨水的手指而毒发身亡。数个世纪后，使用毒书的方法再次出现在了翁贝托·埃科（Umberto Eco）的小说《玫瑰的名字》（*The Name of the Rose*）中。

讲故事的人和巫师是职业人士，他们深谙语言的能量究竟有多大。[2] 了解一个词，使用正确的词语，可能意味着生死之别。阿里巴巴之所以能逃离危险山洞，是因为他记得那个咒语，“芝麻开门”，而他的哥哥却没想起来，因此命丧黄泉。学习和掌握语言还可以助人预知未来，在《开罗苏丹穆罕默德的一生》故事中，集市上的马格里布巫师面前放着几片叶子，上面写着一些字符，他用这个来为周围的人预测祸福。语言魔法，或谓语言知识（‘ilm al-ḥurūf），是伊斯兰神秘主义中最重要的亚科学之一。例如在《圣人与学者的故事》（“The Story of the Sage and the Scholar”）中，圣人制服魔鬼并显现超自然奇迹，靠的就是他对语言魔力的认知和运用。当然，说书人和巫师在集市上会展开

1 亦即布拉克阿拉伯语本中的《尤南国王和医师鲁杨》。—— 译者注

2 有关伊斯兰神秘主义的有用文献不太容易找到。即使是阿拉伯语的读者也是如此。可以推荐参考的书有：Edmond Doutté, *Magie et religion dans l'Afrique du nord* (Algiers: Adolphe Jourdan, 1908); Paul Kraus, *Jabir Ibn Hayyan: Contribution à l'histoire des idées scientifiques dans l'Islam,* 2 vols (Cairo: Institut Français d'Archéologie Orientale, 1942–1943); Toufic Fahd, *La Divination arabe* (Strasburg: Éditions Brill, 1966); Manfred Ullman, *Die Natur-und Geheimwissenschaften im Islam* (London: E. J. Brill, 1972); Sylvie Matton (ed.), *La Magie arabe traditionelle* (Paris: Éditions Berg International, 1977); *Encyclopedia of Islam* (1st ed.), s.v. “sihr”. Armand Abel's *La Place des sciences occultes dans la décadence*, in R. Brunschvig and G. E. von Grunebaum (eds.), *Classicisme et déclin culturel dans l'histoire de l'Islam* (Paris: Maisonneuve & Larose, 1957), pp.291–311。

较量，他们都拿幻觉做交易，巫师掌握了符号幻术（ilm al-simiyya）[1]，能够为顾客和围观者制造虚幻意象——也就是说，他是魔幻的创造者。

认真对待魔法，这在欧洲主流现代小说中很难看到。即使真有魔法，它也只是作为隐喻出现。比如巴尔扎克（Balzac）的《驴皮》（*The Ass's Skin*）和罗伯特·路易斯·斯蒂文森（Robert Louis Stevenson）的《瓶中精灵》（*The Bottle Imp*）。从表面上看，这两个故事表达的都只一种意象：赋予物品以魔法。实质上，它们的寓意在于"成功要付出代价"和"随着年龄增长，人的选择会越来越少"。如今，魔法故事大体上被看成儿童的最佳读物，伊迪斯·内斯比特（Edith Nesbit）有关巴斯特布尔孩子的系列故事，刘易斯（C. S. Lewis）的纳尼亚人的系列故事（Narnia cycle），以及厄休拉·勒奎恩（Ursula Le Guin, 1929—2018）的《地海三部曲》（*Earthsea Trilogy*）等都是写给儿童的文学作品（尽管成人读后也会有"邪恶的快感"）。塔尼亚·鲁尔曼（Tanya Luhrmann）在她的《女巫巫术信仰》（*Persuasions of the Witch's Craft*）中，从人类学角度广泛而深入地分析了英国巫术。她指出，"魔法作品鼓励一种近乎虔信的、梦魇般的痴迷，鼓励有关龙、超能和超现实的白日梦。这种专注于幻想的感受，与其他任何主题都不一样，它是魔法小说中最突出的元素"。[2] 红衣大主教纽曼在他的自传《辩护今生》（*Apologia pro Vita Sua*，又译《生命之歌》，1864）中说："我曾经希望那些阿拉伯故事都是真实的：我的想象力受到了未知力量、魔法和神通的驱使。"这是孩提时代渴望万能的梦想。然而，鲁尔曼对当代巫术的研究也表明，有关魔法的小说——诸如丹尼斯·惠特利（Dennis Wheatley）、迪昂·弗丞（Dion Fortune）等人的作品——在神秘主义实践者中广泛流传。是的，他们把这些当作小说来欣赏，但

1 也叫智慧知识（ilm al-ḥikma），或者灵性知识（rūhāniyyah），被认为是苏非神秘主义中的一种学说，与被伊斯兰教更为严格禁止的巫术有一些差别。——译者注

2 Tanya Luhrmann, *Persuasions of the Witch's Craft* (Oxford: Harvard University Press, 1989), p.87.

其终究还是关于真实的隐喻。对他们而言,关于魔法的故事并非无稽之谈。[1]

同样,在前现代中东地区,一个关于魔法和超自然的故事可能会包含两个层面,一方面它是为了吸引儿童读者,会有精彩的噱头;而另一方面,成人看了这些故事,也能从中窥见社会现实和日常生活的真实情状。毕竟,在中世纪的巴格达和开罗有众多巫师、神秘主义者和猎宝人。人们会就商旅出行和角斗比赛的结果问询占卜师。魔法和精灵的力量是不容置疑的。

《古兰经》中的话便是明证:

> 他们遵随众恶魔对于苏莱曼的国权所宣读的污蔑言论——苏莱曼没有叛道,众恶魔却叛道了——他们教人魔术。(2.96)[2]

还有:

> 你说:我求庇于曙光的主,
> 免遭他所创造者的毒害;
> 免遭黑夜笼罩时的毒害;
> 免遭吹破绳结者的毒害;
> 免遭嫉妒者嫉妒时的毒害。(113)[3]

在这种特殊的社会和知识背景下,神秘主义虚构作品和非虚构

1 关于这一点,20 世纪 60 年代的法国幻想美学进行过充分辨析。——译者注

2《古兰经》,马坚译,中国社会科学出版社,2013,第 7 页。原文标注第二章第 96 节(2.96),实则为第二章第 102 节。文中《古兰经》译文均引自马坚译《古兰经》。——译者注

3 译文引自马坚译《古兰经》,第 113 章。其中第四句马坚译文为:“免遭吹破坚决的主意者的毒害”。从《古兰经》直译为:免遭吹破绳结者的毒害。吹破绳结者意为有巫术、有魔法的人。——译者注

作品的边界就变得模糊不清，难以区分。因此，我们看到《一千零一夜》中嵌入一些诸如占卜师指南一类的“非虚构”故事，也就不会觉得那么格格不入。例如，11 世纪的魔法书或曰巫师指南《智者之志》（*Ghāyat al-Hakīm*, 后来被翻译成拉丁语：*The Picatrix*[1]）讲述的是：在古老的哈兰地区，一群崇拜恶魔的人渴望未卜先知，他们会去寻找一个肤色黝黑、双眉相连的蓝眼人，要将其五花大绑，把这个可怜的受害者浸泡在芝麻油缸中。受害者只有脑袋露在外面，然后被灌下经过煎熬的迷药，再进行某种仪式。蓝眼男人如此这般被浸没在油里四十天，直至血肉完全剥离骸骨。四十天后，他的头颅可以被轻而易举地从椎骨上取下。头颅（蓝眼当然早已不再闪烁）被放在壁龛内，预言就会在那里降示。历史哲学家伊本 · 赫勒敦（Ibn Khaldūn）对这种过程做了精练的概括：“这是一种可憎的巫术。当然，它也表明人世中存在着多么不同寻常的物事。”[2]

更有趣的是，《一千零一夜》中有些关于魔法的娱乐故事会被当作客观现实出现在其他故事中。比如在《麦蒙哈里发和埃及金字塔》中，金字塔内藏有无数难以挖掘的珍宝，守护者带着魔法受先祖的委托保护这些宝藏。这是一个有关金字塔的标准奇幻故事，在中世纪阿

1 *The Picatrix* 是中世纪和文艺复兴运动时期最著名的一部有关占星术和魔法的书籍，拉丁语版原四卷。关于 picatrix 的含义众说纷纭，因此本文不做贸然翻译。—— 译者注

2 [Pseudo-] al-Majriti, *Ghayat al-Hakim,* ed. H. Ritter (Leipzig and Berlin: B. G. Teubner, 1933), pp.139–40; David Pingree ed., *Picatrix: The Latin Version of the Ghayat al-Hakim* (London: Warburg Institute, 1986)；中世纪拉丁译本省略了这句有趣的话，它看起来更像是自夸：“如此之多的幻想，而且卷帙浩繁，给读者的阅读带来了困难。”同时请参见 Ibn Khaldun, *The Muqaddimah: An Introduction to History,* trans. Franz Rosenthal, vol. 1 (London: Routledge & Kegan Paul, 1958), p.221; Ibn al-Nadim, *The Fihrist of al-Nadim,* trans. Bayard Dodge, vol. 2 (New York: Columbia University Press, 1970), p.753；有关伪马吉蒂诡异文本背景的思考，请参见 J. Hjarpe, *Analyse critique des traditions arabes sur les Sabeens harraniens* (Uppsala: Almqvist & Wiksell, 1972)。

拉伯历史和地理学著述中经常被反复援引。[1] 同样，在《魔法师和巴格达年轻厨师》的故事中，大臣被魔法师催促，进入一口装满水的锅中。从浸水的那一刹那起，他便开始体验历时多年的不同生活。据说虚幻大臣的磨难恰恰是 15 世纪埃及统治者谢里夫·盖特白（al-Ashraf Qaytbay）的真实经历。一位著名的苏非达什图蒂谢赫造访苏丹，二人就穆罕默德是否能够在一夜之间乘飞马游遍天堂发生了争论，达什图蒂让苏丹把头浸入装着水的容器中。在旁观者看来，他的头没在水中仿佛只有短短瞬间。但是当苏丹抬起头来时，他说自己已经真真切切度过了数个世纪。这个故事，以及它后来的许多变体，极有可能最初是来自印度的佛教故事，它揭示了时间的虚幻性。[2]

对魔法的偏爱在中世纪阿拉伯是如此明显，竟然催生了一个特殊的文学流派：奇幻（aja'ib, 或曰奇迹）文学。由此，关乎埃及、印度乃至宇宙奇迹的作品接踵而至。[3] 这些书籍杂乱无章地记述了有关古代奇迹的一些鲜为人知的神秘信息。诸如惊人的巧合，以及珍稀植物、石头、动物的神奇力量，由此展示魔法与神迹。很多奇迹最初载于"非虚构"的有关宇宙学一类的作品中，它们最终被吸纳进了《一千零一

1 关于麦蒙和金字塔，参见 Richard Burton, *A Plain and Literal Translation of the Arabian Nights Entertainments, Now Entitled the Book of the Thousand Nights and a Night*, vol. 5 (Benares = Stoke Newington, London: Kamashastra Society, 1885), pp.105–7; Ulrich Haarmann ed., *Das Pyramidenbuch des Abu Ga'far al-Idrisi* (Beirut: Dar al-Gharb al-Islami, 1991) (Arabic text), pp.128–9。

2 Richard Burton, *Supplemental Nights to the Book of the Thousand Nights and a Night*, vol. 6 (Benares = Stoke Newington, London: Kamashastra Society, 1886–1888), pp.135–42; A. Schimmel, "Some Glimpses of the Religious Life in Egypt during the Later Mamluk Period," *Islamic Studies* (Rawlapindi), vol. 4, no. 3 (1965): 373–4; cf. Nai-tung Ting, "Years of Experience in a Moment: A Study of a Tale Type in Asian and European Literature," *Fabula,* vol. 22, no. 3 (1981): 183, 211.

3 罗伊·莫塔赫德（Roy Mottahedeh）即将出版一本有关奇迹的书。这是件好事。同时，还可以参考 Mohammed Arkoun, Jacques Le Goff, Tawfiq Fahd and Maxime Rodinson (eds.), *L'Etrange et le merveilleux dans l'Islam médiéval* (Paris: Éditions de l'École des Hautes Études en Sciences Sociales, 1978)。

夜》。辛巴达航海系列便是对水手们神奇见闻的虚构、夸张和改编，这些见闻也能在印度、中国海域看到（包括挂着人头的瓦克瓦克树、海中老人，以及像小岛一样的大鱼，等等）。这是故事形成过程的最好例证。[1]

当然，中世纪基督教地区的读者和作家们也同样对奇迹饶有兴趣，爱读有关魔鬼、奇诡城市和超自然事件的故事。然而，基督教同伊斯兰教的超自然世界大相径庭，其最明显的差异就在于幽灵和女巫。幽灵或幽灵故事在中世纪欧洲文化中占有重要地位，[2] 而在伊斯兰世界却并非如此。在基督教国度，幽灵通常被视为尚未忏悔的灵魂，它们会向生者复仇、寻求宽恕或期待一场基督教式的葬礼。基督教炼狱说认为，生者的祈祷和某些行为会对死者有所助益。不安的灵魂会和生者展开对话，这有力地证明了天主教对死后生活的描述是准确的。而炼狱在正统伊斯兰教有关死后世界的概念中并不存在。不过，尽管幽灵在伊斯兰世界观中并没有恰当的身份，生活在中东地区的基督教徒却相信它们的存在，而且他们的恐惧很有可能也会影响其穆斯林邻居。在中世纪的开罗，人们搬离发生过谋杀或自杀事件的房屋是十分

1 有关辛迪巴德和水手系列，以及相关的伊斯兰航海故事，参见 Francesco Gabrieli, “I viaggi di Sinbad,” in idem, *Storia e civiltà Musulmana* (Naples: Ricciardi, 1947): 83–9; Jean Sauvaget ed. and trans., *Akhbar as-Sin wal-Hind: Relation de la Chine et de l'Inde* (Paris: Société d'Édition “Les Belles Lettres”, 1948); Mia I. Gerhardt, *The Art of Story-Telling: A Literary Study of the Thousand and One Nights* (Leiden: Brill, 1963), pp.236–63; Michel Gall, *Le Secret des Mille et une nuits* (Paris: Éditions du Seuil, 1972), pp.17–72; Captain Buzurg ibn Shahriyar of Ramhormuz, *The Book of the Wonders of India* (London and The Hague: East-West Publications, 1981); André Miquel, *Sept contes des Mille et une nuits, ou Il n'y a pas de contes innocents* (Paris: Gallimard, 1981), pp.79–109。

2 有关中世纪欧洲鬼魂的传说，参见 M. R. James, “Twelve Medieval Ghost-Stories,” *English Historical Review*, vol. 37, no. 147 (1922): 413–22; Keith Thomas, *Religion and the Decline of Magic* (London: Weidenfeld & Nicolson, 1971), pp.701–2; R. C. Finucane, *Appearances of the Dead: A Cultural History of Ghosts* (London: Junction Books, 1982), pp.29– 89。

常见的。这种习俗使他们宁愿房屋荒芜成废墟，也不愿冒险和那些痛苦扭曲的灵魂共居一室。15 世纪的基督教朝觐者菲利克斯·法布里（Felix Fabri）曾游历埃及，他看到尼罗河畔有座房屋，其主人被夜间活动的精灵“宁芙”（nymphs）[1] 赶了出来。这种精灵会先把房屋主人的家具扔到外面，接着就是房屋主人和他的家人。就算后来再怎么弥补，这座闹鬼的房屋也始终不会再有人住。不过这种宁芙很有自己的规律，每年会给房屋主人一个月的出租时间。[2] 那些房客很容易被误认为是鬼魂，但这种说法并不可靠。就像伯顿说的那样：“（在中东地区）只有魑魅魍魉、魔鬼和某些超然生物才肯住入闹鬼的房子。但人就是人，而非鬼魂。一个人也许需要在阿拉伯地区生活几年后，才会听说‘tayf’（迷幻）这个词。”[3] “tayf”可以被翻译成“鬼魂”，或者是幻影（khayāl），它同时还带有“幻想”的色彩。而“khayāl”也指阴影。这两个词都暗指非真实事物。

在《一千零一夜》故事中，《开罗人阿里和巴格达鬼屋》这个题目乍一看让人误以为是个鬼故事，但其实不然。故事中，年轻的埃及人在巴格达走了霉运，临时租了商人的房子。商人有两套房子，有人告诉阿里，其中有一套闹鬼，在那儿过夜的人早晨就会死去。人们甚至不敢进屋找尸体，他们用绳子把尸体套住拽到另一个屋顶上。这看起来就像是传统鬼故事的开场白，但后面的叙述表明，本地人更相信这个地方闹鬼是因为魔鬼，而不是鬼魂。后来，控制这个房屋的魔鬼消失不见了，人们只能听到它的声音，它不再折磨阿里，反而赐给他黄金，说他是被真主选中的人，注定要来这里居住。[4]

中世纪基督教王国则充满了对女巫的恐惧。女巫总是人数众多，

1 也是希腊神话中一位女神的名字，也指代精灵或是仙女。——译者注

2 Fabri, *Le Voyage en Egypte de Felix Fabri, 1483*, trans. J. Masson, vol. 2 (Paris: Institut Français d'Archéologie Orientale, 1975), pp.445–6.

3 Burton, *Nights,* vol. 3 (Benares = Stoke Newington, London: Kamashastra Society, 1885–1888), p.252n.

4 Ibid., vol. 5, pp.166–86.

并且非常危险。她们往往夜间出动，杀死牲畜。她们经常聚会，并下流地向魔鬼表示敬意。基督教宗教裁判所竭尽所能抓捕、审讯女巫，并将她们处以火刑。而在中东地区，没有宗教裁判所一类的机构（尽管有时会建立特别法庭或监狱[1]以对付离经叛道者），那里也不存在对女巫的恐惧。尽管如此，有人还是猜测中世纪近东地区是有女巫存在的。（只是她们不是骑着扫帚飞行，而是凭借罐子等出行。）《一千零一夜》中有两种类型的女巫，她们都惯于蛊惑男性。第一类是男性杀手，例如《被迷惑的王子》中的女巫妻子，或《盖里布和他的兄弟阿吉布》中五百岁的王后，后者总是强迫男人与其共眠，之后再将他们杀害。而第二类是女同性恋，《一千零一夜》中女同性恋有好几次都是被当成女巫来对待的。即使上述种种为数不少，但较之西方基督教世界而言，女巫在阿拉伯"恶魔世界"中只占很小的席位。

而另一方面，中东世界对神秘现象的追寻则远比欧洲普遍得多。在欧洲，魔法只是偶尔被用来探测宝藏。伊丽莎白时代的马格斯·约翰迪（Magus John Dee）和他鬼鬼祟祟的同伙爱德华·克雷（Edward Kelley）花费了大量时间找寻传说中亚瑟王埋藏在英国的十大宝藏。而在阿拉伯国家，寻宝乃是既复杂缜密又带有神秘色彩的一门科学，并且还是令人痴迷的普遍行为。《一千零一夜》中许多这样的故事都是明证。当然，探宝——在找寻目标的过程中经历惊险和磨难——同样也是欧洲故事中的流行主题。只要想想诸如《找寻圣杯》、爱伦坡（Edgar Allan Poe）的《金甲虫》（*The Gold Bug*）、罗伯特·路易斯·斯蒂文森的《金银岛》、托尔金（J. R. R. Tolkien）的《霍比特人》和系列电影如《碧血金沙》（*The Treasure of the Sierra Madre*）、《夺宝奇兵》（*Raiders of the Lost Ark*）等就可明白。这类题材中最吸引阿拉伯人的，则是神秘能力在寻宝过程中所发挥的重要作用。

《阿拉丁和神灯》是《一千零一夜》中最广为人知的有关寻宝的故事。故事中，北非马格里布流浪汉同时也是一位巫师，他通过占星发

1 有关 mihna，参见 *Encyclopedia of Islam* (2nd ed.), s.v. "mihna"。

现：有个叫阿拉丁的男孩是唯一能够进入藏宝地并打开宝藏的人。巫师带领那个男孩儿来到星象指引的位置，用熏香熏烤大地，这时地面出现了一个洞穴。巫师查阅他的风水牌（后面将会讨论伊斯兰风水学），在开启的洞口找到了附在大理石板上的铜环，这是打开洞门的密钥。巫师让阿拉伯丁抽取风水牌，牌面声称只有男孩才能做这件事，于是他便让后者独自进入地下金库。金库中确是个大宝藏，但巫师曾警告阿拉丁决不许触碰任何东西，否则人就会变成一块漆黑的石头。事实上，巫师想要的不只是金银那么简单，而是为了找一盏神灯，可以赋予他操控精灵的法力。故事后面的内容我们无须赘述。[1]

在我看来，《朱德尔和他兄弟》的故事更值得我们分析，它比阿拉丁的故事更有趣，在制造奇幻氛围方面也更成功。朱德尔是一个靠捕鱼养家的年轻人。一天，他去开罗城外的卡伦湖捕鱼，正要撒网的时候，迎面走来一个马格里布人向他问好，并请他帮一个忙。他让朱德尔背诵《古兰经》的第一章，随即又让他把自己胳膊以下用绳子捆绑起来，然后扔进湖里。他说，如果朱德尔能看到他双手露出水面的话，就撒网救他；如果他看到他双脚露出水面，那么证明他已经死了。如果他死了，渔夫就可以牵着骡子和马鞍上的行囊去到开罗某个犹太人家里，告诉他这件事情。犹太人就会拿一百第纳尔相赠。朱德尔照他的话做了，最终马格里布人没有成功得救，朱德尔看到这个倒霉的人被扔进湖里后双脚露出了水面。接着，一个冗长、复杂的故事便这样开始了：朱德尔卷入了四个马格里布巫师兄弟的纠纷，他们靠着一本《古老寓言》的指引去寻找沙马达尔地区的宝藏。最终，就像阿拉丁一样，朱德尔成了关键人物，只有他才能入地探测沙马达尔宝藏。

朱德尔的经历堪称奇特。在旷野中，马格里布巫师（就是溺死

---

1 有关阿拉丁被视为盗墓者的情况，参照 C. R. Long, "Aladdin and the Wonderful Lamp," *Archaeology*, vol. 9, no. 3 (1956): 210–14。关于伊斯兰寻宝，参见 G. Maspero, "L'Abrégé des merveilles," *Journal des savants*, vol. 67, no. 2 (1899): 69–81, 155–72; Doutté, *Magie* (Algiers: Adolphe Jourdan, 1908), pp.265–70; Haarmann, *Pyramidenbuch* (Beirut: Dar al-Gharb al-Islami, 1991), *passim*。

在卡伦湖那个巫师的兄弟）变出两个精灵，他们听命于朱德尔，帮他一起探寻沙马达尔宝藏。精灵告诉朱德尔，当地下宝藏的大门打开后，他将会遭遇什么。首先，打开大门的人会要求朱德尔把脖子伸进去让他砍伐，而朱德尔必须同意，因为只有这样，那个幻影才会消失，他也才不会受到任何伤害。然后，朱德尔会看到一个拿着长矛的骑兵，朱德尔必须敞开自己的胸襟，这时骑兵就会消失。到第三扇门，又会有一个弓箭手威胁朱德尔。第四扇门，朱德尔必须把自己的手伸进守门狮子的血盆大口。第五扇门会有一个黑人向他挑战。第六扇门会有两条龙先后咬住朱德尔的双手。最后是第七扇门，他将看到母亲的迎候，但他必须用剑指向她，逼迫她脱掉衣衫，只有这样才能解除幽灵的枷锁，朱德尔也才能进入藏有珍宝的大厅。听完指示后，朱德尔来到地下宫殿，经历上述种种考验，最后来到第七扇门前。他面对自己的母亲，用剑指着她，让她脱掉衣衫。这时，她（也许是它）大喊大叫起来："天啊，我的儿子，你的心是石头做的吗？难道你非要我露出身体来羞辱我吗？"朱德尔犹豫了，就在他犹豫的瞬间，他迷失了方向。宝藏的超能守护者突然袭击了他，鞭挞他，并将他赶出了金库。一年后，占星术显示时机再次来临，朱德尔得以第二次尝试打开宝藏。这一次，他坚持逼迫"母亲"脱下所有衣衫，结果后者变成了一具没有灵魂的躯体。这时，宝藏就在他的面前，任由他攫取。[1]

朱德尔在地下宝藏的种种遭遇让人隐约想到进入某个秘密团体的成人礼，勇敢、奉献生命、放弃家庭和摆脱传统的束缚，都是必须具备的素质。或者，有关朱德尔种种遭遇的故事也可以被看作一出隐晦的心理剧，揭示人进入无意识状态，在抵达成熟这个宝藏前必须先面对魔鬼的考验。不过，很难说中世纪的听众是否明白故事的潜在意境。《一千零一夜》中有许多故事都是关于寻宝的，其中包括《易卜拉

1 Burton, *Nights,* vol. 6 (Benares = Stoke Newington, London: Kamashastra Society, 1885–1888), pp.213–56; cf. Gerhardt, *Art of Story-Telling* (Leiden: Brill, 1963), pp.328–33.

欣国王和他的儿子》《铜城》《拉布塔特城》《蛇女王》《麦蒙和埃及金字塔》《巴士拉的哈桑》等。这些故事大部分属于埃及故事层。因为埃及是猎宝者（mutalibun）或是职业盗墓贼的理想家园。寻宝盗墓者们数千年来不遗余力地搜寻法老隐匿的宝藏。

在中世纪的埃及，猎宝不仅仅是幻想或虚构之事。事实上，猎宝既是一门神秘学科，也是一门职业。作为一门学科，它要求学生熟知那些古老的传说并精通巫术。作为一门职业，它需要勇气。猎宝者（mutalib）从事的是高风险职业，这业已成为共识。13 世纪的焦巴里（Al-Jawbari）在其《揭秘》（*Kashf al-Asrar*）[1] 中写道，盗宝者面临的真正危险是："想象一下，你在一个长长的、狭窄的、通往地下深处的甬道中，甬道两边都是佩剑武士的雕像。要小心！要不断用棍子敲打前面的路，这样武士的剑才不会砍到身上。"焦巴里还解释了雕像握剑的手臂是如何在连接着引线的水银管作用下活动的。《揭秘》还指引读者如何用熏蒸魔法来躲避火焰陷阱，如何用棍子敲打面前的路面，以避免被旋转的石板抛进沙坑。寻宝人需要耐心、勇气和一些神秘知识以及娴熟的技能。焦巴里谈的是个人经验。他曾和几个朋友挖掘过开罗近郊的墓地，找到了通往地下墓室的甬道。他们用棍子敲击地面，通过声音判断以避免倒塌的楼梯，还向旋转的石板扔出铅块，以避开活动石板。但他并没有说他们最终是否找到了宝藏。[2]

焦巴里自己是个寻宝者，很敬重那些天才的盗宝人。但他同时也提醒人们，要警惕那些冒牌的骗子及其阴诡伎俩。后者经常拿着一幅伪造的地图和护身符，把"宝藏"事先藏入某处，并对主顾们下迷药、掳掠他们的钱财。《一千零一夜》中，《骗子与钱庄主人和驴子的故事》讲述了一群无赖如何欺骗钱庄主人，让他相信要想觅得宝藏只能

1 焦巴里是 13 世纪生活在叙利亚的文人，他有生之年遍游阿拉伯国家，其代表作《揭秘》主要是一部揭露炼金术骗局的著作，书中详细描述了炼金术的原理，并对这种欺诈之术进行谴责，同时也谈及当时流行的许多幻术或是探宝方法。——译者注

2 Abd al-Rahmane al-Djawbari, *Le Voile arraché: L'Autre Visage de l'Islam,* trans. R. Khawam (Paris: Éditions Phébus, 1979), pp.243–54.

靠他们的一头驴子。钱庄主人信以为真，按照他们的要价花大价钱买下了那头驴，结果那些无赖早带着钱消失得无影无踪了。

虽然欺诈和猎宝相伴而生，但人们还是相信能有机会赢得宝藏，当然遭遇危险在所难免。除了陷阱、机关和遇到魔鬼的危险之外，寻宝人还可能遭到杀人机关——机械人的袭击。古代希腊有关于杀人机械的制作知识（借助风、水、重力或弹簧的力量）也传到了中世纪阿拉伯地区。阿拉伯的机械师又进一步发展并改良了这些技术，比如制作报时、倒酒或演奏乐器。[1] 不过，人们仍普遍相信，自动装置——原始机器人——是由魔法驱动的；同时，大家也深信，古代国王和大臣们用这些由魔法驱动的自动装置来保卫他们藏宝的地宫。

自动机械，这种不生不死的造物，常常在《一千零一夜》中有关奇迹的故事里充当诡异的帮凶。铜桨手胸前佩戴着刻有神符的铅牌，把第三个流浪汉送抵安全岛；流浪汉用蜂蜡制作小侏儒，并把他扔到河里，让它们去找寻国王遗失的印戒。在基督教公主的宫殿，受空气驱使的雕像能够对欧麦尔·本·努埃曼和他的儿子讲话；乌木马在风力的作用下，如果向右拉动操纵杆，就会带人飞上天空。所有这些都像是鲜活的生灵，但它们体内并没有生命特征。它们大多是由古代设计师制作的，通常无法被人理解，因而也就显得格外阴诡和危险。在《阿卜杜拉·本·法兹勒和他的兄弟们》中，石城的那些受人崇拜的偶像也是人造的，但正如安拉的使者所指出的："撒旦用它们包装自己，就像用衣服遮盖身体，他借此躲进偶像，对你们说话。"[2]

为了找寻宝藏，人们不得不求助于神谕和占卜。宝藏可以被探测

---

1 关于阿拉伯的机械人，参见 Banu-Musa, *The Book of Ingenious Devices*, trans. Donald R. Hill (Dordrecht: D. Reidel Publishing Company, 1979); al-Jazari, *The Book of Knowledge of Ingenious Mechanical Devices*, trans. Donald R. Hill (Dordrecht: D. Reidel Publishing Company, 1974)。

2 Burton, *Nights,* vol. 9 (Benares = Stoke Newington, London: Kamashastra Society, 1885–1888), p.324.

出来,就像人们寻找水源。探宝者可能还会借助相关的占星术和风水学知识。在《一千零一夜》中以女主人公泰娃杜德命名的故事里,学识渊博的婢女泰娃杜德面对哈里发宫廷大学士们的考验时,详细讲述了月亮的盈亏、星辰的位置和吉凶以及一周之内的吉日和凶日。同时,她也细心谨慎地指出了占卜的缺陷,谓未卜先知的能力只能属于真主。泰娃杜德对占星术持保留态度,许多中世纪思想家也持相似观点。而在故事中,占星家们的预言总会一语成真。在《第三个流浪汉》的故事中,藏在岛上的王子对阿吉布·伊本·噶西布说,"占星家和智者们根据我的生辰读出了我的星盘",并告诉他的父王:"你儿子只能活到十五岁,之后会有星辰合相。如果他能逃过此劫,就能继续活着。"[1] 但是,他最终还是难逃占星家们预言的厄运。尽管阿吉布·伊本·噶西布并非有意,但他还是在王子十五岁那年失手杀死了他,就像占星家们预言的那样。

不论是在基督教还是穆斯林世界,占星和风水学都密切相关。在马穆鲁克王朝,占卜者常常将占星术和风水学融为一体,并给出预言。"我能掐会算,我是代书人,我为寻求者和被寻求者如愿以偿,科学在我手中,我是经验丰富的占星师,谁来看相啊?"[2] 这是《盖玛尔·宰曼的故事》中同名主人公宰曼的吆喝。为了接近国王的女儿,他假扮风水师在街上游荡,拿着价值不菲的家伙说:"黄金风水牌、一套镀金的银质星盘等占星法器。"从最简单的层面来说,风水师所做的就是根据沙盘上的随机图案预测未来。在《阿里·沙尔和祖母鲁黛》中,祖母鲁黛假扮风水师,靠的不过就是一个沙盘、一支铜笔,并认为铜笔在沙盘中所绘的散乱笔迹是一只猴子的形象。然而,正如盖玛尔·宰曼的吆喝和他的复杂工具所表明的,风水师同时也要从事精密复杂的星盘计算。一个风水图案由四条散乱的点线组成。每一条线上的点数

1 Husain Haddawy, *The Arabian Nights* (New York and London: W. W. Norton & Company, 1990), p.119.

2 Burton, *Nights,* vol. 3 (Benares = Stoke Newington, London: Kamashastra Society, 1885–1888), pp.269–70.

决定了这条线是奇线还是偶线。奇线和偶线的组合能产生十六幅风水图案。那是对问卜者的占星预言。在后者求卜时，主导星座和其他影响占星的考量因素都会影响到风水师的最终预言。[1]（不要把中世纪穆斯林和基督教的风水学与中国的风水学混为一谈，后者关注的是“地表复杂而微妙的风水气流变化”，以及阴阳这种神秘之力在景观和建筑物件的流动。）在《一千零一夜》中，风水学主要被用来探寻未知事物，狡猾的戴莉莱用微妙多变的风水图案来探查阿里的真实身份。风水师也会预言宰恩·阿斯纳姆的未来。而巫师也是靠风水占卜得知阿拉丁仍然活着。

相术（Firasa），即依靠外在面相进行占卜。这也是一门科学或谓近乎神秘的技能，它与神秘玄学相仿。从事面相占卜的人会利用神秘知识进行晦涩的推演，同时他们也依靠常识和一些简单的侦查手段。相术这个词来自同源词汇 faras，意为“马”，这也许是因为相术占卜首先是由贝都因人发明的，用以从面相甄别马的好坏，并且识破马贩子的骗局。在后来的几个世纪中，相术占卜的一个最主要的实际用途是检查和评估市场上待售的奴隶。[2]在一篇精彩并广为流传的《线索：证据范式的根源》（*Clues: Roots of an Evidential Paradigm*）中，文化历史学家卡洛·金兹伯格（Carlo Ginzburg）探讨了艺术鉴赏、心理分析、侦探和相术占卜的相关技能。就像他所说的：“古老的阿拉伯面相分析学起源于相术。这个概念很复杂，它通常指根据线索并通过推理从已知推断未知的能力。”[3]

---

1 有关伊斯兰探地术，参见 Stephen Skinner, *Terrestrial Astrology: Divination by Geomancy* (London: Routledge & Kegan Paul, 1980), pp.30–52; E. Savage-Smith and Marion B. Smith, *Islamic Geomancy and a Thirteenth-Century Divinatory Device* (Malibu: Undena Publications, 1980); *Encyclopedia of Islam* (2nd ed.), s.v. “khatt”。

2 有关面相占卜“firasa”，参见 Yasin Mourad, *La Physiognomie arabe* (Paris: Geuthner, 1939); Fahd, *Divination* (Leiden: Brill, 1966), pp.369–429; *Encyclopedia of Islam* (2nd ed.), s.v. “firasa”。

3 Carlo Ginzburg, *Myths, Emblems, Clues* (London: Hutchinson Radius, 1990), p.125.

《参透事物本质的国王》和《也门苏丹和他的三个儿子》的故事就是关于面相占卜的。在前一个故事中，失去王位的君主沦为被售的奴隶，他仅凭肉眼观察就能看出一颗珍珠的真实品相：虽然外表光泽，但只是徒有其表，内部早已溃败。而代售的两匹马中，较老的马反而更值得买。这引起了王位继承者的注意。最终，王位继承人也被国王戳穿：他说这个"国王"其实是面包师的儿子。在《也门苏丹和他的三个儿子》中，三位天资聪慧的儿子在旷野中流浪，他们能够推断一峰独眼、无尾、驮着甜食和腌菜的骆驼曾在他们之前经过这里。这种早期侦探故事的历史相当悠久。它的变体还出现在10世纪塔巴里记载的同时期伊斯兰编年史中。同类型的故事也能在15世纪塞坎比的小说、伏尔泰（Voltaire）的《查第格》（*Zadig*），以及晚近翁贝托·埃科的《玫瑰的名字》中看到。《一千零一夜》的其他故事里也有关于面相占卜的记载。在《开罗苏丹穆罕默德的深夜冒险》中，苏丹乔装打扮拜访一群姑娘，但他的伪装却被最年轻的一个女孩戳穿了，因为她用"相术师的双眼"打量并识破了他。对于不了解这种相术的人来说，这绝对是个奇迹，但实际上它依靠的只不过是仔细观察和逻辑推理，其过程并不神秘。某些苏非长老也会教授人们怎样通过神秘的直觉探查他人的内心真相。一个神秘主义者能把自己变成"窥心间谍"，而面相占卜也很容易演变为读心术（ilm al-mukashafa）。外表通常会背叛内在，"一个人的命运通常写在他的额头上"，这在《一千零一夜》中几乎俯拾皆是。

内涵丰富的占卜学涵括了许多内容奇怪的亚专业（sub-specialisms），比如利用小便进行占卜（出现在裁缝小解的故事中，裁缝假装会通过观察小便进行占卜，其实它不过是相术的延伸技能），此外还有通过心跳、伤疤进行占卜，或是通过脸上的斑痣、脸型进行占卜，以及通过先祖来进行占卜，甚至连通过探查天象来预测降雨有时也被视为一种占卜（这也许有点道理，毕竟现在试图将气象学视为一门成熟的科学并不能完全令人信服）。

不过，除了占星术和风水学之外，预测未来时最常用到的技能却是释梦。[1]尽管《一千零一夜》中许多故事本身就像是古怪离奇的梦境，但故事中实际出现的梦境却相当简单，因而很容易解读。这是通俗小说的一个特点，剧中人物的梦境总是传递出真实的信息。在《盖里布和他的兄弟阿吉布》这个故事中，盖里布梦见他和他的兄弟在山谷中被两只贪婪的猛禽掳走，这个梦没有什么需要解读和分析的潜在隐喻。第二天，盖里布和他的兄弟在一个峡谷中就真的碰到了两只巨大的猛禽朝他们俯冲过来，将他们带到了远方。中世纪阿拉伯的说书人不常运用复杂的梦境意象。如果故事里的统治者在梦中被警示，那件事往往就会一梦成真。中世纪阿拉伯小说中的梦只是说书人的手段，用以预示将要发生的事情——这成为一种特殊的文学叙述形式。当然，梦境不仅仅是被用来预测故事将要发生什么；通常情况下，它们还会成为故事的楔子。例如，在故事《一梦成富翁》[2]中，陷入困境的人在梦中获得启示，被告知须离开故乡巴格达前往开罗，在那儿他会找到隐藏的宝藏。到开罗后，他遭遇了一系列倒霉的事情，最后还锒铛入狱。他把自己的遭遇告诉了监狱长。监狱长嘲笑他说，自己也做过一个类似的梦，梦见巴格达有一所房子，房子后面有一座花园和一眼喷泉，宝藏就埋藏在那喷泉下面。巴格达人发觉监狱长所描绘的正是自家的房子，于是刑满出狱后，他回到巴格达家中，果然在喷泉下找到了宝藏。这个故事在英国民间故事中也有变体，即《斯瓦夫汉姆小贩》

1 有关中世纪东方的梦和释梦术，参见 N. Bland, "On the Muhammedan Science of Tabir or Interpretation of Dreams," *Journal of the Royal Asiatic Society*, vol. 16, no. 1 (1856): 118–71; G. E. von Grunebaum and R. Caillois (eds.), *The Dream and Human Societies* (Berkeley: University of California Press, 1966); K. Brackertz (trans.), *Das Traumbuch des Achmet ben Sirin* (Munich: Diederichs, 1986); Fadwa Malti Douglas, "Dreams, the Blind and the Semiotics of the Biographical Notice," *Studia Islamica*, vol. 51, no. 1 (1980): 137–62; cf. Peter Burke, "L'Histoire sociale des rêves," *Annales: Economies, sociétés, civilizations*, vol. 28, no. 2 (1973): 329–42。

2 博尔赫斯几乎逐字逐句重写了这个"完美"的故事，中译名为《双梦记》。——译者注

(*the Pedlar of Swaffham*)。[1] 在上述和许多其他故事中,梦境不仅仅预示将来,而且会使预示成为现实。《一千零一夜》的大部分梦境都是关乎自我实现的预言。

与小说相反的是,在中世纪的伊斯兰现实社会中,释梦作为一门科学十分复杂,并非所有的梦境都具有预见性。有接受安拉启示的梦,这是重要的预言,穆斯林普遍相信,有先知出现的梦不会是虚假的,不会误导信众。还有一些神秘的梦,它们并不是直接来自安拉的降示,但如果对它们进行细致的分析和阐释,还是能够找到对做梦人的现实和将来有益的指引。最后还有一类非常晦涩混乱的梦,它们是消化不良或睡姿欠佳的产物。对这类梦的阐释很大程度上取决于人的选择,因为这类梦通常是无意义的,就看释梦者如何阐释,所谓"梦从口出"(The dream follows his mouth)。而一旦这个梦被阐释了,它的意义就确定了。托马斯·曼在他的小说《赡养者约瑟》(*Joseph the Provider*)中运用了古老的闪族意象:"梦很有可能是一个整体。对梦而言,梦境和阐释互为表里,做梦者和阐释者虽然是两个不同的人,但他们实际上是可以互换的,甚至一体的。因为是他们共同构建了这个整体。"[2] 梦境也可以依据做梦者的地位来进行等级划分。国王的梦比普通人的梦更可信,男人的梦比女人的梦更值得信赖。

有个古代阿拉伯故事(没有被《一千零一夜》收录)说,在某个清晨,一个人沿着街道漫步,看到死神在奇怪地打量他。这个人非常害怕,并逃离了自己的家乡,想尽可能找寻一处远离死神的地方。晚上,他来到萨马拉,结果看到死神又在那里等他。死者之所以那天早晨惊

---

1 Burton, *Nights*, vol. 4 (Benares = Stoke Newington, London: Kamashastra Society, 1885–1888), p.289. 这些故事也在非虚构作品中出现,如 14 世纪 Ibn al-Dawadari 的编年史; see Ulrich Haarmann, "Der Schatz im Haupte des Gotzen," in U. Haarmann and P. Bachmann (eds.), *Die Islamische Welt zwischen Mittelalter und Neuzeit* (Beirut: Franz Steiner Verlag, 1979), pp.198–229, esp.pp.208–9n。

2 Thomas Mann, *Joseph and his Brothers,* trans. H. T. Lowe-Porter (London: Secker & Warburg, 1959), pp.892–3.

讶地打量他，是因为他很吃惊竟然能在那里见到此人，死神知道，他们原本约好了当天晚上在萨马拉见面。这两个行为形成对照，揭示出难以回避的宿命。《相约萨马拉》的故事结构与前面谈到的《一梦成富翁》大致相同。这类故事是文学与命运构成神秘而完美对应的最佳例证。

审判和命运（Qaḍā'a and qadar）在伊斯兰世界具有决定性作用。Qaḍā'a 意为审判，是泛指意义上的审判（安拉的审判），而命运（qadar）则是审判的具体显现。尽管穆斯林思想家和门阀对宿命、安拉的审判如何控制男人和女人的生活尚存争议，但逊尼派穆斯林普遍接受这一观点：如果安拉的旨意是全能的，那么人类的意志就毫无意义——或者说，人类的意志永远受安拉的意愿左右。因此，从微观的层面看，一个自由意志的人会选择安拉为他或她指定的命运。受到诅咒的人只能认命，因为安拉早已为他们安排好了受诅咒的命运。“真主已封闭他们的心和耳，他们的眼上有翳膜，他们将接受沉重的惩罚”（《古兰经》2.7）以及“真主必定使他所意欲者误入迷途”（《古兰经》13.27）。根据伊斯兰民间传说，当真主创造阿丹[1]时，他就已经创造出了阿丹所有的后代（他们看起来就像蚂蚁一般），并把他们分为前途光明的一类和前途灰暗的一类。光明的那些放在阿丹的右边，灰暗的那些则置于左边。

以上只是一个题外话，因为命运在中世纪阿拉伯小说中起到的作用同思辨神学几乎毫无关系。10 世纪塔努赫的《劫后重生》故事集是一部有关天意的著作，编纂的目的是激励读者以坚毅和虔诚的服从来忍受他们的苦难。《一千零一夜》中也包含许多这样的故事和寓言，它们均表达了“你无法打败命运”，应当逆来顺受，顺从宗教的观点。在《鱼和螃蟹》的寓言中，鱼儿们得知自己所住的水塘即将干涸，便去找螃蟹寻求建议。螃蟹表示无能为力，“难道不是真主（只有真主应受到尊崇）在创造万物之前，早已为所有造物准备了充分的食物，预先安

1 即《圣经》中的亚当。——译者注

排好了他们的食量，并为他们分配了生命的长短和供给吗？这难道不是他的神力吗？”就像寓言中受困的麻雀所看到的那样，“我无须关心命运和它的打击，就算是采取预防措施，一个人也无法逃脱宿命”。然而，寻找逃离命定的故事总是比听聪明的老螃蟹干巴巴傻等雨季来得更精彩。在大部分《一千零一夜》的故事中，主人公总是不听从年迈智者和占星师的警告，努力逃脱宿命。

听从真主的旨意往往值得赞扬。然而有些时候，人们也会觉得宿命论被用来达到某种不太光彩的目的，对审判的顺从也似乎只是懒惰的托词。《一千零一夜》中有些故事明显可以这样去解读。例如，《绳索匠哈瓦吉·哈桑的故事》讲述两个邻居就“究竟是努力还是好运会令人致富”的问题发生了争论。当然，最终的结果显然是“财富并非来自财富本身，而是依靠真主全能的恩典，它才能使穷人变得富有”。[1] 整体而言较为突出的是，在《一千零一夜》中，有太多故事是关于懒惰无能之人仅靠运气发财致富的。这些故事往往在开罗的咖啡馆中流传，娱乐那些懒惰和无所事事之人。阿拉丁恐怕是这群主人公中最广为人知的一个。命运无常，它偏爱卑微、无能和懒惰之徒。再看看阿里巴巴、鞋匠迈阿鲁夫，以及那群可怜的、开启魔鬼瓶塞的渔夫，会说话的鱼和魔戒等。有什么能比撒上一网更令人高兴的呢？安拉定好的命运，或曰宿命，在安拉之下，是可怜虫的万能监察员。“国王啊，不要以为你是无恙的，不会受到时光流逝和世事变幻的打击，这些就像夜间的旅者一样，总是不期而至。”《盖玛尔·宰曼》故事中的宰相这样警告说。就像在死亡面前一样，宿命面前人人平等。“死亡，是一切欢愉的杀手”便是每个人的宿命。我们最终都将穿过那个黑暗、深邃的小洞。

德国诗人诺瓦利斯（Novalis）曾含蓄地指出，“性格即命运”。诺

1 Burton, *Supplemental Nights*, vol. 4 (Benares = Stoke Newington, London: Kamashastra Society, 1886–1888), pp.341–66. 玛丽亚·埃奇沃思（Maria Edgeworth）的《倒霉的穆拉德》（*Murad the Unlucky*, 1804）看起来似乎就像是专门针对《一千零一夜》里的这个故事而写的。

瓦利斯的意思是，每一个体都可以锻炼自己的独特品质，追求个人的抱负，这些造就了他的幸运与磨难。然后，在《一千零一夜》中，性格与命运的对等关系被颠覆了；就像托多罗夫（Todorov）在《男人故事》（*Les Hommes-Récits*）的一篇文章中所说的那样，辛巴达、阿里巴巴的“性格”平庸无奇，他们既没有思想深度，而且行为性格常常前后矛盾。他们受本能的支配，或者更确切地说，他们受命运（说书人）所支配，而命运恰恰又是为说书人服务的。

通过《一千零一夜》的故事，我们可以看出，命运是早已被“写在前额上”。事实上，命运无处不在。它是被写好的（Mektūb）。命运是贯穿文学的母题。每个人都有他的故事，这故事为他而写。诗人祖海尔·伊本·艾比·苏勒玛（Zuhayr ibn Abī Sulmā）[1] 曾经把命运比作“夜盲的骆驼”。这也许自有道理，现实生活中命运就是盲目的。但当我们转向小说时，我们会发现，命运盲目是一个彻头彻尾的错误隐喻。就像我们即将谈到的，命运一点也不盲目。它对一切了如指掌，并将其安排得井井有条。在命运那里，不会有一丝纰漏。尽管命运总是无处不在，并且始终活跃，人们却只能通过某些线索将它探寻，比如前额的纹路、沙盘上的图案，或是那些惊人的巧合（ittifāq）。虽然基本上是一个隐性存在，命运却是《一千零一夜》的头号角色。正如前面已经谈到的，在《第二个流浪汉》的故事中，正是命运通过占星师宣告了卡西布和被他杀死的王子的不幸。同样，在《易卜拉欣国王和他儿子》的故事中，占星师警告国王说，他新生的儿子年满七岁便会遭到狮子的袭击。更加可怕的是，如果这个孩子能够在狮子的袭击中幸存下来，有朝一日他就会杀死他的父王。国王把儿子隔离起来，派侍卫小心看护，以免预言应验。但是七年后，“命中注定的时刻”还是到来了：王子的保姆被狮子杀死，而王子却消失得无影无踪。后来，他果然再度出现并一不小心杀死了自己的父王。垂死之际，国王原谅了自己的儿子，他对侍从们

1 祖海尔·伊本·艾比·苏勒玛（约520—约609），阿拉伯蒙昧时期的重要诗人。——译者注

说："要知道，安拉早已在前额写好了一切。无论是幸运还是不幸，都没有人能将它抹去。被命定的一切必将降临到他的头上。"

在《商人的女儿和伊拉克王子》的故事中，商人听到一个声音告诉他说："宿命战胜了谨慎，服从安拉的审判是最重要的，也是最公平的。"那声音接着又说，他的女儿将和伊拉克王子生下一个私生子。商人想尽办法、竭尽全力想要逃避命运，把自己的女儿藏在高山深谷之中。然而，他企图挽救女儿贞洁的这一举动恰恰导致了女儿的不幸。有一天，伊拉克王子外出打猎，偶然看到一匹种马，"它仿佛受到真主命定的安排，引领王子寻求为了躲避他而藏在秘密世界中的女孩"。最终，王子被这匹马引到姑娘藏身的山谷。命定的故事就这样继续下去。在《阿塔夫的故事》（或曰《命运的力量》）中，哈里发哈伦来到一座图书馆，随便翻开一卷书，只见他时而大笑，时而哭泣，并命令大臣贾法尔从他眼前消失。贾法尔感到不安和沮丧，他逃离巴格达，在大马士革经历了一系列冒险，包括遇到阿塔夫和一位女子，后来阿塔夫和她结成良缘。回到巴格达后，他向哈伦禀报了亲眼所见，哈伦带他来到图书馆，并向他展示了自己曾经翻阅的那卷令他又哭又笑的书。贾法尔看到书中记载的正是他和阿塔夫的冒险经历，这些一模一样的冒险便是哈伦在书中读到的故事。命定之事已经完全应验。这些故事中有一种因果倒转关系，即被预言之事先于预言出现。刘易斯（C. S. Lewis）也写过这种类型的故事（俄狄浦斯的传奇就是这类作品）：

> 这类故事（至少对我而言）给人一种伴随着困惑的惊艳，比如读者常会觉得在审视一个线索相互缠绕的复杂范式。读者在看，却看不清它的真面目……在我们的想象力中仿佛有某种东西，它总是让我们感到混乱：我们已经看到命运和自由意志是如何结合的，甚至命运总是打着自由意志的幌子来发挥作用。[1]

1 C. S. Lewis, "On Stories," in idem, *Of This and Other Worlds* (London: Collins, 1982), p.39.

命运喜欢故事前后呼应，对素材合理运用，因此命运其实就是为说书人服务的。他们通过制造巧合来巧妙地铺排素材。但究竟什么是巧合？在朱利安·巴恩斯（Julian Barnes）的小说《福楼拜的鹦鹉》（*Flaubert's Parrot*）中，叙述者对巧合持贬斥态度："惊悚恐怖的是：你马上就能体会到自己生活在一个秩序井然、按上帝意志运行的宇宙中是什么感觉，他时刻俯瞰着你；作为提示，他偶尔会给你一些粗浅的线索。"更有甚者，巴恩斯继续说道："至于小说中的巧合——这种技巧既廉价又缺乏学理；它们看上去粗糙拙劣。游吟诗人的出场恰到好处：拯救了树林中混战的女孩。狄更斯的恩人那么突然却又那么及时地登场；一场发生在异域海滩的沉船事故，使得失散多年的姐妹和情侣意外重逢。"不过巴恩斯小说中的叙事者也承认，巧合在流浪汉故事中理应有其恰当的地位。当然，中世纪的阿拉伯人坚信自己是生活在"一个秩序井然、按神的意志运行的宇宙"中，他丝毫不会怀疑说书人在虚构世界中拥有类似的能力。[1]

在《海中出生的石榴公主和她的儿子》中，石榴公主在宫廷发生政变时逃亡至某个小岛。她躲在一棵树上，难道真的不会有人发现她吗？要知道，"早已注定一切的命运"鬼使神差地令逃命的巴德尔·巴斯姆躲到了同一座岛上，恰在公主藏身的那棵树下休息。巧合虽然可笑，而且巴恩斯也很是讨厌它，但所谓无巧便不成书；没有形式，便没有意义。巧合揭示出世界秩序的深层含义。命运承诺——不，而是要求——冒险必须有，它呼唤冒险，并最终战胜它们。当代意大利电影导演皮埃尔·保罗·帕索里尼（Pier Paolo Pasolini）是最具智慧的《一千零一夜》现代阐释者之一，他发现：

> 《一千零一夜》中的每一个故事都以一个"命定表象"作为开头，通过一个奇异事件表现出来。这个奇异事件又会滋生另一个。如此循环往复，奇异故事链便建立起来了。这个循环链越富

1 Julian Barnes, *Flaubert's Parrot* (London: Jonathan Cape, 1984), pp.66–7.

有逻辑性、结合得越紧密、越必不可少，故事也就越美丽。我说它“美丽”，是指这些故事富有活力、精彩，并且引人入胜。奇异故事链总是倾向于回归正常。《一千零一夜》的每一个故事最终指向定数的消退、回归沉闷乏味的日常生活……故事中的主人公自己本身就是命运。[1]

无论有意还是无意，帕索里尼对命运的反思恰好回应并进一步阐释了社会文化理论家瓦尔特·本雅明（Walter Benjamin）的观点，后者曾在一篇题为《命运和性格》（“Fate and Character”）的文章中指出：厄运是命运的一种，而“幸福能够使一个人从各种劫数，乃至他自己的命运之网的包围下解脱出来”。[2] 帕索里尼的观点同样还能使我们联想到弗拉基米尔·普罗普（Vladimir Propp）关于“暴力与止暴”（violation and resolution）在俄罗斯童话故事中的作用。

在《偶然与必然》（*Chance and Necessity*）中，雅克·莫诺（Jacques Monod）讨论了什么样的想法更容易被植入，并存活于人们的脑海。他曾认为：“很明显，最能侵入人脑的，是那些能让人在命运中找到归属的想法，它像一处可以释放内心焦虑的安全港湾。”愿景如此，故事亦如此。一个故事以提出问题（或反常现象、违规事例等）开始，以解决问题结束，这样的故事本身就会受到一些读者的喜爱，因为他们正受自身命运和世间存在焦虑的困扰。这时小说就像宗教一样，具有了慰藉的作用。[3]

每个人都有他自己的命运，也许一个人的命运会打败另一个人。在《开罗狡猾的阿里》故事中，邪恶的犹太巫师阿扎里亚通过占卜发现，阿里的命格比他好，因此他虽然尽量克制自己没杀死阿里，但他把后者变成了一头驴。在中世纪的近东地区，犹太人通常被认为握有神

1 Paul Willemen (ed.), *Pier Paolo Pasolini* (London: British Film Institute, 1977), p.74.

2 Walter Benjamin, “Fate and Character,” in *idem, One Way Street* (London: New Left Books, 1979): 126.

3 Jacques Monod, *Chance and Necessity* (London: Collins, 1972), pp.154–5.

奇的魔法。事实上，人们会发现中世纪留存下来的许多阿拉伯魔法故事都明显源自犹太地区——强调字母魔法以及对字母的神秘操纵，所罗门印章、手杖和戒指的意象，犹太人名，或至少听起来是希伯来语发音的那些犹太精灵的名字，皆可被巫师召唤来执行巫师的指令。

然而，尽管在通俗文学中犹太人常常以巫师的形象出现，但在《一千零一夜》和许多民间传说中，以巫师身份出现频率更高的，则是马格里布人——来自北非和西班牙的阿拉伯人或柏柏尔穆斯林。这些马格里布巫师中名气最大的，当属先恭后弃、迫害阿拉丁的那位。当然，还有许多这样的人物，比如让朱德尔把他们绑起来扔到卡伦湖里的三兄弟，还有《开罗苏丹穆罕默德故事》里帮助穆罕默德谢赫的那个人物：他"面前摆着几片写着字的树叶，用以给周围的人占卜"，并帮助穆罕默德对抗精灵的魔法。喜欢让马格里布人扮演巫师角色的不只是故事的作者，历史学家伊本·伊亚斯（Ibn Iyās）在写到埃及马穆鲁克历史时也曾提到：一位马穆鲁克巫师如何将一座他幻化出来的花园卖给开罗人，之后又如何使它和自己一同消失得渺无踪影。中世纪阿拉伯最重要的两部魔法书，一部是《智者之志》，据说由 10 世纪西班牙穆斯林数学家马吉里蒂（al-Majriti）[1] 所著；另一部是《智识之光》（*Shams al-Ma'ārif*），据传由 13 世纪居住在亚历山大的北非苏非文人布尼（al-Būnī）[2] 所作。风水学史上最为关键的人物是宰乃提（Al-Zannati）。他是个柏柏尔人，阿拉伯人认为风水占卜术恰恰起源于柏柏尔人，这或许有一定道理。波斯人同样也会作为魔法师登场。例如在《巴士拉的哈桑》中，哈桑的母亲警告哈桑要小心一位占卜师："我的孩子，你要小心外面流传的那些话，特别要小心波斯人，千万别听他们

---

1 穆斯里迈·马吉里蒂（Muslimah al-Majrīti, 950—1007），阿拉伯安达卢斯时期著名的哲学家、数学家、翻译家。——译者注

2 艾哈迈德·本·阿里·布尼（Ahamad bn Alī al-Būnī, 伊历 520—622，公历 1126/1127—1225），阿尔及利亚地区著名的苏非派文人，代表作为《智识之光》，是一部集中描写精灵的奇幻作品，涉及一些晦涩玄奥的超自然现象。——译者注

的，他们全都是骗子，自称会点儿炼金术。”[1] 拜火教徒，也即琐罗亚斯德教徒巴赫拉姆也确实以教授炼金术为名，诱惑哈桑为己所掌控（他的真实目的是用哈桑来进行火祭，这是琐罗亚斯德教的仪式）。

正如前面提到的，中世纪伊斯兰历史上不曾有过严厉的猎巫活动。不论巫师多么邪恶，他们也没有被当作魔鬼的仆人来看待，而是被视为精灵的主人。巫师用书、宝剑、护身符和神灯来掌控那些看不见的精灵，满足他的欲望。在《魔法师与年轻的巴格达厨师》中，魔法师拿出一个金属烧瓶、七枚针、一块沉香、一些黏土和一截羊肩胛骨、一块毛毡和一些丝绸，用这些缝制了个奇怪的包裹，并且他的嘴里还念念有词：“我敲，我敲玄秘之门，召唤诸精灵，让他们战胜撒旦。”

精灵被认为是一种超自然生物，由火焰合成。他们通常都是隐形的（所以《一千零一夜》中的商人才会在扔枣核的时候无意中杀死了精灵的孩子）。不过在《一千零一夜》中，有时候他们也会故意现身。他们常常以人的面貌出现，但并非一概如此。在《宰因・阿斯纳姆的故事》中，宰因・阿斯纳姆被一个象首狮身的精灵带到一座湖的对面，那里的精灵们相貌狰狞，只有精灵之王化身为面貌英俊帅气的年轻人。见到众精灵和精灵之王的情形，很容易让人想到中世纪阿拉伯巫师手册里的描述，这类作品常常被视为非虚构作品。13 世纪，法师阿布・卡西姆・伊拉克（Abu’l-Qasim al-Iraqi，也是位穆斯林化学家——译者注）在其著作中记载了许多召唤精灵的咒语，通过这些咒语可以了解精灵的秘密，并驱使他们成为猎宝者。（阿布・卡西姆还知道一些可以让人飞行、在水面上行走、掌握心灵感应术、把人头变成狗头以及令女性长出胡须等的咒语。）另一位魔法师，曾署名伊本・哈吉（Ibn al-Hajj），著有作品《光之太阳》（*Suns of the Lights*），记载了许多咒语，其中一条是利用咒语让精灵白王的女儿和自己欢爱：他在沙漠中禁食整整十二天后，开始实施咒语，果然出现了一条龙（当然，你

1 Burton, *Nights,* vol. 8 (Benares = Stoke Newington, London: Kamashastra Society, 1885–1888), p.9.

必须无视它的存在),随后即有一位肤色白皙、步履摇曳、披金戴玉的窈窕女子款款走来。但伊本·哈吉也指出,麻烦的是,一旦一个人同意和她结婚,那么就再也没有能力和其他女人欢爱了。

在《第二个流浪汉》的故事中,精灵会变形。他们在打斗中不断变换外形,[1] 并常常像旋风一样四处游弋。精灵社会也像人类社会,有自己的国王、法庭和军队。在《布鲁奇亚的冒险》故事中,布鲁奇亚来到精灵国王萨赫尔面前,后者的起居由一群精灵小国王和王子们照料,还有法官、王储和政府官员围在国王身旁。精灵也有善良的穆斯林精灵,譬如萨赫尔和他的随从;同时也有邪恶、信奉异教的精灵。(邪恶的精灵又被视为撒旦或恶魔。)因为精灵大多活跃在男性世界中,并与人类从事交易,宗教律法学家们建立起了一个重要的法律体系,专门处理精灵的财产所有权、精灵与人类女性通婚等诸如此类的问题。保持仪式的洁净是另一个潜在的问题。尽管女性在与男性欢爱后必须进行宗教层面的大净,然后才能祈祷,但根据律法汇编《印度律法释义》(*Al-Fatawa al-Hindiyya*)[2],她们在与精灵欢爱后却无须如此。

有人认为,魔鬼伊卜里斯就是个精灵,但也有人认为他是个天使。[3](天使由光构成,而精灵则由火构成。)最通行的一个观点是,伊卜里斯是个堕落的天使,因其傲慢而受到了惩罚。他拒绝向上帝俯首称臣而崇敬撒旦。撒旦很少在《一千零一夜》中出现,但在《摩苏尔的易卜拉欣和魔鬼》的故事中,魔鬼扮作盲人在易卜拉欣面前显现,并教会他

1 关于精灵,参见 Toufy Fahd, “Anges, démons et djinns en Islam,” in D. Bernot et al. (eds.), *Génies, anges et démons* (Paris: Éditions du Seuil, 1971), pp.153–214; *Encyclopedia of Islam* (2nd ed.), s.v. “djinn”。

2《印度律法释义》,又名《阿拉姆基尔律法释义》(*Al-Fatāwa al-‘ālamikīriya*),是一部伊斯兰教正统教派哈乃斐派的律法释义书,据说是在印度莫卧儿王朝时期国王奥朗则布(Aurangzeb, 1618—1707)的诏令下,由一批印度学者编撰的律法释义。奥朗则布被誉为“阿拉姆基尔”(‘ālam kīr),即“世界征服者”。—— 译者注

3 *Encyclopedia of Islam* (2nd ed.), s.v. “Iblis”.

一首新歌。伊卜里斯也出现在《少女塔赫法特·库鲁布的故事》中。在这两个故事中，魔鬼都以潇洒的老者形象出现。在《布鲁奇亚的冒险》中，我们看到邪恶的精灵是伊卜里斯的后代，而善良的精灵则是其他六位没有堕落的天使后裔。

精灵有时会出没于厕所。在《努尔·丁和他儿子的故事》中，强大的精灵伊夫里特（'ifrīt）从厕所的水箱里钻出来，以迫害驼背。库鲁布也是在"精灵之父"伊卜里斯的安排下，通过哈里发王宫一间盥洗室的神秘出口来到精灵的国度。在诸如《王子与食人女妖》《鞋匠马阿鲁夫》等故事中，废墟和墓地同样是精灵，特别是那些低等级精灵（也即食尸鬼）喜欢出没的地方。食尸鬼是一种邪恶的精灵，住在荒野或墓地。他或她喜欢吸食人类的血肉（食尸鬼有时也被用来指代食人族）。食尸鬼有可能被一拳打倒，但是如果出拳人不小心又补了第二拳，食尸鬼就会复活。据 19 世纪荒漠探险家查尔斯·多尔蒂（Charles Doughty）称，食尸鬼常以旅行者母亲或姐妹的声音，来诱惑旅行者偏离自己的路线。

关于异灵研究，阿拉伯人的用词既不精确，也不一致。通常说来，马里德（mārid）是一种能力强大的精灵[1]，而伊夫里特（'ifrīt）则无疑更为强大。伊夫里特大多数是邪恶的（这个词的词根意为在尘土中打滚，也就是低等精灵）。《一千零一夜》中出现的精灵往往都被所罗门封印在铜瓶或顽石之内。所罗门用印章戒指和手杖控制精灵，并惩罚那些不服从者。在《铜城》故事中，大马士革的哈里发曾派出探险队，去找寻这些铜瓶。精灵还会受一些物品挟制，例如鞋匠迈阿鲁夫在地下洞穴中找到的戒指印章。通过正确操纵某些魔法物件可以控制灵魂，这个概念或许来自某种松散的新柏拉图主义的变体。这种新柏拉图主义流行于古代晚期，包括神通法术，以及通过控制灵魂来实施魔

---

1 在伊斯兰教中，大约有 10 种左右的魔鬼名号，mārid 是其中之一，这个词也有巨人的含义。下文中厄文提到的一些精灵名号都是在阿拉伯民间传说中常有的精灵。——译者注

法。在中世纪的西方，怀疑论者会拒绝任何精灵的故事，他们将有关仙女的故事视为古老的女妪故事，而中世纪穆斯林世界却无法那么轻易否认精灵的存在，因为《古兰经》早已反复证明有关所罗门控制精灵的内容：

> 有些精灵奉主的命令在他面前工作，谁违背了我的命令，我就使谁尝试烈火的惩罚。（34.11）[1]

7 世纪阿拉伯世界的异教徒似乎相信，精灵是能与真主建立联系的神灵。《古兰经》谴责了这种说法（5.100）：

> 精灵，作为精灵，他们仍由真主创造，尽管他们是不带任何智识的儿女。

后来有关精灵的虚构作品还从古代晚期的恶魔和印度万神殿里借来了外形与能量。中世纪阿拉伯的著述中提到过一些非常特殊的精灵和鬼怪。乌达尔（udar）会强暴荒漠中的男子，并将其曝尸荒野，任虫蛭叮咬。因此，它是同性恋食尸鬼。淘气鬼精灵阿特拉（atra）会在祈祷者的耳中撒尿，令他们昏昏欲睡。古特鲁卜（qutrub）是传说中的阿拉伯狼人。人们普遍相信，狼人无论男女，都会在月圆之夜变成野兽，并以尸体为食。然而，10 世纪伟大的医学家拉兹（al-Razi）认为，狼人症其实是由精神错乱引起的。罹患这种疾病的人通常都非常抑郁，眼神空洞，孤独自闭，喜欢黑夜和墓地。[2] 卡比卡基（kabikaj）是掌控昆虫的精灵。过去，书记官常在他们的手稿上写下它的名字，以保护他们的手稿免遭昆虫啃噬。莱恩笔下的纳斯纳斯（nasnas）是

---

1 应为《古兰经》34.12。

2 关于狼人是一种精神疾病，参见 Michael W. Dols, *Majnun: The Madman in Medieval Islamic Society* (Oxford: Clarendon Press, 1992), pp.61, 64–6, 84, 87, 89.

“一种半人生物，他只有半个脑袋、半个身躯、一只胳膊和一条腿，腾挪跳跃却非常敏捷”。在《一千零一夜》的《圣人与学者的故事》中，圣人像变魔法一样，把眼膏（kohl, 金属元素锑，用作眼部化妆）涂抹在年轻人的眼睑上，并把年轻人变成纳斯纳斯。迪乌（diw）是波斯精灵，外表灰暗，内心邪恶。就像《艾哈玛德王子和仙女巴丽·巴奴的故事》中描述的那样，巴丽（peri）是美丽的女精灵，她们是波斯神话的一部分。她们善良纯洁，因而常常受到迪乌的迫害。《一千零一夜》中出现的迪乌和巴丽，其身份和定位都与精灵别无二致。阿拉伯民间故事中的鲁赫（rukh）是一种体型巨大的鸟，与波斯文化中同样体型巨大且神秘莫测的凤凰（simurgh）相似。它轻而易举地能够抓起一个人，甚至一头大象。关于它的想象或许来自印度的大鹏金翅鸟。这个精灵半秃鹫半人形，在印度绘画中是毗湿奴的坐骑。在土耳其民间故事中有一个神秘的传说，鲁赫是一种只有名字、没有形象的鸟。鲁赫在《一千零一夜》的《马格里布的阿卜杜·拉赫曼关于鲁赫的故事》和《辛巴达第二次航海》中均现过身。从某种程度来说，关于这种鸟的故事可谓数量惊人。马格里布的阿卜杜·拉赫曼居然把鲁赫的鸟蛋看成了一百腕尺大小的白色穹顶。有些故事，比如辛巴达被巨鸟带到宝石峡谷，其所表现的是关于人类飞行的幻想。此外，一如借助飞毯和乌木马飞行，鲁赫所扮演的，恐怕也是早期历史航空想象的一个角色。事实上，从技术层面上来说，《一千零一夜》的奇幻多少显得有点拙劣幼稚，但其中的确有些故事可以被纳入原始科幻小说的经典范畴。

柯尔律治（Coleridge）在反观他童年时期诗歌想象的缘起时，曾坦言：“从我早期阅读那些神话、精灵故事起，我就习惯了脑海之中满是巨人的存在。”神话故事与科幻小说，或者说非现实主义小说一样，都具有放大想象的功能：幻想航海、时空扭曲、外星生物、奇方异术、另类社会、度尽劫波、虚构历史，所有这些现代科幻小说中常有的要素也能在《一千零一夜》中看到。文化散文家吉尔伯特·阿代尔（Gilbert Adair）说（或许他的话有点过于自信）：

> 正如人们所知,科幻作品与我们的未来,或任何星球上可以预见的未来之间的关系,就如同童话故事和(神秘中世纪)过去的关系。例如,在这两种文学形式中,动物(抑或机器人和外星人)都被赋予了人类所有的思维特点和语言习惯;科幻小说中的控制系统、激光射线、微芯片、超声波——这一连串耀眼的名词,在劳尔·杜菲(Raoul Dufy)之后,又被称为科幻童话(*la fée electronique*)——构成了令人目眩神迷的炼金术,充满知识和力量的浮士德式的无穷宝库;一个人会很快意识到这两种文学形式都有相同的叙事结构,同样反对摩尼教,以及同样具有探索和救赎等基本主题。[1]

布莱恩·斯坦布福德(Brian Stableford)在《科幻小说大百科》(*The Encyclopedia of Science Fiction*)中指出,玛丽·雪莱(Mary Shelley)的《弗兰肯斯坦》(*Frankenstein*, 1818)是第一部真真正正的科幻小说,因为它第一次以小说形式出现,并清晰地表现了科学与魔法之间的差异。[2] 有观点认为,在玛丽·雪莱、爱伦坡和儒勒·凡尔纳(Jules Verne)确立了科幻小说的基本规则之前,并没有真正意义上的科幻小说。尽管我们对这种清教徒式的坚持表示敬意,但一个事实是:《一千零一夜》和科幻小说确实有着相同的主题,描绘的是相似的技术。它们怀有的也是共同的目标。中世纪奇幻故事的听众和现代科幻小说的读者,他们或为宇宙的广袤和玄奥而惊叹,或猜测它的另一种形态,但都有相同的心境。

在中世纪伊斯兰文学中,有关奇迹(aja'ib)的作品形成了一个

1 Gilbert Adair, *Myths and Memories* (London: Fontana Paperbacks, 1986), p.75.

2 Brian Stableford, "Proto Science Fiction," in Peter Nicholls and John Clute (eds.), *The Encyclopedia of Science Fiction* (London: Granada Publishing, 1979), pp.476–8. 然而,皮埃尔·沃辛斯(Pierre Versins)认为科幻小说不是一种狭义的、过时的类型,而是一种"心态"。参见他伟大的 *Encyclopédie de l'utopie, des voyages extraordinaires et de la science fiction* (Paris: L'Âge d'Homme, 1972), esp.s.v. "Arabe (culture)"。

独特的流派。编撰者们收集了来自希腊、罗马、法老王朝和古代萨珊时期的各种奇幻故事，他们记录了许多不可思议的天文现象（如倾盆血雨）以及怪物的诞生（比如“三头”牛犊）等。他们还整理了各种离奇巧合的细节，描绘已知世界的种种神迹。在这样的奇幻之旅中，真理与寓言合二为一。阿拉伯作家或直接或间接地利用了某些业已存在的古典奇幻文学元素，以描绘异国情调：诸如卢西恩（Lucian）[1]、克泰夏斯（Ctesias）[2]和伪卡里斯蒂尼（Pseudo-Callisthenes）[3]的作品，它们的描写涉及印度奇闻和亚历山大的远征故事。某些夸夸其谈的旅行者，如马可波罗（Marco Polo）和约翰·德·曼德维尔（John de Mandeville）[4]等人当然也不会忽视上述那些作品。

奇幻的航海之旅这一文学题材至少可以追溯到古代苏美尔史诗《吉尔伽美什》（*Gilgamesh*）。古代和前现代有关奇幻之旅的故事大多或公开或隐蔽地指向灵魂通往来世的旅程。《一千零一夜》中布鲁奇亚的冒险（种种迹象表明它最初来自《吉尔伽美什》）便是奇幻航海冒险的鲜明例证。[5]奇迹一个接着一个。布鲁奇亚为了寻找长生不老药，遇到了一条像骆驼那么大的蛇，它居然会说人话。布鲁奇亚俘获了巨蛇王后，顺利地在海面上行走，发现过所罗门之墓，还到过许多陌生而美丽的天堂小岛；看到了挂满“人头”的树，枝丫上落着许多鸟；另有一些会笑的树。他还看到美人鱼在游弋，曾进入过伊甸园却又被巨人驱逐。他还同精灵之王有过一次会面，后者告诉他安拉所设置的众多地狱的真相。这些地狱中最小的一个是加哈纳姆（Jahannam），那里有一千座火山，每座火山有七万个火城，每座火城

1 希腊讽刺作家，生活于约公元 120 年至 200 年。——译者注

2 希腊人克泰夏斯出生于公元前 5 世纪，是当时著名的医生、波斯和印度史学家，写过 20 多部有关波斯、巴比伦、亚述历史的著作。——译者注

3 伪卡里斯蒂尼据说是《希腊亚历山大传奇》的作者。——译者注

4 约翰·德·曼德维尔，生活于公元 14 世纪，写过一些环游世界的旅行见闻。

5 Stephanie Dalley, “*Gilgamesh* in the *Arabian Nights*,” *Journal of the Royal Asiatic Society*, vol. 1, no. 1 (1991): 1–17.

又有七万个火堡，每个城堡有七万间火房，每间火房有七万张火床，每张火床又设置了七万种折磨刑具。这些地狱场景为银河系科幻小说提供了广阔的想象空间。后来，布鲁奇亚遇到一个大天使坐在环绕世界的卡夫山顶端，天使为他揭示了宇宙的规模和结构。他告诉布鲁奇亚，在其所了解的世界之上，还有多重世界，据说共有四十个世界，每一个都是布鲁奇亚的世界四十倍那么大。它们都在卡夫山之外。每个世界都有自己独有的居民、色彩和守卫天使。但不论这些世界多么大，它们和支撑世界的天使比起来，简直就不算什么了。那些天使们站在一块被公牛顶着的岩石上，公牛站在遨游于浩瀚海洋的鲲背上。布鲁奇亚有幸看到了其中的一条鲲，仅它的头从他眼前游过就需要三天时间。但鲲对于海而言，又太渺小了。这座海漂浮在云渊之上，云渊下方是火海。所有这些的下方，都有一条环绕宇宙的巨蛇，它大到足以吞噬所有世界。中世纪穆斯林深信自己是生活在一个浩瀚无边的宇宙中。布鲁奇亚所见到的壮观景象就是“奇迹”（aja'i）的典范。

鉴于篇幅，这个话题我们不再展开，但布鲁奇亚的寰宇之旅可以与伊斯兰教及诺斯替教有关异度空间生灵和外星生物的猜测相类比。例如，11 世纪伊本·西纳（即西方所知的阿维森纳）在哲理幻想作品《萨拉曼和阿布萨尔》（*Salaman wa-Absal*）中写道，阿布萨尔像布鲁奇亚一样，经历了穿越沙漠和陌生海域的一段旅程。他遇到了许多奇怪的造物，比如有着爬行动物皮肤的“人类”，身上还长着草芥。不过，阿布萨尔的旅程比布鲁奇亚更为广阔深邃，读者于此见识到各种各样的外域习俗，还有月亮和其他星球上各不相同的住民。阿布萨尔甚至还到过更远的星星，见到了黄道宫星球及其市民。[1]

---

1 伊本·西纳那富有远见的故事在这位波斯哲学家 13 世纪的一篇评论中部分保留了下来，Nasir al-Din al-Tusi, *Hall Mushkilat al-Isharat* (Tehran: Matba'a-yi Majlis, 1926)。关于《萨拉曼和阿布萨尔》，参见 Henry Corbin, *Avicenna and the Visionary Recital,* trans. W.R. Trask (Princeton: Princeton University Press, 1960), pp.223–41; Hossein Nasr, *An Introduction to Islamic Cosmological Doctrines: Conceptions of Nature* （转下页）

尽管有些混乱，但辛巴达系列故事所描述的显然是阿拉伯海员在印度洋的真实遭际。辛巴达航海故事中的诸多元素都算不得十分夸张。10世纪的布祖格（Buzurg）船长在其《印度奇闻录》（*The Book of the Wonders of India*）中说，世上奇闻十之有九出自东方。在书中，布祖格确实记述了海员和商人在印度、中国、爪哇，或许还有日本的一些真实情况。然而，他创作这本汇编的主要动机是收集奇闻逸事。因此，文学作品中有关亚马孙群岛、食人部落、狗头人和人头树的故事等，都被吸纳并扩充了篇幅。旅行者从伊斯兰中心地带出发，所经历的冒险越深远，见到的故事越离奇，直至抵达悠远的海洋——绿海（the Green Sea）的边缘。这片海域没有活物，也没有任何人能在它的海域内航行。它永远都是一片黑暗，散发着恶臭，而且无边无际。

并非所有的科幻小说都发生在太空。儒勒·凡尔纳和埃德加·赖斯·布勒斯（Edgar Rice Burroughs）的小说想象了水下生活的可能性。这也是《一千零一夜》的讲述者们所憧憬的。在《海中出生的石榴公主》中，谢赫里曼国王通过美人鱼石榴公主之口，了解到海底人类及其生活（据言是所罗门印戒的神奇魔力使得他们有如此的能力）。不幸的是，对水下世界的细节，人们所知甚少。不过，《渔夫阿卜杜拉和人鱼阿卜杜拉》为我们弥补了这方面的不足，使我们得以了解水下的另一个社会：想象的乌托邦社会。乌托邦很少出现在伊斯兰虚构和非虚构类作品中。毕竟，《古兰经》已经明确了理想社会的准则和规范，先知穆罕穆德也以他的言行对此进行过详尽的阐释。人们普遍认为，严格遵守伊斯兰律法和习俗便可将理想社会变为现实。10世纪的伊斯兰哲学家法拉比（al-Farabi）在他的《美德城

（接上页）*and Methods Used for its Study by the Ikhwan al-Safa, al-Biruni and Ibn Sina* (Cambridge, Mass.: Harvard University Press, 1964), pp.181, 263n., 265–6, 274; I. Strousma, "Avicenna's Philosophical Stories: Aristotle's *Poetics* Reinterpreted," *Arabica*, vol. 39, no. 2 (1992): 183–206。

民众观念准则》(*Fi Mabādi' ārā' ahli al-Madīnat al-Fāḍīlah*)[1] 中为理想社会提供了全套计划。柏拉图和《古兰经》都主张人们在一个由贤德哲人领导的城邦中和谐相处。(伊斯兰教认为,理想社会即城邦社会。)不过法拉比并没有对理想城邦给出太多具体细节。[2]

而《一千零一夜》的故事《渔夫阿卜杜拉和人鱼阿卜杜拉》,则详细展示了另类社会的某些细节。应人鱼阿卜杜拉的邀请,渔夫阿卜杜拉离开了他贫瘠的故土,来到物产丰饶的海洋世界。他的身上被涂抹了神奇的鱼油,这使他可以在水下自由呼吸。水下世界恰似陆上世界的反面倒影,一切都是迥然不同的:没有买卖,珠宝是再普通不过的东西,人们赤身露体随处走动,不知衣服为何物;自由恋爱是基本准则;食物一概生吃;葬礼如同欢乐庆典。几乎所有事情都是不同的,他们中有些人鱼像渔夫阿卜杜拉一样,也是穆斯林。不过,故事并没有说明城邦的具体政治统治纲领。它之所以如此奇妙迷人的原因,大抵是那里的一切都十分陌生,而并非因其是理想生活的美好蓝图。海底世界的原始共产主义看起来那么怪异,甚至让人觉得荒唐可笑。与此类似的,还有《一千零一夜》中频繁出现的亚马孙社会。那些由女战士统治的世界更是荒诞不经。即使如此,对于亚马孙社会的描述并没有针对女权主义的嘲讽意味,毕竟当时尚不存在可资嘲讽的女权主义。

对大屠杀和后大屠杀社会面貌的预言及揣测,则是 20 世纪科幻小说的一个显著特征。科幻小说中的想象社会,通常是未来社会。而《一千零一夜》则大多指向过去:故事的讲述者们想象的是远古时代的遗失技能,消失的文明以及导致这些文明毁灭的灾难。那些误入歧途

---

1 是法拉比的一部哲学、社会学论著,多少受到柏拉图《理想国》的影响。这部书分两部分,第一部分主要涉及哲学思想,也是第二部分的基础和铺垫,第二部分展示其社会政治学观点。该著述主要构建了一个基于哲学层面的理想社会图景,包括一些道德准则、幸福标准以及人与宇宙的玄奥等,此外还论述了一些不良城对美德城的危害,并对不良城进行了划分。——译者注

2 关于法拉比,参见 E. I. J. Rosenthal, *Political Thought in Medieval Islam* (Cambridge: Cambridge University Press, 1962), pp.122–42.

最终被主毁灭的社会在《古兰经》中比比皆是。《一千零一夜》的开篇故事已经折射出这个主题，即一切赞美归于“摧毁了塔木德和法老国度”的真主。《一千零一夜》的故事用警告启示世人。它的读者要记住，那些傲慢的人是如何企图入住伊拉姆城的。沙达德国王用了五百年时间建造了这座城市，但当他准备进入这座城时，死神的“怒吼”让他和随从们突然走偏了方向。他们还应当记得拉布塔特古城，它的国王违反了古老的禁令，下令打开宝藏之门，结果遭阿拉伯军队的攻陷并致城池被毁。还有铜城，以及那些石化的居民和变成木乃伊的女王（她的眼窝被注入水银，看上去就像活着一样，从而带着几分诡异和恐怖）。再就是故事《脚夫和巴格达的三个女子》：在《第一个女子的故事》中，拜火教人的城镇因无人留心那强大而无形的警告声，除了一个人幸免之外，其余的都变成了石头。这类奇迹同样是在警示那些善于反省的人：感知奇幻，乃哲学之始。

编后记

有关作者罗伯特·厄文（Robert Irwin, 1946—2024），请参见第一篇《没有作者的书》编后记，本篇《奇迹的世界》（“The Universe of Marvels”）译自：*The Arabian Nights: A Companion*, London: Allen Lane, 1994, pp.178–213。

山鲁佐德／山鲁亚尔：框架故事浅析[1]

［澳大利亚］伊娃·萨里斯 著 陈美容 译

从前，在印度和中国的岛屿上，有位国王叫山鲁亚尔。他非常渴望见到自己的弟弟沙赫宰曼，即撒马尔罕和鞑靼国王沙赫宰曼，他们已

1 本章只涉及该框架故事的一个面向，而并非旨在尽数汇集其所有变体。其所依据的版本如下：Muhsin Mahdi ed., *Kitāb alf Layla wa-layla* (Leiden: Brill, 1984) (the Leiden text); *Alf Layla wa-layla* (Beirut: al-Maktaba al-thaqāfiyya, 1981); W. H. Macnaghten ed., *The Alif Laila, or Book of the Thousand Nights Commonly Known as Arabian Nights Entertainments* (Calcutta: W. Thacker, 1839) (The Macnaghten text); Antoine Galland trans., *Les Mille et une Nuits*, Édouard Gauttier ed. (Paris: Didot, 1822); [Antoine Galland], *The Arabian Nights Entertainments* (Edinburgh: William P. Nimmo [n. d.]); Richard Burton trans., *The Book of the Thousand Nights and a Night* (Burton Club, [1885]); Edward Forster trans., *The Arabian Nights* (London: William Miller, 1810); Husain Haddawy trans., *The Arabian Nights* (London: W. W. Norton, 1990); *Kitāb alf layla wa-layla* (Beirut: Maktaba al-ḥayāt, 1995); *Kitāb alf layla wa-layla* (Breslau: Max, 1824–43); *Kitāb alf layla wa-layla* (Bulaq: Bulaq Press, 1835); Edward William Lane trans., *The Thousand and One Nights Commonly Called the Arabian Nights Entertainments* (London: Charles Knights, 1839); Enno Littmann trans., *Die Erzählungen aus den Tausendundein Nächten* (1953; Frankfurt: Insel-Verlag, 1976); Powys Mathers trans., *The Book of the Thousand Nights and One Night*, Translated form French of J. C. Mardrus (London: Routledge, 1953); John Payne trans., *The Book of the Thousand Nights and One Night* (Villon Society [1884])。除非另有说明，本章所有引文均来自佩恩的翻译。

经阔别二十年了。于是，山鲁亚尔派人去请弟弟。沙赫宰曼临行之际，却发现他的王后和一个黑奴躺在自己的床上酣睡。在极度痛苦之下，他杀死了两人，随即踏上旅途，前往哥哥的王国。沙赫宰曼带着难以掩饰的痛苦和绝望情绪来到了哥哥那里。然而没过几天，他偶然看到哥哥的王后竟与十个奴隶及女奴在花园里苟合，瞬间意识到哥哥比他更为不幸，不由得重新振奋起来。当天晚上，山鲁亚尔询问他之前悲愁苦恼，现在又愁云尽消的原因。无奈之下，沙赫宰曼便把事情的来龙去脉告诉了王兄。山鲁亚尔坚持要亲眼去看，看看妻子是否真的背叛了。一切被证实之后，他深感不幸，于是带弟弟离开了王宫。两位国王决定云游天下，看看是否还能找到比他们更为不幸之人。

不久，两人来到海边的一片草甸，坐在树下休息。突然，海中走来一个巨大的妖魔。妖魔来到树下，把一只大箱子放在地上。此时，兄弟俩已爬到树枝中躲藏起来。只见妖魔打开箱子，里面钻出一位美丽的女郎。他把头枕在她的大腿上睡着了。女子抬头看到了两兄弟，通过威胁，执意让他们下来与她交媾，否则就要唤醒俘获她的妖魔。两人无奈，最终只好顺从。女郎已有五百七十枚戒指，现在又把他们的两枚戒指添入其中。然后，她告诉他们，妖魔在她新婚之夜绑架了她。尽管妖魔把她锁在箱子里并沉入海底，但只要她想跟任何人睡觉的话，就总能设法做到。山鲁亚尔和沙赫宰曼意识到妖魔比他们更不幸，他们马上高兴起来，于是回到宫中。随后，山鲁亚尔下令杀死那些不忠的女人和奴隶。接下来，他每晚娶一位处女，第二天早上再将她处死，这样持续了三年。

第三年末，山鲁亚尔的宰相遇到了一大难题，他再也不能为国王找到新娘了。宰相有两个女儿，名叫山鲁佐德和敦亚佐德。山鲁佐德聪明智慧且受过很高的教育。了解到父亲的困境后，她说服父亲让她嫁给国王。说她要么拯救别人的女儿们，要么她活下来。[1]

---

1 此处，佩恩的翻译有误，这也对理解故事造成了一定障碍。本人查阅了麦克纳顿（W. H. Macnaghten）本中的相关内容，应为："父亲啊，你把我嫁给那个国王吧，（转下页）

于是，山鲁佐德嫁给了国王。当夜幕降临，国王夺走了她的童贞后，她提出想见见自己的妹妹，以便和她诀别。她事先让敦亚佐德做好准备，要求自己讲故事以消磨她们的最后一夜，敦亚佐德照做了。这样，国王和妹妹便开始倾听山鲁佐德讲述引人入胜的故事。天亮时，故事还没有讲完。国王决定听完这个故事再杀她不迟。在接下来的近三年里，山鲁佐德讲了一个又一个故事，国王终于改变了心意。他学会去爱山鲁佐德了，而他和后者的三个儿子也在那段时间里出生了。最终，在一千零一个夜晚之后，国王宣布放弃自己残忍的誓言，他和山鲁佐德幸福地生活，白头偕老。

这个故事构建出《一千零一夜》极具弹性的边界（Naddaff, 3—4）。故事的大致内容早在 10/4 世纪[1]之时就开始流传了。那时，其中所蕴含的许多故事都尚未成型。而它则是一个标志性的框架故事：随着时间的流逝，无数细节内容会变得模糊，但山鲁佐德的生活和她讲故事的机巧却会长久留在人们的记忆之中。正是她的故事促使这部故事集得以不断更新。因为数个世纪以来，这个框架中的一些故事被陆续散佚、遗忘、改写，或借助其他资源获得新生，只有框架相对稳定。也正是它，使得其框架内纳入的故事逐渐形成一种独特的文学体裁，并赋予其多样统一性。

要解读这些故事，首先就要解读山鲁佐德。不得不说，以往的相关解读非常有限；如今虽然多了起来，却依然有限。在欧洲和中东地

（接上页）也许我会侥幸活下来；就算是死了，也算是从他手中拯救了穆斯林的女儿。”（Ya abati zawwijnī hādhā l-malik fa-immā an a ‘īsh wa imam an akūn fidān li-awlād al-muslimīn wa khalāṣihim min bayn yadayhi.）利特曼（Enno Littmann）和伯顿（Richard Burton）在翻译中都注意到了这一点。伯顿还为此添加了一个脚注，说山鲁佐德此言有计划做“‘Judith’ the King”之意。（“Judith” the King 意指成为山鲁亚尔的朱迪斯。朱迪斯据说是一个以色列寡妇。她勾引了围困伯利恒的将军霍洛芬尼，在他睡觉的时候砍下了他的头颅。伯顿的意思是指山鲁佐德此去有暗杀山鲁亚尔的企图。——译者注）

1 10/4 是指公元 10 世纪 / 伊历 4 世纪，下文中同时出现公元纪年和伊历纪年之处将统一标识为 */*，以此类推。—— 译者注

区，一直以来都有许多因素会在故事和读者之间造成干扰：有时是源自狂热的无知，有时则是因为对这种体裁根深蒂固的厌恶。山鲁佐德的故事经常被误解，而且这种误解影响深远。

当然也有很多解读是合情合理的。本文接下来的论述无意于贬低过去或现在的其他解读，而是尝试通过对其中的一些解读进行探析来开启新的无限的可能，并努力使故事从持续的误读链中摆脱出来。我希望以最精雕细琢的方式展示这个框架故事的美学价值及其在欧洲和阿拉伯语变体版本中的多样性。作为起始，我将首先攫取佩恩英语版中框架故事的某些片段作为依据，并以此为切口讨论这一主题的其他欧洲和阿拉伯语变体版本。这些变体不仅仅是翻译本或校订本，因为每种变体版本都受其编写者对文本一致性和其含义的认知支配。所以，本章既把这些演绎文本视为变体（具有不同程度的复杂性），同时也将其视为欧洲文学对该故事进行演绎的要素来加以介绍。

该框架故事可以被视为是对不忠和背叛这一主题、其影响以及最终解决方案的思想探索。男女婚姻中最初表现出的和谐由于背叛而被摧毁。由此产生的不平衡体现在男女间的几种关系中，其特点是暴力和虐待、受害、监禁以及死亡，还有持续三年的混乱和国家灾难。[1]对此进行矫正和恢复平衡又需要近三年的时间。然后，以幸福和谐关系为形式的平等和平衡才能再次实现。[2]

故事以不同的描述方式展示了这些男女关系的上述模式。山鲁亚尔心理健康受损（这也的确可以是一个真实的精神疾病案例），它可以被看作主人公陷入了一场仿佛无休无止的噩梦，像划损的唱片

1 莱顿本对此没有说明。它只是暗示这种情况持续的时间长到足以令所有女孩都香消玉殒，而且“父母亲们开始哭号，他们求告上天降灾难于国王……”（Haddawy, 1.11）。

2 参见埃德加德·韦伯（Edgard Weber）的《想象中的阿拉伯色情故事》（*Imaginaire arabe et contes érotiques*）中关于从不平等转为平衡的讨论。西尔维娅·帕维尔（Sylvia Pavel）也在其《〈一千零一夜〉中的叙事扩散》（*La prolifération narrative dans les Mille et une nuits*）中对故事里有关平衡和不平衡的形式结构进行了总体讨论。

一样，伴随其重复了一千多次（三年）的性行为和杀戮。而治愈则需要同样长的时间，以及同样无休无止的重复行为：每晚都重温一系列有关人类经历的不同故事，包括所有的极端事件；但这些重复往往蕴含着形式的变化和聚变性力量（Irwin, *Companion* 232–3，转引自 Bettelheim）。

两兄弟都感到他们的身份受到了冒犯，并且遭受了巨大的情感创伤。这首先导致了他们的逃避和抑郁。两人的经历使他们意识到双方有着共同的痛苦，并使得二人从过度的沮丧和悲痛中解脱出来。这只是由于二人对此都无能为力，却并非意味着真正摆脱了痛苦。它只是让身体感到稍稍放松，但从情感和社交层面而言，两位国王仍处于功能失调状态。他们虽摆脱了抑郁，但不再是和谐人类社会的参与者。从这个角度看，他们绝对站在了女性的对立面。当他们发现就连妖魔也和他们有着相同的遭遇时，便意识到："我们当寻求安拉的帮助，以对抗女人的邪恶，因为她们实在诡计多端。"故事进展到此处，国王们排斥女性的偏激本性已经表露无遗；向真主寻求庇护已经等同于祈求超自然魔鬼的保护。而在这本故事集中，山鲁佐德并没有过于简单、直白地去反驳"女性诡计多端"这一观点：狡黠多变甚至是诡计高深显然是她计划的一部分。发生转变的，是山鲁亚尔对于"女性诡计多端"的看法和态度。

山鲁亚尔扭曲和片面的态度制造了一个非常重要的矛盾对立，因为山鲁亚尔和山鲁佐德的故事是一个爱情故事，但其开篇却远非只是简单的男主人公厌恶女子，直到命中注定的挚爱出现；山鲁亚尔受到的伤害极深，一心想要报复女性，因此故事一开始男主人公便不自觉地处于破坏故事及其浪漫风格的边缘：杀死未来的爱人。针对山鲁亚尔的态度有悖浪漫爱情故事题材的某些规则这一点，彼得·希思（Peter Heath）指出：

国王……误入歧途，失去了理智，对于在爱情和生活中该怎么做，他得出了错误的判断。不忠的情人必须受到应有的报复，从而使自己陷入了可怕的危险之中。而这也是一种浪漫。从这个角度看，山鲁佐德挺身而出，不仅仅是为了拯救王国的其他少女，她还要拯救国王本人。他其实才是她所要救赎的人。

和解的可能性和情侣间幸福的结局进一步强化了戏剧性张力，它带来了不确定性；在大多数爱情小说中，考验和磨难都来自外部，环境是影响幸福结局的主要因素。而该故事的情况还更为复杂，因为恋人们面临的问题是私密的，就存在于彼此之间，并且他们面临的危机在于化解危险时个人的破坏力上。风险越高，读者就会越觉得刺激，刺激到使他们有足够的耐心来面对极端拖延的解决方案和终局的到来。这个框架故事始于一种脆弱的不确定性，它是由一个心理不正常以及总是不能得到满足的爱人所造成的。国王已经多次打破规则，陷入了刚愎自用的侮辱，还能够免于灾难吗？而正如我们将看到的，事实证明这个世界上所有规则都是可以协商解决的。

通过再现和重复他所经历的事件与图景，山鲁亚尔这个人物形象变得颇有深度和多姿多彩。与其说他是被描述出来的，不如说他是被逐步建构的。其他人遭遇背叛的经历不断发生，主题不断重复，这些突出了国王遭受背叛经历的重要性。框架故事虽聚焦于山鲁亚尔，但其前面部分还向我们呈现了陷入私通的三对关系。另外两对是沙赫宰曼和因背叛他而被杀的王后，这是其兄长故事的仓促预演，另一对则是妖魔及被他束缚的女郎。[1] 在妖魔和女郎的故事中，许多元素以颇具讽刺意味的方式突出了兄弟俩的遭遇（Malti-Douglas, *Woman's Body*, 18）。他们陷入了永无休止的心理障碍：女人将永远背叛，因为她们的存在似乎是永无尽头的，而他们也将永远是施虐和被背叛的一方，因为他们是不朽的，超越一般生命局限的。两者并非一个角色，而

1 嘉佐尔（Ferial Ghazoul）从二分法的角度所进行的讨论亦可资借鉴（*Arabian Nights*, 41—44）。她认为在不同形式的变体中，角色和叙事的"重复"会对读者产生有力的影响，并有助于"更深入地理解和接受文本"。

是一种概念。男性通过窃取女性的身体和自由而建立起来的模式会了无休止地重复；这又是一张划损的唱片。恶魔和女郎代表的则是无尽创伤和不断复仇的男女形象。山鲁亚尔和他的影子兄弟都看到了（却没有意识到）他们所能看到的那一瞬间，并且几乎亦步亦趋地重复了那一瞬间。

兄弟俩与女郎和妖魔相遇的整个插曲的构建是非常复杂的。态度的呈现方式不太易于被察觉，但其效果是显而易见的。这段插曲自有不尽如人意之处，这可以看作尚未解决不同观点间冲突的直接后果；而在故事的这个阶段，冲突如果未曾得到解决反而更有说服力。这个冲突体现在女郎的经历和兄弟俩从中得出的结论之间。我们有必要总结一下造成冲突的主要因素。故事在三个不同的现实场景重复了女郎的经历。其不同之处的经历重复夯实有力，并以直白简洁的方式凸显并强化了故事的已知要素。第一次讲述她的故事是兄弟俩（和读者）偷听到的。妖魔把她从锁着的箱子里放出来后说："美娘子啊，你是我在你新婚之夜掳来的，现在我想睡一会儿"（5）。这句话旨在提醒读者注意这位女郎的重要特质。更进一步说，它起到了点明女郎身份的效果。在掳掠者的口中，她的身份替代了她的名字：在她身上发生了什么，她便是谁。在接下来的故事中，女郎以死亡胁迫兄弟俩与她发生性关系。之后，她把自己的遭遇又复述了一遍，以此来解释自己的行为：

> 要知道，这个妖魔在我的洞房花烛夜掳走了我，把我装进箱子里，再把箱子锁在玻璃柜里，上面加了七把结实的大锁，沉到波涛汹涌的海底。但他不知道，当一个女人想要得到什么东西时，任何事情都不能阻碍她……（7）

这进一步强化了故事，并再次肯定了这种伤害的必然后果。兄弟俩间接看到了女郎的故事，又听到了女郎的讲述。故事的最后一次重复，则表明兄弟俩尽管最初不能理解，但现在却能以自己的方式接受这个故事了。山鲁亚尔说：

> 真主保佑，我的兄弟啊，恶魔的情况比我们的更糟糕。他可是个妖魔啊！他在情妇的新婚之夜掳走了她，把她关进柜子里，加了七把锁，沉在海底，试图防止她受命运的支配；尽管如此，我们还是知道她和五百七十个男人睡了，现在又增加了你我两个。（7）

故事行进到这里，我们可以看出，两位王后的背叛、兄弟俩的精神痛苦，以及第一对背叛者被杀，到此为止都是非常严肃的事实。然而，聚众通奸同时也是滑稽荒谬、狂欢怪诞的，虽然令人难以置信且又倍感痛苦，但分明也是滑稽可笑的。山鲁亚尔的王后和二十个奴仆在他的花园里一起放浪形骸了一整天，这的确是他的不幸，既可怕又严重，但同时也是荒唐可笑的。随着这位与五百七十二个男人私通过的箱中女郎的出现，整个故事突然变得荒诞可笑了。她成倍的背叛行为对兄弟俩产生的影响伴随着异常残酷的幽默所带来的轻松和欢愉。

这一插曲，连同其尚未解决的紧张和矛盾，建构了男主人公（妖魔）的注定的致命性失败。就这个框架故事中的事件和其意义而言，性和死亡是紧密相联的一对概念；但除此之外，被掳的女郎没有像山鲁亚尔那样为了复仇而杀人。[1]然而，故事通过她无数次背叛掳掠者，以及三次重复她的故事来展示她的复仇行为，表明其受伤之深。在这一点上，山鲁亚尔只是从男性的视角出发看到了问题的严重性，他尤其关注她对主人屡试不爽的背叛。然而对读者而言，这个女子显然揭示了山鲁亚尔及其兄弟未曾关注的一个主题：她是作为错误行为的另

1 关于该插曲中“性与死亡的关系”（“nexus of sex and death”）之讨论，参见马尔蒂–道格拉斯（Malti-Douglas）的《女性的身体，女性的语言》（*Woman's Body, Woman's Word*）(Princeton: Princeton University Press, 1991, pp.19–20)。

一受害者被呈现及自我展现给读者的。[1] 山鲁亚尔看到并且回应的，只是她的一半故事，而他和他兄弟因受女郎胁迫，无奈也扮演了背叛者的角色。这一事实却被忽略了。不过，到《一千零一夜》结束时，山鲁亚尔已经超越了这种单一视角。女郎的故事揭示出山鲁亚尔那时尚欠成熟的心理状态。女郎的复仇心态也是对他的隐喻。在她强迫两位国王与她发生性行为之后，故事中接下来的诗歌表达了叙述者对女性的不信任，这显然十分契合山鲁亚尔的观点，但不能消解整段故事的矛盾冲突。故事向我们展示的是一个邪恶的女子，同时又清晰地表明了她作为受害者的形象。山鲁亚尔开始了一系列行动，在他看来，所有女性都等同于一个女人，就是他死去的妻子。他看不出，除了不忠这一特性之外，被掳女郎的故事与他自身的遭遇其实更为接近，倒不是他妻子的经历。[2] 正如我们将看到的，在一些变体版本中，框架故事的结尾被赋予了道德寓意："并非所有女人都是一样的……"（这个观点通常在嵌套的许多小故事中反复出现。《赛义夫·穆鲁克》故事中出现的则是一个相反的意象。女精灵白迪阿·贾迈尔以人类不忠为由拒绝与男主人公成婚。而男主人公则为自己辩护说，并非所有的人都是一样的，最终他获得了成功。）[3]

伊莎贝尔·伯顿（Isabel Burton）曾出版过其丈夫译本的删节版，其中仅对一个元素进行了微调，整个场景便显得格外不同。尽管妖魔费尽心机，让被囚禁的女郎只能有和他自己"说话"的权利，

1 杰罗姆·克林顿（Jerome Clinton）指出，在把妖魔看作"受害方"时，山鲁亚尔"忽视或者无视女人所遭受的巨大不公"。另请参阅朱迪思·格罗斯曼（Judith Grossman）的观点："对于听到的故事，山鲁亚尔并没有正确理解，对于自己的那部分遭遇，他的感受也同样有误——因为正是他自己给妖魔戴上了绿帽子，就像奴隶给他戴了绿帽子一样。在胁迫和报复方面，他们都是推手。"

2 马尔蒂-道格拉斯的《女性的身体，女性的语言》也曾指出这一点，同时嘉佐尔（Ghazoul）也指出："山鲁亚尔和年轻女子的性行为，与黑奴和他妻子的性行为并无差别。"（*The Arabian Nights*, 45）

3 埃德加德·韦伯在其《想象中的阿拉伯色情故事》中也对《赛义夫·穆鲁克》故事中的这一场景进行了分析。

但其实那五百七十人都曾与她有过交谈。当兄弟俩由衷地慨叹，管不住女人的舌头比管不住其对婚姻的忠诚更不幸时（10—11），就显得有点愚蠢了。有人曾指出，这个场景的变体暗示了山鲁佐德的话语权。

我们在这个故事中第一次看到了男女间的“泾渭”之分。然而，我们应该清楚，男性和女性在此只是作为对立标志的代码。在许多方面，女郎是山鲁亚尔的替身，而非那些被他所害的女性（Malti-Douglas, *Woman's Body*, 18）。她顺应自己内心的感受，不断地用攻击、报复来回应那些针对她的错误行为。她为自己复仇。可以想象，在《一千零一夜》的世界里，死亡是男人对女人施加的致命打击，而性背叛则是女人对男人的终极重拳。[1] 女郎毫不留情且从无间断地向魔鬼复仇。山鲁亚尔则不得不从女郎这种最终徒劳的方式中寻求救赎，也不得不学会重新解读和诠释自己的故事。

山鲁佐德和父亲之间的关系具有某种启示作用。这种关系体现了一种父权，尽管最终没有产生效力。权势、暴力和讲故事在这里以复杂的方式交叉缠绕。虽然父母和子女的关系明显不对等，但也算彼此相互尊重。权势和暴力的念头在他们之间传递，但假若把他们此时的关系视为一种实实在在的斗争，这种斗争则是一种权力话语和文学故事的竞争，这种竞争形式贯穿了《一千零一夜》，并且通常（尽管并非总是如此）避免了暴力的产生。这是善行胜过罪恶的第一个例证。宰相讲的故事蕴含着暴力威胁，展示了一个男人对他妻子专断且带有惩罚性的关系；在莱顿本中，山鲁佐德则提醒她的宰相父亲：自己有很多故事可以批驳这种关系、坚持自己的观点。此外，她甚至还赤裸裸

---

1 有趣的是，这一观点在其他故事集的框架故事中也得到了证实。在《鹦鹉故事七十则》（*Sukasaptati*）中，一只鹦鹉充当山鲁佐德的角色，给一个年轻女郎讲故事，以防止她对丈夫不忠。这些故事集与《一千零一夜》一样起源于印度。安德烈·米奎尔（André Miquel）还注意到，《鹦鹉故事七十则》中的年轻女郎的角色相当于山鲁亚尔［André Miquel, *Les Dames de Baghdad* (Paris: Éditions Gallimard, 1973), p.140］。

或直截了当地威胁父亲，要让国王来惩罚他。[1] 宰相尽管极其不情愿，但还是被迫接受了女儿的观点，成为置女儿生命于危险之中的帮凶。通过争论和讲述来决定严肃的问题，这并非一件轻松愉快的事情，权势和暴力终究占据着核心地位。早期故事的博弈引出了某些斗争和暴力的基本形态，这些形态恰好契合了框架故事的特质。在框架叙事的范畴中，讲故事（有时还包括歌谣和诗作）既能化解暴力，又能表现暴力。暴力通过故事的进展呈现出来，而山鲁佐德的观点则是：在当时的情形下，暴力既不可行也毫无意义。她的成功反击便是一种暗示：父亲不仅在故事的层面上被她击败，而且如果她把威胁付诸行动并在国王面前状告父亲，其父还会遭受真正的暴力惩治。山鲁佐德顽皮地击败了为她担忧的慈父，开始了与一个杀人恶魔的婚姻。

在某些文本中，父女之间的故事竞争更为直截了当。布雷斯劳本最后重复了开篇的内容，它是这样描述的：

> 于是，宰相又讲了一个寓言故事，意在使山鲁佐德打消念头。而她则讲述了一个意义相反的寓言。他们就这样辩论、举例，持续了很长时间，直到父亲明白他真的无法让女儿回心转意……（Burton, 12.267）

讲故事和实际行动并非对称概念。为了让她彻底理智而施加的父权和威胁在文学语言和故事面前显得苍白无力。而在这次胜利之后，讲故事又成为山鲁佐德和山鲁亚尔漫长经历中真实行为的再现。在现实世界中，以语言而非行动来抗争是几种文化的共同特点，尤其是前伊斯兰文化。《一千零一夜》中的“行动”从一出现就既极端严肃又诙谐有趣，并且卓有先例。

1 援引故事和暴力威胁仅出现在莱顿本中，这使其成为最有趣的版本。布拉克本和麦克纳顿本只是让山鲁佐德坚持自己的方法。而伯顿的译本中也含有暴力威胁，它很可能是源自布雷斯劳本。

开篇的框架故事极为复杂，其中的一个明证便是营造了山鲁佐德第一晚的情绪氛围。她所讲的首个故事神奇地化解了恐惧：故事已经开场，这本身就具备了缓和现实紧张的潜能。尤为奇怪的是，即使在那个难以预测的第一夜，两个女人和国王这个小群体之间也似乎已经充满了爱意，而且看起来放松愉快。不过，山鲁佐德尚未获得证明她已经成功的口头保证，和山鲁亚尔只是相拥而眠，直到后者起床。在这圆满的一幕之后，所有《一千零一夜》的版本都铺陈出舒适安逸的场景：三人彻夜不眠，彼此交谈，相互娱乐。因此，开场之夜非同寻常，居然没有丝毫焦虑蕴含其中：梦想的空间得以建构，即使三人的关系也是如此。已出版的所有变体版本在这一语境中都有相同的感人场景，那就是山鲁亚尔问山鲁佐德为何哭泣，从而引出（山鲁佐德）让敦亚宰德到场的请求。而这总是发生在夜幕降临之后，是对梦境或限界的隐喻。[1] 这造成了一种错位和摇摆：国王有谋杀意图，因此新娘在夜幕降临后流下眼泪，其原因对国王和我们读者而言都是显而易见的；而国王却明知故问，就好像他和讲述者（rāwī）或译者都心照不宣，知道一切都将有美好的前景，令人轻松愉悦。这不单是因为故事本身把控得好，其对山鲁亚尔的救赎也被纳入了故事和故事叙述的魔力之中。[2] 作为听众的山鲁亚尔与其他所有听故事的人仿佛被置于一处，所有人似乎都默许自己被带进现实和与之而来的恐惧与缺失的错位之中。

山鲁佐德在故事开始时总会重复同样的开场白，这可以看作一种催眠诱导：每一次都会让国王回忆起已经改变了的现实情境。随着黎明的到来，一切陷入沉寂，国王从催眠状态中清醒过来，时间流逝这一元素奇特地暗示着在催眠或深度冥想中短暂出现的意识改变。三

1 这一点在布拉克本中有着比较笼统的描述，莱恩本中仅有隐晦的暗示。

2 安德拉斯·哈莫里（Andras Hamori）的《滑稽的浪漫故事》（*A Comic Romance*）(Princeton: Princeton University Press, 1974), p.16 也注意到了这一点。乔治斯·迈（Georges May）的 *Les Mille et Une Nuits: Encylopédie de la vie et des traditions du monde arabe* (Paris: Éditions du Seuil, 1986), pp.133, 137 也对山鲁亚尔和读者进行了类比。

年左右的时间所积累的意象、建议和经验就好像是心理和情感的康复过程，这便是今天我们所说的心理治疗。[1] 用这一方式解读布雷斯劳本的结尾颇为合适，处于认知界限状态的山鲁亚尔从山鲁佐德的最后一个故事（两位国王和宰相女儿们的故事）中看到他们自身。于是，他仿佛第一次在黎明中睡醒，被治愈的灵魂得以康复，进而意识苏醒并开始忏悔。可以说，他开始用意识来解决无意识层面所遭遇的问题了。

框架故事的叙事方式伴随着反复出现的黎明，贯穿了整个一千零一个夜晚的故事讲述。"山鲁佐德看到黎明到来，她便停止了故事。"[2] 这句话意在提醒读者留意其潜台词：故事并未讲完，还有问题悬而未决。而这也正是包括佩恩本在内的多个版本的不足之一，故事正文中的这种催眠解除和诱导被译者故意遗漏了。山鲁佐德的这段插话其实非常重要，就像伯顿本中所展现的。好在即使没有这些必要的重复，故事本身也还有其他提示和主题延衍。核心故事对框架主题的共鸣效果是众所周知的，但让提醒贯穿始终与其说是明确的主题镜像，不如说是一种呼应或回响。反复残害和惩罚女性身体就是一个例子，对 20 世纪的读者而言其意尤其如此。这些残害和杀戮为一个好故事增添了趣味，但它们也在提醒读者，拖延且隐晦的叙事可能产生的后果：会被禁声吗？山鲁佐德会惨死吗？就像不忠的主题一样，这一叙事方式也意在提醒、刺激和指责山鲁亚尔，并激发读者的好奇心。在

1 正如罗伯特·厄文所指出的，按照贝特尔海姆（Bettelheim）的说法，山鲁亚尔在经年累月的故事讲述中被治愈，这一观点非常普遍。然而，厄文本人对此持不同意见。他认为，山鲁亚尔从未被描述为疯子 (*Companion*, 233)。不过贝特尔海姆提到过一个有趣的案例："在印度医学中……人们往往会给精神错乱的人讲神话故事，思考故事将有助于他克服情绪障碍。"（88）有关在故事中或者借由故事而实现自我治愈的相关讨论，比较出色的见诸朱迪思·格罗斯曼（Judith Grossman）的 *The Art of Alibi: English Law Courts and the Novel*(Baltimore: Johns Hopkins University Press, 2002), pp.113–26，特别是 pp.121–26，而嘉佐尔（Ghazoul）关于故事与萨满教相似之处的评论也颇为有趣 (*Arabian Nights*, pp.126—27)。

2 来自伯顿译本。与佩恩不同的是，伯顿始终保持框架故事基本结构的完整性。

那些保留了清晰的昼夜交替，以证明山鲁佐德确实存在的译本里，这种深层的暗示才能发挥最佳效果，这样读者才不会在单一的层面欣赏故事。技巧非常简单，但效果却复杂精妙。框架故事给原本简单且互不相关的故事强行赋予了多重含义。而主题看起来是指向一种隐蔽的叙事，实则是指向读者。无论我们的意识有多么模糊，都会被这些重复所刺激：我们会知道山鲁亚尔既是听众又是主角，山鲁佐德既在讲述故事同时也在故事之中。因此，山鲁佐德和山鲁亚尔就像处在读者和文本之间的间性领域。他们既是演员又是听众；她既是讲述者又是女主角，在故事中以各种方式被映照或描绘，并通过不断反复的提示在我们脑海中闪现。[1]

《一千零一夜》中的人物描写与西方期望中的模式有显著不同。西方文学和电影蕴含着“成熟的”人物角色概念，以区别于缺乏深度、不“成熟的”人物角色。这些分类对解读《一千零一夜》人物的帮助微乎其微。无论是在东方还是西方，简单刻板的形象所塑造的令人熟悉的表面化双重角色，对故事的结构具有重要意义。这没有什么问题。《一千零一夜》中有很多固化的角色，完全符合上述特点，特别是当他们成为类似的欧洲童话故事的一部分时，情况更加明了。不过，需要指出的是，《一千零一夜》中的复杂人物同样也会流于表面化。这也就是为何我们应当摒弃西方的分类法，以求探知某些常常被忽略的因素。通过重复、模仿、复制、拼接和间接描述，角色得以获得其复杂性。这与抽象的视觉艺术所具有的复杂性不相上下。一个角色的双重化过程远比单向度强调要丰富得多；两个角色则好比互为注脚。《海中的阿卜杜拉与陆地上的阿卜杜拉》便是此类故事的典范，双面中的每一位都是为了突出对方身份中的缺失、受限和无能为力。如上所示，山鲁亚尔也不适合用僵化的概念来限定。他是典型的复杂人物，独一无二且堪称范例，曾无数次且是多向度地被映照在框架内故

1 有关框架内故事和框架故事的主题，已多有探讨。大卫·皮诺（David Pinault）对故事主题范式和结构范式的分析颇有借鉴作用（*Techniques*, 22—25）。

事中更为普通的人物身上。通过其所映现的人物，诸多元素又回转到他身上，我们才得以进一步了解角色的深度。他的确改变了，但这些改变无须描述，因为我们已经深深沉浸在这个过程之中。它带来了满足感，却丝毫不令人感到意外。作为读者，我们业已意识到时机已然成熟。在框架故事的结尾，我们体验到的，更多的是他的转变所带来的欢庆，而不再关注他作为人物的本身；在其镜像中，我们也得以再次体验这种欢庆。

《一千零一夜》给缺乏深度、过于简单的形象赋予复杂的蕴意，它戴着民间文学或儿童娱乐作品的脸谱，却有着复杂的社会视角，体现了人类普遍的情感创伤；再现了具象的、真实的城镇休闲方式，以及糅合了现实与奇异、梦幻世界的日常生活的奇妙元素。这是一个梦想可以成真的世界。

框架故事的结局有诸多问题，这不仅仅是对普通读者而言。相对于开端的引子故事，结尾的变体要多得多。甚至可以说，故事的结局是从原本并不存在（譬如，莱顿本中的故事结局就被无限推迟了），逐渐发展成一种延宕的、开放性的叙事方式，这种叙事方式体现了大团圆式的结局所带来的欢欣喜乐。

那些最具文学趣味的变体版本则介乎两个极端之间：从原始的、残缺不全或者说零散的片段[1]，到有文学性的、精心制作的版本。前者让人想起10/4世纪的伊本·纳迪姆对其梗概的描述，后者则出现于一些16/10世纪、17/11世纪和19/13世纪的手稿（Grotzfeld, 78）以及布雷斯劳本中。今天的读者已经很少有人再去读这些了，因为它们没有出现在任何更为知名的版本中。

对结局的需求就是文学体裁的要求：无论结局幸福还是悲惨，故事总得以形式上的完整而结束。而框架故事的结局令人不满之处在于：我们有数种选择，因此所有结局都或多或少存在问题。作为个别

1 格罗茨菲尔德认为，ZER本中存在不同的结局，这是时间侵蚀的结果，而非源于后人的创造发明。他的观点得到了一些文本的佐证（77—78）。

读者，一旦我们选择了令我们满意的结局，我们就会面临其他假定可能性的困扰。到最后，甚至连“山鲁佐德究竟有没有孩子？如果有，又是几个？”这类的问题，我们都不能确切回答。框架故事结局的普遍特征已经成为传奇；受到争议，却广为流传。

对于框架故事结局最具文学性的变体，格罗茨菲尔德（Grotzfeld）提供了四个可能源头。在这一结局中，山鲁佐德迫使国王反思并改正自己的错误，这一事实非常明确。她的最后一个故事虽然没有标题，但实际上就是山鲁亚尔自己的故事。故事讲到一半的时候，他就想知道结局。山鲁佐德告诉他，国王放弃了他过去的做法，百姓个个欢欣鼓舞。她说：“就如同每个手指各不相同，并非所有的女人都是一个模样。”山鲁亚尔终于意识到这是他自己的故事，并“回过神来，从迷醉中幡然醒悟”（Burton, 12. 269），同时承认自己犯了大错。这个结局很完满，因为是我们让山鲁佐德制订行动计划来结束噩梦的，同时为山鲁亚尔的做法提供了合理的理由或道德动机。她还向他提出了几项关于善政的禁令。山鲁亚尔犹如醍醐灌顶，仿佛大梦惊醒，遂变得充满爱心，头脑睿智。故事的结尾没有提到孩子，也已经无须提及。然而遗憾的是，在这种令人满意的氛围之后，结局却变得不了了之。这是由于不知为何又出现的两个故事，它们涉及的都是关于背叛和惩罚报复的主题。在另一个结局中，这两个传统被糅合在一起：山鲁佐德为山鲁亚尔讲他自己的故事，包括孩子们的出生。山鲁亚尔醒悟过来，要求见见孩子，并最终明白了救赎的整个过程，深深为她的智慧和计谋所折服。富有喜剧效果的是，他竟然对山鲁佐德的骗术表示赞赏。而她只是淡淡地说道：“女人的价值仅仅在于她的智慧和忠诚。女人和女人是大不相同的。”（Grotzfeld, 86）山鲁亚尔内心大悦，对她的爱也更深了。这说明人们要承认个性差异和身份不同：通过故事认识自身，他得以在现实中重新找回自我，同时他还认识到，一个女人不应为其他女人的行为负责。这是再明显不过的道德基准，山鲁亚尔也借此重新回到了平衡而人性化的世界。

当山鲁佐德和山鲁亚尔的框架故事被作为框架内故事讲述的时

候，它的性质就发生了改变。迄今为止，它一直是真实的世界，与被讲述的故事世界不同，且由于受到虚构的真实世界的律法所支配，因而具有更多的不确定性。一旦当它作为一个故事被讲述时，某种升华就产生了：它与故事和传奇世界融为一体。同时，山鲁亚尔也因此得到解脱。他明白仅仅是放弃和忘记他在救赎过程中的行为是远远不够的，因为这些行为太可怕了。事件穿越到故事中那些充满不稳定性但影响较小的领域，并且持续延展。[1] 当他不再是演员时，他的行为就变成了故事。这突出了真实行为和故事行为、真实暴力和故事暴力之间的迂回流转。它最终成为一个关于故事可以为故事做什么的故事，层叠的故事以复杂的方式指向人物构建的真实世界，以及相对虚幻的读者世界。

许多版本的结尾都很潦草，甚至没有佩恩版本的那些优点（或谓连佩恩的版本都不如）。例如，有些版本让沙赫宰曼成为哥哥行为的镜像，令他变得同样凶残。这种为了强调而使角色双重化的做法既欠考虑又流于粗粝。若果真如此，那么沙赫宰曼的罪行岂非更大？因为这样的话他的恶行必须持续六年，否则难以间接从哥哥山鲁亚尔以及自己和山鲁佐德妹妹的婚姻中得到救赎。而无论是对创伤的应激反应还是救赎，这样的安排都不可信，特别是因为他本人认为他所受的伤害比哥哥轻。而且，山鲁亚尔的王国更辽阔，三年后尚且没有合适的女孩可选了，那么较小的撒马尔罕王国能够维持六年的掠夺吗？这显然是不合理的。

阅读《一千零一夜》算不上什么格外惊奇的新体验，因为对几乎任何读者来说，故事都已经非常熟悉了。然而，奇怪的是，故事留存在我们记忆中的模样与现有文本总是大相径庭。针对外来文本的最初反应，早期西方的阐释态度至今仍然影响着许多读者。而阿拉伯语版本本身和许多全译本很多时候并不适用于这种解读方式。这一事实

---

1 嘉佐尔（Ghazoul）还讨论了叙事行为中从真实到象征意象的过渡，不过她并没有专门提到这一场景（*Arabian Nights*, 43）。

反而被忽视了，因为对于我们正在阅读的内容，先入为主既是无意识的又是最为重要的。下一章节我们将会探讨一些虽然陈旧却一直存在的误读范例，其中有些是由于阐释性的翻译所造成的，另一些则是受到了主导观念的影响。

对框架故事结局反复出现的一种误读在于，山鲁佐德最终得以挽救生命是因为她把三个孩子带到了他们父亲的面前。然而，从该结局的所有变体版本可以看出，孩子们被带到山鲁亚尔面前所起到的作用，是促使其父亲声明：以他们作为任何形式的赎金都是多余的。[1]"在这些孩子来之前，我就已经宽恕了你，因为我发现你洁身自好、纯洁无瑕、高贵并且虔信。"（9.240）[2]尚不清楚的还有，山鲁佐德是否在第一千零一个夜晚结束之前一直对山鲁亚尔隐瞒了孩子们的存在，却只是最后才把他们带到他面前，作为她与其判决抗争的筹码。他们组成了一个有说服力的三人组，但事实证明已经大可不必如此：山鲁亚尔已经痊愈，他只需要对此做出正式声明。山鲁佐德隐瞒怀孕和孩子们的想法，作为对 ZER 本的批评被反复提及，特别是因为，从伊本·纳迪姆在《索引》（*al-Fihrist*）中对《赫扎尔·艾夫萨乃》（*Hazar Afsana*）所做的简述开始，许多版本确实也都有过类似描写。正因为如此，这一点就尤其显得突出。很显然，有些誊写员和编撰者也看到了这类描述，并将其收录在他们的版本中。不过，由于 ZER 本是基于麦克纳顿本和佩恩的翻译本，因此我们不必苛求。

正如出现在兼具启蒙运动和维多利亚时代色彩的伽朗演绎本的那般描写，一旦山鲁佐德被视为特殊的女子，一种非常重要的平衡就丧失了，因为从她不再是女性代表的那一刻起，她就不再是这个战场上捍卫全体女性的斗士了。如果她只是女性中的例外，那么就很难确定故事开始时山鲁亚尔憎恨女性究竟是不是一种错误了。有些英文

1 玛丽·拉希–霍利贝奇（Marie Lahy-Hollebecque）也注意到了这一点。

2 Macnaghten, *'Innī qad 'afawtu 'anki min qabl majī' hā'ulā' al-awlād li-kawnī ra'aytuki 'afīfa naqiyya ḥurra taqiyya'* (Calcutta: Baptist Mission Press, 1839–1842) (Macnaghten, 4. 730).

译本造成了这种曲解，从而在文化层面反映出男性译者对女性的既定认知。某个根据伽朗本改编的维多利亚时期的版本把山鲁佐德描述为一位具有“勇气、智慧和远远超越其性别的洞察力”的女士（12），而更早的一个版本（其文风更适合当代品味），即爱德华·福斯特（Edward Forster）对伽朗18/12世纪译本所做的相当精准的英译本，也赞誉山鲁佐德“在一定程度上拥有超越其性别的勇气，颇有学识，相当具有洞察力，这真是令人惊讶”（21）。[1] 在伽朗时代，勇气似乎是女性唯一值得肯定的特点；同时，在维多利亚时期的文本中，由于那个时代的文学在界定和约束女性方面发挥了非常积极的作用，山鲁佐德的所有特点就都彰显了她的与众不同。我手头所有的阿拉伯语本对山鲁佐德的卓越不凡都只有简略的描述；她是真正的女性捍卫者。而伯顿在详细介绍了她的学识后，是这样描述的：

> 她通晓哲学、科学、艺术和各种技艺；和蔼可亲，彬彬有礼，风趣睿智，博览群书，同时知书达理。（15）

哈达维在类似的细节后也追加了这样的描述：“她聪明机智，知识渊博，睿智优雅。她饱读诗书，博学多才。”（1.11）

某些较为精准的译本在对山鲁佐德进行描述时，忽略了另一要素（这一特点显得尤为突出）[2]：山鲁佐德不是作为一个美丽的女主角呈

---

1 “[elle] avait un courage au-dessus de son sexe, beaucoup d’esprit et une pénétration admirable” (Galland, 23).

2 源出阿拉伯文的印刷版（包括布拉克本、布雷斯劳本、麦克纳顿本和莱顿本），以及之后的莱恩本、佩恩本、利特曼本、伯顿本和哈德威本，都未曾提及山鲁佐德的美貌，事实上，这些版本在框架故事的开篇根本没有对她进行外貌上的描述。麦克纳顿本中的完整描述是：“wa kānat al-kabīra qad qara’at al-kutub wa-l-tawārīkh wa siyar al-mulūk al-mutaqaddimīn wa akhbār al-umam al-maḍīn qīla innaha jama ‘at alf kitāb min kutub al-tawārīkh al-muta’alliqa bi-l-umam al-sālifa wa-l-mulūk al-khāliya wa-l-shu ‘arā’” (1.6)（姐姐年长，已读过许多史书，前朝列王传记，民族风俗，据传她收集了上千本与早期民族、列王、诗人有关的历史书籍）。

现给读者的。文中也根本没有对她的外貌形体进行描述。[1]这说明讲故事具有明确的经济目的，因为关于女性的美丽特质，可以罗列出一大堆词汇，这几乎是《一千零一夜》故事的标志性特点。框架故事也不例外，被妖魔绑架的女郎就被描述为具有美女的标准容貌。然而，故事讲述者并没有仅仅为了自己的目的而固化人物形象，破坏故事叙述本身；通常故事中竭尽全力描述女性，其文学功用往往在于塑造美丽而诱人的形象。遭掳掠的女郎故事围绕着她的美貌展开，因为这正是她被绑架的原因，也是她实施报复的资本。换句话说，其文学功用不仅仅在于给读者或听众带来愉悦和享受，漂亮本身就是她的功用。相比之下，山鲁佐德这个形象体现了更为复杂的文学功用，这一点从对她的描述就可以立刻感受到。故事着重突出的是她的聪明和智慧，因为后续一系列行为至关重要的核心内容皆源于她的头脑，而非身体。[2]不过，她恳请山鲁亚尔看在三个儿子的分上宽宥自己，这还不足以说明这一点，因为在大多数版本中，他早已经认可她，放弃了自己曾经立下的誓言。孩子们的形象更多是暗指国王获得了额外的幸福，是由于他和山鲁佐德的情感关系，而非因为占有了她的美丽身体。此处无须提及美貌，是因为女性的身体及其生理诱惑在山鲁佐德的表现中几乎没有起到任何作用。[3]事实确乎如此，对于一个能够拥有王国中最美丽的女子并随意将其杀死的男人来说，美丽不会对他产生任何影

1 布雷斯劳本的结局与其他文本不同。该本为姐妹俩安排了一场旷日持久的婚礼纪念活动，其中以更传统的词汇对两人进行了描述。然而，即使在这个受人欢迎的庆典中，重点描述还是放在山鲁佐德治愈国王并拯救了人民这一主题上（12.413）。

2 萨马尔（Samar al-‘Aṭṭār）也同样指出，重要的是山鲁佐德的思想，而不是她的身体（“al-Riḥla min al-hamajiyya ilā al-ḥaḍāra”, 52）。

3 法鲁克·库尔希德（Fārūq Khūrshīd）指出，作为女人和躯体，山鲁佐德并不具有价值 (fa-Shahrazād ka-’imra’a wa jasad lā qīma lahā fī-l-layālī, 42)。特菲克·哈基姆（Tewfīq al-Hakīm）还利用这种关系元素，在剧作《山鲁佐德》（*Shahrazād*）开始时便确立了角色们的基本立场。山鲁佐德说：“我有美丽的躯体。可是除了美丽的躯体外，我就什么都不是了吗？”山鲁亚尔回答说：“让美丽的躯体见鬼去吧！”（“anā jasad jamīl. Hal anā illā jasad jamīl?” “suḥqan li-l-jasad al- jamīl!”, Khūrshīd, 44.）。

响。考虑到被他杀死的那些年轻、美丽的上千女子，认为山鲁佐德作为一个美人就具有说服功能，这种想法是愚蠢的：这只能说明其他人不够美丽，所以才无法生存。一般的旅行故事会带来性满足；而吸引、欲望、求爱和满足，在此却无关紧要。任何企图通过调情和拖延来征服的设想从一开始就被宣告是无效的。在山鲁佐德开始其欲望探索之前，两性间的行为从第一晚开始就每夜都会进行并得以完成。[1]很明显，她所怀有的欲望无关乎性，后者被故事取代了。通过其他形式的欲望探索，如对知识（接下来发生）的渴望，以及对解决方案（最终发生）的渴望，她开启了一种特殊的渴望、终结和更新模式，得以摆脱山鲁亚尔具有破坏性和破碎性的两性模式循环。[2]随着时间的推移，山鲁佐德用各种各样的故事取代了山鲁亚尔每晚不同的妻子，她自己也成了所有人的集合（many-in-one）。[3]

山鲁佐德是一个“无与伦比的美女”，这是欧洲人的阐释，这种插入表明其对女主角及其特质的欣赏更为狭隘。[4]《简・爱》（*Jane Eyre*）是第一部自称女主角相貌平平的欧洲小说之一，夏洛特・勃朗特（Charlotte Brontë）在书中只是想设定一个观念，即简的迷人之处就在于她本人。她想间接地告诉我们，虽然并非传统意义上的类型，但简仍然是迷人和美丽的。维多利亚时期对女主角类型的要求（她必须漂亮）就这样得到了满足；同时，由于简没有意识到自己的魅力，她的谦卑品格又得到了强化。

山鲁佐德是一种力量，而不是一个人物形象，直至最后故事实现

1 Naim Kattan, “... elle entreprendra de séduire le roi. Par sa beauté, par ses attraits? Non puisqu’il aurait déjä eu son Plaisir” (174).

2 尽管这些观点与纳达夫（Naddaff）的观点不同，但她关于欲望和叙事方式的讨论对这些观点的形成还是产生了一定的影响（44—45）。

3 正如纳伊姆・拉坦（Naim Rattan）所指出的：“她将负责引诱国王，凭借美貌和吸引力（Par ses histoires, elle multipliait sa présence）。”

4 参见伽朗本 “... elle était pourvue d’une beauté extraordinaire; et une vertu trèssolide couronnait toutes ses belles qualités” (23)。

平衡。有趣的是，“可爱的山鲁佐德”是欧洲本补充的另一部分内容。尽管伯顿本、莱恩本或利特曼本并没有提及这一点，但在阅读他们的译本时，欧洲读者也知道，或者说实则是记得，山鲁佐德是可爱的，并自然而然地将其带入文本阅读。

男女关系的平衡对于平衡地阅读故事至关重要。男性和女性是故事结构中最基础的要素。如果山鲁佐德被描述为处于弱势且性格软弱的一方，那么在实际故事中，她的存在本质就会发生变化，她讲述特定事件的理由也会发生变化。这是显而易见的。一个内心强大的女人的故事，由一个身陷困境的女子讲述和由一个内心强大的女子讲述，意义截然不同。如果讲故事的人处于弱势地位，那么讲述恶毒女性的故事会令人不快，虽然多少会有一些抚慰。而相反，力量对等均衡则会令这类故事及所有其他故事能够自由地探索和彰显各种情绪。正是通过再现故事中的这些情绪，山鲁亚尔的仇恨和精神疾病才得以显露。显然，尽管山鲁佐德必须活着才能实现这一目标，但她还必须有自由做更多的事情，而绝非仅仅确保自己活着。这对主要人物之间的平衡使得每个故事都既关乎他们又独立于他们。二人间潜在暴力与和解的平衡创造了一个空间，故事得以被讲述，暴力得以被推迟和化解，治愈因而得以实现。在早期的欧洲版本中，山鲁佐德总是比她在原著中的人设更懦弱，她的故事中也潜藏着一种带有恳求意味的外来元素。

通过伽朗本的评注者到晚近的作家，我们一遍又一遍地看到一个曲解的版本，说山鲁佐德讲故事是为了“拯救她可爱的脖子”（Arberry, 16—17）。这似乎有意忽略了她为了迫使父亲同意令他沮丧的计划时所说的理由。这种反复出现的误读反映了早期翻译家试图将山鲁佐德重塑成刻板的女性：消极、被动，而非积极主动、虽身陷困境却能制订周密计划拯救自己（只拯救自己）的受害者。但通过仔细研读，可以清楚地看出，山鲁佐德总是扮演积极主动的角色，山鲁亚尔则处在被动位置。他们之间的关系是一种复杂的力量纠缠，其中山鲁佐德的力量是显性而具有转化力的，而他则是潜性而具有破坏力的。[1]

莱恩的译本是个很好的范例，他赞同维多利亚时期对山鲁佐德的态度，这一态度在上述引用的维多利亚时期伽朗本译文中已有所体现。他以欧洲的女性形象潜在地重塑了山鲁佐德，尝试使山鲁佐德更容易为他的社会所接受。为了达到这一目的，他完全忽略了框架故事中一个基本要素的隐藏含义。要知道，山鲁佐德对她父亲说，要么她活下来，要么用自己的生命来拯救这个国家的女儿们。[2] 莱恩有意将其误译为"要么我去死，以赎回某一个穆斯林女儿的命；要么我就活下来，让她们能因为我而得以摆脱他"（11），并对此加了一个意义含糊的注释：

> 此处我有些偏离了原本，山鲁佐德原本说的是，"要么我活着，要么我做穆斯林女儿们的赎金，把她们从他手中解救出来"。对此，穆罕默德·艾伊德谢赫（Sheikh Mohammad 'Eiyad）在旁注中写道："看起来她似乎已经想到办法阻止他再娶了，即使是山鲁亚尔将会杀掉她。否则，她被处死意味着不能成为拯救其他少女的手段。"（1.39）

伯顿的译文则是："要么我活下去，要么我做穆斯林未婚女儿们的赎金，把她们从他和你的手中解救出来（1.15）。"后来她还强调说："让他按自己的意愿杀了我：我只会为其他人而死（1.15）。"[3] 伯顿注意

1 嘉佐尔（Ghazoul）也提到了他们各自权力地位的矛盾性（*Arabian Nights*, 43—44）。

2 阿扎尔（Azar）讨论了这一幕的各种法语译本，他特别指出，在伽朗（Galland）、马德鲁斯（Mardrus）和卡瓦姆（Khawam, "Laruse nuptiate"）的版本中，山鲁佐德的动机存在差异。而这三个法文译本在这一幕中都刻画了一个殉难 / 受害者的形象。

3 在莱顿本中，山鲁佐德近似于莱恩的殉难者 / 受害者："immā annanī atasabbabu fi khalāṣ al-khalq wa immā annanī amūtu wa-ahlaku wa-lī uswatan biman māta wa halaka"（66），这句话被哈达维译为"这样我要么可以成功地拯救人民，要么像其他人一样死去"（1.11）。这是一个不太令人满意的故事版本。

到并保留了这个明显的暗示：她将与山鲁亚尔同归于尽。如果国王、她和其他女人无法通过其他方式获得拯救，那么她就准备夺取国王的性命。莱恩却故意剥夺了山鲁佐德的这种力量，把文本改为要么她会死，只救她所取代的女孩；要么其他女性会和她一起获救，这显然是基于事实原本就该如此的论调。这使得山鲁佐德成为一个心甘情愿的受害者，因为她拥有的只是一个不太可能实现的计划。但这么想不符合她的性格，山鲁佐德是足够强大的，她能够违背父亲的意愿来实践她的计划。莱恩却把她塑造成一个维多利亚时代的小姐，渴望成为一个要么高尚、要么殉道的人，而真正的山鲁佐德是一个有决心的女性，她笃定通过谆谆劝导、实施计谋或是诉诸武力，最终结束让人无法忍受的局面。她着手要做的是改变另一个人，而这种改变和教化是《一千零一夜》中潜在的行为目的。莱恩的修改不仅仅抹去了人物内在的真实力量，也显示了莱恩不能理解原著所赋予的女性角色，并引出了一个有趣的现象：即至少在莱恩看来，这样的一位女性是没有读者能够理解的。同样，佩恩也误译了这一段，他要么是真的理解错了，要么是受到莱恩和普遍流行的错误理解的影响。这一点非常重要，提醒我们应回到麦克纳顿的阿拉伯语版本中，来讨论故事的这一部分。

改变西方读者对《一千零一夜》与山鲁佐德的接受反应，当然不只是莱恩本处理方式的产物。上述事件只是一个例子。山鲁佐德的真实形象因为这些温和的面容而变得如此模糊，以至于她想要做的事情的结果也变得不甚清晰了。暗示山鲁佐德的意图是故事平衡性的一个基本要素。彼得·希思（Peter Heath）捕捉到了这点，他发现是山鲁佐德正冒着生命的危险，而山鲁亚尔却在制造这一危险（II. 19）。[1] 如果她准备在无法改变国王的情况下杀死他（就像麦克纳顿本和布拉克本这两个阿拉伯文本中所描述的那样），那么国王会和她的生命一

1 玛丽·拉希·霍利贝奇认为山鲁佐德是强大的，她与山鲁亚尔的关系可被视为形式各异的决斗。

样处于危险之中。通过梳理文本接受的历史和惯性，认为山鲁亚尔每晚其实也是通过默许这个计划来拯救自己的性命，这确实是一个有趣的解读。显而易见，事实也确乎如此：达成他们各自命运的平衡，这是更好的故事艺术。考虑到这一点，山鲁佐德在她的刺激性故事中反复上演私通这个主题，尤其是与黑奴的私通，这是测试他极限的一种手段，而不仅仅是出于鲁莽。为了保证转变的效果，山鲁亚尔必须面对他的每一次执着和痴迷。

伯顿的版本存在一些问题，有些是伯顿有意强加的，有些则是其从出原文所固有的。故事讲述（或者更确切地说是重建）中有一点固然不大却值得注意的疏忽，那就是沙赫宰曼在去见他哥哥的旅途中因为沮丧，身体和情感都处于疲惫与虚弱的状态，而说书人让山鲁亚尔在他们第一次见面时就注意到了弟弟的这种变化。根据故事的描述，兄弟俩已经有二十年没有见面了，山鲁亚尔如此敏锐地洞察秋毫，这难免让读者感到难以置信。至于伯顿的篡改或杜撰，虽然不算太多，却着实令人厌恶。伯顿添油加醋，将沙赫宰曼的王后怀抱中的黑奴描述为“面容可憎，沾满了厨房油脂和污垢”（1.4），而山鲁亚尔妻子的情人则是“一个流着口水的大黑鬼，翻着白眼，露出眼白，真是丑得吓人”（1.6）。[1] 这类增添背后的原因，很可能是伯顿本人对黑人男性性行为的痴迷。他对这种偏见的强调不完全是歪曲事实，故事将两位王后与黑人情人配对，是为了强化通奸这种不忠行为对国王自尊的侵犯[2]，而非意在突出他们的放荡。在中世纪阿拉伯文化中，黑人是社会

---

1 而在阿拉伯语本中，则只有诸如“奴隶中的一个黑奴”（‘abdan aswad min ba‘ḍ al-‘abīd, Macnaghten, 2），或是“厨房男孩中的一个男人”（rajulan min ṣibyān al-maṭbakh, Leiden, 57）等此类的描述。故事中的迈斯欧迪（Mas ‘ūd）仅仅被描述为“一个黑奴”（‘abd aswad, Leiden, 59; Macnaghten, 3）。维布克·沃尔特（Wiebke Walthe, *Tausendundeine Nacht*, 36–37）和 C. 克尼普（C. Knipp, “The Arabian Nights in England,” 53）对伯顿译本中此处的差异进行了讨论。

2 帕特里斯·库森纳特（Patrice Coussonnet）通过上下文，也注意到这里面蕴含着性无能指涉（转引自 Edgard Weber, 20）。

地位最低下的阶层之一，他们虽然不一定个个贫穷，但通常都是奴隶。在这种语境下，黑就成为一个有用的故事结构要素。当伟大的英雄人物安塔拉（'Antar）将其黝黑肤色作为英雄身份的一个特征时，同样的社会地位也具有了积极的含义：安塔尔必须比任何没有社会地位阻碍的人优秀一倍，才能取得他们一半的成就，这已经成了老生常谈。因此，他的黝黑肤色其实抬高了他的成就；由于他是黑人，就比那些优秀的人显得更加优秀。然而，在我们这个故事里，王后背弃国王，就意味着背弃他的社会和个人身份的所有尊严。故事讲述者只须让王后与一个地位、财富、权益、体格、种族和文化等各个方面都远不如国王的人苟合，就可以达到这种效果。[1] 在叙利亚版本中，十个女奴的背叛行为程度较轻，虽然也是与黑奴发生的；但在麦克纳顿的版本中，她们却是与白人奴隶发生的。

所有这些扭曲都破坏了故事中简单却必不可少的平衡。尽管在一些版本中存在着的矛盾差异不太重要，但只有故事实现完美的对立和平衡时，它才是最好的故事。这种平衡或对立所产生的张力很容易达成，但也常常被忽略，被随意地改动、破坏或消解。

框架故事给框架内叙事提供了存在的理由，并为接下来的漫长叙事建构了一种富有刺激性的悬而未决的张力和双重意义。该框架还引入了许多主题和风格特征，这些特征将再次出现在许多故事中，从而设定了艺术复杂性的标准，其中只有少数会存留下来。这些主题和风格要素是故事娱乐性的主要成分，倒也不必过于刻意地去甄别它们。然而，在这样的研究中，理解该文学门类所取得的成就是真正认可、欣赏并最终保留其优点的第一步。

1 另请参见嘉佐尔（Ghazoul）对此的讨论（*Arabian Nights*, 19, 56–57）。

编后记

伊娃·萨里斯（Eva Sallis, 1964—），澳大利亚学者，也是小说家和诗人，阿德莱德大学比较文学博士，现为阿德莱德大学客座研究员，曾获得澳大利亚/沃格尔文学奖、尼塔·梅·多比文学奖等多种奖项。其代表作有小说《希亚姆》（*Hiam*, 1998）、研究专著《镜子中的山鲁佐德：〈一千零一夜〉的嬗变》（*Sheherazade Through the Looking Glass: the Metamorphosis of the Thousand and One Nights*, 1999）、关注澳大利亚难民状况的《黑暗之梦：澳大利亚难民记述》（*Dark Dreams: Australian Refugee Stories*, 2004）等。本文《山鲁佐德/山鲁亚尔：框架故事浅析》（*Sheherazade/Shahrazād: a Commentary on the Frame Tale*）译自：Eva Sallis, *Sheherazade Through the Looking Glass: the Metamorphosis of the Thousand and One Nights*, London: Curzon Press, 1999, pp.85–107。

《一千零一夜》中的女性（节选）

[埃及]苏海勒·葛拉玛薇

《一千零一夜》中的女性形象多种多样，各不相同，研究者们很难用一个普遍的观点和形象来概括它。这很正常，因为这部书并非一人所作，也非一个时代的产物。在数个世纪的流传中，故事汇集了生活在不同环境下的多种女性形象。历史、环境相近的女性形象显然是不够的。同时，作品还记述了许多古老故事或是传统习俗中的各类女性形象，它们存留在说书人和宗教人士的口中或是笔下。如此，数个世代和不同环境中的女性形象就这样汇聚在这本故事集中。

而另一方面，毫无疑问的是，《一千零一夜》这部故事集从整体上来说，最终会渐渐形成统一风格，虽然很难清晰界定，但会有大体的和谐完整。因此，我们看到，其中的女性形象大体可归为两种类型：一种出自讲故事人的身边生活，小到伊斯兰时期埃及中产阶级商人，大到被伊斯兰国家统治的所有国家商人生活；另一种出自讲述人的想象，但这种想象缺乏能突出具体形象特点的灵感，因此往往摆脱不了作者或讲述者所生活的社会现实之影响。在《一千零一夜》中，有许多身居高位的女王形象，像哈伦·拉希德的王后祖贝黛；还有勇敢战斗的女精灵，学识丰厚的女子，忠诚虔信的女精灵或是海里居民的女性，这些人物都与商人阶层相去甚远。但是，所有这些女性，与其说是一系列女性形象，不如说她们只是一个名号而已。祖贝黛[1]的言谈举止，甚至是服饰都和《一千零一夜》中其他商贾阶层的女性乃至他们的婢女没有太大差别。她充其量也就好像是个富裕商人的婢女。不唯如此，甚至就连法兰克人国王的女儿玛丽娅·宰纳里亚，她的言行举止以及服饰也都和奴隶市场上售卖的任何一个美丽的穆斯林女奴大致无二。她在努尔·丁的家中是婢女，这并非因为她是用钱买来的，更何况努尔·丁付出的只不过是她曾经给的那枚戒指；她是婢女，是因为讲故事的人让她成为婢女，她为主人端茶送水，并称呼他为“我的主人”。在《白德尔·巴斯姆国王和塞曼德勒国王的女儿焦海莱》故事中，海中出生的石榴花公主置身于商贾阶层之中，看起来也非常普通。她的言谈举止也和其他商贾阶层的女子没有什么分别。所不同的只是她的经历，这些事情并非来自真实世界，而是出自讲述者的想象，或是脑海中对所听、所见的记忆。

由此，我们大体可以将《一千零一夜》中的女性根据人物特征大致分为以下两种类型：一种类型来自这些商贾的社会现实生活，另一种类型来自带有强烈现实生活烙印的想象。这种想象根据其受社会现实影响程度的不同，又可分为两类：一类来自说书人的凭空想象，从周围的现实世界和所能了解到的信息中找不到可以清晰刻画这类人物形象的素材和原型，因此她们和现实人物相比，就显得比较单调、简单，比如那些女精灵或是居住在云端、海中的女性形象。另一类想象受讲述者周围环境的启发，塑造这些形象尽管多少会受到社会现实的限制，但其大多色彩鲜明，生动饱满，也较为合理。就像我们在拿撒勒、印度以及其他女性那里看到的一样。

这是《一千零一夜》中女性塑造的普遍特点。但这些人物形象是怎样被塑造的？事实上，如果我们把《一千零一夜》中的男女称为“人物”，这或许有些言过其实，因为书中所描述的，与一般文学评论中的

1 此祖贝黛并非指王后祖贝黛，而是《一千零一夜》其他故事中出现的名叫祖贝黛的婢女。——译者注

人物概念有所不同。《一千零一夜》中的人物是树立起一种人物的典型，而非"这一个"。这个狡黠的老太婆，穿着体面，耍着伎俩，她可能是任何一个老太婆：她是欧麦尔·努阿曼故事中的黛瓦希[1]，也是《纳阿姆和纳阿麦》故事中的虔信朝觐的老太婆，等等。所不同的只是她在这里的所作所为比在那里的更恐怖、更可怕而已，这要看故事情节的需要。作为任何一个故事主人公的美丽婢女也是如此。她们的行为虽不相同，但性情却是一样，甚至她们的外在形象都时常重复。行为不同，是因为故事的情节不同，但其人物性格大致相同。她是普遍意义上的婢女。聪慧的苔娃杜德其实就是努埃曼的婢女的升级版。换句话说，我们可以这么认为，《一千零一夜》描绘了各种女性的典型，但却并非活生生的女性本身。它描绘了众多的婢女、女学者、狡猾的老太婆和许多戴莉莱等，却并未塑造作为单个人物的苔娃杜德、戴莉莱、莎姆萨和吉尼·穆娃绥夫等。我们甚至可以说，《一千零一夜》中的女性形象有多种功能，但在承担同类角色功能的时候，这些女性彼此之间哪怕在细节上都没有太大差异。

因此，我们应当做的是分析角色的功能类型，探讨其在各种故事中的多样性和差异。

狡猾的女性

在《一千零一夜》中，仅次于情爱女性的，便是狡猾的女性类型。书中对这种狡黠而精通骗术的女性着墨颇多，就好像收集者们收集了大量此类故事，专为其设置了一个模式，将所有这些倾注其中。有时候，在《一千零一夜》的一个故事中对女性狡猾的描述就不下十处，比如《七大臣的故事》。国王的妃子谎称王子欲对她不轨，而王子则按照智者辛迪巴德的建议，必须七天保持沉默以求保命。国王的七位大臣

1 原文有误，误写为莎瓦希。——译者注

为了反驳妃子，每天会给国王讲一到两个故事，而妃子为达杀害王子的目的，每天也会给国王讲故事。事实上，这里涵括的故事实在太多了。我们看到，在第一部分里大臣就讲了两个故事，其实并不需要如此。而且明显能够看出，其中的一个故事松散而不合时宜。更重要的是，故事的内容甚至彼此矛盾，数量太多也容易相互损害，但我们能从中看到典型形象。比如其中一个故事讲的是一位女子为了救她的情人，利用了总督、法官、大臣甚至国王。她让每个人都迷恋她，借此将他们戏弄一番，并最终救出了情人（第三位大臣的故事[1]）；在第四个大臣的故事中，也有个诡计多端的老太婆，骗一位女子背叛她的丈夫，等男子幽会，但没承想到来的男子竟然是她出远门的丈夫，女子急中生智，一面抽打丈夫，一面假称自己是为了考验他。所有这些故事都体现了这部故事集的一个共同特点，那就是女性一旦行起骗术就无所不用其极。看起来故事的讲述者似乎是先收集到一些男性行骗的故事，但显然不那么精彩，价值不那么高，因此又加入了这些女性骗术故事。所幸《一千零一夜》的框架结构也使得这种添加成为可能。王妃为了在大臣面前维护自己，每天也会讲一到两个故事，她的故事似乎是在讲述男性的狡诈。因此这个故事好像变成了一场双方的辩论，看看究竟是男性还是女性更为狡猾。不过很显然，这本书的倾向显然受到引子故事的影响，以及数代以来一些宗教书籍所描绘的关于优素福和女主人的故事给人们带来的普遍心理感受，这些使得男性形成了对女性的这种固有成见，也使得他们对女性的最终判断便是“她们的骗术了得”，就像说书人说的那样。

关于这类女性，天启之书（الكتب السماوية）[2] 为我们描述了两种典型：夏娃，亚当因她而被逐出天堂；优素福的女主人，优素福因拒绝她而遭到囚禁。这两类女性在《一千零一夜》中都有范例，不过有时这些

1 该故事在布拉克本中是第六位大臣所讲的故事。——译者注

2 指安拉启示给他的子民的书，在伊斯兰教的观念中，天书包括《古兰经》《旧约》《新约》《亚伯拉罕之书》《诗篇》。——译者注

范例被染上了其他更鲜明的色彩，被更为突出的爱情主题所染色。此外，我们在很多给男性带来伤害或是致命灾难的女人身上，都能看到那个令亚当被赶出天堂的夏娃，例如《裁缝、总管和基督教徒的故事》；我们也能在很多爱情故事中看到与女主人类似的形象，这在《沙赫拉曼国王的儿子盖马尔·宰曼》中尤为明显，布杜尔和哈耶特·奴福斯这两位女子分别爱上了对方为丈夫盖马尔·宰曼所生的儿子，在爱而不得之后，她们向他们的父亲哭诉，就像女主人对她丈夫告优素福的状那样。丈夫下令将两个儿子送往郊外处死，幸好一头狮子意外出现，拯救了兄弟俩。讲述者似乎想通过将这个形象双倍化，来强化故事内容并增强效果。最后，在故事的结尾，父亲和两个妻子、两个孩子达成了和解。

甚至早在《一千零一夜》的引子中，我们就可以看出编撰者已经提到了这两种在经书中出现过的女性形象。其中有两句诗是这样说的：

优素福的经历就是借鉴　　她们的狡猾值得警惕
你没看到正是撒旦　　令亚当因她们而受到驱散

引子故事中的女子对山鲁亚尔兄弟俩说，在她结婚那天，魔鬼掳走了她，把她囚禁在箱子里，顶在头上，以防止她背叛，但她还是有办法和他们在一起，背叛了魔鬼。

许多时候，女性使用骗术是为了摆脱自己的丈夫和情侣约会。这类故事有《商人迈斯鲁尔与吉尼·穆娃绥夫》和《盖马尔·宰曼和他的情侣》等。但也有时候，女性行骗就是为了单纯的行骗——为了戏弄爱她的人，比如《七大臣》中的第六个大臣的故事。同时，通过分析《巴格达的理发师和他的七个兄弟》的内容（有关第一和第二个理发师的故事），我们也能发现类似的情形。

在为了和情侣在一起而实施骗术的故事中，还有另外一种女性形象，我们可以在非穆斯林女性与穆斯林男子恋爱的故事中看到她们的身影。为了和恋人在一起，她们有时使用骗术，有时甚至不惜杀人。在有关玛丽娅·宰纳里亚的故事和与其相似的《阿拉丁·艾比·沙马特的故事》中，我们看到，基督教女子为了和恋人在一起，皈依伊斯兰教，并欺骗了父亲，这使得罗马国王无法从拉希德哈里发手中救回女儿，后者视保护皈依伊斯兰教的人为自己的责任。同样，《沙赫拉曼国王的儿子盖马尔·宰曼》中的布斯塔尼在改宗伊斯兰教后，也是为了救出她心爱的人而实施骗术。还是在《阿拉丁·艾比·沙马特》的故事中，善良的玛丽娅借助幻术将祖贝黛唤回，这之后，她便不再使用幻术，阿拉丁看到玛丽娅的那一刻就爱上了她，祖贝黛也很喜欢她，对她很满意，视她为姐妹。

女性为了留住爱人，也会用诡计战胜自己的敌人。祖贝黛的父亲带来阿拉丁，是希望女儿在和他相处之后能合法回到自己的前夫那里[1]。她的父亲还给阿拉丁提出了苛刻的条件和要求，但是祖贝黛爱上了阿拉丁。尽管她的父亲和第一任丈夫想要分开他们，但靠着祖贝黛的计谋，阿拉丁与她齐心协力，终于得偿所愿。

这类骗术，女性施展多是为了达到自己的目的或是愚弄迷恋她的人。乍看起来，这与为达目的实施骗术的老妇人非常相似。这类老妇人的形象也非常多。有时候她们看起来是心地善良的老婆婆，充当着中间人的作用，就像那些婢女，有时负责传送信件，帮助相爱的男女约会，如同我们在《穆鲁克王冠和杜尼娅公主的故事》中看到的那样。不过，有时候老妇人充当中间人穿线搭桥，是为了帮助男子和已婚的或是难以到手的女子偷情。在这些时候，她总是把自己装扮成虔诚之人，骗取年轻女子的信任。在七大臣故事里第七个大臣讲述的第一个故事中，老妇人通过设计欺骗商人艾布·法特哈的妻子，在二人之间挑拨离间，当妻子被赶回娘家后，老太婆又略施小计，把她带到暗恋者那里。后来，达成心愿的暗恋者觉得自己伤害了商人和他的妻子，便

---

1 伊斯兰教的律法规定，女子和丈夫离婚后，倘若想要复婚，不能直接复婚，必须和另一男子成婚并离婚后，才可以和前夫复婚。否则就是不合乎律法的。——译者注

又和老妇人商议，老妇人于是再设一计算作补偿，让这个妻子又回到了丈夫艾布·法特哈身边。

这些故事中的老妇人大多是头发花白，嘴里常常念叨着赞颂词，喜欢以找个干净之处做祈祷为借口，进到年轻女子的家中。这类老妇人的作用很大，她们往往是邪恶的源头，如果有第三者想要插足一对恋人，她便会设法拆散那对恋人，就像《尼阿姆与尼阿麦》中的老妇人，为了取悦总督哈加吉，拆散了尼阿姆与尼阿麦这对夫妻。

故事中的祖贝黛，如果她想做什么，也会派老妇人去做，帮自己达到目的，比如给穆罕默德·本·阿里·焦海里传递消息。祖贝黛想见他，而他的妻子却让他不要离开自己的房子，直到她从浴室回来。老妇人骗穆罕默德来到祖贝黛那里，这造成他和堂妹贾阿法·伊本·耶合亚·巴尔迈基分崩离散。后来，幸得哈伦·拉希德介入，二人才得以重聚。而在《商人艾尤布和他的儿子阿尼姆》中，祖贝黛为了除掉自己的竞争对手古特·古鲁卜，求助于狡猾的老妇人，后者设计谎称古特已经死了，做了一个木制的偶人埋在宫里，祖贝黛穿上丧服，表现出悲伤的样子，让哈里发拉希德相信古特真的死了。

同样，这些老妇人还常常扮演偷窃的角色，或是和小偷一伙，有时也会利用他们；同样是在《阿拉丁·艾布·沙马特》中，老妇人和哈布祖勒姆的母亲一拍即合，她设计将婢女雅思敏从阿拉丁身边夺走，送给哈布祖勒姆，因为他的母亲帮她释放了狱中的儿子。为了达到目的，她还求助于小偷团伙的首领艾哈迈德·卡玛古姆，甚至她本人可能就是其中一员。她实施骗术有时纯粹就是为了娱乐、炫耀，或是相互竞争。被唤作戴莉莱的狡猾老妇人和她的女儿宰奈布·纳沙白相互斗智斗巧，就连哈里发都为之赞叹，赏赐了她们。斗智斗巧本身也是《一千零一夜》故事内容的一部分，在《开罗的阿里·米斯里》故事中就有体现。值得注意的是，老妇人实施骗术的时候，总是披着虔信的外衣，或是扮作忠实仆从一类的模样。而在这个故事中，老妇人的女儿则是善于打扮，用外貌诱惑他人，猎物身陷陷阱是被她的美貌武器俘获，而非其虔信。

《一千零一夜》中还有一位特别的老妇人，她地位显赫。就是因为她，或者说是因为她的狡诈，导致一系列意外的发生。故事用五个夜晚的时间讲述了这些意外事件。这位老妇人就是《欧麦尔·努埃曼和他的儿子》中的女主角之一黛瓦希[1]。她的狡黠和计谋并非为了爱情做媒，也非为显示其小聪明，而是一种政治计谋。她带领军队撼动了整个王国，为了其政治复仇而导致国家覆灭。黛瓦希是制造基督教徒或是罗马人与大马士革的穆斯林国王欧麦尔·努埃曼矛盾的主要人物。这个老妇人多次穿着隐士的衣服，嘲弄她的穆斯林对手。最初她假装是虔诚的隐士，以此接近欧麦尔·努埃曼；后来又女扮男装，穿着隐士的衣服，出现在穆斯林军队里，说是在敌人那里受了酷刑，来向他们求救。自始至终，她的阴谋诡计层出不穷。她杀死了欧麦尔·努埃曼和他的儿子舒尔康，至少为索菲亚、伊卜里梓、艾弗里顿和巴特利哥国王报了仇。为了计谋，她不惜忍耐多年。为了杀死欧麦尔·努埃曼国王，她挑选出几位侍女，用了几年的时间悉心教导她们，待满意之后，她把自己装扮成虔诚的苦行者，带着这些侍女来到国王那里。国王将要为此付出代价，老妪利用她们杀死了国王。经历了一段时间的忍耐，她轻而易举地实现了自己的目的。在战争中，黛瓦希活跃于两军之内。在穆斯林那里，她是女扮男装的修士，为他们策划行军路线；而在基督教徒那里，她利用靠诡计得来的情报，将他们带到敌人处。故事的结尾，她的人全部都遭到了报应，敌人杀死了他们，只剩下这个给所有人都带来灾难的黛瓦希一人。故事中拉姆赞·本·伊卜里梓的父亲是欧麦尔·努埃曼，母亲是伊卜里梓，因此他成为沟通哈尔杜布王朝也就是罗马人和穆斯林的中间人。拉姆赞成功设了一计：在故事的结尾，黛瓦希被五花大绑压往巴格达。

对黛瓦希这个人物形象的外貌描述也体现了《一千零一夜》说书人心目中对丑恶人物的一贯界定，故事会反复描述她的丑陋，而且每

1 原文有误，作者将黛瓦希和莎瓦希混淆了，后者是《巴士拉的哈桑》中的人物。——译者注

描述一次其丑陋程度都会更深一层。在故事中,随处可见对她外貌的描写,其中最典型的一处是在基督教军队因为听从了大主教的建议而遭受失败,转而唯黛瓦希马首是瞻时,说书人对其外貌的描述。

《一千零一夜》中的这个故事为我们塑造了一个独一无二的女性形象,故事讲述者受此影响,在故事后面的内容中不断重复这一形象。同时,法蒂尼就像是充满战斗精神的伊卜里梓的化身,萨勒桑国王在战斗中倚重的老妇人巴库尼也仿佛是黛瓦希这个形象的再现。

战斗女性和学者型女性

欧麦尔·努埃曼的故事还为我们展示了《一千零一夜》中另外两种重要的女性形象,但它们并不太多见。第一种可以被称为战斗女性,而第二种则可以被称为学者型女性。这两种女性有别于前面提到的女性形象。她们离说书人的日常生活很远,存在于说书人的想象中,但又是基于他的生活现实而塑造的。不过这两种角色对周围现实的依赖程度有所不同。说书人所描述的战斗女性多少带着一些异域特色,对她周围现实的描写缺少具体细节。说书人似乎是强行把她带进伊斯兰社会生活中。因此,我们能看到,这些战斗女性如果是人类,那她们大多会是改宗伊斯兰教或是生出穆斯林孩子的基督教女子;如果是精灵,则要么是虔信的精灵,要么是远离尘世生活,甚至是远离故事生活本身的精灵,只是偶尔会被提及,不会影响事件的发展。这就像《巴士拉的哈桑》中所提到的瓦格岛和岛上的女士兵,她们只是巴士拉的哈桑为了和妻子团聚而经历的一系列险阻中的一部分而已。

学者马尔斯(William MarÇais)[1]早已注意到这一重要的现象,即

1 威廉·马尔斯(William Marçais, 1872—1956),法国阿拉伯学学者,曾就读于巴黎东方语言学院,精通阿拉伯语、土耳其语和波斯语等东方语言。——译者注

《一千零一夜》中的战斗女性往往和《一千零一夜》中的环境相去甚远，远到她们大多都以基督徒的身份出现，比如伊卜里梓是基督教徒，玛莉亚·宰娜里亚也是基督教徒。然而，需要稍作补充的是，我们看到，伊卜里梓爱上了身为穆斯林的舒尔康，后来又被迫和欧麦尔·努埃曼结合，生下拉姆赞。随后她即刻加入了穆斯林军队，为穆斯林而与天主教徒战斗并杀死他们。同样，玛莉亚·宰娜里亚也皈依了伊斯兰教，为了穆斯林而与她的兄弟们和父亲为敌并致后者丧命。最后，是拉什德因为她已改信伊斯兰教而保护了她。所有这些为伊斯兰教而进行的圣战、对伊斯兰教的信奉，都清晰地表明说书人希望把这些外族女性战士彻底融入到他自己的社会生活情境中来，因此，他赋予她们这些与众不同之处，那就是宗教，她们会改信，会为了穆斯林和伊斯兰教而战。

很多属于精灵阶层的战斗女性并非真正意义上的主角。巴士拉的哈桑偶然在云山遇到了七位姐妹，她们都是战士，他还来到了被女战士统治的瓦格岛。但是故事中的女精灵没有投身战斗，她们的武器仅仅是一件羽毛衣服，能带着哈桑飞行，去任何她想去的地方。这些女战士甚至连一次战斗都没参与过，故事也没有交代她们使用何种武器，她们仅仅是奇幻想象中的点缀之物，想象为我们呈现了一座云山上的宫殿。遥远的岛屿美丽异常，为了给它的奇异和美丽增添一些不同寻常的氛围，才有了这些女性战士。故事只是提到，这些女精灵身怀利器，在战斗之中丝毫不逊于男子，而说书人其实也是按照对男子的想象，来描述这些非人类的战斗女性。至于人类中的女性战士，她们善于运用武器。为了突出、强化其勇敢特质，说书人还会让努尔丁站在即将投入战斗的玛利亚·宰娜里布身边，坚定地说出："我投身战斗的决心，就像钉子钉入树中。"

事实上，这些远离说书人社会生活的女性形象并不罕见。毫无疑问，这些形象是借来的，至少其基本特征是借来的，是受现实制约的。陌生的或许只是形象概念，并非其细节描述。

《一千零一夜》中的女战士大多都非常美丽。在战争中，美貌也可能会成为她的武器。她为了获胜，会在最后一场战役的最终时刻故意露出自己的面容扰乱对方。在七大臣故事中王妃于第七天讲述的故事里，丹玛正是这样做的，并借此在最后一刻找到了如意郎君。有时她与男性光明正大地比斗，凭实力战胜他们，因为她曾发誓，除非有人能在比武场上战胜她，否则她绝不会结婚。有时她还会为维护她的新宗教和穆斯林恋人而战。在《一千零一夜》中，我们有时还能看到，说书人在夸赞一个女性的时候，会罗列出她的一堆美德，她们善于征战、打斗，却没说清楚这些与故事本身有多大的关系。说书人只是单纯地罗列这些特点，使其成为女性的可爱之处。

马尔斯对《一千零一夜》中有关女战士这类故事的整体内容进行了研究，认为这些女性的突出特点是她们的伊斯兰属性。他还研究了许多古代文学中的战斗女性形象，对这些已经流传并普及的形象进行了分析。他这么做是想指出，这类形象在不同文学中具有普遍性。随后，他还对《一千零一夜》时代的伊斯兰环境进行探析，发现在哈瓦立及派以及先知的征战中都有战斗女性的形象，但他没有明确指出《一千零一夜》中这类女性形象的直接来源具体是什么。这个问题仍然是不甚清晰的。尽管研究者付出了诸多心血，但要想研究清楚这一点，仍是困难重重。在不同时代的不同文学作品中探寻一个共通之处，这种研究既有乐趣，也有助于照亮寻根探源的道路，源头研究对近代民俗学者来说，应是最重要的。

至于知识女性，即使她不是直接出自说书人的社会生活，但后者的生活环境也为这种形象提供了许多素材。甚至阿拉伯文学本身就是这类女性形象的原始土壤。在阿拉伯文学中，有很多关于阿拉伯人、波斯人及其他民族的这类描述，比如一个国王之所以会娶一位女子，就因为她回答问题巧妙，显示出非凡智慧。科斯鲁与很多善于回答问题的女子结婚，不论此举是出于真诚，还是刻意为之；拉希德也娶了多位回答问题机智、懂得对仗连句或能吟诗作词的女子；在《一千零一夜》中，我们也能够看到类似这般从别的文学作品借鉴来的情节；据说艾斯迈伊[1]讲过一个有关三位女诗人的故事，她们把对他的评价巧妙地潜入自己的诗行。拉希德和阿拉伯女子也有类似的传闻。在《一千零一夜》中，歌咏也是婢女显露其聪慧才华的途径，这既符合她们的本性，也符合故事中的生活现实。此外，有关伊斯哈格·穆萨里[2]和一些聪明伶俐的歌女的趣闻也成为《一千零一夜》的素材，有些片段甚至原封不动地进入了后者，比如关于伊斯哈格和艾敏与赫蒂彻·宾特·赛合勒结婚的两则趣闻[3]。伊斯哈格的趣闻据说是艾布·努瓦斯所著的《趣闻集》第一卷中的第十二则，而艾布·努瓦斯则是这个趣闻集第一条的主人公。

女性善巧应对、吟诗作颂的这类形象本来很普通，但讲述者对其着力润色，甚至进行夸张修饰，于是有了著名的苔娃杜德这个人物，她在面对拉希德有关教法、哲学的刁难考验时能娓娓道来。事实上，说书人有时甚至完全忘记了讲故事的初衷，使它纯粹变成了连篇累牍的知识铺陈。笔者尚不清楚《一千零一夜》中这个形象的出处是哪里，但毫无疑问，奴隶市场为说书人提供了鲜活的形象来源，在那里，买家会通过考问来判定待售婢女是否出色。特别是像杰里阿德以及类似的一些印度故事中的情节：杰里阿德的父亲派多位学者给他传授知识，因为他是王储，之后，又让智者们出试题考查他。说书人让拉希德在买苔娃杜德之前对她进行考问，也是以类似的故事为范例，考问的题目则是说书人所能想到的所有难题。

我们也能在努埃曼的婢女中看到类似苔娃杜德的形象，老太婆黛瓦希为了实施诡计而教授她们技艺。前面我们提到过的一些女性形

1 艾斯迈伊（الأصمعي，740—831），阿拔斯时期著名的文学家、语言学家、诗人，曾被哈里发哈伦·拉希德誉为"诗魔"，同时也是阿拉伯动物学和自然学的先驱，据说是他首先将动物分门别类，著有《马书》《骆驼书》等。——译者注

2 伊斯哈格·穆萨里（إسحاق الموصلي，767—850），阿拔斯时期诗人，精通音律，是当时著名的歌唱家、音乐家。——译者注

3 在《一千零一夜》的故事中，是哈里发麦蒙与名叫赫蒂彻的聪明女子结婚，而非其哥哥艾敏。——译者注

象及其描述的内容，有些在努埃曼统治时期是很少见的。不过加入这些形象之后，却增添了强烈的效果，人物在说书人口中也就会反复出现。我们看到伊卜里梓作为战斗女性的形象，在法蒂尼身上再次出现；巴库尼也就是黛瓦希的翻版。而故事中那些努埃曼的婢女也只不过就是知识型女性形象的最早回响，她可能是被卖身为奴的国王女儿纳兹哈·宰曼，在面对买家的时候展示自己公主的才华，以抬高身价，吸引买家注意。我们不知道《一千零一夜》中的这两种女性形象哪种更古老，是纳兹哈·宰曼，还是苔娃杜德？但毫无疑问的是，第三位也就是最后一类知识女性形象便是努埃曼的婢女，她就像是纳兹哈·宰曼的翻版。故事本身的结构与在故事中重复此类形象和内容导致了人物的不断再现。

《一千零一夜》每个故事中的女性就是凭借这些不同的形象，发挥着自己的作用，并成为书中即便不是最重要，但也是不可或缺的重要元素，她们推动着故事的走向。而作品正是借此为它的主人公或是听众描绘了其他世界之外的某种特定生活，在那种生活中，女性在故事事件中占据了首要地位，引起人们的情感共鸣。

编后记

苏海勒·葛拉玛薇（سهير القلماوي，1911—1997），埃及著名的文学家、女性主义学者、比较文学学者，在开罗大学就读期间曾赴巴黎求学，并于 1941 年获得文学博士学位，成为第一位获得博士学位的阿拉伯女性。同时，她也是埃及有史以来第一位女记者和大学文学系女性主任。后来，她先后担任埃及大学女子校友会主席和埃及妇女联盟主席，出任过世界妇女大会（1960）的执行主席。苏海勒有许多重要作品问世，包括其翻译的赛珍珠的《中国故事》和莎士比亚的《驯悍记》。她的博士论文《〈一千零一夜〉研究》（ألف ليلة و ليلة: دراسة）于 1943 年正式出版，成为阿拉伯世界真正意义上的《一千零一夜》学术研究的开山之作。本文《〈一千零一夜〉中的女性》（المرأة في ألف ليلة وليلة）节译自：ألف ليلة وليلة: دراسة،القاهرة: دار المعارف، 1959، ص 318—295。

《季节》对话：东方文明中的《一千零一夜》

《季节》/［埃及］纳吉布·马哈福兹

在《季节》(فصول) 本期《一千零一夜》专刊中，我们与纳吉布·马哈福兹进行了对话。这次对谈意义重大，并非仅仅因为它是与诺贝尔文学奖得主纳吉布·马哈福兹之间的对谈(早在得奖的数十年前，他就已经在阿拉伯国家推动小说艺术创作方面做出了重大贡献)，也并非因为这是《季节》与马哈福兹的首次对谈，而是因为这是与一位伟大的阿拉伯小说家之间的对谈。他直接取材于《一千零一夜》，创作出至少一部完完整整的小说《千夜之夜》(ليالى ألف ليلة)。他从《一千零一夜》中汲取灵感，故事里的许多人物、氛围和艺术元素都被他重新塑造，并获得了新的生命。同时，他的许多其他小说也在诸多层面展现了《一千零一夜》的世界。

在此次对谈中，我们问纳吉布·马哈福兹的问题多种多样，他的回答也各不相同，有时他的回答很详尽，有时则很简略，但内容都很厚重，都来自他的经验和知识，都揭示出了马哈福兹的文学创作和《一千零一夜》的创作所涉及的领域，这些从某种程度上来说都能够也应该被研究。总之，无论《季节》的问题是什么，也无论马哈福兹的回答为何，这场对谈都让我们得以了解这伟大的、单个作家创作的作品以及那部集体创作的文学遗产所涉及的领域。

以下为《季节》的提问以及纳吉布·马哈福兹的回答：

《季节》:让我们从这个老生常谈的问题开始吧:最初您是怎样接触到《一千零一夜》的?它对您起到了怎样的影响?那时,您是否认为它可以被列入伟大的古典文学作品之列?

马哈福兹:我最初接触到《一千零一夜》是在少年时期。这种接触非常隐蔽,是偷偷摸摸的。那个时候,我们不能谈论它,也不能在家中说我们读了《一千零一夜》。你无法了解这背后的深层原因,你可以把它想象成类似于"道德障碍"一类的因素。

那时候,我常和伙伴们一起,带着一本《一千零一夜》,来到阿拔斯这个地方的田野(在阿拔斯,日子是田园式的),我们来到这片田野,坐在那里读《一千零一夜》的故事。当然,坦白地说,在这样的年龄,《一千零一夜》最吸引我们的,当然是那些与性有关的故事。同样吸引我们的,还有那些适合我们年龄口味的故事。

然而那个时候,我还不知道《一千零一夜》的真正价值,直到我读到我们的一些作家和学者们对它的评析。从这些评析中,我才明白《一千零一夜》是一部伟大的作品,西方世界对它极为重视。这时,我才再一次阅读这部作品,这个时候我已经步入成年。

成熟时期第二次阅读这部作品使我认识到,《一千零一夜》有自己的思想,自己的信仰,自己的想象和自己的梦境,所有这些再现了一个完整的世界。我发现它的确是一部独一无二的作品,绝对可以位居人类伟大作品之列。

《季节》:您是否具有双重性:语言既平实又精练,风格既通俗又典雅?在您看来,阿拉伯故事的文学遗产处在您思想和文化发展的哪个阶段?您总是注意保持语言"稳定性"和"精练性"的创作原则,然而,您同时也非常重视活生生的日常生活,您对三四十年代提出的这种双重性的看法经历了一个怎样的发展历程?在这个过程中,对像《一千零一夜》这种被有些人认为是某种"无用"的作品,您是怎样评价的?

马哈福兹:人们在《一千零一夜》中看到的"无用"其实是"人性的无用"。如果说真是无用,那也是一种自然而然的、正常的无用,它在任何人类社会中都存在。《一千零一夜》的作者,或者更确切地说,是《一千零一夜》的作者们,他们只是自发地讲述或是记叙“生活现实”,这种被讲述的生活现实展示出其所有面向,既深刻也质朴,同样既具特殊性又有无用性。所有这些都是整体中不可分割的组成部分。事实上,《一千零一夜》就像是一部全面的社会心理“百科全书”,它甚至还致力于包含各个层面的人性真理,揭露人类真实的维度,无论是隐蔽的还是显露的。

《季节》: 您拓宽了写作的空间,从您的生活和所关注的事情中汲取素材。这尤其体现在您的小说《拉杜比丝》(رادوبيس,也被译为《法老与名妓》)、《命运的嘲弄》(عبث الأقدار)以及《底比斯之战》(كفاح طيبة)中。您能否谈谈令您在文学创作中获益的文化遗产类小说,特别是历史小说有哪些?

马哈福兹: 我近期的一些作品确实是再次回到了历史的层面,比如《埃赫那吞:活在真理中的人》(العائش في الحقيقة);而另一些作品则借鉴了阿拉伯文化遗产类小说,如我的《伊本·福图玛之旅》(رحلة ابن فطومة)。

《季节》: 《一千零一夜》直接出现在您的作品《千夜之夜》中,您是怎样构思的?在您写这部小说之前,或者说是在准备创作这部小说的时候,您是怎样看待《一千零一夜》的?您怎样评价《一千零一夜》中的艺术元素对您小说构建所产生的影响?

马哈福兹: 我发现《一千零一夜》是非常好的素材,我可以借用它来创作小说,让我的小说尽量丰富、完满,就像我们在《一千零一夜》的故事中能看到的那种丰富和完满。为此,我再次阅读了《一千零一夜》,从中选出各式各样的“描写对象”[1],我发现它们似乎在呼唤我写它们,描述它们。当然,并非所有事情或是经验都值得你去关注,去书写。但我总能在《一千零一夜》中发现值得书写的事情或是元素。于是才有了我的《千夜之夜》。

---

1 原词为التيمات,意为在家中饲养的奶羊。

我觉得在这部小说中，我表达出了自己基本的宏大关怀，我想尝试的，是融合“政治的现实”与“形而上的思考”，如果你愿意，你也可以称它为“苏非式的思考”。我在《一千零一夜》中发现了一片广阔的天地，让我能融合相差甚远的不同方面。

《季节》：在您的其他作品中，都明显有一个讲述者（他或她）存在，特别是在《我们街区的孩子》（أولاد حارتنا）和《平民史诗》（الحرافيش），甚至是《咖什塔玛尔咖啡馆》（قشتمر）中，就好像有个音色动人的叙述者，甚至超越了全知全能、掌控一切的讲述者，在讲述一个故事，通过他的讲述和价值判断来构建一个世界。

对于您作品中的在场者，或曰亲爱的讲述者，他们与阿拉伯民间文学，比如民间传奇以及《一千零一夜》中的讲述者有什么联系吗？

马哈福兹：可以这么说，联系是有的。告诉你，我读过很多阿拉伯民间文学遗产，比如《安塔拉传奇》（سيرة عنترة）、《演杂技的狮子》（حمزة بهلوان）以及《一千零一夜》，此外还有《阿拉伯的日子》（أيام العرب），这些作品都以这样或那样的方式对我的创作产生了影响。

不过，要想仔细说清楚这些作品对我小说创作的影响确实不太容易，也许对于任何一位作家来说，要把他们作品受到的影响说出个子丑寅卯都并非易事，这对研究我作品的人来说或许倒是比较容易的。对我而言，比较简单的是谈一谈你提到的关于我的作品《千夜之夜》的创作，以及《一千零一夜》故事对它的直接影响。至于说这些故事对我的作品，诸如《三部曲》等的非直接影响，也许你做起来都会比我做得更好，你或许能够找到很多佐证，来证明《一千零一夜》对《三部曲》的影响，比它对《千夜之夜》的影响还要大。

真的，要我来谈这个方面的问题比较困难，因为这关乎潜意识的层面，人的心灵总是充满了潜意识，在讲述故事的其实是它。

《季节》：在您的小说《米拉玛尔公寓》（ميرامار）中，有多个叙述者对同一件事情进行讲述。在阿拉伯古代流传下来的故事或是《一千零一夜》的某些故事里，也存在多声部讲述同一故事的叙事方式。您的这种构思也许与其有某种关联，虽然也有不同；当然，您的构思也有可能是为了促进小说艺术中传统叙事方式的发展。

您认为您在塑造《米拉玛尔公寓》中的叙事者的时候，是受到了哪种创作经历的驱使？

马哈福兹：我不知道。真的，我不能够确定。

当然，“多重叙述”是一种当代的、文学的叙事形式。就像你前面提到的，“全知叙述者”对事件无所不知，这是西方小说的基础。《米拉玛尔公寓》中有多个叙述者存在也许是受到了阿拉伯传统故事多重叙事模式的影响，也许这种多声部就类似一种与全知叙述者的对话，或者说是一种对全知叙述的回顾。

《季节》：您的小说经历了一个发展过程：从第一部小说《新开罗》(القاهرة الجديد) 单向度的一元叙事模式，到像《小偷与狗》(اللص و الكلاب)、《乞丐》(السحاذ)、《尼罗河上的絮语》(ثرثرة فوق النيل) 等的多维度叙事，里面的叙述者和故事人物的世界彼此穿插交织；再到《平民史诗》，乃至现在已发表的《自传的回声》(أصداء السيرة الذاتية) 中既有厚重的苏非传承，又有言简意深的智慧之声 (صوت حكيم) 叙事，等等。

您的这种多重叙事与各种阿拉伯文学遗产中的多重叙事是否有渊源？

马哈福兹：你这话说得对，完全正确。为什么这么说呢？因为我深受阿拉伯古代文学遗产的影响，你知道，许多阿拉伯故事其实是以历史的方式在讲述，比如艾斯法哈尼[1]的《歌集》和穆巴里德[2]的《全集》(الكامل) 等。这些讲述（或曰故事）介于历史和小说之间。当然，这些

---

1 艾布·法尔吉·艾斯法哈尼（أبو الفرج الأصفهاني，897—967），阿拔斯时期著名的文人，他的《歌集》（الأغاني）被视为是早期有关阿拔斯时期歌谣与音乐艺术的著述，也包含一些艺术家、诗人、学者等的生平。——译者注

2 艾布·阿拔斯·穆巴里德（أبو العباس المبرد，825—899），阿拔斯时期的著名学者，《全集》即他的《语言与文学全集》（الكامل في اللغة و الأدب），为其最著名的代表作，包含大量的诗歌、散文，以及对修辞学、语法学的研究心得。——译者注

讲述中的“故事元素”（حدوتة）[1] 很有限。但其中的艺术旨归却会令人驻足、沉思，让你思索在这些故事中究竟是谁在“讲话”，进而促使你去质疑，让你看到问题的其他面向。在这些故事中，讲话者是将历史和其他元素糅合；同样，在这些故事中，你也能看到存在许多明显的删减和粗略之处。这些删减和粗略可能与阿拉伯人的思维和对事物的态度有关，他们不太注重分析和事物的细节。比如，你会看到“某人进来，走到阿卜杜·麦力克·本·麦尔旺面前，正襟行礼，然后说道……”这样的句子，它并未清楚描述麦尔旺所处房间内的任何细节以及进来参拜的人的衣着打扮，等等。这里只有阿卜杜·麦力克·本·麦尔旺，只有“走到他面前的人”。

也许在我的作品中，也有类似的叙述缺略，这也可能就是受到了此类“故事—传闻”缺略的影响。

《季节》：《一千零一夜》的源头丰富多样，包括印度、波斯、阿拉伯（伊拉克和埃及）等多种元素。您是怎样看待《一千零一夜》中所体现出的“自由”或曰“解放”的空间，尽管它产生于数个世纪之前？

您是否认为这种自由创作的空间在当今阿拉伯创作界反而没有那么广阔了？

马哈福兹：整体来说，阿拉伯古代文学都是比较自由的，这点也许是“域外”文学很难匹敌的。其中一个主要原因很可能在于阿拉伯古代文学是“小众的文学”（أدب خاص），是“围炉座谈”（أدب مجالس）或者“夜聊”（أدب سمر）的文学。当然，那个时候还没有新闻、广播和电视，也没有任何渠道能像今天这样使文学得以广泛传播。比如，那个时候艾布·努瓦斯与朋友们在一起，他们玩着一种类似于“斗诗”（المساجلات الشعرية）的游戏，这与今天朋友们汇聚一堂时常做的相仿。他们也常常小聚夜谈，“闲聊逗趣”。从这里到别处，从古至今，没听说哪里还有这样的聚会吧。

1 حدوتة 一般是指孩子们睡前常听的小故事，有时也指成年人睡前会听的一些趣味故事等，通常比较短小。——译者注当然，古人聚会时，一般都会有讲述者将斗诗的诗歌和其他谈话内容背熟于心，并将其记述。也有书记官或是抄写员抄录下来这些内容，将其保存。但是，这一般都是局限于“精英”圈内部的聚会，他们是范围有限的小众群体，或曰少数“知识分子”。“大众”对这些“精英”、“小众”或是“知识分子”不甚了解，甚至可以说是一无所知。因此，他们之中没有“监视者”，这一小群人的谈话氛围是十分自由的。

但是别忘了，尽管这些小众群体享有如此的自由，也有诸如白沙尔·本·布尔德[1]这样的诗人曾因为诗歌而丧命。

当然，小众群体能享有自由还有其他原因。部分原因无疑与当时的政治气候有关。但我认为，最重要的原因则是，那些享有这种自由的人更大程度上更像是在某种特定场合“和他们自己自说自话”。

一言以蔽之，阿拉伯古代创作者享有这种广泛的自由并非因为他们比我们更文明先进，而是因为他们是在特别的聚会中“说着特别的话语”。

今天的文学家是面向大众表述，这些大众有各自的生活、习俗和宗教的“温度计”（ترمومتر）。随处会有“夜谈场所”（دولة ساهرة）[2]、“聚集地”（مربون）等。因此，今天我们所写的东西，用传统的阿拉伯伊斯兰标准来衡量的话，就是“被训诫过的”[3]！

古代阿拉伯创作者可以完全自由地表述，他们的创作内容几乎涉及方方面面，从“神灵”到性。因此，从这个角度而言，这是我们今天所不能比拟的，除非这些内容是写在非正式出版的小册子里。

如今，不论是诗人还是出版商，也不论他们有多大能力，身在何处，哪怕是在欧洲，他们也无法像艾布·努瓦斯或是侯赛因·多哈克[4]一样随心所欲地创作，或是像《一千零一夜》那样，这部故事集是在另

1 白沙尔·本·布尔德（بشار بن البرد，714—783），生活于伍麦叶王朝末期和阿拔斯王朝初期，据说因其信仰非正统的伊斯兰教派而被视为异端处死。——译者注

2 指通宵营业的咖啡馆一类场所。——译者注

3 意指是标准的，不是随性而写的，因为不再具有特殊性。——译者注

4 侯赛因·多哈克（حسين الضحاك，779—864），阿拔斯时期的诗人。——译者注

一些范围稍广的“特殊群体”中流传的。

《季节》:您与博尔赫斯都对时间有着深刻而丰富的体验(博尔赫斯曾对《一千零一夜》的时间元素有深刻分析,这对他的创作也深有启发)。

您能谈一谈您对时间(特别是在您的《平民史诗》和《自传的回声》中)及其延伸内涵、联结和循环问题的观点和思考吗?这些思考给您带来了哪些启发?您是否认为您关于时间的观点与苏非思想和《一千零一夜》中存在的时间表述有关?

马哈福兹:这个问题对我来说可能很难回答。因为我头脑中的时间概念也许与我对时间的思索结果无关,它既不是知识层面上的,也不是哲学层面上的。我的时间观也许是在意识层面构建而成的。经过构建之后,时间最终在我的作品中呈现,但我很难说清楚其效果究竟如何。你可以在我的作品中看到这种时间,评判它,界定它,也或许能够在它的形式背后看到“苏非式的”,或者说是“宗教的”以及“智识”层面的触及,又或者是《一千零一夜》等一些作品的影响;它也有可能是所有这些的杂糅。当然,这些“触碰”或者影响可能会在我的某部作品中有非常集中、清晰的体现,而在另一些作品中则显得晦涩模糊,这些我无法准确甄别。

《季节》:时至今日,《一千零一夜》仍能为阿拉伯人乃至整个人类带来愉悦,能够在语言以及非语言艺术等方面启发他们的创作,《一千零一夜》具备一种基本特质,这使它能够在时间的长河中一直保持生命力、避免消亡,对此您是怎么看的?

马哈福兹:首先,我认为这与《一千零一夜》的真实有关,它完全真实表述了那个时代,无论平淡质朴的日常生活,还是思想活动层面,它都能够折射出你们所说的“文明的观念”。在《一千零一夜》中,你会看到有能够从头到尾完整解释宗教律法的婢女。

《季节》:婢女苔娃杜德吧?

马哈福兹:是的。苔娃杜德为我们提供了一个典范,她对当时的思想生活领域颇为熟悉,而这领域恰是《一千零一夜》所表达的一个重要方面。

《一千零一夜》呈现了马塞尔·普鲁斯特（Marcel Proust）在他的小说《追忆似水年华》（*A la recherche du temps perdu*）中所表达的东西。如果说普鲁斯特的小说世界是局限于某些法国人民（我指的是日耳曼民族）的生活，忽略对法国其他民族生活的描写的话，那么《一千零一夜》呈现的则是对整个东方文明的描述，它关注东方文明的所有面向。我指的是东方文明，之所以这么强调，是想说它有比伊斯兰文明更为广泛的内涵。

编后记

纳吉布·马哈福兹（نجيب محفوظ，1911—2006），埃及和整个阿拉伯世界最著名的文人之一，1988年诺贝尔文学奖得主，被誉为“现代阿拉伯文学之父”。其文学作品深受《一千零一夜》、苏非主义等阿拉伯传统文学遗产和思潮的影响，主要代表作品有三部曲《宫间街》（بين القصرين，1956）、《思宫街》（قصر الشوق，1957）和《甘露街》（السكرية，1957），《我们街区的孩子》（أولاد حارتنا，1959），《千夜之夜》（ليالي ألف ليلة，1982）等。本文《东方文明中的〈一千零一夜〉》（ألف ليلة أحاطت بالحضارة الشرقية）为纳吉布·马哈福兹接受埃及文学杂志《季节》（فصول）采访时的访谈，译自：فصول، القاهرة: الهيئة المصرية العامة للكتاب،1994 الجزء الثالث، العدد الثاني عشر، ص 385—377。

《铜城》故事分析:《禁塔》《神秘的故宫》

[美国]大卫·皮诺

一、研究方法及综述

就总体研究情况而言,前人对《铜城》的评价不是很高。多数研究倾向于考察故事的真实度,以及它能够提供多少历史学、人类学或地理学方面的准确数据(信息)。这样做的结果便是学界对《铜城》的偏废,认为其瑕疵颇多。这一观点最早大约见诸于14世纪阿拉伯历史学家阿卜杜·拉赫曼·伊本·赫勒敦('Abd al-Raḥmān ibn khaldūn)的著述。他曾研究过穆萨·伊本·努赛尔(Mūsā ibn Nuṣayr)征服北非的相关传奇,发现早在公元9至10世纪,这些流传的传奇就融入了奇幻、虚构和超自然的冒险元素。伊本·赫勒敦还贬斥一些早期编年史家,认为他们对许多传奇素材不加分析批判便占为己有,导致失实。他援引迈斯欧迪(Mas'ūdī)的有关描述,作为此类早期传说不具有历史现实性的例证。从伊本·赫勒敦的著述中我们可以看出,《一千零一夜》中的许多故事元素在10世纪迈斯欧迪的著作中就已出现:穆萨遇到了一座迷失在荒漠中的城市,但找不到可以进入的城门;有些人自告奋勇爬上城墙,却受到了魔力的驱赶。"所有这些只是个荒诞不经的故事,"伊本·赫勒敦轻蔑地说,"它是说书人的信口开河。”[1] 他还强调说，这个故事在逻辑上前后矛盾：根据旅行者们的叙说，铜城的地理位置与有关记载并不一致；而整座城市由黄铜铸造，这简直更是“荒谬的无稽之谈”。[2]

近年来，一些现代学者依然重复着这种考据式的语文学研究向度。在一篇题为《〈一千零一夜〉中的铜城——关于亚特兰蒂斯的记忆？》（*Die Messingstadt in 1001 Nacht-eine Erinnerung an Atlantis?*）的文章中，保罗·博尔夏特（Paul Borchardt）仔细分析了《铜城》中穆萨部队在沙漠里的行军轨迹，指出了故事中多处与事实不符的错误（比如绿洲间的距离和行军时长，运水的安全保障等）。他并且认为，沙漠旅行的讲述者“自己一定压根就没去过沙漠”。[3] 随后，基于故事的地理因素，他将铜城定位于北非沿海，并将铜城的位置与其他传奇故事的地点联系在一起，包括荷马《奥德赛》中的费埃克斯岛和柏拉图在《克里提亚》（*Critias*）和《蒂迈欧篇》（*Timaeus*）中所描写的遗失的城市亚特兰蒂斯。[4] 博尔夏特丝毫没把它当作文学作品来审视。

戈德弗洛伊·戴蒙比内斯（Gaudefroy-Demombynes）在他编纂的《一百零一夜》（*Cent et Une Nuits*）中同样注重考查铜城故事的真实性。就像哈比希特（Habicht）的文本一样，他关于《铜城》故事的北非手稿中还提到了一本宝藏秘笈，可以指引旅行者抵达铜城。戴蒙比内斯的宝藏秘笈是以非洲西北部的旅行指南和某些诡道为参照的。

更有一部分现代学者，将《铜城》视为研究传统阿拉伯宗教以及民间活动的资料。苏海尔·葛拉玛薇（Suhayr al-Qalamāwī）对《一千零一夜》的研究就是这方面的好例证。在《〈一千零一夜〉中的超自

---

1 Ibn Khaldūn, *The Maqaddimah: An Introduction to History*, Trans. by Franz Rosenthal, 2nd ed., Bollingen Series XLIII, vol. 1 (Princeton: Princeton University Press, 1967), pp.75–76.

2 Idem.

3 Paul Borchardt, “Die Messingstadt in 1001 Nacht-eine Erinnerung an Atlantis?” *Petermanns* [*Geographische*] *Mitteilungen*, vol. 73, no. 12 (1927): 329.

4 Ibid., p.331.

然现象》（*al-Khawāriq fi alf Layla wa-laylah*）一章里，她借助弗雷泽（Frazer）《金枝》（*Golden Bough*）和20世纪民间文学以及人类学研究方法，指出与黄铜有关的魔法特性，并强调苏莱曼（Solomon）[1]这个形象就像《古兰经》有意安排的一枚楔子，穆斯林可以借他之名晾晒自己的传统甚至关乎魔法与奇迹的异教信仰。[2]葛拉玛薇采用的是方法论上的跨界与勾描。就像博尔夏特和戴蒙比内斯，她也不是从文学和艺术构成的角度来研究《铜城》的。

米亚·戈哈德特（Mia Gerhardt）在她对《铜城》的分析中给出了同样评价，她用表格形式列出了一系列编年史内容，认为这些很可能是故事的灵感来源。她将大部分精力投置于源头探究当中，并认为B/MN[3]文本中的《铜城》有“重大缺陷”。因为在她看来，最有可能的历史与编年史来源在如今我们看到的各种版本中体现得微乎其微。[4]

安德拉斯·哈莫里（Andras Hamori）则更多从文学方向来研究这个故事，他论证了《铜城》编纂者如何将分散的资料和民间素材进行整合，从而创作出一件完整的、合乎逻辑的艺术作品。[5]尽管戈哈德特嘲讽这本书有“重大缺陷”，但哈莫里尝试通过探析《铜城》中隐含的深层奥义，来寻找故事中他指称的“结构和谐”。这些层面被认为足以反映伊斯兰神智和神秘传统的影响。他以梳理故事事件发展顺序、分析苏莱曼情节如何预示探险者在台德木尔城的遭遇为基础，得出了自己的分析结论。

我还想谈谈我的研究方法。如同戈哈德特提醒我们的，今天我们

1 即《圣经》中的所罗门，《古兰经》中译名为苏莱曼。——译者注

2 Suhayr al-Qalamāwī, *Alf Laylah wa-Laylah* (Cairo: Dār al-ma‘ārif, 1966), pp.135, 158.

3 B本指布拉克（Būlāq）本《一千零一夜》；MN本指麦克纳顿本（MacNaghten），也就是加尔各答二本《一千零一夜》。——译者注

4 Gerhardt, *The Art of Story-Telling: A Literary Study of the Thousand and One Nights* (Leiden: Brill, 1963), p.196.

5 Andras Hamori, *On the Art of Medieval Arabic Literature* (Princetion: Princeton University Press, 1974), pp.145–163.

所看到《一千零一夜》的《铜城》故事糅合了多种不同的叙事素材：苏莱曼传奇，《古兰经》经文，有关穆斯林征服马格里布地区的历史资料等。戈哈德特在研究中罗列了许多影响《一千零一夜》故事形成的历史文本。[1] 此外，戈德弗洛伊·戴蒙比内斯还推断说，故事中的诗歌来自编纂者撷取的中世纪诗集。[2] 我想要做的，是分析《铜城》的作者如何利用这些借来的材料，并让中世纪的历史素材和诗集为其故事主题服务。我会着重分析这些素材是如何被改编，以满足故事的叙述需求。我的研究依据 19 世纪的 B/MN 本，因为这是最为读者所熟识的版本。

二、《铜城》场景分析

开篇：大马士革，哈里发的王宫

故事开始于伍麦叶王朝的首都大马士革。统治者阿卜杜·麦力克·伊本·麦尔旺被一群勇敢的谋士簇拥着，他们以讨论古代传奇为消遣。话题围绕苏莱曼王和真主赐予他的神力展开。国王和他的宾客都认同“真主是最伟大的，他对任何人的赞扬都不及苏莱曼”：这位君主和《古兰经》中的先知被授权通知人类、精灵和鸟兽（这些见诸于《古兰经》，27：16—17）。阿卜杜·麦力克还盛赞苏莱曼是如何监禁那些反叛的魔鬼的：他将它们囚禁在铜瓶中，用铅盖住瓶口并用自己的戒指做封印。

此处，故事中最主要的一个人物角色塔里布·伊本·沙赫勒出现了。他是哈里发的一个随从，他说有些人真真切切看到过那些铜瓶以及铜瓶中的魔鬼。最初，我们对塔里布了解不多：B/MN 本对他着墨甚少；哈比希特本也仅将他描绘为“一个专业寻宝人”，说他得到一些

1 参见 Gerhardt, *op.cit.*, pp.210–30。

2 Gaudefroy-Demombynes, *Les Cent et Une Nuits* (Paris: Librairie Orientale et Américaine, 1911), p.310, n. 1; p.322, n. 1.

宝藏秘笈，从而掌握了那些已失传的技艺。[1]

塔里布的第一次亮相提醒我们注意《铜城》的人物刻画问题。故事没有对塔里布进行直接描写。整体来说，它对故事中的其他人物也是如此。这或许说明，故事的编纂者对勾勒人物形象不感兴趣。茨维坦·托多洛夫（Tzvetan Todorov）在分析亨利·詹姆斯（Henry James）的现代小说时也谈到了这一点，"小说人物的心理描写高于一切"，而在前现代时期的作品如《奥德赛》和《一千零一夜》中，"不是行为揭示人物性格，恰恰相反，而是人物性格服从于人物行为；甚至'性格'一词表述的也不是心理连贯性和对意识特征的描述"。[2]托多洛夫还进一步将《一千零一夜》中的人物归纳为"叙述人"（narrative-men）：他们的存在不是为了表述个人心理，而仅仅是为了推动情节发展或谓触发新的故事。[3]

我也认为《铜城》和《一千零一夜》中的许多其他故事一样，不会为了刻画人物形象而刻画人物形象；从这个角度看，它与詹姆斯的论断恰好相反："如果不能揭示人物性格，事件有什么用？"[4]但这并不意味着《铜城》中诸如塔里布一类人物没有任何差别或一成不变。我想指出一点，我们的故事人物通过行为也能够体现出鲜明的特色，并且在一些《一千零一夜》的故事中，"叙述人"的存在是为了突出道德教化主题。让我们回到大马士革故事开篇的那一幕，看看故事对塔里布·伊本·沙赫勒的塑造。

塔里布在阿卜杜·麦力克的王宫中说，有人真真切切见到过苏莱曼的铜瓶。他这样突如其来将叙述从一段神秘时光转换到故事的题旨。阿卜杜·麦力克和他的大臣们一直在回想和猜度《古兰经》中有关苏莱曼的遥远传说；而塔里布却言之凿凿，说魔瓶和恶魔一直到他

1 H vol. 6, p.344. 参见 Gaudefroy-Demombynes, p.308, n. 1。

2 Tzvetan Todorov, *The Poetics of prose* (New York: Cornell University Press, 1977), p.66.

3 Ibid., p.70.

4 引自 Todorov, *op.cit.*, p.66。

们那个时代还实际存在。塔里布汇报完之后,哈里发表现出十足的好奇,他很想看看这些魔瓶。塔里布立即回答说:“您在自己的国度就能实现这个愿望。”他为哈里发制订了一个寻找魔瓶的计划。故事的编纂者对塔里布没有什么直接交代,但观众却能够看出这个人物是一个相信魔法、直率果敢的行动派,遇事决不犹豫。随着叙述的推进,我们会看到对塔里布的人物形象也在不断发展,同时看到他如何扮演“叙述人”的角色。借用托多洛夫的话:人物角色是通过编纂者在故事中为其安排的功用而得以实现的。

在阿卜杜·麦力克的宫廷里,塔里布告诉他的听众,有一群人已经前去寻找苏莱曼的铜瓶。他说这些人的船在一个叫卡尔卡尔的海岸边沉没了,他们上岸后看到一群人在海边撒网捕鱼:

> 有人举起一个东西:那是一个铜瓶,瓶口涂了铅,上有封印,那是苏莱曼加盖的印章。[1]

这一段话与阿卜杜·麦力克谈论苏莱曼魔瓶时说的话如出一辙。这种重复是作为大马士革和卡尔卡尔这两个场景的链环。这种链环对故事起到强化的作用。当旅行者们问卡尔卡尔王有关这些魔瓶的事情时,他们使用的是与阿卜杜·麦力克同样的言辞,只不过补充了一句:苏莱曼把那些不听话的魔鬼扔到了海里。

随后,在 B/MN 本中,塔里布向卡尔卡尔国王讲述了事情的缘由,并看到了铜瓶。他的这番描述得到了大诗人纳比赫·祖布雅尼的证实。后者效力于阿卜杜·麦力克帐下,他说塔里布所言非虚,有首诗也描述过苏莱曼及其对违逆者的惩罚:

> 真主告诉苏莱曼:
>
> 掌控这片大地,用你正义的统治,

1 B vol. 2, p.38 and MN vol. 3, p.84.

服从你的，因服从赐予他们奖励，

忤逆你的，因忤逆将其永世囚禁。[1]

批评家们历来很少留意这一点。伯顿仅仅提到纳比赫所引用的诗行过于老旧，诗人来自伊斯兰贾希利叶（前伊斯兰时期），而非伍麦叶时期。[2] 戈哈德特则完全删去了这首诗，认为对于原始故事来说，它是“跑题的文字植入”。他还补充说：“这首诗太过时了，并且有些诗句存在讹误。”[3] 戈哈德特是正确的，至少《一千零一夜》中的文本确实与纳比赫的原诗差别很大。在纳比赫《诗集》中的那两句诗的原诗是这样的：

除了苏莱曼，真主对他说：

你站在众生之中，要阻止他们犯错

将精灵带往低处，我会令他们

用石块和圆柱去建造帕尔米拉。[4]

稍后我会说明，《一千零一夜》中的诗句究竟是直接引用自纳比赫的《诗集》，还是转引自其他资料。现在，先让我们看看B/MN本中编纂者对这首诗的改动。第一句前半行基本没有差别，但B/MN本删除了后面有关帕尔米拉（阿拉伯语称其为台德木尔）的内容。这使得编纂者可以自由地将改变过的诗句挪用至卡尔卡尔和苏莱曼的铜瓶情节。此外，B/MN本的诗歌与原始诗词的差别还在于，它强调苏莱曼的统治权以及“永生永世”拥有制服悖逆者的法力。这种改动使诗歌与我们听到的有关苏莱曼将反叛的精灵封入铜瓶的故事完美契合。

---

1 B vol. 2, p.38 and MN vol. 3, p.85.

2 Burton, *op.cit.*, vol. 6, p.85, n. 1.

3 Gerhardt, *op.cit.*, p.197, n. 2.

4 Al-Nābigha al-Dhubyānī, *Dīwān al- Nābigha al-Dhubyānī,* ed. Muḥammad Abū al-Faḍl Ibrāhīm (Cairo: Dār al-ma ‘ārif, 1977), pp.20–21, lines 22–23.

更重要的是，B/MN 本对纳比赫诗歌的改动突出了反叛与惩罚的主题，我们在该故事的许多地方都能看到这一主题。因此，引用和改动纳比赫诗歌并非“离题的文字植入”，而恰恰表现了编纂者为突出特定主题而对经典文学素材的创造性利用。

最后，我们再来看看紧接着的叙述：引用完诗句后，诗人告诉哈里发：“他（苏莱曼）常把魔鬼封入铜瓶，扔进大海。”阿卜杜·麦力克喊道：“天哪，我真想看看这些铜瓶！”至此，我们的编纂者实现了从诗句到故事叙述的过渡。借由苏莱曼封印魔鬼这个意象，实现了大马士革、卡尔卡尔、纳比赫诗句这几个不同音部、不同场景的重合。

在由大马士革移步黑色城堡之前，关于这一段叙述的文体效果，我需要再多说两句。塔里布说，被卡尔卡尔渔民释放的魔鬼，大哭着说他们会抛弃之前的所有恶行：“啊，真主的使者，我忏悔，我忏悔。”而卡尔卡尔的国王说起恶魔时，也重复他们的话：“忏悔啊，哦真主的使者。”这里似乎没有进一步强调忏悔，但随着故事的深入，主题和措辞都会不断重现。

黑色城堡

阿卜杜·麦力克派遣塔里布组织探险队，去寻找苏莱曼的魔瓶。他们的最初行程是抵达埃及。在那里，塔里布碰到了总督穆萨和老年向导阿卜杜·萨姆德。一行人进入沙漠，开始了真正的冒险之旅。他们看到了一座孤寂的黑色城堡。[1]（哈比希特本此处增加了一页内容，厘清了旅行者接下来的行程。阿卜杜·萨姆德到达这里后非常兴奋，他解释说他父亲曾告诉他，这座城堡是个地标：从这里到铜城，再由铜城抵达苏莱曼铜瓶所在地仅需两个月时间。[2]）萨姆德谢赫解释说：“让我们去那座城堡看看，它是受考者必受的训诫。”“受考者必受的

---

1 对该城堡颜色的描写见诸哈比希特本，vol. 6, p.352，而 B/MN 本中则没有。我保留这个词是为了和故事后面出现的台德木尔宫殿以示区别。

2 H vol. 6, pp.351–354.

训诫”，这显然是一句套话，正如我们在前一章所说的那样，它在许多《一千零一夜》的故事中都出现过，[1] 读者很容易因其是套话而忽略它的存在。不过，如同我们即将看到的，“受考者必受的训诫”这个词组会在《铜城》中反复出现，这不得不引起我们的注意。

在城堡的大门处有一块刻有希腊文的石碑，学识渊博的萨姆德将其翻译过来。铭文以悬诗的形式隐含着亟待解破的线索：“在这座城堡中，记载着君王们的传说，他们早已被尘土湮埋。死亡摧毁了他们，他们开疆拓土，却最终被疆土埋葬。”

穆萨听后叹息不止，呼喊道：“万物非主，唯主永存。”他念诵的是箴言，或曰信仰的证词——“万物非主”。穆萨随后颂的那句是祷文“唯主永存”，意在强调真主永生不灭。伊斯兰教中的真主有许多特点，编纂者选择了与第一块石碑铭文内容对应的特点，以突出铭文的主题：死亡，以及人类逃避死亡的徒劳之举。这种明暗对比在这一节后续部分还将重复。穆萨一行经过一座被四百座坟冢围绕的高穹顶宫殿，他看见一座大理石墓的墓碑上写着：以真主的名义，拥有荣耀和全能的真主之名。以永生不死真主之名，[2] 编纂者在此又一次特别强调了真主永恒和掌控一切的能力。通过一个简单的明暗对比——铭文歌颂真主的永生，而它身后是一排排坟墓——编纂者将人与真主对位，无须进行直白的显性比较。《铜城》后面的几处同样提到了真主的荣耀和战胜死神的能力。

这群探险者在空幽幽的城堡中游荡，他们看到了许多训诫铭文，每一篇都提醒受众：面对死亡遁无可遁，要谨记尘世的欢愉倏忽短暂。这里，有一个统一的模式：总是由阿卜杜·萨姆德谢赫破译众多的铭文内容，并将其大声诵读出来。故事的编纂者为穆萨委派的角色是回应碑文上有关禁欲的教诲：他一次又一次地昏倒、哭泣，慨叹尘世的短

---

1 参见 e. g. “The Merchant and the Genie” (B. vol. 1, p. 7); “The Enchanted Prince” (Leiden, vol. 1, p.115 and B vol. 1, p.21); “The first Lady” (Leiden, vol. 1, p.201)。

2 B vol. 2, p.40 and MN vol. 3, p.90.

暂。我们有必要分析一下这种安排所体现的人物刻画技巧。先来看看萨姆德谢赫。没有内心独白，没有心理活动用以描绘阿卜杜·萨姆德的人物性格。对于他，仅有简单的一个词，说明了他的作用：向导。后面的叙述清晰地说明，他不仅仅是一个寻找遗失城池的引路向导，并且能引人领悟这些荒芜宝藏的道德教化意义：只有他，能释读这些寓意深刻的铭文。从进入城堡起，穆萨便恳求萨姆德："去给我们读读吧，安拉保佑你，这次旅程都托你的福了。"谢赫的重要作用由此可见一斑，不过编纂者在这一点上似乎无意做更多心理铺垫。对穆萨也是如此。后者同样肩负教化功能：配合谢赫，聆听后者翻译吟诵的铭文，并以同样的举动（哭泣、昏倒）予以回应。所有这些都是为了突出铭文所宣扬的禁欲思想。在整个故事中，阿卜杜·萨姆德都在反复传递这种思想，穆萨则总是给予虔诚的回应。对这两个人物，编纂者显然希望在突出铭文道德教化作用的特定节点上给予相应的笔墨。这种形塑方法似乎属于宏大叙事模式的一部分，斯科尔斯（Scholes）和凯洛格（Kellogg）在他们的《叙事的本质》中曾以《帕西法尔》（*Parzival*）和《伊利亚特》为前现代时期文学的范例，并分析过这种叙事模式：

> 对帕奇法尔的刻画服从主题发展需要，即应其基督教骑士身份发展为规约。荷马对阿奇利的描写，显然也取决于他对愤怒这个主题的兴趣。[1]

《铜城》也是如此：对穆萨和谢赫人物形象的刻画也是取决于编纂者对虔诚与禁欲主题的兴趣。对这些"叙述者"的描述也是为了满足故事道德主题的需要。

在宫殿中漫游时，这些探险者发现了一篇铭文，上有城堡前主人

1 Robert Scholes and Roert Kellogg, *The Nature of Narrative* (New York: Oxford University Press, 1966), p.169.

的名字：相传他就是建造伊拉姆石柱的沙达德·伊本·艾德之子库什·伊本·沙达德。[1]伊拉姆是一座由银质楼阁和橄榄石柱构成的城池，城中河水在金质渠道中流淌，人行道上镶嵌着宝石和珍珠。一言以蔽之，这是一座人间天堂，由高贵的君主建造，以期在人间模仿来世的辉煌。但在伊拉姆的故事中，真主却不让劳心竭力的君主享有永世的欢愉。伊拉姆的传奇非常有名，这要归功于《古兰经》（89：6—8）中的引文以及《一千零一夜》中的一些片段；在《铜城》里提及库什，便立刻使人将富可敌国的宝藏和真主对傲慢的惩罚联系在了一起。[2]

在这篇铭文中，库什讲述了城堡的故事：他在那儿居住了上千年，曾以为其财富永世不竭，但真主惩罚了城中所有居民。库什忏悔，并感到了死亡的临近，他命人在城堡各处刻下克己自省的警示诗句，然后让士兵们全副武装，为驱赶死神而战；但士兵们说在安拉面前，这是徒劳无益的。库什把自己所有的财富都展示出来，但求以此换取哪怕多一天生命。编纂者再一次突出了人类的脆弱无能这个主题。最终，库什屈从于命运，被死亡带走了。

戈哈德特认为黑色城堡这个片段并不重要，她说："这段故事没发生什么，也没有触发什么。"[3]而哈莫里（Hamori）却独具慧眼，把黑色城堡誉为铜城的"前奏"。[4]库什的故事在许多片段中都有回响。国王开始无视神的权威，随后又不得不服从神的旨意，这让人记起大马士革和卡尔卡尔片段中提到的叛逆魔鬼：他们开始都悖逆苏莱曼，后来被迫屈从。正如后面将要讲到的，黑色城堡这一幕是前兆，与后来魔

1 有关伊拉姆石柱的传说，参见 Enno Littmann, "Anhang: zur Entstehung und Geschichte von Tausendundeiner Nacht," *Erzählungen aus den Tausendundein Nächten*, vol. 6 (Wiesbaden: Insel-Verlag, 1953), p.717。同时参见 Burton's notes, *op.cit.*, vol. 4, pp.113–118; W. Montgomery Watt, s. v. "Iram", *Encyclopaedia of Islam*, 2nd ed., vol. 3 (Leiden: Brill, 1971), p.1270。

2 有关伊拉姆的故事，参见 B vol. 1 (*Nights*, 275–279), pp.451–54。

3 Gerhardt, *op.cit.*, p.207.

4 Hamori, *op.cit.*, p.147.

鬼被封印、铜城女王台德木尔等情节并列对位。

黑色城堡这一幕同样展示了一种叙事范式，语言的对位和重复是为了与之前所说的结构相契合。让我们回到揭开黑色城堡这一幕的那句话："它是受考者必受的训诫。""受考者"这个词在第五块石板的铭文上出现，看到的人惊诧不已，"哦，来到这里的人，要从你们这儿汲取教训（i'tabir）"。在同一篇铭文中，库什说："我命抄写员写下这些诗歌、训诫和警示（al-i'tibārāt）。"[1] 如果仅用一次，词根"'-b-r"[2] 或许并不太能引起读者的注意，但随着重复，这个词不断延续，无形中成了故事的"关键词"。

同样值得一提的是，这个主题词在《古兰经》中也非常突出。比如："在他们的故事里，对于有理智的人们，确有一种教训"（la-qad kāna fī qaṣaṣihim 'ibrah li-ūlī al-albāb, 12: 111），以及"有眼光的人们啊，你们警惕吧！"（fa-i'tabirū yā ūlī al-abṣār, 59: 2）等。

我在另一篇文章中，曾专门列表分析了故事不同片段中重复出现的关键词，诸如"死亡"（mawt）、"离开"（irtiḥāl）等。[3] 此处再举一例：组词"欺骗"（ghurūr）、"装饰"（zīnah）以及"今世"（al-dunyā）。在黑色城堡中，探险者发现刻在石碑上有一句诗写的是"切勿被今世的浮华所欺骗"（fa-lā taghurrannaka al-dunyā bi-zīnatihā）。[4] 在故事后续叙述中，我们还能看到这些关键词。

《铜城》中的"欺骗"与"人世"这一对组词在《古兰经》中也能看到，"绝不要让今世的生活欺骗你们，绝不要让猾贼以真主的容忍欺骗你们"（fa-lā taghurrannakum al-ḥayāh al-dunyā wa-lā yaghurrannakum billīh al-gharūr, 31: 33）。同样，故事中的"装饰"和"人世"这一对组词也见诸于《古兰经》，"财产和后嗣是今世生活的装饰；常存的善功，

1 B vol. 2, p.41 and MN vol. 3, pp.90–1.

2 意为"教训"。——译者注

3 Pinault, *op.cit.*, pp.339–40.

4 B vol. 2, pp.40–41 and MN vol. 3, pp.89–90.

在你的主看来，是报酬更好的，是希望更大的”（18: 47[1]），“你们所受赐的，无论什么，都是今世生活的给养和装饰，在真主那里的（报酬）是更优良的，是更长久的，难道你们不理解吗？”（wa-mā ūtītum min shay’ fa-matā‘ al-ḥayāh al-dunyā wa-zīnatuhā wa-mā‘inda Allāh khayr wa-abqā a fa-lā ta‘qilūna, 28: 60）故事从《古兰经》的典故汲取关键词，这加强了《铜城》的教化功能。

在结束本节之前，我还想谈一谈与关键词相关的另一点，以及《铜城》中的诗歌与故事内容的关系。在第三章中，我曾谈到《一千零一夜》的研究有一种倾向，那就是进行文学分析时，常常忽视诗歌的作用。我提到霍洛维兹（Horovitz），他认为《一千零一夜》的许多诗歌是从独立的诗集中攫取的，而非编纂者们的创造。[2] 利特曼也曾说 MN 本的“这些诗歌或诗句即使被删除了，也不会影响故事内容及其进展”。[3] 同样，戈哈德特把《铜城》中的诗歌部分剔除了，并将其视为“后人”的植入，认为故事中的诗歌铭文“缺乏存在的理由”，并且看起来“可笑得近乎荒谬”。[4]

然而，这些起到点题作用的关键词却让我们有必要重新评估《铜城》中的诗歌，将其视为故事完整内容的一部分，也就是今天我们所看到的最终形式。我们的确承认，《铜城》中的诗歌，即便不是所有，也绝对是大部分，均借用自其他诗集，正如戈德弗洛伊·戴蒙比内斯所说的那样。[5] 不过，从黑色城堡中所列出的那些关键词可以看出，编纂者从诗集或《古兰经》等其他一些素材中选择独特的主题词，并在故

---

1 实则应为《古兰经》中的 13: 46，《山洞》章第 46 节。——译者注

2 Josef Horovitz, “Poetische Zitate in Tausend und eine Nacht,” in *Festschrift Eduard Sachau zum siebzigsten Geburtstage gewidmet*, ed. Gotthold Weil (Berlin: Verlag von Gerog Reimer, 1915): 375–79.

3 Littmann, “Alf layla,” in the *Encyclopaedia of Islam*, 2nd ed., vol. 1 (Leiden: Brill, 1960), p.364.

4 Gerhardt, *op.cit.*, pp.197, 207.

5 Gaudefroy-Demombynes, *op.cit.*, p.297, n. 1; p.310, n. 1; p.319, n. 1; p.322, n. 1.

事内容部分不断重复这些词汇，尽管有时略有改动（例如前述的那些组词：欺骗 / 装饰 / 今世等，在《铜城》的诗歌部分和故事内容部分都曾出现[1]）。这些例证表明，编纂者曾对这些诗集进行创造性运用，并通过在故事中不断重复诗歌中的关键词，成功地将诗歌引文和故事叙述融为一体。因此，利特曼认为《一千零一夜》中的诗歌具有可分离性，这是值得商榷的。通过重复主题词，诗歌中的关键词强化了故事主旨。在《铜城》一类的故事中，诗歌不再能简单地与故事内容剥离；它们不再仅仅是植入文字那么简单。

三、说书人对素材的运用

背景：民间传说与历史素材

本节我将会讨论《铜城》中民俗与历史影响的痕迹，特别关注编纂者们如何将早期素材进行改编，使之符合故事主题。

作为楔子，我们不妨回顾一下皮特·墨兰（Peter Molan）提出的评价：《一千零一夜》故事口传源头的标准。他在对《辛巴达航海》以及世界范围内与其类似的民间文学作品进行稽考时，都曾提及这个标准。他认为，如果可以发现“一个故事的许多变体”在具有“明显口传背景”的不同故事中重复，那么其书面文本就可以被假定为富有传统民间文学的影响。[2]《铜城》中这种情况比比皆是。艾诺·利特曼在《一千零一夜》的详尽索引中把《铜城》归类为“传奇故事”。鉴于其自大和缺乏虔信，上帝将一些城池的居民变为石头，利特曼遂将铜城故事与这些城池的故事进行了比较。[3]《一千零一夜》中的例证还包括

1 参见 Pinault, *op.cit.*, pp.339–40，从他这里所列举的关键词清单中，可以看出故事的许多主题词在讲述过程中，既出现在诗歌部分，也出现在叙述内容部分。

2 Molan, *op.cit.*, p.192.

3 Littmann, “Anhang”, pp.717–18.

《第一个女子的故事》中的“祆教城”和《懒汉艾布·穆罕穆德》。[1]这些故事都可与《铜城》中的某些片段进行比较，诸如台德木尔女王宫殿中的冲突，探险者们在那里看到的一具如雕像般完好无损又栩栩如生的尸体。这些场景使人想起伊斯兰早期传奇中有关真主惩罚的民间传诵。历史学家伊本·凯勒比（Ibn al-Kalbī，卒于公元821年）在他的《偶像书》（*Kitab al-aṣnām*）中也谈到了这个传统。他在书中讲到一对情侣伊萨福和那艾拉：两人一同前往麦加朝觐，朝觐后他们钻进克尔白天房亲热，真主将他们变为石头以儆效尤。从那以后，他们的雕像被放在克尔白神庙外面“让人们看到心生警戒”。[2]

利特曼在分析《铜城》故事的民间文学源头时，还提到了伊拉姆石柱。据说它由沙达德·伊本·艾德王所建，其目的是与上帝的权威相抗衡（这让人想起《铜城》中的黑色城堡，沙达德家族被世俗的浮华所迷惑，对神不虔敬）。利特曼发现，有关伊拉姆城的故事可以追溯到贾希利叶时期[3]的口传民间文学。[4]关于这一点，相关的例证还有勒内·巴塞特（René Basset）以及戈德弗洛伊·戴蒙比内斯所罗列的故事集手稿，里面记载的伊拉姆故事恰恰就在《铜城》故事之后。这些文本的编纂者很有可能将两个故事合二为一了，因为他们发现伊拉姆故事和《铜城》有着相同的主题和旨归。[5]

我们的《铜城》故事提到了苏莱曼以及他对叛逆魔鬼的惩罚，这同样也见诸中世纪许多基督教阿拉伯传统故事：巴塞特曾提到，公元6世纪有个主教格雷根蒂奥斯（Gregentios）记述过一个故事，苏莱曼将

---

1 B vol. 1, *Night* 16, pp.45–46 and *Night* 304, p.479.

2 Hishām ibn al-Kalbī, *The book of Idols: Being a translation from the Arabic of Kitāb al-Aṣnām*, transl. by Nabih Faris (Princeton: Princeton University Press, 1952), pp.8, 24.

3 意即蒙昧时期，是阿拉伯史学家对伊斯兰教问世前的时期的统称。——译者注

4 Littmann, “Anhang,” *Die Erzählungen aus den Tausendundein Nächten*, 6 vols (Wiesbaden: Insel-Verlag, 1953): 717.

5 René Basset, “Les Cent Nuits te le Kitab Ech Chelh’a,” *Revue des Traditions Populaires*, vol. 6, no. 11 (1891): 449–450; Gaudefroy-Demombynes, *op.cit.*, p.350.

魔鬼封入瓶中，用其戒指在瓶口盖上封印。[1] 据诺里斯（H. T. Norris）在他的《撒哈拉神话与传说》（*Saharan Myth and Saga*）中分析，中世纪地中海地区基督教也有与《铜城》相关的另一种传说。那是一个有关罗德塔的传说：西哥特国王来到一座禁塔之中，他看到有无数财宝和神秘的羊皮纸铭文，以及守卫于此的全副武装的武士雕像。[2]

除了之前提到的那些，让我们更进一步，来看看《一千零一夜》本身所蕴含的变体，它们与我们这个故事的时间和主题吻合。尼基塔·埃利斯艾夫（Nikita Elisséeff）在他的《〈一千零一夜〉的主题与主旨》（*Thèmes et Motifs des Mille et Une Nuits*）中对这些类似的故事进行了分类，他列出七种与《铜城》故事吻合的主题："封入瓶中"，"变形"，"变成石头"，"遇到青铜骑士"，"奇迹之城"，"沙达德之墓"，以及"封印瓶"。[3]

埃利斯艾夫的分类和前面提到的罗德塔与伊拉姆石柱都表明，《铜城》的叙述表层下潜藏着口传传统叙事层。但这个叙事层的存在，并不妨碍职业说书人或编纂者在改编故事的过程中对其进行个人化再创造。丹尼尔·霍夫曼（Daniel Hoffmann）在其对"民间文学"系列研究的导言中指出，民间传说和故事常常是"社会符号的储藏库，保存着原始戏剧或文学形式的重要文化价值"。霍夫曼还断言，任何致力于书写的作家都可能利用这种"原始戏剧形式"，并且会更全面地表达原始作品所蕴含的主题。[4]

编年史也常常是作家们文学创作的灵感之源。约翰·阿什顿（John

---

1 René Basset, "Soloman dans les legends musulmanes," *Revue des Traditions Populaires*, vol. 3, no. 5 (1888): 357, n. 1.

2 H. T. Norris, *Saharan Myth and Saga* (Oxford: Clarendon Press, 1972), pp.19–20.

3 Nikita Elisséeff, *Thèmes et Motifs des Mille et Une Nuits* (Beirut: Institut Francais de Damas, 1949), pp.116, 141, 151, 158, 168, 183.

4 Daniel G. Hoffmann, "Floklore in Literature: Notes Toward a Theory of Interpretation," in "Folklore in Literature: a Symposium," *Journal of American Folklore*, vol. 70, no. 276 (1957): 21.

Ashton）指出，伊丽莎白时代的许多英语戏剧就有这种特点，它们常受编年史甚至是“伪历史”的影响，也就是说，关于真实历史人物的口传和民间故事，有些具备可信度，有些则纯属虚构。[1] 我们如今看到的文字版《铜城》就恰恰体现了这种文学、历史和口传故事之间的相互作用。

关于穆萨・伊本・纳赛尔、铜城的地理位置以及《一千零一夜》的故事形成，戈哈德特曾考察过一些中世纪历史、传奇和地理学资料。[2] 有些首次提到铜城传奇的编年史和历史资料（诸如塔伯里[3]、迈斯欧迪等人的作品）似乎正是故事讲述者的构思基础。所以，穆萨总督和阿卜杜・麦力克・伊本・麦尔旺哈里发被描绘成同时代人（当然，事实也是如此）；故事开始提到的哈里发首府就位于大马士革（这也符合阿卜杜・麦力克时期的史实）；穆萨奉哈里发之命远征马格里布地区（这也是史实，尽管历史资料中说他的任务是从拜占庭和柏柏尔人手中抢夺非洲西北部地区，而不是为了寻找苏莱曼的铜瓶）。

虽然我们承认故事的基本框架有历史依据，但《铜城》的故事讲述者无疑在他们所继承的原始史实资料之外加入了许多虚构成分。罗伯特・阿勒特尔（Robert Alter）在讨论莎士比亚的《亨利五世》时，也曾描述过类似的历史与虚构的交互作用。[4]

接下来我们会看到，《一千零一夜》故事中的人物和事件演示得相当饱满、丰富，早期历史和地理著作对它们的作用非常有限。在这些例子中，正如霍夫曼所言，某些事件一旦进入编年史往往被视为“早期戏剧形式”，而我们这个故事的编纂者对它们的主题进行了延展，并突出了道德教化功用。

1 John W. Ashton, “Folklore in the Literature of Elizabethan England,” in “Folklore in Literature: a Symposium,” *Journal of American Folklore*, vol. 70, no. 276 (1957): 13.

2 Gerhardt, *op.cit.*, pp.210–30.

3 穆罕默德・本・贾里里・塔伯里（Muhammad bn Jarīri at-Tabarī, 839—932），阿拉伯历史学家、教法学家。

4 参见 Robert Alter, *The Art of Biblical Narrative* (New York: Basic Books, 1981), pp.35–6。

对侍从的描写

作为哈里发的随从，陪同穆萨·伊本·努赛尔探险的塔里布是对早期素材进行虚拟化改写的一个鲜明例证。早期地理学家曾简单提到过塔里布，9世纪伊本·法基赫·赫迈扎尼[1]的《列国书》(*Kitāb al-buldān*)中也有一段对穆萨的远征做了描述：

巴合特是安达卢西亚的奇迹之一。这座城池位于荒芜的沙漠。阿卜杜·麦力克·伊本·麦尔旺听说这座城里有宝藏，便写信给马格里布总督穆萨·伊本·努赛尔，命他前往探寻。奉命传送消息的人是塔里布·伊本·穆德里克，他到达穆萨驻扎的城市盖尔旺，宣布了命令。穆萨随后准备停当，带领千骑急速开拔。[2]

远征结束时他再次谈到了塔里布：

穆萨回到盖尔旺，给阿卜杜·麦力克·伊本·麦尔旺写信，并请塔里布转交。[3]

稍晚时期的材料，如13世纪雅古特[4]的《列国通典》(*Mu'jam al-*

1 伊本·法基赫·赫迈扎尼(Ibn al-Faqīh al-Hamadhānī，卒于951年？)，出生于哈马丹，波斯籍历史和地理学家，代表作为《列国书节略》(*Muḥtaṣiar Kitāb al-Buldān*)，即《列国书》。——译者注

2 Ibn al-Fakīh [sic] al-Hamadhānī, *Compendium libri kitāb al-boldān*, M. J. de Goeje, ed. (Leiden: Brill, 1885), pp.88–89. 尽管其父系名字有所不同(Ibn al-Faqin 称哈里发的信使为塔里布·伊本·穆德里克，而《铜城》中则都把他的名字写为塔里布·伊本·萨赫勒)，《一千零一夜》中的塔里布无疑其原型是来自这部10世纪的文献。参见 Gerhardt, *op.cit.*, pp.219–21。

3 Ibn al-Fakīh, *op.cit.*, p.89.

4 雅古特·哈迈威(Yāqūt al-Hamawī, 1178—1225)，阿拉伯文学家、地理(转下页)

buldān）也曾提到塔里布，谓其替哈里发向驻扎盖尔旺的穆萨传递消息，但没有具体描写。[1]

无论是在《一千零一夜》中，还是地理文献中，塔里布都是哈里发的随从，并前往穆萨驻扎地传达哈里发的远征命令。但相似之处到此为止。在伊本·法基赫的文献中，塔里布在远征中活了下来（因此他才能带着总督的报告回到阿卜杜·麦力克身边）；雅古特和法基赫都无意去描绘塔里布，遑论刻画他的性情品格。而《一千零一夜》的编纂者则将塔里布变成了穆萨人格的陪衬：当总督因那些说教铭文哭泣时，塔里布的表现却是一个十足莽撞的务实派和怀疑论者；在王室大殿中，穆萨表现得很克制；而塔里布则受贪欲驱使，最终因为自己的贪念死于非命。

关于掠夺及冲突：苏莱曼王的桌子

前文黑色城堡一幕中曾谈到，穆萨从库什的宫殿中带走了一张大理石桌。在我看来，这反映了历史学家阿卜杜·哈卡姆（'Abd al-Hakam, 卒于 871 年）在编年史中所记述的一场冲突，他曾记录了由穆萨·伊本·努赛尔所领导的穆斯林针对安达卢斯地区的远征。[2]

要理解这场冲突，我们需要来看看安达卢斯远征即将结束时发生的一系列事件。据说穆萨于 715 年返回大马士革，凯旋队伍中有四百多位被俘的西哥特亲王和大量财宝等战利品。菲利普·希提（Philip Hitti）汇总中世纪时期许多编年史家的资料后指出："在众多战利品中，穆萨向哈里发呈献了一张非常珍贵的宝桌，它工艺卓绝，据传是精灵为苏莱曼王定制的。传闻还说，这件稀世珍品曾被罗马人从耶路撒

（接上页）学家、诗人、书法家和语言学家，出生于罗马，一说出生于希腊，后在巴格达定居，一生游历过多个国家，代表作有《列国通典》（*Mu'jam al-buldān*）、《文学家通典》（*Mu'jam al-'Udabā'*）等。——译者注

1 Yāgūt, *op.cit.*, vol. 5, s. v. "Madīnat al-nuḥās" , pp.80–2.

2 我所提到的事件参见 Ibn 'Abd al-Ḥakam, *Kitāb futūh Miṣr*, ed. Charles C. Torrey (New Haven: Yale University Press, 1922), pp.206–11。

冷带到自己的首都，后来又被哥特人掳走。历代哥特王都不断在桌子上镶嵌珠宝，以图超越自己的前任。”[1]

但是这张被大张旗鼓呈献给哈里发的桌子，其获得方式却有损历史人物穆萨的形象。真正得到它的是穆萨的中尉塔里格，后者先于前者击败了西哥特人，并抵达西班牙。苏莱曼之桌落入塔里格手中。在上交之前，塔里格卸掉了一条桌腿。果然，穆萨出于嫉妒塔里格的军功，以冒进为名，将他作为罪臣带回大马士革。穆萨向哈里发进献宝桌时，谎称是自己的功劳。据阿卜杜·哈卡姆记载：“这时塔里格说道：‘我是最先得到桌子的人！’”并拿出了缺失的那条桌腿。塔里格以此自证清白。[2]

总的来说，这不光彩的场面揭示了总督穆萨的道德瑕疵。这场冲突恰好解释了为何在《一千零一夜》中会有一段令人费解的描述。请注意，《一千零一夜》是这样描述穆萨在探险途中从一个国王的宫殿带走一张大理石桌子的：

> 他们在宫殿中寻觅，突然看见一张四腿大理石桌子，上面刻着这样的字迹：“曾有一千位独眼国王和一千位双目君王在这张桌上用餐，如今他们都已离开尘世，被埋葬于墓穴之中。”

故事中的桌子刻有铭文，它宣扬的是苦行禁欲主题。丝毫没有夺取权力和嫉妒下属功劳的痕迹。在《一千零一夜》的编纂者那里，占有宝物变成了一种宣扬克己禁欲的姿态：拒绝了周围所有宝藏的诱惑，总督只是带走了这件带有死亡警示的桌子。

从城墙上跳下去：某些早期地理学家的文献

1 Hitti, Philip K, *History of the Arabs*, 6th ed. (London: Macmillan & Co., 1956), p.497.

2 Ibn ‘Abd al-Ḥakam, *Kitāb futūḥ Miṣr*, Edited by Charles C. Torrey. (New Haven: Yale University Press, 1922), pp.207–11.

阿卜杜·萨姆德爬上城墙，诵读《古兰经》的章节，依靠真主的帮助战胜海妖霍利斯，在这之后，穆萨一行才得以成功进入铜城。之前十二位登上城墙的勇士没有呼喊真主的名号，只有萨姆德谢赫这么做了，因而只有他成功了。这一点非常有趣，它与一些原始历史资料和地理学家的文献相契合。伊本·法基赫·赫迈扎尼和雅古特这两位都曾描述过攀登城墙的细节。根据地理学家所言，那些失败者也曾呼唤真主名号以及吟诵《古兰经》；在这些资料中，尽管他们虔诚祈祷，但登上城墙后仍然被摔死了。[1] 极有可能《铜城》的编纂者对这些早期的资料非常熟悉，只不过改动了爬上城墙这个片段，安插了一个新的角色——阿卜杜·萨姆德，让他代替那些之前攀爬城墙的人来呼喊真主的名号，并让他获得成功：一如我之前提到的，在颂扬虔诚信仰的故事中，往往是某个人物呼喊神的名号，求助才会获得成功。

雅古特和女王的诅咒

早期地理学家和历史学家在谈到穆萨发现铜城时，都一致认为：尽管穆萨一行人曾多次尝试，但始终无法进入这座神奇的城堡。沮丧的总督因此放弃了这座神秘的城堡，继续他的远征。[2] 戈哈德特敏锐地意识到了演绎者，或者故事讲述者在费尽心机处理有关铜城的历史资料时所面临的困境：

> 很明显，它（资料）不能满足他（故事讲述者）的目的。资料很简单，穆萨并不想进入铜城。但从故事的叙述角度来说，这种失败只能带来令人扫兴的结果。[3]

---

1 Yāgūt, *op.cit.*, vol. 5, p.81; Ibn al-Fakih, *op.cit.*, p.90; Gerhardt, *op.cit.*, pp.219–221, 225–226.

2 参见 e. g. Abū Ḥāmid al-Andalusī, *op.cit.*, p.64; Ibn al-Fakīh, *op.cit.*, p.90; Yāgūt, *op.cit.*, vol. 5, p.81；以及戈哈德特所翻译的文献，*op.cit.*, pp.210–30。

3 Gerhardt, *op.cit.*, p.231.

戈哈德特指出，编纂者的解决办法是插入一个新的、虚构的人物阿卜杜·萨姆德谢赫，让他来帮助穆萨进入城堡。[1] 现在，故事就进入了铜城内部，从未有任何历史编年资料描述过它，这是理所当然的，因为历史上穆萨并未进入这座城堡。那么问题来了：故事讲述者是完全依据想象描绘了铜城内部，还是他依据了其他文献资料？哈莫里认为，有关铜城的历史资料并没有提到那里有台德木尔女王的尸体，但是雅古特的《列国通典》在“台德木尔”（即帕尔米拉）词条中记载了类似的内容。对雅古特所著，哈莫里概述说：“当帕尔米亚被破城而入时，人们发现死去已久的女王尸体仍完好无损……尸体通常被认为是邪恶的，带着某种即将应验的诅咒。”[2]

研究《铜城》的批评家至今尚未对雅古特《台德木尔章》进行仔细分析。哈莫里仅仅是一笔带过；戈哈德特尽管分析了许多对《铜城》产生影响的历史资料，但她对《台德木尔章》也是只字未提。[3] 基于此，也基于我认为《铜城》的编纂者利用了（不论是直接，还是间接）该章中的素材，我会以雅古特的这一文献为依据，来探讨编纂者笔下这个文学文本与历史、传奇间的交互关系。

细心的读者会立刻发现，《一千零一夜》的故事《铜城》与雅古特的资料内容有诸多相似之处。雅古特把死去的女王称为台德木尔，《一千零一夜》也是如此；他还引用纳比赫·祖布雅尼描写帕尔米拉的诗歌，而《一千零一夜》的 B/MN 版同样如此。[4] 这些相似使我们有理由相信，《铜城》的编纂者，或谓后来的说书人，极有可能对雅古特的文章非常熟悉，并以此来充实台德木尔宫殿的这一情节。《铜城》的编纂者只需要参照雅古特这部地理词典中“铜城”（Madīnat al-nuḥās）和“台德木尔”这两个词条，就足可以构思出一部 13 世纪传奇，并将

---

1 Ibid., p.232.

2 Hamori, *op.cit.*, p.161. 有关台德木尔的内容参见 Yāgūt, *op.cit.*, vol. 2, pp.17–19。

3 Ibid., pp.161–162; Gerhardt, *op.cit.*, p.211，她列出了研究中参考的所有历史资料。

4 Yāgūt, *op.cit.*, vol. 2, p.17, 介绍了台德木尔女王的全名和家族谱系，比《一千零一夜》显然要详细全面得多。

穆萨的沙漠远征与台德木尔女王联系在一起。[1] 因为台德木尔女王这个名字，编纂者可轻易地把读者的注意力引到与帕尔米亚相关的传奇上。

当然，我们仔细审阅雅古特的"台德木尔"词条，就会看到编纂者为了故事的主旨结构，对这个素材做了哪些改动。首先，我们先来看看雅古特这个词条的主要内容：

> 有古人这样记载（我的改动，原文为一大串长名字）：当时，我与伍麦叶最后一任国王麦尔旺·伊本·穆罕默德在一起，他命人推倒了帕尔米拉城……坍塌下来的巨石被拉走。看哪：远处有座房子，洁白的石灰墙仿佛新刷的一般。屋内一个女子躺在卧榻之上，身上披着 70 件法衣。头发编成七股，末端用金属圆环箍在一起。其中一股发辫上有一张金符，上面写着："以主之名。我是哈桑的女儿台德木尔。愿主诅咒进入本寝的人。"麦尔旺命人保持房间的原样，她身上的珠宝一件未动。记载还说：仅仅几天之后，阿卜杜·阿拉·伊本·阿里率军来袭，杀死了麦尔旺，囚禁了他的余部，消灭了他的王国和百姓。

帕尔米拉存留的雕像中，有两尊女奴石像。巴士拉的阿乌斯·伊本·萨阿拉布·泰米从她们身旁经过，望着这两座雕像，发现她们异常美丽：

艾布·哈桑·阿吉乐这样描述她们：

> 我看到帕尔米拉有两座雕像
> 技艺精良的工匠
> 全神贯注于兹

---

1 Yāgūt, *op.cit.*, s.v. "Madinat al-nuhas", vol. 5, pp.80–2; s.v. "Tadmur", vol. 2, pp.17–19.

将她们雕刻
她们的美丽令人眼亮
迷人的魅力将男人的心俘获。[1]

《铜城》的编纂者很可能利用了雅古特的这段资料。不过我们也可以看出，其中的创造性改动有六处之多：

1. 雅古特描写的是，台德木尔的发辫上缠有一张金符，写着符文。《铜城》中也有这一点，不过其范围更广，它以石板和碑文的形式出现，遍布宫殿和殿墙内外。这种延伸使作者可以很好地发展故事主题所蕴含的教化和警示功用。

2. 雅古特对台德木尔的珠宝一笔带过，麦尔旺事实上也并没有冒犯她。《一千零一夜》则细致地描绘了女王头上、颈部和腰间的各种珠宝。着意刻画这些是为了提醒我们接下来要发生的事情非常重要。

3. 雅古特的描述是为了解释伍麦叶王朝是如何覆灭的：麦尔旺闯入了被施魔法的墓室。他的主旨与安达卢斯传奇中的罗德塔的故事相似：罗德是西哥特最后一个国王，他进入一座被禁的宝塔，触发了那里的诅咒，导致西哥特王国败于阿拉伯人之手。[2] 罗德和麦尔旺一样，自己葬送了自己的王朝。无论如何，雅古特《台德木尔章》的兴趣点首先在于历史学和文物学层面上，而其体现的道德准则相对简约：女王的诅咒是针对走进墓穴的任何人；麦尔旺尽管对她的尸身和宝物保持敬意，但仍然遭致厄运。威胁——其方式让人想到传说中的古埃及“图坦卡蒙王的诅咒”——直指任何一个敢于进入墓穴之人。而《铜城》中的道德主题则微妙且有针对性：台德木尔并未诅咒每一个进来的人，而是允许他们带走喜爱的宝藏，除了她身上的物品。这样，在《一千零一夜》的版本中，台德木尔女王的铭文就给了主人公选择自

1 Yāgūt, *op.cit.*, vol. 2, pp.17–8.

2 Norris, *op.cit.*, pp.19–20.

律或屈从欲望的机会，这种改动赋予故事以道德规约的作用。[1]

4. 雅古特和《铜城》都写道，台德木尔靠在一张王座（sarīr）上，这个词在阿拉伯语中既指卧榻，又指宝座。在雅古特的资料中，它更多指向卧榻，台德木尔躺在上面。《铜城》中指的是“王座”，这样才可能发生那魔幻的一幕：当穆萨一行进入时，看到的台德木尔基本保持直立状态，用注入水银的眼睛诡异地看着他们。这为大殿这一幕平添了恐怖气氛。

5. 雅古特和《铜城》都提到了一对雕像，但它们的作用却不尽相同。雅古特将雕像描述为女奴石像，用美色诱惑来往人等（这令人想起《铜城》的穆萨一行中有些志愿者先登上城墙，看到下面美女的幻象，结果纷纷跳下去摔死了）。《一千零一夜》中也有两座雕像，但他们是身披铠甲的武士，而非美女；他们闪闪发光的武器凸显了大殿内的阴森可怖。雅古特文中，两座雕像在发现台德木尔女王和她的诅咒方面没有起到什么实质作用。而《铜城》中，正如我们看到的那样，奴隶雕像却在情节中成了实施惩罚的道具。

6. 雅古特和《铜城》还有一个不同之处在于对纳比赫·祖布雅尼有关帕尔米拉诗歌的引用上。雅古特和 B/MN 本《一千零一夜》都曾引用过纳比赫的诗歌，雅古特引用的基本是原诗，而《一千零一夜》则有所改动。关于这一点前述已有提及：B/MN 本中没有提到帕尔米拉的名字，却引入了背叛与惩罚这个主题，从而让引用的诗歌契合了故事的教化宗旨。

我们的结语是：B/MN 本中《铜城》故事的编纂者极有可能直接借用了雅古特的资料。上述论述即使不是定论，至少也有启发性。尤其是我们需要意识到雅古特的《列国通典》倘若果真是《铜城》的出处，那它对于《一千零一夜》来说也只不过是最粗糙的原始素材。诚

---

1 B vol. 2, p.51 and MN vol. 3, p.111. 如果读者对新发现的古代墓穴中的诅咒感兴趣，会看到有些 20 世纪有关伟大考古发现的文献的内容非常有趣，如：Thomas Hoving, *Tutankhamun: the Untold Story* (New York: Simon & Schuster, 1978), chapter 23, “The Curse”, pp.226–30。

然，《铜城》的编纂者借鉴了雅古特著述中的某些意象，如台德木尔女王的尸体、她的珠宝，以及诅咒。但是，通过将它们融入情节，让人物在面对这些珠宝时陷入克制和贪欲的两难境地，编纂者为这些意象赋予了原始材料中所阙如的主题含义。这种道德教化的选择，是编纂者在对雅古特文献资料的传统内容进行凝练的基础上，对早期有关台德木尔女王和铜城素材最主要的创造性贡献。

编后记

大卫·皮诺（David Pinault），宾夕法尼亚大学东方研究系阿拉伯与伊斯兰研究博士，长期关注穆斯林主流社群中基督徒地位的研究，自2007年起担任圣克拉拉大学阿拉伯、伊斯兰和中东研究（AIMES）跨学科项目负责人。其主要著述有《〈一千零一夜〉的故事叙述技巧》（*Story-Telling Techniques in the Arabian Nights*, 1992）、《卡尔巴拉之马：印度穆斯林的虔信生活》（*Horse of Karbala: Muslim Devotional Life in India*, 2001）、《预言未来的鹦鹉笔记：伊斯兰教与巴基斯坦宗教多元化斗争》（*Notes from the Fortune-Telling Parrot: Islam and the Struggle for Religious Pluralism in Pakistan*, 2008）、《吉尔·卡佩尔〈法国的恐怖活动：西方圣战崛起〉之评述》（*Review of Gilles Kepel, Terror in France: The Rise of Jihad in the West*, 2017）等。本文节译自：*Story-Telling Techniques in the Arabian Nights*, Leiden/New York/Köln: Brill, 1992, pp.186–222。该部分详细分析了《一千零一夜》中故事《铜瓶与铜城》的形成过程、符号意象、叙事元素和其他版本等。由于《铜城》在《一千零一夜》中是一个非常典型的意象，既有宗教元素之故，又被认为与柏拉图的《亚特兰蒂斯》有一定渊源，因此对其进行研究有一定的学术意义。鉴于篇幅所限，此为节译。

《辛迪巴德》编者序

[西班牙]何塞·弗拉德哈斯·莱布雷罗[1]

《辛迪巴德》(*Sendebar*)的抄本之一托名《卢卡诺尔伯爵古本》(*El Conde Lucanor, ms. antiguo*),现藏于西班牙皇家学院图书馆。它曾为普尼翁罗斯特洛伯爵(Conde Puñonrostro)所有,包括四部作品,而《辛迪巴德》,又作《辛迪巴德之书》(*El libro de Sendebar*),便是其中之一。

《卢卡诺尔伯爵古本》固被鉴定为是15世纪抄本,而且有15至16世纪的旁批眉注,然版本学者凯勒(J. E. Keller)却认为《辛迪巴德》的有关西班牙语抄本应远早于这个时间。事实是,《卢卡诺尔伯爵古本》已经磨损,后人设若需要整理,也得依靠别的资料(或抄本)。[2]而《卡里来和笛木乃》[3]是由智者阿方索十世(Alfonso X, el Sabio)亲自主持翻译行印的,时间为1251年(另说1252年——译者注)。因此,

1 西班牙语文学家(José Fradejas Lebrero, 1924—2010),曾任巴利亚多利德大学教授,毕生从事西班牙语文学研究和教学工作,著有《西班牙文学》(*Literatura española*)、《卡尔德隆》(*Calderón de la Barca*)、《中世纪史诗》(*Poemas épicos medievales*)等十余部专著,并主编了自中世纪至黄金世纪的十余种作品,其中之一便是《辛迪巴德》。——译者注

2 言下之意是现有版本不可能由此从出。据推测,其最早的抄本不会晚于13世纪。——译者注

3 *Calila e Dimna*, 13世纪卡斯蒂利亚语译法。——译者注

可以断定，在《卢卡诺尔伯爵古本》之前有过更早的抄本：

最早的抄本（散佚）[1]

↓

《卢卡诺尔伯爵古本》←其他抄本

↓

有关批注

一

先说阿方索十世，他组织移译各种古典文本时，尚未登上卡斯蒂利亚王位。当时他只是圣费尔南多（San Fernando）的王子。年轻的王子对人文和科学表现出无限的兴趣。《辛迪巴德》也应该是在那个时间翻译成西班牙语（卡斯蒂利亚语）的。辛迪巴德最初的梵文表音是“Siddahapati”，意曰智者，至古希腊文为“Syntipas”。因此，西班牙语中的两种表现方式（“Cendubete”和“Sendebar”）是根据阿拉伯语（سندباد）音译的。

《辛迪巴德》的传播十分广泛，其前身应为《巴拉姆与约瑟夫传说》（*Barlaam et Joasaph*）。这是基督教版本的佛本生故事，取材于《普曜经》（又作《佛说普曜经》，*Lalitavistara*），以阿拉伯语、希伯来语、波斯语、粟特语和回鹘语写成。作者可能是公元6或7世

1 阿拉伯史学家迈斯奥迪（Al-Mas‘ûdî, ?—956）曾于公元10世纪就在其作品中提到了波斯本《一千个故事》（*Hazâr Afsân*）和《辛迪巴德》（*Sindbâd*）。这是迄今为止最早出现的有关《辛迪巴德》和《一千零一夜》波斯版故事的文字记载。据此，学者哈罗·科尔特斯（Marta Haro Cortés）将《辛迪巴德》的西传时间定格于10—12世纪，其中阿拉伯语（叙利亚本）为10世纪，希腊本为11世纪，犹太希伯来本为12世纪［《从事例到幻想小说》。María Jesús Lacarra, “Del ejemplo al relato ficción,” *Revista de poética medieval,* vol. 29, no. 1 (2015): 145–75］。——译者注

纪，中亚或阿拉伯地区的基督徒。故事叙述王子约瑟夫（暗指释迦牟尼），在修士巴拉姆（又作贝尔拉姆）的引导下，成为基督徒的过程。其中，巴拉姆（Barlaam）源自世尊（Bhagavad），而乔达萨（格鲁吉亚语：Jodasaph，阿拉伯语：Yūdhasaf 或 Būdhasaf），则是由菩萨（Bodhisattva）转化而来的。在中世纪，巴拉姆与约瑟夫都被认为是圣徒，东正教会以 8 月 26 日为他们的纪念日，而天主教会则是以 11 月 27 日为其纪念日。故事说，在印度，有位阿毗尼王（King Abenner，又作阿萨卡王 Asaka），迫害王国境内的基督徒。有一天，占星师向他预言，他的儿子将会成为基督徒。因此，阿毗尼王将他的儿子约瑟夫软禁起来，不让他与外界接触。但阴差阳错，被软禁的约瑟夫仍然遇见了隐修中的巴拉姆，并看破红尘，成为虔诚的基督徒。面对他父亲阿毗尼王的暴怒与迫害，约瑟夫虔心不渝。最后阿毗尼王被儿子感化，将王位传给了约瑟夫，并退避三舍，成为沙漠修士。约瑟夫成为国王之后，也很快放弃王位，追随巴拉姆，不知去向。[1]

《辛迪巴德》的叙事方法同《卡里来和笛木乃》，即以一个个“范例”（ejemplo）[2] 为楔子，具有鲜明的寓言风格。其中第五、第九、第十、第十二、第十六、第十七个故事源自印度，学界同行对此进行过考证。不同的是，《卡里来和笛木乃》几乎没有变体，无论希腊文本还是拉丁文本中，甚至后来的拉丁俗语文本中，所有故事如出一辙；而《辛迪巴德》却变体众多，各种版本或抄本相差甚远。譬如一些故事同《一千零一夜》的交织；另一些故事进入了其他文本，如成书于 12 或 13 世纪胡安·德·阿尔塔·席尔瓦（Juan de Alta Silva）的《多罗帕托集》（*Dolopathos*），尽管后者只有一个故事与《卢卡诺尔伯爵古本》重合。

另一种说法是，倘使《辛迪巴德》源自印度，那么它很可能是经波斯人之手改编，并传到西方的。持此观点的有佩里教授（B. E. Perry）。

---

1 这显然是对释迦牟尼本生故事的改编。——译者注

2 胡安篾马努埃尔的《卢卡诺尔伯爵》借用了这种方法。——译者注

在他看来,《辛迪巴德》很有可能形成于公元 6 世纪,而且受到了希腊本《哲学家塞贡多之书》(*Libro del filósofo Segundo*)的影响。而希腊文表音“Segundo”影响了“Sendebar”,后者又回到了《五卷书》(*Panchatantra*)。他认为,受波斯影响,故事经历了一个轮回,即从印度到希腊,再从西方到东方。佩里观点从出的主要依据是梵文人名在《辛迪巴德》的阙如。他进而指出,辛迪巴德来自波斯,即从“Sundbad”到“Sendebar”再到“Cendubeta”。此外,他的另一个依据是第十二、第十九、第二十一和第二十二个故事是典型的西方传说。当然,这些故事与某些印度故事并不矛盾,而且在《卡里来和笛木乃》中也能找到其影子。

第三种说法是爱泼斯坦(M. Epstein)的观点。他认为《辛迪巴德》的源头在希伯来,而且可以追溯到公元前 4 至前 2 世纪。而阿拉伯人是从犹太人那里接受这些故事的。他的主要依据是《古兰经》同《圣经 · 旧约》的关系。而在公元 7 至 8 世纪,阿拉伯人又在《秘身谭》(*Mishlé Sindabar*)的基础上进行了演绎并于公元 12 至 13 世纪推出了《辛迪巴德》,进而开始了其在西方的传播,甚至影响了同名希腊本。[1] 同样,爱泼斯坦认为《卡里来和笛木乃》也是从希伯来文移译的,即由拉比 · 约珥(Rabi Joel)本传至西班牙,再由西班牙人胡安 · 德 · 卡普阿(Juan de Capua)翻译至拉丁文,从而在西方国家传播。

第四种说法认为故事来源于毕达哥拉斯。依据是后者的隐默观以及由拜占庭传入阿拉伯世界的古希腊哲学。

以上种种及诸如此类的假设或推演只能姑妄听之,盖因我们不能忘记一个重要事实,即《辛迪巴德》是建立在口传基础之上的,并且汇入了《一千零一夜》。既为口传文学,它就不可能是由单一文本所从

1 M. Epstein, “Mishlé Sendebar: New Light on the transmission of Folklore from East to West,” *Proceediings of American Academy of Jewish Research*, vol. 27, no. 1 (1958), pp.1–17.

出的。13世纪作家卢利的《动物之书》(或《动物寓言》, *Libro de las bestias*)印证了这一点。此外,它明显具有《巴拉姆与约瑟夫传说》的影子,同时又是对佛本生故事的延谳或演绎。再则,它同《卡里来和笛木乃》及《犹疑者的下场》(*El condenado por desconfiado*)等时代文学的关系,也证明了它的印度元素。

二

东方元素决定了《辛迪巴德》的每一个故事都有双重故事所组成,唯一例外的是第八夜(第八天)的波斯传说:王子对国王的叙说。与之不同的是,阿尔塔·席尔瓦以降,在类似的西方文学文本中,智者往往只有一个,他便是维吉尔(Vergil)。[1] 需要强调的是,无论东方还是西方,有关文本中交叉最多的四个故事是:第四个《女人,鹦鹉和婢女》(*La mujer, el papagayo y la criada*),第九个《胖子与浴室老板娘》(*El hombre gordo y la mujer del bañero*),第十一个《哭泣的小母狗》(*La perrita que lloraba*),以及第十二个《列维林和他的狗》(*Lewellyn y su perro*)。

从叙事结构的角度看,《辛迪巴德》是完美和引人入胜的。它用"八天"时间,讲了二十三个故事;外加一个引子,或曰序言。作品开宗明义,抛出了王子的危机。所有人物悉数亮相:国王、王妃、王子(他并非王妃亲生),几位智者和一个亲信。毫无疑问,故事的主要人物是国王和王子、王妃和亲信。所有的阴谋和纠葛皆起于四人既简单又复杂的关系:

(一)子嗣。盖因后宫已经为他生下无数公主,国王需要王子。于是,经过努力以及上帝的庇佑,国王终于使其中一位爱妃为自己生下了一位王子。这其中充满了传统元素,譬如渴望拥有传宗接代(这里

1 后者的独角戏一直延续至但丁的《神曲》。——译者注

是继承王位）的子嗣，它蕴含着重男轻女思想以及女儿易使权力或财产旁落（易姓），等等。普罗普（V. Propp）对此做过梳理。[1]

（二）星象。王子降生须看星象。[2]国王由此得知，刚出生的王子将在二十年后弑父篡位。王子年幼时，国王淡忘了星象的预言，但随着王子的长大，危机忽然浮出了水面。于是考验来临。毕达哥拉斯式的隐默——囚禁或放逐不足以排除危险，譬如卡尔德隆（Pedro Calderón de la Barca）《人生如梦》（*La vida es sueño*）中的人物塞西斯蒙达；同理，隐没或伪殁也不足以排除危机，譬如《拉腊七王子》（*Los siete infantes de Lara*）[3]。星象所预言的危机必须根除。这正是伊塔大司铎胡安·鲁伊斯（Juan Ruiz）在《真爱之书》（*El libro de buen amor*）中的所为：让阿尔卡阿兹国王对王子痛下杀手。

作品的叙事时态为现在时，而且国王同大臣的关系也较为现代。王后（王妃）也不再是看不见摸不着的神秘存在。国王与臣子的对话更显示了某种最低限度的平等。他会当面询问大臣："那是怎么回事？"当然，他仍然生杀予夺，甚至可以直接下令判处王子死刑。至于具体年代和地点却是个谜，我们始终无法考证。

故事的起因是王妃的嫉恨。但情节发展并不简单，直至她一度达到目的——置王子于死地。其中，亲信、大臣的参与具有双重作用：既使美丽王妃的凶残计划得以推进，又通过国王牵制或钳制着阴谋的最终实施。其中充满了非理性行为，当然更谈不上合法。我们的问题是，八天当中有七天王妃与国王朝夕相处，那么她的言行缘何最终没有产生作用呢？答案是她的美貌、诱人和恳求成了故事最大的悬念。她的存在本身就是故事。反之，辛迪巴德只能靠故事来循循善诱，一如他对王子的教诲。

---

1 V. Propp, *Raices históricos del cuanto*, trad. Clara Strada (Madrid: Ed. Fundamentos, 1974); *Edipo a la luz del folklore*, trad. Clara Strada (Madrid: Ed. Fundamentos, 1980), p.100.

2 一如佛本生或俄狄浦斯王的传说。——译者注

3 西班牙骑士小说。——译者注

同样，国王和王妃之外的所有人物似乎都只是为了阻止王妃的阴谋。他们必须是七位大臣和一个王子。然而，女人的手段如此狡猾，以至于对手屡屡败下阵来。他们被弄得满腹狐疑，就连所罗门（Solomon）、维吉尔和亚里士多德（Aristotle）复活也无济于事。这个话题足以将我们引向遥远的过去，尤其是中世纪。

（三）太傅。故事中的王子即太子，太子的老师即太傅。太傅的选择需要经过严格的程序，以确定其才学的出众和品德的高尚。辛迪巴德是智慧的化身。他将王子带到远离王宫的僻静处所，这使我们想起净饭王和释迦牟尼的故事。

教学内容是密集的，也是专业的。墙上写满了知识，画满了图形，天文地理无所不包。太傅专心教，王子专心学，盖因只有这样才能达到身心健康，也即西方人所谓的“mens sana in corpore sano”[1]。

（四）事例。用事例即故事达到劝诱目的，这是所有寓言的功用。《辛迪巴德》是由一系列故事组成的，为了阻止王妃的阴谋，大臣们逐一登场，给国王讲故事，譬如以下两个：《狮子的足迹》[2]以及《商人和他的妻子》。王妃因勾引王子（太子）未遂，恼羞成怒，便倒打一耙，制造假象，诬陷王子行为不轨，太傅和大臣们慑于王妃淫威，既不能直接干预，又必须想方设法阻止其阴谋得逞。于是，故事（事例）成了他们的唯一武器。

塞内加（Seneca）在《论愤怒》（*De ira*）中说过：“你若不能战胜愤怒，必被愤怒吞食。”有关例证良多。在《卡里来和笛木乃》中，狮子听信谗言错杀了亲信，结果追悔莫及。作品的最大机巧在于置王妃的五个故事于恰当位置（第三个、第六个、第八个、第十一个和第十四个故事），从而对大臣们的劝诱构成了反作用力。这种反作用力同时也是作品的推进剂，使作品高潮迭起、扣人心弦。

1 拉丁文，意为“健康的头脑寓于健康的身体”，也即身心健康。——译者注

2 李唯中译作《相国夫人与好色国王》。——译者注

三

作品的教诲功能显而易见。这些故事（事例）不仅对如何做好国王多有裨益，对普通人等又何尝不是？梅嫩德斯·伊·佩拉约在《小说的起源》（*Orígenes de la novela*）中高度评价《辛迪巴德》，认为"七个智者的故事只有一个目的：讲述女人的欺骗、阴险与恶毒。这些故事举重若轻，结构却相当严谨，而且充满了寓意，既不像那些粗俗下流的说笑诗[1]，也不像华丽美艳的《十日谈》"。[2]

尽管这里讨论的只是一个残存的抄本，已经因为残缺而没有什么文学价值。但《辛迪巴德》的叙事方法——范例（故事或寓言）却影响了欧洲文学。想想我们的胡安·马努埃尔及其《卢卡诺尔伯爵》、薄伽丘及其《十日谈》、乔叟及其《坎特伯雷故事集》，等等，都借鉴了这种方法。作品有一个全能叙述者，外加三个人物叙事者：女人（王妃）、亲信和智者（一分为七）。国王和王子也是人物叙事者，但戏份不多。

值得一提的是，在《一百零一夜》中，《辛迪巴德》变成了《王子和七位大臣的故事》[3]，且故事内容基本相同。且说《一百零一夜》本身的叙述方法也颇似《一千零一夜》，尽管其抄本一直要到 20 世纪初才被发现，规模不足后者的十分之一，但两者的故事则既有交叉，也有不同。

1 原文为法文"faliaux"，指下里巴人的粗俗笑话或故事。——译者注

2 Menéndez y Pelayo, *Orígenes de la novela*, t.1 (Santander: CSIC, 1943), pp.45–6.

3《一百零一夜》，郅傅浩译，大众文艺出版社，2001。——译者注

编后记

何塞·弗拉德哈斯·莱布雷罗(José Fradejas Lebrero, 1924—2010),西班牙语文学家,曾先后担任塞维利亚大学、巴利亚多利德大学教授,毕生从事西班牙语文学研究和教学工作,同时关注中世纪阿拉伯宗教、文化在伊比利亚半岛的传播和影响。其代表作有《卡尔德隆》(*Calderón de la Barca*, 1957)、《西班牙文学》(*Literatura española*, 1988)、《一千零一个黄金时代的故事》(*Más de mil y un cuentos del Siglo de Oro [Pamplona], 2008*)等十余部专著,并主编了自中世纪至黄金世纪的十余种作品,其中之一便是《辛迪巴德:女子骗术书》(*Sendebar: libro de los engaños de las mujeres*, 1981)。本文译自:Sendebar*, libro de los engaños de las mujeres* (Madrid: Editora Nacional, 1981), pp.1–10。

《一千零一夜》

[阿根廷]豪尔赫·路易斯·博尔赫斯

发现东方,是西方历史上的重大事件。更为准确地说,东方或可称之为一种意识,它延绵不断,犹如波斯之于古希腊历史。除却这种意识——它多少有些宏大、笼统、神奇和玄奥——还有一些重要的时间节点,在此我要列举一二。提到这个童年以来一直喜欢的话题,我觉得不妨从这里开始:《一千零一夜》之书。它的英译本——我读到的第一种版本——唤作《阿拉伯之夜》(*The Arabian Nights*)。尽管《阿拉伯之夜》不乏神秘色彩,但较之《一千零一夜》,还是少了些许美感。

我从以下几点讲起:首先是希罗多德(Herodotus)九卷[1],它们写到了埃及,遥远的埃及。我说"遥远"是因为用以衡量空间的时间曾十分漫长,航行万分艰难。对希腊人来说,埃及的世界更大,而且充满了神秘感。

其次,东方和西方是一对很难界定的名词,尽管它们实实在在地摆在我们面前。这两个词的情况犹如圣奥古斯丁(San Agustin)对时间的看法,他说:"什么是时间?你们不问我,我是知道的;如果你们问我,我就不知道了。"什么是东方和西方?如果你们问我,我就不知道

1 希罗多德《历史》(*Ἱστορίαι*),凡九卷。

了。那么，我们不妨着手寻找一个近似值吧。

我们来看看亚历山大（Alexander the Great）的经历，他的征战和遭遇。亚历山大征服波斯，征服印度，据悉最后死在巴比伦。这是西方与东方的第一次广泛的遭遇，这种遭遇对亚历山大的影响如此之大，以至于他不再是希腊人，他一定程度上同时也是波斯人了。如今，波斯人已经将他纳入自己的历史。关于枕着《伊利亚特》（*Iliada*）和宝剑睡觉的亚历山大，我们等会再说，但是既然我们已经提到了他的名字，我想还是先说个故事吧。我敢肯定，你们会有兴趣的。

亚历山大三十三岁时并没有死在巴比伦。他离开军队，在沙漠与丛林之间游荡，而后看到一束亮光。那亮光来自一堆篝火。

一群黄面孔、丹凤眼的武士围着他。他们不认识他，但收留了他，因为他看上去像标准的武士。他参加了他们的战斗，却全然不知身在何处。作为武士，他不在乎什么道理，且随时准备献出生命。时间一年年过去，他忘记了许多事情。有一天，军队发饷了，在发放的饷银中有一枚钱币使他感到了不安。他把钱币放在手掌里，说："你老啦；这可是我作为马其顿的亚历山大时为庆贺阿贝拉大捷而下令铸造的奖章啊。"这时，他想起了往事，并继续做鞑靼人或中国人或随便什么人的雇佣兵。

这一段值得记录的创造属于英国诗人罗伯特·格雷夫斯（Robert Graves）。有人曾经预言亚历山大要统治东方和西方。在伊斯兰国家中，人们还以双角亚历山大的名号纪念他，因为他的触角同时指向东方和西方。

再来看看有关东方和西方的一次对话，这个例子通常带有某种悲剧色彩。我们想一想青年维吉尔（Virgilius），他抚摸着来自遥远国度的印花丝绸。那国度便是中国人的国家。他只知道这个国家十分遥远、平和、人口众多，涵括了东方最边远的地方。维吉尔在《农事诗》（*Georgics*）中描写过这些丝绸，它们绵密无痕，上面有他熟悉的图案，如不同的庙宇、皇帝、江河、桥梁和湖泊。

另一个反映东方的叙述是令人感佩的老普林尼（Gaius Plinius）

的《自然史》(*Historia Naturalis*)。那里谈到了中国人,提到了巴克特利亚、波斯,讲到了印度和珀洛王。有一句尤维纳利斯(Juvenalis)的诗我忽然想了起来,那是我四十多年前读到的。为了描述一个遥远的地方,尤维纳利斯说"在恒河和曙光之外"[1],那就是我们心目中的东方。谁也不知道尤维纳利斯当时是否感受到了我们的感受。我想他感受到了。对西方人而言,东方总是令人浮想联翩。

我们继续回顾历史,会看到一件奇妙的事情。它也许从来不曾发生,它或者只是一个传说。东正教大神甫哈伦·拉希德(Harun al-Raschid)把一头大象送给了他的同道——查理大帝(Charlemagne)。也许,大象根本无法从巴格达送到法兰西。但这**无关紧要**。相信便是。只当这头大象是个怪物。

我们知道,怪物一词并不意味着可怕。洛佩·德·维加就曾被塞万提斯称作"大自然的怪物"。这头大象对那些法国人和日耳曼血统的查理大帝来说,应该是件很奇怪的东西(假设查理大帝没能阅读《罗兰之歌》,因为他只讲某种日耳曼方言,这未免令人惆怅)。

给他送一头大象,而大象(Elefante)一词让我们想起罗兰吹响号角(Olifan)的情形。象牙号角就叫这个名字,恰恰是因为它来源于象牙。既然我们在谈论词源学,那我们就回忆一下西班牙语中的"Alfil",它在阿拉伯语中也即"大象",与象牙同源。在东方象棋中,我看到一头大象与一座城堡和一个卒子在一起。这枚棋子不是由城堡关联的塔,而是象。

十字军东征时,武士们带回了许多故事,比如他们带回了狮子的故事。我们有一个著名的十字军士兵的故事,叫《狮心查理》(*Richard of the Lion-Heart*)。在纹章学中,狮子是东方动物。这些故事名单不会没完没了,但是我们要回顾一下马可·波罗(Marco Polo),他的书是写东方的(长期以来它是关于东方的权威揭示)。这本书是威尼斯人被热那亚人打败后,马可·波罗口述给狱友的。那

1 原文为拉丁文 Ultra Aurora et Ganges。

里有东方的故事。它恰好谈到了忽必烈汗，这个人物后来在柯尔律治(Samuel Toylor Coleridge)的某首诗中也曾出现过。

15世纪，在亚历山大，双角亚历山大之城，汇集了一系列传说。据说这些传说有一个古怪的来源，它们起初在印度流传，然后到达波斯，再后来辗转至小亚细亚，最后写进了阿拉伯文，并在开罗汇集成书。这就是《一千零一夜》。

我想再谈一谈该书书名。这是世界上最美的书名之一，我想它可以同我上次引用的另一本很不一样的《时间实验》(*An Experiment with Time*)[1]的书名相媲美。而这一本另有优美之处。我认为，美就美在这个"千"字上，它对我们来说几乎是"无穷无尽"的同义词。说"一千夜"，就是无穷夜，很多很多夜，无数夜。说"一千零一夜"则是无穷无尽加。我们想一想英语的奇怪表达方式。有时，人们不说永远(For ever)如何，而是说永远加(For ever and a day)。在"永远"后面加上一天。这一点令人迁思海涅给一位女士的信。他说："我将爱你至永远及其之后。"

无穷无尽是"一千零一夜"的固有内涵。

1704年，《一千零一夜》有了它在欧洲的第一个版本，那是法国东方学者安东尼·伽朗六卷本中的第一卷。随着浪漫主义的兴起，东方完全进入了欧洲的视阈。我只须提两个名字，两个伟人的名字就足以说明问题：一个是拜伦，他的形象比他的作品更高大；另一个是雨果，他怎样都高大。之后有了其他的版本和另一种关联东方的纽带——19世纪90年代的吉卜林(Joseph Rudyard Kipling)。他说："你若曾聆听东方的召唤，就再也听不到别的声音。"

我们再回到首次翻译《一千零一夜》的那个年代。那是整个欧洲文坛的一件大事。看看1704年的法国，适值伟大世纪；那是布瓦洛(Nicolas Boileau)统率的法国文坛，他死于1711年。毫无疑问，他不曾想到，他的理论受到了灿烂的东方文化的威胁。我们来想想布瓦

1 作者为英国作家约翰·邓恩(J. W. Dunne)，发表于1927年。

洛的理论，它充斥着谨小慎微和清规戒律。我们再想想人们对理性的崇拜，想想费奈隆（Francois Fenelon）的著名论断："在所有精神活动中，最不常见的就是理性。"于是，布瓦洛想把诗歌建立在理性基础之上。

我们这是在用拉丁语的一种著名方言，也就是用卡斯蒂利亚语（即西班牙语）交谈。这也是东西方之间情感交易的产物，它有时是一种怀旧，有时则弥漫着硝烟。而美洲已经被发现，其所以被发现是因为人们想去印度。正是由于这个错误，我们把莫克特苏马（Moctezuma）部族，把阿塔瓦尔帕（Atahualpa）部族，把卡特里埃尔（Catriel）部族统统称为印度人（印第安人）[1]。因为人们自以为来到了印度。我现在这个小小的讲座也是东西方对话的组成部分。

关于西方这个词语，我们已经知道它的来历。这一点无关紧要。或可说，西方文化并不纯粹，它本是东西混杂的产物。也就是说，西方文化有两大根基，或谓两大民族组成。这两个民族就是希腊（因为罗马是希腊文化的一种延伸）和希伯来（以色列）。后者是一个东方国家。两者结合就是我们所说的西方文化。[2]在谈论东方时，我们理应想一想《圣经》这个永久的存在。事实上影响总是相互的，因为西方文化同样影响了东方文化。有一位法国作家写过一部著作，叫作《中国人发现欧洲》（*El descubrimiento de Europa por los chinos*）。事实如此。

东方是太阳升起的地方。德语中有一个很美的词，我不妨一提，即东方是"清晨之地"（"Morgenland"）。而与之对应的西方是"黄昏之地"（"Abendland"）。你们一定记得斯宾格勒（Osward Spengler）的《西方的没落》（*Der Untergang des Abendland*），本意是"黄昏之地的沉沦"。我认为我们不能放弃东方这么一个美丽的名词，因为它恰巧含有"黄金"之意，因为晨曦是金色的。我们在东方这个名词

1 后改称西印度人。——译者注

2 俗称两希文明。——译者注

中想到了金色天空。这又使我想起了但丁的名句:“东方蓝宝石般的甜蜜色彩”(“Dolce color d'oriental saffiro”)。对但丁来说,东方(Oriental)有两层意思:蓝宝石,它来自东方;金色的朝霞,也来自东方,而且还是炼狱第一个清晨的颜色。

那么,什么叫东方?从地理的角度看,我们会遭遇相当蹊跷的问题。东方的一部分曾经是西方,譬如北非,至少对希腊人和罗马人来说是这样的。当然,埃及也是东方,还有以色列,小亚细亚和巴克特利亚、波斯、印度以及周围各不相同的其他国家。如此,鞑靼人居住的地方、中国、日本等,所有这些对我们来说都是东方。在提到东方的时候,我认为大家原则上还会想到伊斯兰世界,并一直由此延伸到印度以北的东方世界。

对我们而言,这就是第一层意思,这就是《一千零一夜》。有一种东西让我们感觉到它像东方,但我在以色列没有这种感觉,却在格拉纳达和科尔多瓦感觉到了。在后者,我感觉到了东方的存在。我不知道这种感觉是否需要厘定,但我知道大家内心深处都有同样真切的感觉。我想说,东方这个名词的有关含义要归功于《一千零一夜》。它是首先映入我们脑海的,而后才是马可·波罗、大司铎胡安(Juan Ruiz)的传说,还有那些满是金鱼的沙河。总之,提到东方,我们首先想到的一定是伊斯兰世界。

我们来看看这部作品的历史,它的译本。作品的来源并不清晰。我们可以联想一下那些被极不准确地称为哥特式的大教堂,它们可是几代人创造的作品。但是,有一个根本性的区别,那就是建造大教堂的工匠们、艺术家们清楚地知道他们在干什么。而《一千零一夜》的产生却是神秘的,是由成千上万作者共同完成的。谁也不知道自己在参与创作一部杰作。然而,它是所有文学中最伟大的作品之一。据我所知,它在西方的价值超越了东方。

现在我们来谈谈哈默·普吉斯托男爵(Baron Hammer Purgstall)所揭示的一个古怪的信息。这位东方学者曾为《一千零一夜》的两位最著名的英译者莱恩和伯顿所引用,它们对前者的崇敬之情溢于言表。这位学者谈到一些夜间说书人（confabulatores nocturni）：他们利用晚上时间讲故事给人听，这是他们的职业。他援引一份古老的波斯文献说，第一个听别人讲故事，第一个召集说书人入帐讲故事以消磨不眠之夜的人，就是马其顿的亚历山大。这些故事应该是寓言。我想寓言故事的趣味并不在说教。曾经使伊索或者印度寓言家着迷的是想象出一系列能像人类一样演戏的动物，无论是喜剧还是悲剧。道德意义是后人加上去的，而寓言故事的首要功用是要让狼与小羊羔，牛与驴子或狮子与夜莺对话。

就这样，马其顿的亚历山大晚上要听那些无名氏讲故事，后者的职业就是讲故事。这种情况持续了很长时间。莱恩在《当代埃及人的风土人情》（*Account of the Manners and Costumes of the modern Egyptians*）一书中写道，1850 年前后，埃及的说书人人数众多，仅开罗就有五十来个。他们经常讲《一千零一夜》的故事。

我们有许多故事。据伯顿和令人敬佩的西班牙文版译者坎西诺斯–阿森斯（Rafael Cansinos-Asséns）所言，在印度形成核心部分为印度系列；该系列传至波斯，在波斯被重新演绎，并进一步丰富，而后又经过阿拉伯化，最终到达埃及。这已经是 15 世纪末的事了。15 世纪末编纂的第一个集子《赫扎尔・艾夫萨乃》（即《一千个故事》，*Hazar Afsana*），据认为撷取了波斯版本。

为什么先是一千个故事，后来又成了一千零一个呢？我认为主要有两个原因。其一是迷信（在此，迷信举足轻重）。迷信认为偶数不祥，于是必须改成奇数。最便利的方式是欣欣然加上“零一”。其二是一千很重要，如果换作九百九十九夜，我们会觉得缺了一个晚上。而今，它给我们的感觉不仅是无穷无尽，而且还有一个零头、新的一夜。法国东方学者伽朗读到这部作品并将其译出。由此，我们接下来看看何为东方，它又是如何呈现的。首先，这是因为我们每每读到它，就会置身于一个遥远的国度。

众所周知，我们有它的年表、历史，但是它们都是西方人研究的结果。波斯文学史或者印度斯坦哲学史并没有记载。同样，中国缺乏文学史，[1] 因为人们不关心这些事情的沿承，因为他们相信文学或诗是永恒的过程。从本质上讲，我认为这是有道理的。比方说，《一千零一夜》（或者伯顿喜欢的《一千夜与一夜之书》），倘使这个书名是我们今天早上想出来的，那它简直美极了。它使我们想到美，而不仅仅是漂亮——卢贡内斯（Leopoldo Lugones）的《花园黎明》（*Los crepúsculos del jardín*）可称之为漂亮——它能激发我们的阅读欲。

读者渴望迷失在《一千零一夜》之中。他知道，一旦进入，他就会忘掉自己可怜的人生境遇；他可以进入另一个世界，这个世界由一些经典人物构成，后者既是原型，也是一个个鲜活的个体。

在《一千零一夜》的书名中有一点很重要，它会暗示你，让你觉得它是一部了无止境的书。事实正是如此。阿拉伯人说谁也读不到《一千零一夜》的结尾。那并不是厌烦的表示，而是因为他们觉得它没有尽头。

我家里有伯顿翻译的十七卷本。我知道我永远也读不完；但同时我心里明白，那些夜晚在等待着我。我的生活会有缺憾，但是那十七卷书却不会消失。它们就在那里；《一千零一夜》那永恒的东方之夜就在那里。

那么如何界定东方呢？它并不指向其真实的地理位置。我要说，东方和西方的概念是极其笼统的，故而谁也不觉得自己是东方人。比方说，一个人觉得自己是波斯人，是印度人，是马来西亚人，但并不觉得他是东方人。同样，谁也不觉得自己是拉丁美洲人。我们只会说自己是阿根廷人、智利人、岸东人（乌拉圭人）。没关系，概念而已。那又是因为什么呢？首先，那是因为这个世界是二元对立的，人分幸福与不幸、富有与贫穷。这是一个王权统治的世界，王者无须解释其所作所为。我们要说，这些王者像上帝一样，是不负责任的。

1 第一部中国文学史（《中国文学史纲要》）产生于19世纪末叶，是由俄国汉学家王西里书写的（1880年由圣彼得堡斯塔秀列维奇印刷所出版）。1901年，英国汉学家翟利斯发表了《中国文学史》。——译者注此外是宝藏的概念。谁都可能发现这些宝藏。还有魔法，这非常重要。魔法是什么呢？魔法是一种不同寻常的因果关系。假设一下，除却我们了解的因果关系，还有另一种因果关系。这种关系可能来自某一巧合，某一枚戒指，某一盏灯。当我们擦拭一枚戒指或一盏灯，妖怪出现了。这个妖怪既是无能的，也是万能的，它取决于我们的意志。于是，什么情况都可能发生。

我们不妨回顾一下渔夫和魔鬼的故事。渔夫有四个子女，生活穷困。他每天早上到某海边撒网捕鱼。某海本身就充满了魔力，它置我们于一个不确定的空间。渔夫不是来到大海，而是某个海域，并在那里撒网捕鱼。一天早上，他三次撒网，三次收网，结果打捞出一头死驴，还有一些破罐旧瓶。总之，打捞出来的都是些无用之物。他第四次撒了网（每次他都朗诵一首诗），这回收网时觉得很沉。他期待满网皆鱼，可捞上来的只是一个黄色的铜罐。罐上盖有所罗门的封印。他打开铜罐，顿时冒出一缕青烟。他想可以把铜罐卖给五金商人，但是青烟升到天上，并浓缩成了魔鬼的形象。

这是什么鬼怪？它们是亚当之前的创造。它们生成于亚当之前，比人类低了一等，却长成了巨人。据穆斯林说，这些鬼怪生活在任何地方，却看不见、摸不着。

魔鬼感叹道："可敬的上帝和他的使徒所罗门啊！"渔夫问它为什么要提所罗门。所罗门死了那么多年了，现在他的使徒是穆罕默德；又问它为什么被关在铜罐里。它说它是当年反抗所罗门的魔鬼之一，因此所罗门将它关进了铜罐，密封后抛入了海底。四百年过去了，魔鬼发誓要把世界上所有的黄金送给解救它的人，但是什么也没有发生。它又许诺谁解救它就让他学会鸟鸣。又过了几个世纪，许诺成倍上升。到最后，它终于发誓要杀掉解救它的人。"现在我必须履行自己的诺言，你准备去死吧，哦，我的救命恩人！"恨奇怪，它发怒的样子倒使它变得有些像人了，也许还有点可爱。

渔夫吓得毛骨悚然，却佯装不相信它的故事，对它说："你讲的都不是事实。你头顶蓝天、脚踩大地，怎么可能装进这么一个小小的容器呢？”魔鬼回答说：“你真是少见多怪，你瞧！”说罢，它缩小身体，一缕烟钻进了铜罐。渔夫立刻将铜罐盖紧，并威胁说：“你完了。”

这故事并未结束。接下来主人公不再是渔夫而是一位国王。后来说他是内格拉斯岛岛主，到最后万宗归一。这种情况在《一千零一夜》中很典型。我们可以想见，那些中国套球，大球套小球，层层叠叠；或者那些俄罗斯套娃。类似情况在《堂吉诃德》中也曾出现，但没有一部作品像《一千零一夜》那样达到了极致。而且，一切都是在众所周知的同心圆式的故事中展开的：一位苏丹被自己的女人欺骗，为了避免悲剧重演，他决定每天晚上和一位姑娘结婚，并在第二天早上将她杀死。直到山鲁佐德为了拯救其他女子，用没完没了的故事吸引住他。于是，他俩度过了一千零一夜，她还替他生下了一个儿子。

用故事套故事的方式讲故事，所产生的奇怪效果便是没完没了、令人眩晕。这一点被不少后世作者所模仿。于是，卡罗尔（Lewis Carroll）的《艾丽丝漫游奇境记》（*Alice's Adventures in Wonderland*），或者《席尔维亚和布鲁诺》（*Sylvie and Bruno*）等，就是这样一类梦中有梦、枝繁叶茂的作品。

梦是《一千零一夜》特别偏爱的主题。两个人做梦的故事令人叹为观止：一个开罗人在睡梦中被告知，说波斯的伊斯法罕有一个宝藏等他去取。于是，他历尽千辛万苦，赶到伊斯法罕时已是精疲力竭，便躺在一座清真寺院内休息了一会儿，岂知误与盗贼为伍，结果被抓了起来。一位卡迪（法官）审问了他，问他从何而来、意欲何为。这个埃及人就一五一十全说了出来。卡迪听后哈哈大笑，笑得露出了大牙。他对埃及人说：“你这个没有头脑的家伙啊，怎么能相信梦呢？我三次梦见开罗有一座宅子，宅子里面有一个院子，院子里面有一座日晷，日晷旁边有一汪泉水和一棵无花果树。泉水池下藏着宝贝。我从来没有相信过这样的美梦，半点都不信。我再也不想在伊斯法罕见到你了。拿着这点盘缠，赶快走吧。”

追梦人回到了开罗，他认出自己的家就是卡迪梦中的那个地方，便在泉水下面找到了宝藏。[1]

《一千零一夜》中也有西方的回音。譬如我们发现了尤利西斯的冒险，只不过这里的尤利西斯叫辛巴达。有时，甚至连冒险的内容都如出一辙（波吕斐摩斯也在这里）。为了建构《一千零一夜》这座大厦，数代人付出了辛劳。这些人造福我们，因为给我们留下了这部难以穷尽的鸿篇巨制。它是如此丰富多彩，以至于变幻莫测。它的第一个版本，是伽朗本。它相当简单，却也许是最迷人的一本。它用不着读者费力劳神。正如伯顿爵士所说的那样，倘使没有这个开始，后来的版本是不可能完成的。

伽朗本第一卷发表于 1704 年。该版甫一问世，就引起了轰动，使路易十四（Louis XIV）麾下理性的法国人着了迷。人们在谈论浪漫主义运动时，通常认为是很后来很遥远的事了，而我们足可说浪漫主义运动开始于诺曼底或巴黎，因为有人在那里读到了《一千零一夜》。从那一刻起，人们离开了布瓦洛统治的文坛，进入了自由浪漫的时代。

后来又发生了一些事情。勒萨日（Alain Rene Lesage）开启了法国流浪汉小说，1750 年左右珀西（Percy Bysshe Shelley）[2] 发表了苏格兰和英格兰民谣；到了 1798 年，柯尔律治开启了英国的浪漫主义运动，他梦见了忽必烈汗——马可·波罗（Marco Polo）的保护神。这里我们可以看到世界是多么神奇，事物总是交叉缠绕的。

接下来又有几个译本。莱恩的译本附有百科式穆斯林风俗简介。伯顿的译本有人类学视角和淫秽内容；而且语言也有点古怪，部分是 14 世纪英语，因此是古今杂呈。后者虽不乏美感，但读来颇费气力。接下来又是个淫秽本，真正意义上的淫秽本，是由马德鲁斯博士（Dr. Mardrus）翻译的。还有一个德国直译本，它没有丝毫的文采，是由利特曼（Enno Littmann）翻译的。现在我们很庆幸，有了一个西班牙语

1 博尔赫斯几乎逐字逐句地复述了这个故事，是谓《双梦记》（*Historia de los dos que soñaron*）。李唯中译本作《一梦城富翁》。——译者注

2 即雪莱。——译者注

版本，它是我的老师拉法埃尔·坎西诺斯–阿森斯翻译的注疏本。书在墨西哥出版，也许是所有版本中最好的一种。

《一千零一夜》中最有名的故事在阿拉伯原著中是阙如的。它就是《阿拉丁和神灯》。它出现在伽朗的版本中，伯顿在阿拉伯和波斯文本中都没有找到。曾有人怀疑伽朗伪造了故事。我认为用“伪造”一词是不公正而且有害的。伽朗完全有权像那些职业说书人那样创造一个故事。为什么不能设想，在翻译了那么多故事以后，创造一个新的故事呢？

历史并未驻足于伽朗。德·昆西（Thomas De Quincey）在自传中说过，《一千零一夜》中有一个故事高于所有其他的故事。这个无与伦比的故事就是阿拉丁的故事。它说的是马格里布的一名魔术师，他赶赴中国，因为他知道唯一能够找出这盏神灯的人就在那里。伽朗告诉我们，那位魔术师是个星象师，星星提示他必须去中国寻找那个人。德·昆西创造性的记忆力令人钦佩，盖因他的故事完全不同。据他所言，魔术师把耳朵贴在地面上，听到无数的脚步声，他于是从中分辨出了命中注定要找出神灯的那个孩子的脚步声。德·昆西说，他的这个想法有赖于世界充满了对应关系，譬如魔镜，小事物身上往往会有揭示大事物的密码。所谓马格里布魔术师把耳朵贴在地上，并且发现了阿拉丁脚步声的说法，没有哪个本子有过这样的记载。那是梦境或者记忆带给德·昆西的。《一千零一夜》并没有终结。《一千零一夜》漫无边际的时间继续延绵。及至18世纪初，它被翻译成书。19世纪初或18世纪末又有了德·昆西的记忆。不同的译者加入了不同的注释，每一个译者给出了不同的版本。我们几乎可以说，有许多部《一千零一夜》。有两个法文本，出自伽朗和马德鲁斯之手；三个英文本，分别由伯顿、莱恩和佩恩所创；还有三个德文本，分别属于亨宁（Max Henning）、利特曼和魏尔（Gustav Weil）；甚至一个西班牙文版，[1] 是坎

1 博尔赫斯没有包括1916年著名作家布拉斯科·伊巴涅斯（Vicente Blasco Ibañez）从马尔迪鲁斯法文本转译的版本和1964年的贝内特（Juan Benet）本、（转下页）

西诺斯-阿森斯的。它们各不相同，因为阿拉伯之夜还在继续，或者说还在再造。令人赞叹的斯蒂文森（Robert Louis Stevenson）在其令人赞叹的《新编一千零一夜》（*New Arabian Nights*）中，重新以乔装改扮的王子为题，让这个王子在大臣的陪伴下走遍整座城市，从而生发出种种稀奇古怪的冒险故事。是的，斯蒂文森创造了一位王子，即波希米亚的佛罗里塞尔，并让他和他的副官赫拉迪内上校走遍伦敦。但是，那不是真实的伦敦，而是一座类似于巴格达的虚拟伦敦。当然，所谓类似，也即它同样不是现实的巴格达，而是《一千零一夜》的巴格达。

还有一位作家，我们大家都要感谢他的作品，那就是切斯特顿（Gilbert Keith Chesterton），他是斯蒂文森的继承人。在一个想象的伦敦发生了布朗神甫和小伙子“星期四”的一系列冒险故事。如果他没有读过斯蒂文森，那么“星期四”这个人物是不可能出现的。而斯蒂文森如果没有读过《一千零一夜》，也就写不出他的《新编一千零一夜》了。正因为如此，《一千零一夜》并没有终结。[1] 它是那么丰富而亲切，以至于无须通读。盖因它是我们前记忆的组成部分，也是今夜的组成部分。

编后记

豪尔赫·路易斯·博尔赫斯（Jorge Luis Borges, 1899—1986），

（接上页）1965 年的古铁雷斯 / 马丁内斯（Gutiérrez-Larraya, Juan Antonio y Martínez, Leonor）本。之后，在博尔赫斯离世后的 2005 年至 2008 年几乎又同时出现了三个西班牙文本。——译者注

1 博尔赫斯这是在暗示自己的《爱玛·宗兹》（*Emma Zunz*）以同样的方式演绎了现代版山鲁佐德和国王的故事。——译者注

阿根廷著名作家、诗人、翻译家，毕生在图书馆工作，曾任阿根廷国家图书馆馆长。他博览群书，且博闻强记，在散文、诗歌和小说创作中广泛指涉各种经典，故有“作家们的作家”之称。他一生荣获多种奖项，包括阿根廷国家文学奖、法兰西学院金质奖章、法国荣誉骑士勋章、西班牙塞万提斯奖等。作为诗人，代表作有《另一个，同一个》（*El otro, el mismo*, 1964）、《夜晚的故事》（*Historia de la noche*, 1977）、《老虎的金黄》（*El oro de los tigres*, 1972）等；作为小说家，其代表作有《小径分岔的花园》（*El jardín de senderos que se bifurcan*, 1944）、《阿莱夫》（*Aleph*, 1949）、《布罗迪报告》（*El informe de Brodie*, 1970）、《沙之书》（*El libro de arena*, 1975）；作为随笔作家，著有《莎士比亚的记忆》（*La memoria de Shakespeare*, 1983）、《七夕谈》等。本文《一千零一夜》（*Las Mil y Una Noches*）译自：Borges, *Siete noches* (México: Fondo de Cultura Económica, 1980), pp.57–74。

世界文学是跨文化理解之桥

[美国]大卫·达姆罗什[1] 著 李庆本 译

在全球化的今天，比较文学领域的迅速变迭，使我们获得了一次新机会，得以同时考察古典作品和现代作品，重新思考民族文学、区域文化和更广泛的全球流通的文学作品之间的关系。比较文学与世界文学研究者有一个共同理想，即促进跨文化交流和理解。同时，我们也必须清醒地意识到，今天仍然存在着跨文化交流和理解上的障碍。由于人口和资本的不停流动，由于全球范围权力持久的不平衡，交流和理解问题变得比以往更加突出了。

跨文化理解问题影响到文化生产的各个方面，但它在文学方面表现得尤为复杂。这是因为文学依赖于语言。众所周知，文学语言是很难得到准确翻译的。翻译常常会成为一种完全的海市蜃楼，常常会复制作为富有异国情调他者文化的接受国的幻想；或者作为一种异类错误，翻译会彻底挪用外国作品，将它同化为本土的价值观念，使它丧失

1 大卫·达姆罗什（David Damrosch, 1953— ），1980 年获耶鲁大学比较文学博士学位，随后曾在哥伦比亚大学比较文学系执教三十年。1996 年至 1999 年任哥伦比亚大学比较文学系主任；后转至哈佛大学厄内斯特·伯恩鲍姆学院任讲席教授，2009 年至 2012 年任哈佛大学比较文学系主任。曾任美国比较文学学会会长（2001—2003）。主要作品有《什么是世界文学》（*What Is World Literature*, 2003）、《如何阅读世界文学》（*How to Read World Literature*, 2009）等。——编者注

其文化特性，使它成为接受国文化中现存文学的肤浅苍白的译本。

在今天的讲座中，我将首先勾勒出目前世界文学研究的参照系，具体考察一下歌德在提出“世界文学”这一概念时对中国小说的解读，然后我将集中讨论《一千零一夜》的流传这一事例。这部世界文学的杰作为我们提供了一个特别明显的案例，反映出一部作品在经历了翻译之后的得与失；在过去的三个世纪，这部作品的不断变迁预示着我们今天所经历的充分的文化流变。

从19世纪20年代的约翰·沃尔夫冈·冯·歌德到今天的佛朗哥·莫瑞提（Franco Moretti）和帕斯卡·卡萨诺瓦（Pascale Casanova），不同的研究者一直在寻求界定世界文学的概念边界和物质边界，但没有任何一个定义或研究能够获得广泛的认同。我认为世界文学必须在多重意义上予以理解。世界文学肯定有一个可定义的边界，但这些边界不能在单一层面上用单一标准来界定。毋宁说，世界文学存在于多维空间中，它与以下四个参照系相关：全球的、区域的、民族的、个人的。而且这些参照系会随着时间而不停地变迁，如此时间便成为第五个维度。在时间维度中，世界文学不断地被赋形，并不断地变形。

假如我们将在本国之外已经获得有效生命力的作品囊括在世界文学的范围之内的话，那我们已经开始为“世界文学”这一概念赋予一个可定义的界限了。大多数文学作品实际上都不能在本国之外找到读者。所以世界文学的标准即使延续到目前也仍然是具有很大选择性的标准。有些作品可以在本源语言中得到广泛流通。在欧洲，拉丁文版维吉尔的《埃涅阿斯纪》被广泛阅读了好几个世纪。今天许多国家的读者可以直接阅读用英语、西班牙语或阿拉伯语这样的全球语言写作的作品，而用不着翻译。但也有一些采用全球语言的作家，由于他们的影响远播本国之外，他们的作品便被翻译成许多其他的语言。美国小说家保罗·奥斯（Paul Auster）的作品今天被翻译成30多种语言，译本销售量比英文版还要大。这种情况也适用于那些用小语种写作的作家。诺贝尔文学奖获得者奥尔罕·帕慕克（Orphan

Pamuk）的作品已经被翻译成 56 种语言，在国外的销售量远远超过在土耳其的销售量。因而，世界文学可定义的特性就在于，它是由能够在翻译中获得生命力的作品所构成的。

一部作品被翻译的时候，总会在风格上有所失，但也会有所补偿。这不光是就读者的数量而言，在理解和地位方面也会有所得。在阿拉伯地区，《一千零一夜》长期被认为是不登文学大雅之堂的，根本不值得关注。直到 18 世纪这部作品被翻译为法语之后才产生了广泛的影响，并确立了其文学地位。即使在本国已经具有经典地位的作品，当它传到国外时也会获得新维度。把莎士比亚的作品与索福克勒斯、布莱希特的作品放在一起来阅读，跟把他的作品与他的同胞像马洛、琼森[1]的作品放在一起来阅读，是有所不同的。然而，很多作品被外国人阅读时并不会获得新含义和取得新地位，原因是它们的语言根本就是不可翻译的，其含义根本用不着削弱和丧失，或者是由于它们的参照系是绝对本土化的，以至于它们很难在国外产生共鸣。这样的作品只能在本国传统中被珍视和发挥影响力，却不可能成为任何意义上的世界文学，它们只能被那些本国文化和语言的专家传播到国外。

在翻译中获得生命力的作品与在翻译中不能获得生命力的作品之间的区别无关乎文学品质，甚至也无关乎作家本人的本土或全球视野。乔伊斯（James Joyce）的《芬尼根的守灵夜》（*Finnegans Wake*）这部作品具有至高的全球性视野，但它的语言非常晦涩，采用了很多英语中的双关语，以至于它的译本读来根本不知所云。乔伊斯的《都柏林人》（*Dubliners*）是一部本土性的作品，却比《芬尼根的守灵夜》具有更大的可译性，并在国外产生了更大的影响力。的确，几十年来，《都柏林人》在国外比在本国的影响还要大。在本国，这部作品的第一个版本已经被出版商自己所销毁，因为出版商接到许多信件，指责

1 马洛（Christopher Marlowe, 1564—1593），英国伊丽莎白一世时代的戏剧家、诗人、翻译家，他在悲剧创作上的成就在当时仅次于莎士比亚；琼森（Benjamin Jonson, 1572—1637），英国文艺复兴时期与莎士比亚同时代的戏剧家、诗人、演员。——译者注

该书采用粗话，指责该书对都柏林市民有许多令人难以忍受的肖像描写，有些甚至采用实名。

一、西方与非西方

大多数作品均局限在本国的语言与文化中，只有一部分作品可以有效地传播到国外。一些国家可为世界文学文集贡献比其他国家更多的作品，这里面掺杂着重要的经济和政治权力问题——这一事实加剧了世界文学大全的可选择性。这是世界性的问题，我们在今天任何一次讨论世界文学的时候，都应考虑到这一点。迄今为止，世界文学的研究者总会将这种不平衡看作是理所当然的。整个20世纪，大多数比较研究集中在西欧和北美文学，至多向东扩展到俄罗斯，通常将东欧一笔带过。他们很少讨论世界的其他地区，更不会将这些地区看作世界文学研究的伙伴。日本比较文学研究者平川佑宏谈到他20世纪50年代在东京受教育时说："为了克服民族主义，像库尔迪斯（Curtius）、奥尔巴赫（Auerbach）、韦勒克（Wellek）这样的大学者确实都撰写了具有里程碑意义的学术巨著。但是，在我这样的外来者眼里，西方比较文学的学术传统——如果允许，我想说——是一种新型民族主义，是西方民族主义的表达。在我们看来，那就是欧洲人和美国人的专有俱乐部。这是某种扩大化的西欧共荣圈。"[1]

平川佑宏将战后比较文学讽刺性地类比为战前日本经济帝国主义，凸显了这一学科在20世纪五六十年代的总体偏见。尽管许多欧美比较学者自诩他们自己正在创立一个无边界的文学世界、一种类似联合国的文化，但平川佑宏和他在东京的同事仍然很清楚地意识到，这一领域被文学安理会所控制，这个安理会只有有限的几个成员，与实际的联合国

---

1 Sukehiro Hirakawa, "Japanese Culture: Accommodation to Modern Times," *Yearbook of Comparative and General Literature*, vol. 28 (1979): 47.

安全理事会成员根本不搭调。在20世纪60年代,瑞士裔的美国学者、《比较和总体文学年鉴》的创立者沃纳·弗里德里希(Werner Friederich)注意到,“世界文学”这个概念基本不具有世界的含义:“这样的一个专横的概念是肤浅的、带有极大偏见性的,在任何一所好大学中都不应容忍这样的概念。除此之外,采用这一术语还会很容易败坏公众关系,并冒犯超过半数的人类……有时,请恕我无礼,我甚至想我们应该将我们的研究项目称之为北约文学——甚至这仍然是夸张的,因为我们通常只是涉及15个北约国家的四分之一。”[1] 弗里德里希并不是在主张要扩充世界文学的研究,相反,他认为应放弃“世界文学”这个术语。

今天人们不再强调西欧这一强权了,而越来越关注全球性了。在过去的15年间,我们对世界文学的理解在真正的范围上已经扩展了,这就改变了上述情形。今天美国主要的世界文学选集涵盖了来自很多不同国家的500多名作家的作品,包括那些最初用阿卡德语、阿拉伯语、汉语、日语、基库尤语、韩语、那瓦特语、波斯语、盖丘亚语、斯瓦希里语、越南语、祖鲁语以及许多其他语言写成的作品。单就欧洲范围而言,《堂吉诃德》这部最初用中世纪西班牙语写成的作品,今天可以和阿拉伯语、希伯来语版的《堂吉诃德》同时登台,与此同时,威尔士的挽歌、挪威的长篇英雄故事、波兰诺贝尔奖得主辛波斯卡的诗歌也突破了常规的语言界限,不再将欧洲仅仅局限在罗马语、英语、德语,或许还包括俄罗斯语的范围之内。今天,比较文学正在拥抱一个全新的整体世界,包括一个新的“旧世界”。

二、经典、杰作与世界窗口

旧的世界文学具有相对严格的界限,这的确具有获取或强化文学

1 Werner Friederich, “On the Integrity of Our Planning”, in Haskell Block, ed., *The Teaching of World Literature* (Chapel Hill: University of North Carolina Press, 1960), p.15.

史和文化内在一致性的优点。随着世界文学关注点的扩展，当我们阅读世界文学时，界定哪些是我们要读的内容，这变得越来越重要。从歌德那个时代起，世界文学的定义一直游移在三个基本范式之间：经典（Classics）、杰作（Masterpieces）和世界窗口（Windows on the World）。

正像英国批评家弗兰克·克莫德（Frank Kermode）在《经典》[1] 中所认为的那样，经典是其文化奠基性作品，其中大部分常常是讲述王公贵族起源的，常常是古代的，而且一定是具有超越时代的影响力的。维吉尔的《埃涅阿斯纪》和中国的《诗经》都是这种意义上的世界文学的经典。

如果说经典作品具有内在的历史和文化含量，那么，当我们将世界性杰作看成是世界文学时，审美标准就必然会成为考虑的焦点。对于歌德这样一位讲求实际的作家（他也是第一个提出“世界文学”这个概念的伟人）而言，强调世界性杰作具有很大的益处，他的最好的作品可以在他有生之年进入世界文学的殿堂，而不必等到他死后很久的时间。相比于经典传统的纵坐标——从远古一直延续下来，“杰作”这类作品只有一个同时代的横坐标。只要一部作品在出版后得到关注并开始在翻译中流通，我们便可以把这部作品称为世界杰作。杰作的作家并不一定非要生活在罗马帝国的文化中心，他可以来自一个小国（如尚未统一的德国中的魏玛公国），他可以出身卑微，如塞万提斯；约翰·沃尔夫冈·歌德 33 岁的时候才在他的名字中被赐予“冯”这个荣耀的字眼。

强调杰作对教师和作家都有益处，因为它是一个选择性很强的范畴。这可以让教师在课堂上只选择几部作品，而不必在大部分并不怎么出类拔萃的作品中只盯着那几个主要的作家。《哈佛经典》有 50 卷之多，而《诺顿世界杰作文选》在 1956 年初版时却只有两卷，只囊括 73 位作家，以方便两个学期的课程之用。因此，杰作的范围可以是很

1 Frank Kermode, *The Classic* (London: Faber and Faber, 1975).

经济的：越是伟大的作品，越不需要在课堂上精讲。一门有关但丁的文化课从逻辑上可能需要讲到很多相关的作家，从神学家托马斯·阿奎那、克勒窝的伯尔纳（Bernard of Clairvaux），到诗人布鲁乃陀·拉蒂尼（Brunetto Latini）、伯特朗·德·波尔恩（Bertran de Born）——这些人都是《神曲》中的人物形象。而一门杰作课则可以从一个高峰跳到另一个高峰：从《埃涅阿斯纪》到《神曲》，再到《失乐园》和《浮士德》。

经典课要强调经典传统的逐步展开，而杰作课则可以相应地采取同时代作品群之间"伟大对话"的形式。这种对话可以在以文类和主题联系起来的作品之间展开，不必太多考虑历史影响和民族语境。对话可以只涉及文本，可参考它的前辈或者它同时代的竞争对手。这种对话是由教师联系在一起的，体现着教师的意志，例如一堂课可以将杜甫和华兹华斯的诗歌放在一起，也可以将莎士比亚和迦梨陀娑的戏剧放在一起，而不必揭示这些作家之间任何遗传学意义上的联系。

从 20 世纪 90 年代中期开始，除了经典研究和杰作研究之外，人们越来越强调将世界文学看成世界的窗口。过去，人们的关注点大多甚至全部集中在来自几个西方国家的享有特权（通常是白人男性）作家的作品。与此不同，现在许多比较研究者已经扩展了他们的关注点，他们关注着来自不同国家的许多引人注目的、富有魅力的作品。这些作品不管是否称得上是"杰作"，都会被讨论和讲授。

世界文学的这三种定义只在理论上是有区别的，在实践中却常常是联系在一起的。实际上歌德就同时具备这三种观点：他既会珍视他读到的最初用希腊和拉丁语写成的经典，也会宣扬他和他的朋友席勒写的现代杰作，还会喜欢作为不同文化和审美表现世界窗口的中国小说、塞尔维亚民歌。19 世纪 20 年代后期，在歌德构想"世界文学"这一概念的时候，萦绕在他脑海中的正是一部他正在阅读的英文版或法文版的中国小说，我们可以从由他的助手爱克曼记录下来的对话中得知这一点：

在歌德家吃晚饭。歌德说，"在没有见到你的这几天，我读了很多东西，特别是一部中国小说，我现在还在读它。我觉得它很值得注意。”

我说，“中国小说？那一定显得很奇怪呀。”

歌德说，“并不像人们猜想的那样奇怪。中国人在思想、行为和情感方面几乎和我们一样，使我们很快就感到他们是我们的同类人，只是他们那里一切都比我们这里更明朗，更纯洁，也更合乎道德。在他们那里，一切都是可以理解的，平易近人的，没有强烈的情欲和飞腾动荡的诗兴，因此和我写的《赫尔曼与窦绿台》以及英国理查生写的小说有许多类似的地方。”[1]

对于歌德究竟读的是哪部中国小说，一直存有争议。爱克曼没有提到那部小说的题目；但玛尼（B. Venkat Mani）最近认为，最可能是歌德拥有的中国17世纪《今古奇观》的英文版。19世纪20年代，英国东印度公司澳门分公司的雇员汤姆斯（Peter Perring Thoms）与一位来自英国殖民地的书商一起，以《中国故事》为题出版了这部作品的英文版。与汤姆斯的译本一起，这家出版社还出版了《外地人东印度精确向导》（*The Stranger's Infallible East-Indian Guide*, 1820）和《伊斯兰教史》（1817）。玛尼指出：“当时，世界文学这一术语最初就是来自于一大批被翻译介绍到欧洲的作品。”[2]

歌德在阅读这部中国小说的时候，他本人也正在写一部小说，正在苦苦思索小说的适当结尾。他在这部中国小说中看到了自己理想的描述，社会性与文学性和谐统一。他对爱克曼说：“正是这种在一切方面都保持严格的节制，使得中华帝国才维持了数千年之久，而且还会长存下去。”而且，这一有教养的自我节制还让歌德不失时机地批驳了当时法国诗坛领袖贝朗瑞的淫诗。当时，歌德也正在同时读他的诗

1 歌德：《歌德谈话录》，朱光潜译，人民文学出版社，1978，第111—112页。译文稍有改动。

2 B. Venkat Mani, Routledge essay, forthcoming.

（贝朗瑞常选择妓院和酒吧做背景）："我看贝朗瑞的诗歌和这部中国小说形成了极可注意的对比。贝朗瑞的诗歌几乎每一首都根据一种不道德的淫乱题材，假使这种题材不是由贝朗瑞那样具有大才能的人来写的话，就会引起我的高度反感。"[1]

歌德感到自己与中国散文作家非常亲近，他为此大受鼓舞。此时，他实际上接受了中国文学惯例中的一些独特品质。他注意到，不断被暗中提及的传奇人物，构成了对行为的不断评述；自然风景并不是按照实际的样子被描写，而总是人物性格的象征（"月亮是经常被谈到的，但月亮不改变自然风景，它被描写得和白天的太阳一样明亮"。即使家具也被用来说明人物性格："例如，'我听到美妙的姑娘在笑，当我见到她们时，她们正躺在藤椅上。'这是一个最美妙的情景；因为藤椅必然会跟明亮和高贵联系在一起。"[2]

这展示了多种因素的奇妙组合。歌德部分是对文化差异性的回应（他重视被引证的传奇），部分是在突出他自己外在的价值观念（他用藤椅来表达他想表达的意义），部分是在外国文本中找到一种中庸品质、一种在本国形同而实异的独特的新颖性（人物性格与自然风景的内在联系一直是罗马抒情体诗歌的主题，而歌德却将在中国小说中的这种联系看成是富有节制和秩序的普遍性的表现）。对外国文本的回应大概都会经历三个阶段：我们因新颖而喜欢的明显的"差异性"；我们在文本表述中找到的令人满意的"相似性"；介于二者之间的"形同而实异"——这种关系在我们的观念和实践中最可能产生一种富有成效的变化。

爱克曼似乎对外国文本并没有太多兴趣。他插入一个疑问，显然是希望他不必阅读许多中国小说："我说，'这部中国小说算不算最好的作品呢？'"这是对歌德与他共同拥有的世界文学理想的回应。"歌德说：'绝对不是，中国人有成千上万这类作品，而且在我们的远祖还生活在野森林的时代就有这类作品了。'他接着说，'我越来越深信，

---

1 B. Venkat Mani, Routledge essay, forthcoming, pp.112–13. 译文稍有改动。

2 Ibid., p.112. 译文稍有改动。

诗是人类的共同财产……世界文学的时代即将来临,每一个人都必须尽力促使它早日来临。’”

歌德对中国小说、波斯诗人哈菲兹(Hafez)、梵语古典戏剧家迦梨陀娑的热情接受,是东西方文学关系的范围得到扩展的标志,而这种扩展实际上是从18世纪初《一千零一夜》进入欧洲文学界就开始了。整个18—19世纪,《阿拉伯之夜》(*Arabian Nights*)——它通常的称谓,经常被看成哈伦·拉希德(Haroun al-Rashid)的巴格达世界的窗口——这是一种本土视角,但无疑仍能反映出《阿拉伯之夜》的完整版本与泰伯里(al-Tabari)的历史叙述“加法尔与巴莫克德家族的垮台”(“Jafar and the Fall of the Barmakids”)这一漫长的历史进程有着紧密的关系。与此同时,从文学叙述学的角度来说,《阿拉伯之夜》很快被公认为是一部故事套故事讲述的杰作,经过时代的洗涤,它在欧洲的接受也有助于提升它在中东作家和批评家眼中的价值。到了20世纪,这部以前不登文学大雅之堂的作品已经成为阿拉伯文学的经典,并激励着像纳吉布·马哈福兹(Naguib Mahfouz)、阿西亚·德耶巴(Assia Djebar)、奥尔罕·帕慕克这样的严肃作家,他们与托尔斯泰、普鲁斯特一样都把这部作品看成严肃作品。

三、从《赫扎尔·艾夫萨乃》到《一千零一夜》

《一千零一夜》为我们提供了一部作品在翻译中获得新生命的典型例证。大家公认,这部作品是从波斯故事集扩展而来的,故事来源于波斯和印度的《赫扎尔·艾夫萨乃》或《一千个故事》,从故事框架中主要人物的波斯姓名——山鲁佐德和妹妹敦亚佐德、国王山鲁亚尔和沙赫宰曼——可以印证这一点。这部作品不光是在翻译中有所得,我们甚至可以说它实际上在起源上已经完全丧失了。由于早期的波斯故事集从没有取得经典地位,在几个世纪之前就已经遗失了。它的重生只是非直接地以在3或9世纪开始流通的阿拉伯版本为基础。

在阿拉伯版本的不断扩展中，先是伊拉克，然后是埃及，《阿拉伯之夜》变成了其素材广泛涵盖伊斯兰世界的作品。

大部分故事当然是想象性的，与日常现实只有着间接的和游戏的关系。然而，从整体上看，它确实表现了这个世界，而这个世界经过数个世纪的精心编排而为中东的读者所熟知。故事的开头在背景设置上似乎有点捕风捉影、不甚明确，因为它把山鲁亚尔和他的兄弟描写成“印度和中国之岛”的国王，其中沙赫宰曼统治着撒马尔罕，山鲁亚尔统治着“印度和中国之岛”。而这些地区都是伊斯兰世界地图上很重要的地点，13 世纪威尼斯旅行家马可·波罗和 14 世纪摩洛哥律师伊本·巴图塔都曾在这些地方探险过。这两位旅行家都曾到过撒马尔罕和中国，对于山鲁亚尔的兄弟而言，伟大的丝绸之路的中心撒马尔罕是特别适宜的家乡，因为造纸技术就是通过这座城市由中国传到西方的。

《阿拉伯之夜》在伊斯兰地区已经流传了好几个世纪。当时，伊斯兰地区有着广泛的共同文化根基，如《古兰经》和大批波斯、阿拉伯古典诗歌，还有著名的历史学家哈伦·拉希德，这可以从 9 世纪中亚的棋盘中得到印证。

最终，《一千零一夜》引起了在中东的西方旅行家的注意。其开拓性的译本是在法国由安东尼·伽朗出版的，他在 1704 年到 1717 年之间共出版了 12 卷。这一译本获得了巨大成功，许多其他欧洲语言的译本都是在这个版本的基础上再译的。经过数个世纪许多复制者和编辑者的不懈努力，伽朗毫不犹豫地将他从叙利亚故事讲述者那里听到的故事加进了这个作品中。阿拉丁和阿里巴巴首次出现在伽朗的法文版中；他们的故事因而成为阿拉伯版本的标准部分，伽朗的版本也被重新翻译成阿拉伯文。实际上，在《阿拉伯之夜》的不断演化过程中，伽朗的 12 卷本毫无疑问代表了一个新阶段。

第一个英译本全部来自于伽朗的版本。一直到 19 世纪英语翻译者才试图直接面对阿拉伯文本。从那个时候起，《阿拉伯之夜》的翻译者也才开始自问：面对一个又一个不同的中世纪手抄本，一个又一个增加了新故事的许多现代文本，究竟该用哪个文本？哪些是掺杂在故事之中的成千上万行平庸诗歌？它们该不该翻译？如果翻译，那些陌生的散文形式该如何处理？这样的信息应该直接插入文本中还是该加一个扩展的注解？那些粗俗的和色情的情节该如何处理——直接翻译，谨慎地润色一下，还是干脆删除？

19 世纪的翻译者们已经对这些问题做出了不同的戏剧性的回答。1839 年，阿拉伯人爱德华·威廉·莱恩（Edward William Lane）出版了维多利亚标准版本。以他的文本为底本，阿拉伯版本只包括两百多个故事。莱恩删除了近一半的内容，试图避免"令人反感的"或是"近似淫荡的"任何事情。[1] 他保留了部分诗歌，但翻译成散文，他也用更平白的英语来处理阿拉伯原文中常带韵律的散文。莱恩巧妙地删除了原作中有伤风化的部分，他的译本在此后多年被许多版本完全接受，一直到 20 世纪，人们还援用他的译本，例如《哈佛经典》丛书就选用了他的译本。

与莱恩朴实的译本不同，探险家理查德·佛朗西斯·伯顿爵士（Sir Richard Francis Burton）的译本则显得绚丽多彩。1885 年，他自己出版了 10 卷本，此后又增加了 6 卷。他的版本中有一个论辩性的前言。在这个前言中，伯顿轻蔑地称莱恩的散文体译本是"不可卒读的"，带有"许多冗长的非英语词汇，以及半个世纪以前的僵硬的不自然的风格。那个时候，我们的散文在欧洲可能是最糟的"[2]。伯顿在第 10 卷的结语部分用了很长的篇幅再次攻击莱恩的译本，他指责莱恩《阿拉伯之夜》的散文体译本是"用乏味的散文堆积成的枯燥的直译"[3]。对于伯顿来说，更加荒唐的是莱恩对性问题的大惊小怪。伯顿为自己设置的目标是以其所有的诗情，以其壮观的东方特性，以其直白的性描写来"揭示《一千零一夜》真实的内容"[4]。

1 Richard F. Burton, ed. and tr., *A Plain and Literal Translation of the Arabian Nights Entertainment, Now Entitled the Book of the Thousand Nights and a Night*, 10 vols. (Benares = Stoke Newington: Kamashastra Society for Private Subscribers Only, 1885), p.1 : xii.

2 Ibid.

3 Ibid., vol. 10, p.222.

4 Ibid., vol. 1, p.xii.

两个版本的不同在故事的开场就已经显示出来了。国王山鲁亚尔和沙赫宰曼看到他们的妻子趁他们不在的时候另寻新欢，非常愤怒。沙赫宰曼偶然看到哥哥的妻子与一群女佣和奴隶出现在花园中，这个情节在莱恩的译本中处理得很适度：

“宫殿的门打开了，从中走出来二十位女黑奴和二十位男黑奴；王后美丽高贵，与众不同。她跟他们一起来到喷泉边。他们都脱光了衣服，坐在一起。然后，王后喊道：‘O Mes'ud!’一位黑奴迅速来到她身边，拥抱着她。她为所欲为。其他的奴隶和女人也做着同样的事情。所有人都在不停地狂欢着，一直持续到傍晚时分。”[1]

我们应该注意到，伽朗并不怎么拘泥于法语文学趣味标准的约束。尽管如此，他的译文已经相当贞洁了。而莱恩的译文在此基础上又做了进一步的删节。他告诉我们：“节制不允许详细描述发生在这些女人和黑人之间的所有事情，并不需要提供这些细节。”可是，伯顿却从不认为这是淫荡的细节，他觉得不需要删除。与伽朗和莱恩两人不同，伯顿是这样来呈现这一场景的：

“国王沙赫宰曼忍耐着，他的想法糟到了顶点，他想到自己妻子的背叛，燃烧的怒火从他受伤的胸膛中迸发出来。在这种情况下，他仍然坚持着。看哪！严禁任何人出入的宫殿的后门，突然打开了，从中走出来二十位女奴，簇拥着他哥哥的妻子。她搔首弄姿，卖弄着风情，就像是一位标致、清秀、匀称、完美、可爱的模特儿。她踱着优雅的步伐，像一只饥渴的羚羊走向冷冷的泉水边。沙赫宰曼连忙从窗口抽身回来，但他仍然让自己能够看到这群人，而这群人却看不到他。他们走在格子顶下，走过一条小路，来到花园，最后走到一个喷泉旁，喷泉的正当中是一个大水池；然后，他们脱去了衣服。瞧！其中的十个是女人，是国王的嫔妃；另外十个是白奴。然后，他们两两成对，一个挨着一个。但王后却只剩下她一个人，她突然大声喊道：‘到我这里来，

1 Edward William Lane, tr., *Stories from The Thousand and One Night*. Rev. by Stanley Lane-Poole. Repr. In The Harvard Classics (New York: Collier, 1937), p.7.

噢，我的主！’这时，一个流着口水的黑大汉连蹦带跳地从一棵树后走出来，他转动着白白的眼睛，瞪着令人惊骇的目光。他直接走到王后身边，伸出胳膊抱着王后的脖子，王后也同样热烈地抱着他。他亲吻着她，用腿缠着她，就像纽扣环紧扣着纽扣。他把她抛起来，取悦着她。其他男奴也都同样聪明地取悦着女人们。他们不停地亲吻着，拥抱着，成双成对地狂欢着，一直到夜幕降临。”[1]

伯顿向我们提供的细节，却被莱恩删除了，至少是部分删除了。伯顿增加了对奴隶的描写，像转动着的眼睛；伯顿自己还独出心裁地想出了纽扣与纽扣环这样的隐喻。伯顿的译本有时看起来更像是自由的改写，而不是严格的翻译，但他确实想向英文读者传达一种戏剧效果，传达他在开罗听专业的说书人所达到的那种效果。对于那些陌生的剧情，伯顿的《一千零一夜》并没有严格地逐字逐句地翻译，而是加入自己的想象，因而是对迷人的口头表演的再创作。

伯顿很自然地把我们带回到中东说书人讲故事的不同模式之中：“阿拉伯吟诵者在吟诵的时候愿意用对话的方式进行吟诵，他愿意以抑扬顿挫的音调来吟诵散文的节律，他愿意用有节奏的像弦乐的拨弦声那样吟诵诗歌部分。”[2] 伯顿能够对《一千零一夜》的韵律散文进行再创作，他对此深感自豪。他在《前言》中说：“散文的节律，或者说鸽子喔喔的叫声，在阿拉伯文中有着特殊的作用。它增强了描写的活力，加强了格言、警句和对话的力度。”[3] 在上面有关花园的那段描写中，伯顿的“他们不停地亲吻着，拥抱着，成双成对地狂欢着”比莱恩的毫无色彩的“所有人都在不停地狂欢着”显然要出彩得多。还有，莱恩只是简单地说有一个神仙在睡觉的时候打鼾，而伯顿的神仙却是“睡

---

1 Richard F. Burton, ed. and tr., *A Plain and Literal Translation of the Arabian Nights Entertainment, Now Entitled the Book of the Thousand Nights and a Night*, 10 vols. (Benares = Stoke Newington: Kamashastra Society for Private Subscribers Only, 1885), p.1: 6.

2 Ibid., vol. 10, p.145.

3 Ibid., vol. 1: xiv.

觉的打鼾声像阵阵轰隆隆的打雷声”[1]。伯顿意识到，他只能通过强行冒犯英语词汇和句式的规范来表达韵律散文的品质。在他的《前言》中，他强调他有义务将原文的陌生化特征如实传达出来：“这种韵律散文或许是‘非英文’的，并且是让人不愉快的，甚至对英国人而言是刺耳的。但我却把它看成原文翻译的必要条件。”[2]

后来的《阿拉伯之夜》的翻译者喜欢自己逗乐，并喜欢为他们对手的译本留有余地——通过引用伯顿的一些最华丽的段落，指责他的风格是“矫揉造作”的和“令人难受”的，正如最近的译者侯赛因·哈德威（Husain Haddawy）指出的那样。他鄙夷不屑地说：“伯顿留给这个国家的不过是文学的布莱顿阁。”[3]（是指19世纪早期由乔治四世建造的艺术上低俗但技艺娴熟的带有东方格调的夏宫）根据达乌德（N. J. Dawood）的说法：“伯顿获得了准确性，却失去了风格。他因陈旧而具有的很大的弱点，他炼词造句的习惯，他假造的一些非自然的习语，降低了他译文的文学性，丝毫不能增强它对原文的忠实程度。他的注释要比正文有趣得多。”[4]

然而，我认为达乌德和哈德威反对得太多了。确实，伯顿的窥阴癖般的东方主义有理由激怒那些巴格达出生的现代学者，这些学者见识了太多的西方人将他们自己的生活想象强加到了中东。甚至伯顿的注释也是多余的：他告诉了太多我们并不需要知道的东西，如埃及人的性行为，以及阿拉伯贝都因女人胸部的形状。达乌德和哈德威那严肃认真的带有注释的译本有理由取代伯顿和莱恩的版本，成为最通

1 Richard F. Burton, ed. and tr., *A Plain and Literal Translation of the Arabian Nights Entertainment, Now Entitled the Book of the Thousand Nights and a Night*, 10 vols. (Benares = Stoke Newington: Kamashastra Society for Private Subscribers Only, 1885), p.1: 6, vol. 1, p.11.

2 Ibid., vol. 1: xiv.

3 Husain Haddawy, ed. and tr., *The Arabian Nights* (New York and London: Norton, 1990), p.xxy.

4 N. J. Dawood, ed. and tr., *Tales from the Thousand and One Nights* (Harmondsworth: Penguin, rev. ed., 1973), p.10.

行的英文版本。但我们仍然不能说他们两人中的任何一个比伯顿翻译《阿拉伯之夜》翻译得更加合理。尽管他们更加准确地保留了伯顿在性描写上的直白，而在其他方面，最近的译者们的版本却并不怎么整洁。如果说伯顿的缺点在于冗长，那么他现代的继任者的缺点则在于他们的译文太拘谨。

达乌德的译文1954年由企鹅出版社（Penguin）出版，1973年修订再版。他的版本将故事置于现实主义小说模式之中。在前言中，他把《阿拉伯之夜》描述成"中世纪伊斯兰人最广泛最私密的记录"，因此，故事中天马行空似的想象诗性特征和修辞效果被大大降低了。他宣称："这些故事所描述的尽管是寓言的想象世界，但它们却是那个时代生活方式的真实的镜子，而且正是后者才产生了这些故事。它们是纯朴思想的自发的产物。"[1] 与这一理解相一致，达乌德采用了莱恩的那种简练的风格，并具体体现在他的清晰直白的散文句式中。在达乌德的译本中，王后和她的女仆一点也没有像"亲吻着，拥抱着，成双成对地狂欢着"那样放纵和华丽；我们只是被告知她们"一起狂欢"——实际上这个词早在一个世纪以前莱恩就用过了。

达乌德在他的译文中将故事翻译成纯朴思想的现实产物，这就促使他删除了为道德反思和抒情遐思提供间歇的数百行诗歌。最为不同寻常的是，原作中经常会提醒：山鲁佐德晚上做爱讲故事，白天陷入沉默，敦亚佐德急切地要求她下一个夜晚重新开始讲她的故事——达乌德宁愿删除这一切，也不愿打断个体故事的进行。像诗歌一样，故事框架在开头的详尽细节，反映了不间断地对素材的文学处理，这不再是简单的未受教育的故事讲述者的单纯产物（即使曾经是这样的话）。对个体故事纯粹形式的忠实使达乌德忽视了山鲁佐德讲故事是在跟死亡赛跑这一最根本的戏剧性场面。

侯赛因·哈德威在他1990年出版的译本前言中批评了达乌德

---

1 N. J. Dawood, ed. and tr., *Tales from the Thousand and One Nights* (Harmondsworth: Penguin, rev. ed., 1973), p.7.

删除诗歌的做法。哈德威强调诗歌对故事效果的重要贡献。哈德威确实保留了诗歌部分，但他漏掉了许多在伯顿译本中的诗歌，因为他的译本是根据早期不完整的手稿翻译的。如果说伽朗和伯顿着迷于一种传统不断得到发扬的快乐的话，那么哈德威的目标则是要尽可能根据最早的文本来返回原点。哈德威完全依据叙利亚这一支的文本传统，这一传统保留在 14 世纪的手稿中以及后来的几个复制本中。他只用这一文本系统，即使这一文本系统只保留了 35 个完整的故事，以及突然被打断的不完整的第 36 个故事。结果，哈德威删除了许多最著名的故事，他甚至令人费解地删除了故事框架中的结尾部分，即国王最终意识到自己的错误，同意娶山鲁佐德并收养他们的孩子。

哈德威在他的译本导言中承认他可资利用的资源是“很少的”，但他仍然坚持认为他的局限实际上是幸运的，他不厌其烦地指责更加完整的埃及手稿传统。他宣称：“如果叙利亚这一支展示了幸运的、有节制的成长，有利于保存最初的形态，那么埃及这一支则恰好相反，它展示的是多余的东西，它产出了许多有毒的果实，这些东西对于源初的东西而言几乎是灾难性的。”[1] 毫无疑问，他对伯顿是不耐烦的：对于伯顿的有毒果实的混杂物，哈德威只有选择放弃。

五年之后，为了回应人们抱怨他将《阿拉伯之夜》严重地简缩了，哈德威出版了第 2 卷，其中包括阿拉丁的故事、辛巴达的故事，以及一些其他“后来”的故事。即使在这一卷中，他仍然删除了故事框架的结尾部分，也没有提到山鲁佐德晚上做爱和讲故事。他之所以这样做，仅仅是因为他所偏爱的手稿没有包括这些内容。他有点抱歉地说：“自始至终，读者会想念山鲁佐德，但是当时我也想念她。”[2] 达乌德和哈德威在词语选择和总体策略上都是同样地小心翼翼。他们两人

1 Husain Haddawy, ed. and tr., *The Arabian Nights* (New York: W. W. Norton & Company, 1990), p.xii.

2 Ibid., p.xvii.

都力图避免像伯顿那样使用混合的、带有异国情调的英语。达乌德在译本前言中指出："我一直寻求把忠实于原作精神与忠实于现代英语用法协调起来。有时，我已经感觉到有必要改变语句的次序，尤其当英语散文逻辑迥异于阿拉伯语的时候。"[1] 实际上，在达乌德注重技巧的、流畅的译文中，英语散文逻辑远远胜过带诗歌韵律的阿拉伯的散文。尽管哈德威在他的翻译中想要区分不同风格，但他仍然不得不直率地承认："我已经避开了原文中的韵律散文，因为它们对于英语读者而言实在是太造作、太不和谐了。"[2]

1935 年，博尔赫斯（Jorge Luis Borges）在一篇题为《一千零一夜的译者们》的文章中赞扬了伯顿和他的法国当代传人马德鲁斯（J. C. Mardlus）的"有创造性的忠实"[3]，批评了伽朗和莱恩的"令人反感的端庄"[4]。达乌德和哈德威在性描写上与伯顿同样直白，但在语言风格上却端庄得体。他们的译文清新易懂，而伯顿的翻译则显得冗长啰唆，将我们拒之门外。由于《一千零一夜》独特的可变性，读两三个译本会比单独读一个译本要好。当我们阅读这部最混杂的作品时，如果我们只读一个故事或者一种翻译，我们可能就会像山鲁佐德本人那样不可避免地危及我们的体验。

在我们这个新媒体时代，《一千零一夜》会继续产生新的版本。从迪士尼电影、芭比娃娃到科威特喜剧，再到巴勒斯坦表演艺术家艾米丽·贾西尔（Emily Jacir）的博物馆造型艺术，都在这个题目上大做文章。贾西尔 2008 年的造型艺术"电影素材"，其悲伤的灵感来自早年巴勒斯坦激进主义作家祖艾特（Wael Zuaiter）被暗杀。据以色

1 N. J. Dawood, ed. and tr., *Tales from the Thousand and One Nights* (London: Penguin Books, 1954), p.10.

2 Ibid., p.xxvii.

3 Jorge Luis Borges, "The Translators of the Thousand and One Nights," in *Selected Non-Fictions*, tr. Eliot Weinberger, Esther Allen, and Suzanne Jill Levine (New York: Virking, 1999; Penguin, 2000), p.97.

4 Ibid., p.105.

列的说法，祖艾特涉嫌在慕尼黑奥运会杀害了以色列运动员（他的支持者却否认此事）。以色列情报和特殊使命局在一座宾馆的大堂中射杀了他；在他的尸体上发现了一本《阿拉伯之夜》（*Alf Laylah wa Laylah*）——这本书被一颗杀死祖艾特的子弹穿了一个孔。贾西尔得到了这本书，结果她创作了一部艺术作品和一部电影。她首先制作了一千本空白的书，一把以色列情报和特殊使命局使用的手枪。她用这把手枪射穿了一千本空白书的每一本。然后，她制作了一座小房间（2008 年安置在纽约惠特尼博物馆），用线将这一千本被子弹穿透的书穿起来，表示祖艾特将永远不可能活着来写这些书了。在这个小房间的入口处附近，有一面墙展示着《阿拉伯之夜》这本书被子弹穿过的每一页纸的照片。这一造型因而成了一个突然中止的生命——以及对于今天仍有生命的《一千零一夜》——的感人的追悼词，一名当代的山鲁佐德赋予了这一造型以一种新的主题，即抗议政治暴力。

在我们这一新媒体时代，《一千零一夜》无疑还具有很强的生命力。作为文学研究者，让我们共同期望我们的文学作品可以促进相互理解和欣赏。这样的相互理解和欣赏实际上在一千零一年之前已经激励着巴格达的作家们翻译了《赫扎尔·艾夫萨乃》，也激励着法国和英国作家一再翻译《阿拉伯之夜》，以对抗欧洲帝国主义鼎盛时期文化理解的缺乏。也是这种相互理解和欣赏，使贾西尔创作了她的移动造型，向我们当代这一多灾多难的世界中的文化和政治冲突发言。我们这些学者的山鲁佐德也已经找到适合于我们做的工作：我们今天有一千零一本新书要写，我们要为勾画一部真正全球性的世界文学坐标和建立跨越今天世界文化的错误界限的桥梁发挥我们应有的作用。

编后记

大卫·达姆罗什(David Damrosch, 1953—),1980年获耶鲁大学比较文学博士学位,随后曾在哥伦比亚大学比较文学系执教三十年。1996—1999年任哥伦比亚大学比较文学系主任;后转至哈佛大学厄内斯特·伯恩鲍姆学院任讲席教授,2009—2012年任哈佛大学比较文学系主任。曾任美国比较文学学会会长(2001—2003),撰写过多部比较文学与世界文学专著,主要代表作品有《叙事公约:圣经文学发展中的文体转换》(*The Narrative Covenant: Transformations of Genre in the Growth of Biblical Literature*, 1987)、《我们学者:改变大学文化》(*We Scholars: Changing the Culture of the University*, 1995)、《什么是世界文学》(*What Is World Literature*, 2003)、《如何阅读世界文学》(*How to Read World Literature*, 2009)等。本文《世界文学是跨文化理解之桥》原载于:《山东社会科学》2012年第3期,第34—42页。为统一起见,个别译名有所改动。

18世纪文学中的白人女性和摩尔式幻想

[摩洛哥]哈立德·巴卡维

《一千零一夜》的英语译本问世于18世纪的第一个十年。一个世纪之后的1812年，亨利·韦伯（Henry Weber）这样描述《一千零一夜》给他留下的深远影响：

> 很少有人能忘记（很少有人能够不回忆），当《一千零一夜》这本书第一次被放在他们手中时他们心中的愉悦。可以肯定地说，这类故事……为后世的每一代人的消闲和娱乐做出了不菲贡献。它给每一代人都带来了娱乐和欢欣，甚至超越了所有欧洲科技和想象力为教育和娱乐青年所创造出来的作品。

韦伯推崇《一千零一夜》，是因为它具有潜在的说教功能，这“不是板起面孔颁布严苛戒律，也不是通过一本正经的格言警句，而是寓道理于生动轻松的事例之中”。[1] 然而，也有人对《一千零一夜》持贬斥态度，特别是三等伯爵沙夫茨伯里（Shaftesbury）。他谴责这些故事，认为它们宠坏了甚至诱惑了女性读者，声称《一千零一夜》改变了读者

---

1 Henry Weber, ed., *Tales of the East: Comprising the most Popular Romances of Oriental Origins*, vol. 3 (Edinburgh: James Ballantyne, 1812), pt. I, p.i.

的品味，使得他们对“摩尔人和异教徒国度的精明鬼才过于感兴趣，而不再喜欢文明典雅的叙事方式、政府事务，他们喜欢充满智慧的生活，那些优雅的人士更爱阅读土耳其历史，而不是希腊或罗马历史，他们更喜欢浪漫主义作品或小说，而并非《伊利亚特》”。[1] 这种变化主要体现在女性读者身上，她们不由自主地痴迷于“摩尔式想象”，人人都渴望成为苔丝狄蒙娜，和东方爱人谈一场恋爱。“一千个苔丝狄蒙娜”，沙夫茨伯里写道，“已经准备好奉献自己，随时愿意抛弃她们的父母、亲属、同胞甚至国家本身，去追随黑人部落英雄的命运。”[2]

沙夫茨伯里还说，伴随着《一千零一夜》英译本的出现，18 世纪小说作为一种流派也得到了发展，后者刺激了“对陌生国度的迷恋以及对非自然物体的猎奇欲望”，以至于：

> 这个岛上（指英国）的美丽女士们被那些荒诞可怕的故事吸引，她们如此痴迷，恨不得将一腔宠爱和迷恋都付与那些讲故事的人，她们改变了对公正、坦诚和勇敢的骑士的天然喜爱，转而痴迷那些神秘族群黑人魔法师：据说那些老巫师会偷偷潜入房中，掳走那些单纯的女子。[3]

基于沙夫茨伯里的论述，本文尝试对白人女性面对东方诱惑时的脆弱表现做简要阐释，并讨论这种现象对 18 世纪文学话语中欧洲自我建构和帝国叙事的影响。首先，在沙夫茨伯里看来，18 世纪的小说作品被深深打上了轻浮的女性浪漫主义气息的烙印，充满了暗示，诱惑白人女性为摩尔人而背叛。东方总是被想象成一个奢华的世界，随处都是令人痴迷的文化习俗：美丽绝伦的女子，曼妙的音乐，精致的服饰，奢华的珠宝，郁郁葱葱的花园，流水潺潺的喷泉，波斯地毯，顺从的

---

1 Anthony A. Cooper, and Earl of Shaftesbury, *Characteristics of Men, Manners, Opinions, Times* (London, 1711), pt.I, pp.345-6.

2 Ibid., p.349.

3 Ibid., p.348.

阉奴，美味的珍馐佳酿和充满男子气概的男主人。如此这般充满异国情调的元素往往都是取材自《一千零一夜》。

在这样一个异域世界里，佩内洛佩·奥宾（Penelope Aubin）小说《阿尔伯图斯伯爵》（*Count Albertus*, 1739）中的西班牙女子蕾奥诺拉被献给英武的突尼斯主人。她被他俊朗挺拔的身姿和富丽堂皇的宫殿所折服：

> 我看到将军坐在波斯地毯上，面前是美味盛宴。一切都是那么奢华，他的长袍和头巾上闪烁着昂贵的钻石与珠宝；他面带微笑，起身拥抱迎接我，请我坐在他身旁……他恳请我不要拒绝他的陪伴，那神情既像情人又像君王……他请我用膳，我们就这样度过了几个时辰……随后他将我抱在怀中，走向他的卧室，把我放在床上。[1]

随着欧洲女子的身体被动的等待，读者荒谬的幻想被刺激起来，然而兴奋突然变成了沮丧，只因为曾集宠爱于一身的意大利女子索菲亚发现，她的主人已经厌倦了自己另觅新欢，于是一怒之下冲进竞争者的房间并杀死了她。索菲亚的反应揭示了这一事实，即她已经被同化为固有刻板的东方善妒者形象。狂怒的她穿着“土耳其风格”的盛装华服[2]，痛斥她的主人：“啊，阿巴尼尔，你大错特错了，我还有另一个对手吗？是不是没有丝毫希望的索菲亚注定要忍受你残忍的缺席，为等你到来而饱受煎熬？而当你回来时，又无法靠近你的床边。”[3]索菲亚拒绝她的地位受到新欢的威胁，这就像 18 世纪后半叶伊萨克·贝克斯塔夫（Isaac Bickerstaff）的双幕滑稽剧《苏丹》（或曰《土耳其后宫一瞥》，*The Sultan; A Peep into the Seraglio*）中所描写的那样，当

1 Penelope Aubin, *Count Albertus* (London: Printed for D. Midwinter, A. Bettesworth and C. Hitch, 1739), p.247.

2 Idem.

3 Ibid., p.248.

洛克塞拉娜成为宠妃之后，艾米莉亚是如何地脆弱、崩溃。[1] 从这方面来说，索菲亚是作为19世纪情欲小说中欲望旺盛的女奴之先驱出现的，就像《光色土耳其》（*The Lustful Turk*, 1828）和乔治·赫伯特（George Herbert）的《摩尔闺阁之夜》（*A Night in a Moorish Harem*, c. 1890）中所描写的那样。

《苏丹》以艾米拉悲恸地哀悼她的奴役命运并且在闺阁中分娩为开篇。随后，所罗门苏丹赐予她自由，并准许她回到自己的祖国和父母身边。然而，让人感到奇怪的是，获得自由的艾米拉却有意选择留在穆斯林的土地上，理由是"她的主人十分慷慨，特别是他对我流露出来的温情和爱意，这最终促使我和这片土地和解"。[2] 她用最富有感情的词汇来描述他，对他说："您的容貌深深地印在我的心中，在我脑海中挥之不去。"[3] 可是没多久，她苏丹宠妃的地位便被新来的出身低微的英国女子洛克塞拉娜夺走了。[4] 在19世纪早期的囚徒剧（captivity drama）——例如罗西尼（Rossini）的《意大利女郎》（*L'Italiana*, 1813）和玛利亚·平克尼（Maria Pinckney）的《年轻的加罗林人》（*The Young Carolinians*, 1818）——中，白人女性往往起到教化熏陶野蛮柏柏尔君主，促使他与本国嫔妃和睦相处的作用。洛克塞拉娜强势入驻土耳其后宫，最终战胜了那些魅力四射的竞争对手。事实上，洛克塞拉娜这个角色的原型是弗朗西斯·阿宾顿女士，谣传

1 有关 *The Lustful Turk* 的讨论，参见 Steven Marcus, *The Other Victorians: A Study of Sexuality and Pornography in Mid-Nineteenth-Century England* (London: Corgi, 1969), pp.195–217。

2 Isaac Bickerstaff, *The Sultan; or, A Peep into the Seraglio* (London, 1787), pp.5–6. A facsimile reproduction of the play is available in *The Plays of Isaac Bickerstaff*, ed. P. Tasch (New York: Garland, 1981).

3 Ibid.

4 有关洛克塞拉娜的描述源自马蒙泰尔（Marmontel）的故事"索利曼二世"（Soliman II, 1764）。这个故事的英译本被收于《马蒙泰尔寓言故事》（*Moral Tales by Marmontel*, London, 1764）, i. 40–65.

说她在登上舞台之前是个妓女[1]，进入后宫后又把后宫变成了妓院。这个有关宫闱的传闻在塞缪尔·约翰逊（Samuel Johnson）的《字典》（*Dictionary*, 1755）中也有描述，后者将后宫定义为“女人得以肆意放浪的场所”。

受到对权力的渴望和野心的驱使，洛克塞拉娜决心不仅仅要拥有苏丹的床榻，更要分享他的王座，“或许他根本就不爱我”。一旦她的对手全部消失，这个欲望强烈的女人便开始渴望掌握王权，梦想她能“被钦羡——她会被崇拜——她想成为如同本国那位一样的女王”。[2] 通过一个前妓女，我们看到野心勃勃的普通百姓竟然梦想与英国女王相抗衡（一较高下），这听起来是多么亵渎神明，又是多么具有政治颠覆性。然而，当看到东方世界也在上演这一幕，财富、情欲和权力都可以轻易获取时，这件事情就变得易于理解和接受了。

贝克斯塔夫笔下的人物洛克塞拉娜刺激了众多的追随、效仿者，例如哈奈·考利（Hannah Cowley）《土耳其一日》（*A Day in Turkey*, 也被称为《俄罗斯奴隶》, *The Russian Slaves*, 1792）中的鲍丽娜。在这部作品里，俄罗斯女孩儿鲍丽娜承认，掳劫她的人对她彬彬有礼，“他让我脱掉身上农民穿的麻布衣，给了我这些漂亮的衣服。看这件首饰，纯银制成。再看这件美丽的头巾”。而她的闺中密友埃丽克丝则担心，这几件华丽的土耳其服饰只不过是一个前奏，鲍丽娜很快将面临盛大的狂欢，融入穆斯林的世界。

意大利的劳蕾塔，在剧中被塑造为一个“后宫里安逸自足之人”，常常嘲讽、揶揄埃丽克西娜，后者总是焦虑不安，把贞操看得高于一切，决心“宁愿冲向死神的怀抱，也不愿冲向英俊爱侣的怀中”。作为一名情场高手，劳蕾塔热情高涨地向这位痴情的俄罗斯姑娘传授“迷人女士的各种手腕”和诡计，让她去俘获伟大帕夏的心。另一边，鲍丽

1 参见 *Theatrical Biography* (London, 1764), i. 10。乔舒亚·雷诺兹（Joshua Reynolds）将弗朗西斯·阿宾顿描绘成洛克塞拉娜。

2 Bickerstaff, *The Sultan*, 21.

娜对劳蕾塔所教授的内容也是如饥似渴，她暗中渴望自己能够获得成功，这样埃丽克西娜就不会受到异教君王的关注，她甚至阻止后者接触君王，因为自己无法抑制对美丽的埃丽克丝的嫉妒。最终，她在父母的见证下和帕夏举行了盛大的婚礼，并自豪地对双亲说："在这里，我将会成为一位伟大的女性，而不再是某个犹太人的婢女。"能够从一个粗鄙的乡野姑娘一跃而成为至高无上君主的妃子，这样的机会似乎只存在于伊斯兰国度。这种阶层易位在18世纪的欧洲是无法想象的，后者的社会体系彼时仍然是等级森严、固化不变。

在这些文学案例中，白人女性在东方伊斯兰世界可谓名利双收，一步登天。18世纪还有诸多与之相类似的文学描述。例如，苏格兰人海伦·格罗格就是从被摩洛哥囚禁的贫苦下等百姓，一跃而成为后宫宠妃。知道她的父亲经济困窘，国王还因此赐予岳父大量金银珠宝。[1] 另一位天主教徒玛尔斯·弗朗思琪尼，和她的父母兄弟一起被俘成囚，后来也成为苏丹的宠妃。她"充满活力，美艳绝伦"，国王将她封为王后，并"赏赐大量珍宝给她的父母及两位兄弟，恢复他们的自由身，并派人将他们送到热那亚。"[2] 而在罗伯特·巴吉（Robert Bage）的小说《公平的叙利亚》（*The Fair Syrian*, 1787）中，一位希腊姑娘被柏柏尔人海盗俘获，她对伊斯兰国度内潜在的各种机会显然是了如指掌，常常对另一名俘虏伙伴，即英国姑娘霍兰尼娅·沃伦说："假如足够美貌，姑娘们在奴隶中的处境就绝不会惨到哪儿去。"在奴隶市场，希腊姑娘对自己的容貌和万种风情颇有信心，她一再向考虑买她的阉奴保证："我很快就会成为你们主子的宠妃。"[3] 在女性寻求新独立的

1 有关海伦的故事，参见 John Shearer, *Antiquities of Strathearn, with Historical and Traditionary Tales and Biographical Sketches of Celebrated Individuals* (Crieff: D. Philips, 1881), pp.60–1; and Elizabeth Broughton, *Six Years Residence in Algiers* (London: Saunders & Otley, 1841), pp.159–63。

2 Franco Sanchez, *A Corrective Supplement to Wm. Lempriere's Tour from Giraltar to Tangier* (London, 1794), p.34.

3 Robert Bage, *The Fair Syrian* [Dublin, 1787], ii. 71–2.

时代，18 世纪的囚徒文学似乎为它的女性读者超越社会等级的藩篱提供了一种想象的可能性。这种可能性以世纪末玛丽·沃斯通克拉夫特（Mary Wollstonecraft）的《为女性权力辩护》（*Vindication of the Rights of Woman*, 1792）而达到高潮，并与美国革命、法国革命以及废奴运动中的人权进程大有相似之处。

社会阶层的飞跃同样发生在艾丽莎·海伍德（Eliza Haywood）小说《徒劳无益的调查》（*The Fruitless Enquiry*）中的某位女奴身上。欧洲女子艾尔法妮雅得到穆斯林君主的垂爱，“从身为一个奴隶，到得以来至君主的床榻和宝座之侧：仅凭这一点，她就值得放弃自己的天主教信仰。而她也真的如此做了，如今她已是集万千宠爱于一身”。[1]很快，这位伊斯兰化的天主教徒再现了东方式的情欲和暴戾。她狠狠地惩罚了同样是天主教徒的奴隶蒙特拉诺，只因他对自己的挑逗视若无睹。艾尔法妮雅下令对蒙特拉诺实施“阉刑，使他无法生育”[2]，她说：“既然他不是我的男人，那就休想再成为其他人的男人。”[3]因为在性的问题上极端暴戾，艾尔法妮雅在小说中被称为“性魔”。

海伍德书中体现出的自我和他人构建以及叙事的内在混乱，在稍早时期埃曼努埃尔·德阿兰达（Emanuel d'Aranda）《阿尔及尔及其奴隶史》（*The History of Algiers and Its Slavery*, 1666）中的丑闻故事里有着更为明显的体现。书中的西班牙女子薇普拉爱上了一个穆斯林，从而背叛了自己的丈夫、国家，甚至宗教。薇普拉还在阿尔及利亚做女奴的时候，她的丈夫先是设法自己逃脱，回到国内后他便立即筹集了一大笔赎金，并给他的前主人去了一封信，表示要努力赎妻。然而薇普拉听到这个消息后“却并未欣喜若狂，因为她对拉纳卡多·阿桑的感情早已扼杀了她本应对丈夫所怀有的夫妻之爱。于是她当众表示，自己不愿回国”。薇普拉的某位同乡试图劝她不要做背信弃义

1 Eliza Haywood, *Fruitless Enquiry: Being A Collection of Several Entertaining Histories and Occurences* (London, 1767), p.63.

2 Ibid., p.75.

3 Ibid., p.73.

之事，但她却毫无遮掩地说："无论穿土耳其长袍还是西班牙衬裙，我都是我。"同乡倍感失望，意识到"她对她所谓豪侠的爱，远远超越了对自己宗教、国家、丈夫以及亲人的爱"。[1] 在这本书中，白人女子的任性和贪恋情欲对信仰与种族而言是一个危险的征兆。用阿尼亚·鲁姆巴（Ania Loomba）的话来说："对白人父权统治来说，最大的威胁是白人女性可能一直同谋。她们对黑人爱侣的迷恋是令人恐惧、决不允许的，然而却也是随时都可能发生的。"[2] 这个危机在英国或是西班牙女性身上更加复杂、严重，她们显然更愿意放弃自己的天主教信仰，投入穆斯林文化的怀抱。

《西班牙女郎阿里代的奴隶的显贵史》（*Notable History of a Spanish Girl, Slave to Alidey*, 1736）是收于一本游记中的小故事。在这个故事里，安娜·玛丽娅坚决拒绝了阿里代的求爱，而她的一个同伴则"轻易屈服了"，并且还热切地说服她，希望她也投入阿里代的怀抱。[3] 同样，在伊丽莎白·玛莎（Elizabeth Marsh）的自传作品《女俘》（*The Female Captive*, 1769）中，摩洛哥国王叛逆成性的妃子对私生活的混乱毫无内疚，热衷于引诱新的基督徒俘虏，既想俘获他的人，还想俘获他的心。[4] 她与英国姑娘伊丽莎白交好，赠予她各种礼物，假装教她本国语言，目的就是为了让她放弃自己的基督教信仰。在故事的叙述中，女主人公的主要行为就是为了捍卫她的尊严和灵魂，但具有讽刺意味的是，她所处的世界已经到处充斥着女性背叛者，她们不仅乐于让自己沉浸在本土文化之中，而且乐此不疲地引诱新奴

1 Emanuel d'Aranda, *History of Algiers and Its Slavery* (London: Printed for John Star & Key, 1666), pp.190–1.

2 Ania Loomba, *Gender, Race, Renaissance Drama* (Manchester: Manchester University Press, 1989), p.52.

3 "Notable History of a Spanish Girl, Slave to Alidey," in *Several Voyages of Barbary* (London: Printed for Oliver Payne, 1736), pp.106–11.

4 参见 Elizabeth Marsh, *The Female Captive: A Narrative of Facts which Happened in Barbary in the Year 1756, Written by Herself*, ed. Khalid Bekkaoui (Casablanca: Moroccan Cultural Studies Centre, 2003)。

隶们继续走上灵肉背叛的道路。这些女性背叛者就像是活生生的证据，提醒着人们西方思想霸权和征服梦想的彻底崩塌，更遑论统治东方了。

倘若说洛克萨拉娜、鲍丽娜，还有艾尔法妮雅是有意决心在伊斯兰后宫度过她们的余生，那么，其他那些女奴成功逃脱并回到家乡似乎只是为了重新审视她们对被抛离的东方情侣不可抑制的迷恋和怀念。奥宾的《威尼韦尔伯爵》（*Count de vinevil*, 1739）中的威尼斯女子薇奥莱塔便是如此。她放弃了自己的尊严和灵魂，忏悔道："我找到了内心的平静。"[1] 尽管奥斯敏的后宫有数位欧洲美女，但是薇奥莱塔却"比任何人"都得宠，这一直让她引以为豪。她身着华丽的"土耳其服饰"，与土耳其统治者过着一夫多妻的生活长达"两年，格外受到尊重"，她还为他生有一子，凡此种种，均说明她具有很强的文化可塑性和融入异域社会的能力。

在小说中，意志坚定的女奴阿戴丽莎最终劝说薇奥莱塔离去。奇怪的是，就是在这样的关键时刻，薇奥莱塔仍然念念不忘她的土耳其丈夫，承认她"爱他，总是用妻子的目光凝视他"。回到欧洲后，薇奥莱塔遇到一位热烈的追求者。在摆脱了痛苦和内疚之后，她毫不掩饰、出人意料地拒绝了求婚者，告诉他，她始终认为自己仍是土耳其国王的妃子。求婚者错愕不已，还徒劳地妄想努力唤醒她的基督教情感，让她重拾失去的意识认同，他反对道："那个异教徒既非基督徒也不是你丈夫；他不过视你为奴隶。"[2] 薇奥莱塔理解他的感受，但仍然拒绝了他的求爱："不错，我上他的床是被迫的，但这是他们国家的习俗，但他没有罪恶的念头，反而对我很温柔；只要他活着，我的内心就无法接受另一个人与我同榻。"[3] 即使是最终真的传来了奥斯

1 Penelope Aubin, *Count de Vinevil*, in *A Collection of Entertaining Histories and Novels* (London: Printed for D. Midwinter et al., 1739), iii. 47.

2 Ibid., 61.

3 Penelope Aubin, *Count de Vinevil*, in *A Collection of Entertaining Histories and Novels* (London: Printed for D. Midwinter et al., 1739), iii. 62.

敏的死讯，但丧偶的薇奥莱塔“还是不同意在短时间内和他结婚”，而是坚持要在度过六个月的服丧期后才举行婚礼。[1]看起来薇奥莱塔似乎回到了西方世界，但她其实早已远离了那里。很明显，通过薇奥莱塔我们看到，女性的身体业已成为文化、性和意识形态猛烈冲突的战场。

这种冲突同样体现在奥宾的《夏洛特·杜朋的一生》(*Life of Charlotta Du Pont*, 1723) 中。这是一部独特的小说，戏剧化地描写了丈夫与其遭遇强暴的妻子之间分离的痛苦。当安吉丽娜被人带往后宫时，早已习惯穆斯林妃妾生活的国王宠妃凯瑟琳娜劝告她要服从主子，要“甘于做他欲望的牺牲品”，这表明，凯瑟琳娜对东方国度后宫的荒淫无度早已了然于心，为了满足主人的欲望，她不得不与新妃子同享一个丈夫。而安吉丽娜则用事实证明，她是位“勇敢无畏的姑娘”，巧妙地从威尼斯奴隶手中逃脱了。她逃脱之后，凯瑟琳娜碰巧也遇到了刚从奴隶中逃出来的基督徒丈夫。对于妻子失去贞洁，丈夫痛心不已，不过二人很快和好如初。尽管他落魄贫寒，但凯瑟琳娜还是不顾父母的强烈反对，和丈夫私奔了。穷困潦倒的丈夫总算也得到了点安慰，因为受到蹂躏的妻子毕竟为他带来了“巨大的财富”，这些都是她在后宫七年的生活中积累的。

而像伊丽莎白·玛莎这样的女子，拒绝了摩尔追求者赠予她的所有礼物，最终一无所有地回到家乡，只为保全自己的声誉，她认为这才是女人最珍贵的宝藏。但她却吃惊地发现，自己被分别时日的未婚夫抛弃了，理由是指责她与一个男俘“结婚”了。这样的悲剧也发生在托马斯·萨瑟恩 (Thomas Southerne) 的戏剧《豢养情妇》(*Money the Mistress*, 1726) 中。玛利亚娜自愿代替恋人献身摩尔人为奴，相信恋人会为自己交付赎金。然而令她难以置信和倍感困惑的是，她的恋人竟然一去不返了。她贪婪的父亲也拒绝交付赎金，最后她只好以做主人的妾室相要挟才得以被赎回。回到故乡后，痛苦不堪的玛利亚娜绝

---

1 Ibid., 63.

望地发现，她不惜牺牲自己挽救的恋人竟然出于贪婪，为了攀附高枝而抛弃了她。

许多女性勇敢地捍卫了自己的贞操。但她们回归故乡却并不能给她们带来渴望的自由、幸福和尊严。从奴隶中逃脱所带来的只有痛苦、疏离和受排挤。在这类故事和戏剧中，许多聪明的女奴在被囚困于穆斯林国度期间小心谨慎地想尽各种办法积累财富，并在逃回基督教故土之时竭尽努力将财富带回。这些财宝尽管非法，却能在遭遇经济困难或是社会排挤时保证她们衣食无忧。从奥宾的《夏洛特·杜朋的一生》到戴比·泰勒（Debbie Taylor）的《第四任王妃》（*The Forth Queen*, 2003），这种情节反转随处可见，已成为典型范式。后者是一部描述苏格兰人海伦·格罗格被俘和宫闱生活的历史小说。

对于男性俘虏而言，东方也依然是一片充满机遇的土地。例如，由弗朗西斯·查尔德（Francis Child）收集的、流行于18世纪的叙事诗《苏珊·佩》或曰《年轻贝肯的花环》（*Susan Py* or *Young Bichen's Garland*）中，陷入情网的东方姑娘帮一位英国俘虏从她父亲的地牢逃脱，并助他回到了家乡。后来，佩带着父亲的黄金乘船来到英国寻找恋人，却发现那个她曾经拼命挽救、使他免于奴役之苦，且信誓旦旦此情不渝的恋人，正在庆祝他与一位英国女子的婚姻。佩重金收买了门童，让他告诉主人自己已经来到英国。门童对异国女子的美丽和慷慨盛赞不已，新娘母亲怒火中烧，痛斥门童。门童却嘲讽地反驳道，这位陌生客“身上还有更多的黄金，要买下几片土地、连带新娘还有你都绰绰有余”。不管岳母如何叫嚣抗议，贝肯最终还是抛弃了英国新娘，又回到了柏柏尔姑娘身旁：

世间再难觅如此女子
苏珊·佩确是技高一等
……
整个英格兰欢愉沸腾

只因苏珊·佩大婚礼成。[1]

重要的是，异国痴情女子的援助，在小说中她情绪的暴发，以及突然闯入自己熟悉的世界，这些最终给白人新娘带来了致命的打击。在这首民谣的变体中，主人公很开心他不用“再徘徊于异国他乡，如今索菲亚已过海越洋”，而她能保证自己衣食无忧。

18 世纪这些故事中的许多欧洲女性在面对被俘的遭遇时，要么都曾被地位显赫的爱侣辱骂过，这些人出于世俗的目的，绝不会娶她们为妻；要么就是她们会和比自己地位低下的情人私奔，永远也别想得到父母的祝福。相反，一位富裕且有能力的东方女性可以随心所欲地资助她的异国恋人，能把他从一个地位低贱的奴隶变成财大气粗的夫君，这可谓意味深长。在北非地区[2]的本地女性被塑造成坐拥自己财产的形象，她们可以随意支配财富，就好像她们完全可以自主支配她们的身体，和任何她们喜欢的人在一起。因此，在托马斯·迪格斯（Thomas Digges）的小说《阿隆索的冒险》（*Adventure of Alonso*, 1775）中，摩洛哥女子苏丽玛在丧偶后继承了一大笔遗产，她打算和她的西班牙奴隶结婚，并问他是否愿意皈依伊斯兰教。“这让我着实犹豫了好一阵子，”奴隶坦言，“最终，爱战胜了顾虑。我成为了土耳其人，做了她的丈夫。”[3]苏丽玛对改宗和奴隶文化身份的瑕疵极端在意，这些都揭示出在故事的讲述过程中，东方式情爱、财富、宗教叛离，以及失去国家身份认同等这些问题是如何交织在一个看似自相矛盾的布局中，展示出性别、种族和民族身份的构建和表述的含混性。这里和其他任何地方一样，表面上看起来，赢得更多财富、更高地位都是受到真实情感的驱使，这种情感超越了奴隶对改宗问题的担忧。

这种含混性也体现在奥宾的《高贵的奴隶》（*Noble Slaves*, 1722）

1 “Susan Py; or Young Bichen’s Garland,” in *The English and Scottish Popular Ballads*, ed. F. J. Child (New York: The Folklore Press, 1957), i. 481.

2 原文为 barbary，意指北非柏柏尔人，含有贬义。——译者注

3 Thomas Gigges, *Adventure of Alonso* (London: J. Bew, 1775), ii. 94.

中，这部小说和奥宾的其他虚构作品一样，采用了类似《一千零一夜》的框架结构。在小说中，富有的阿尔及利亚遗孀买了一个奴隶和他的妻子克拉琳达，为了避免克拉琳达受到残忍对待，奴隶谎称她是自己的妹妹。阿尔及利亚遗孀诱惑这名奴隶来满足自己的欲望，奴隶心甘情愿地就臣服了。不仅如此，为了换取好处，他还不失时机地说："要我做什么都可以。"[1] 同时，他一面尽心尽力地"讨好寡妇爱德迈拉"，同时还从不错失机会，定期潜入克拉琳达房中"在贞洁的妻子这里享受丈夫的特权"。由此，展现在我们面前的就是这样一个基督徒形象：生活在柏柏尔人地区，依据伊斯兰婚姻制度过着一夫多妻的生活，而这也被他的姘妇和妻子所默许。等到富有的女主人过世后，他终于"把寡妇的所有财富纳入囊中"。在有意美化帝国、诋毁文化差异的讲述中重复这种混乱关系，这造成了巨大的道德困惑和尴尬窘境，使得意识形态的统一分崩瓦解。

当我们意识到，针对基督教女性的性暴力可能更多来自她们自己的同胞，这早已不是个案的时候，这种本已相当复杂的性别和民族构成便会因更多的不一致而进一步混乱和问题化。比如克拉琳达，身体被爱尔兰人侵犯了。而夏洛特则被背信弃义的爱侣诱骗到一个私密房间，"尽管我不断祈祷，哭诉，奋力反抗，他最终还是占有了我。"而常常被有意用来指代东方暴君的（被系统地投射在东方暴君的传统形象中）通奸者，不仅侵犯了她，还将她囚禁，让她成为泄欲工具长达5年之久。在这期间，他与一位"美丽、忠贞"的女子结了婚，并持续和被囚禁的女子保持着一夫多妻的关系。在厌倦之后，他抢走其身上的贵重物品，派人把她贩卖到的黎波里为奴。而对于她的穆斯林主人，这个被白人践踏的受害者坦诚地评价道："这位英勇的阿拉伯人阿本布士拉对待我和善宠爱，他对我的爱超过任何其他女人。"[2] 这句话揭

1 Penelope Aubin, *Noble Slaves*, in *A Collection of Entertaining Histories and Novels*, (London: printed for D. Midwinter, 1739), iii. 69.

2 Ibid., 125.

示了可怜的夏洛特业已成为给她带来厄运的文化“他者”,可谓发人深省。

就在同一部小说中,阿方索船长是个“地狱恶魔”,在艾米莉亚结婚的那夜掳走了她,正当他要在船上虐待艾米莉亚的时候,一群黑皮肤海盗掳掠了船只,拯救了这位苦难中的纯洁女子,对白人的恶行进行谴责。在阿尔及尔,艾米莉亚被卖给了品德高尚的统治者。艾米莉亚承认,他待自己很好:

> (他)看起来非常爱我,把我带到他的床上。他什么都听我的。……八年中,尽管他有许多其他新宠,但他始终独独偏爱我,对我的感情一直如初。[1]

欲望强烈的白人形象常常出现在18世纪早期女性作家的作品中。在艾丽莎·海伍兹(Eliza Haywood)的小说《伊达利亚》(*Idalia*, 1725)中,同名女主人公伊达利亚在乘坐一艘船时被卑鄙的费尔迪南德残忍蹂躏,随后沦为众多白人的猎物,其中一位就是好色的李坎伯尔船长。正当他企图满足自己的欲望时,船被柏柏尔海盗袭击了。争斗中,李坎伯尔被杀,他的船也被摩尔人占有。故事至此,欧洲色鬼在柏柏尔海盗手中遭到报应这一情节已经成为一种带有讽喻意味的典型范式。

伊达利亚担心会遭受东方暴君的欺凌,但这显然有点杞人忧天。“放松,亲爱的女士,”彬彬有礼而又和善的掳劫者阿布杜马尔说道,“您现在在一个人的保护之下,从他本性来说,他绝不愿冒犯您的身体。”[2] 具有讽刺意味的是,曾反复出现的东方式残忍和男女生活的混乱范式在小说中转译到了欧洲人物身上。用乔·斯纳德(Joe Snader)

1 Penelope Aubin, *Noble Slaves*, in *A Collection of Entertaining Histories and Novels* (London: printed for D. Midwinter, 1739), p.54.

2 Eliza Haywood, *Idalia; or, The Unfortunate Mistress* (London: Printed for Dan. Browne, 1725), p.75.

的话说，海伍兹的小说“一反东方囚徒小说的流行范式，而是将它转化为一种正面的积极经历，女主人公总是能够在她的俘虏者那里感受到友善，而非专制残暴和身体侵犯。她的忠贞和东方掳劫者的彬彬有礼与欧洲人的贪恋情欲形成了极具讽刺性的对位”。[1]

海盗唯一的妻子贝利莱萨是一位小巧迷人的女性，“拥有无与伦比的迷人容貌和气质”。伊达利亚也为她的美貌、优雅和气度而折服，她“内心也承认，她从未见过如此美丽、如此迷人的造物！”。这位“美丽的柏柏尔人”和“迷人的异教徒”——小说中就是用这个词来称呼贝利莱萨的（伊达利亚后来发现，贝利莱萨其实有着基督教的出身）——对深陷困境的伊达利亚如同朋友一般，待她温和、慷慨，答应会尽一切努力帮她重获自由。她还邀请伊达利亚到她的房间，屋内奢华的异国情调令伊达利亚眼花缭乱：

> （房间内）点缀着人类世界上各个地方大自然所创造的奇珍异宝。地板上铺着从未见过的奢华绚丽的地毯；地面纯银铺就，刻着各色的花朵暗纹，是最精美的纯手工制品；窗户的外侧用半球形水晶围绕，以抵御海浪的冲刷，内侧则有黄绿相间的方格，每个方格都以珍贵的宝石联结：钻石、红宝石、绿宝石、橄榄石、蓝宝石等，色泽斑斓夺目，整个屋子散发着耀眼的光芒，炫目得让人不能直视：伊达利亚在威尼斯见到过的最极致的奢华，世上已无城市可出其右，但和眼前的一切相比，都显得格外贫乏。[2]

在那场不幸遭遇之后，可怜的伊达利亚最终在柏柏尔人的船上找到了在家乡都未曾体会到的安宁和平静。最重要的是，海伍兹小说中与野蛮残暴的真正抗争，是发生在欧洲土地上，这片土地在小说中被

1 Joe Snader, *Caught between Worlds: British Captivity Narratives in Fact and Fiction* (Lexington: University Press of Kentucky, 2000), p.159.

2 Haywood, *Idalia*, pp.75–6.

描述为充斥着暴力、背叛以及欲望横流之地，而柏柏尔人则呈现出文明、克制、富于同情、友爱而成熟的面貌，这对欧洲价值观和他们的文化优越感是极大的考验。

在旨在谴责异国性行为和残酷迫害基督徒的叙事中，欧洲基督教变成穆斯林恶棍，无情地残害无辜的基督教处女，这一事实彻底扰乱了构成此类叙事并赋予其意识形态连贯性的寓言框架和殖民意识形态。在一种自觉参与帝国构建过程的话语中，白人女性为了摩尔人而背叛这一典型范式普遍存在，这催生了一个在其国家身份和命运认同上分崩离析的欧洲。一个极易受到诱惑、胁迫和被囚禁的欧洲白人女性形象，恰恰折射出帝国的焦虑：欧洲人对《一千零一夜》中其他帝国的故事竟是如此迷恋。

编后记

哈立德·巴卡维（Khalid Bekkaoui），摩洛哥学者，1996年获阿卜杜·迈力克·阿萨迪大学（Abdelmalek Assadi University）博士，西迪·穆罕默德·本·阿卜杜拉大学（Sidi Mohamed Ben Abdellah university）教授，摩洛哥文化研究中心主任，现为美国桥水州立大学（Bridgewater State University）富布赖特访问学者，长期以来关注英语文学和阿拉伯苏非主义研究，以及18世纪北非的白人女性俘虏在北非地区的境遇及其在18—19世纪文学中的呈现。本文《18世纪文学中的白人女性和摩尔式幻想》（*White Women and Moorish Fancy in Eighteenth-Century Literature*）译自：Saree Makdisi and Felicity Nussbaum (eds.), *The Arabian Nights in Historical Context: Between East and West*, (London: Oxford University Press, 2008), pp.153–166。

西方文学中的《一千零一夜》：话语分析

[沙特阿拉伯]阿德南·M.瓦赞

本文依据阿拉伯语文本，对伯顿英语版、伽朗法语版《一千零一夜》中《国王山鲁亚尔和他的弟弟沙赫宰曼》的故事进行了文本分析。这个故事在《一千零一夜》的不同手抄本中都是大致相同的，并被视为构建《一千零一夜》的创作基础或曰引子。

《一千零一夜》，也就是西方读者所知的《阿拉伯之夜》，一些阿拉伯典籍也曾提到过它。但首先重视这些故事的则是西方学者和那些对这部作品有着浓厚兴趣的东方学家。另一方面，东方学者则是耗费心力制作这些故事不同文本的副本，并印刷出不同版本。感谢他们，由于他们的努力，这些故事才得以保存。

《阿拉伯之夜》有三个主要组成部分：首先是印度故事，其次是巴格达故事，第三部分是开罗故事。《一千零一夜》中来自印度的故事在前伊斯兰时期就传入了伊朗，被译为巴列维语。随后，这部巴列维语名为《赫扎尔·艾夫萨乃》的波斯故事集（波斯语中意为：一千个故事）又被译为阿拉伯语。故事中尚有元素存在疑问，譬如包含了漫长航海旅程和超自然魔幻色彩的《辛巴达航海记》。在阿拉伯语版本中，这个故事尤其受欢迎。许多阿拉伯故事讲述者及其讲述方式都深受它的影响。受其影响最深的人就包括著名的阿拉伯文人哲赫沙耶

尔 (الجهشاري)。

《一千零一夜》中的巴格达故事出现得稍晚，它反映了中产阶层，诸如商人、小贩等的生活方式，展示了一幅奢侈、富饶和靡费的生活画面，这正是《一千零一夜》所描绘的典型生活场景。当然，这部分故事也是著名的哈伦·拉希德哈里发奢侈生活的真实写照。然而，这些场景却并非整个穆斯林现实生活的忠实写照。

第三部分元素名为开罗故事，主要产生于埃及法蒂玛王朝成立之后。它聚焦底层人民的生活，如守门人、鞋匠等。事实上，相比于巴格达底层来说，这部分故事更真实地反映了开罗人的生活。

《一千零一夜》最重要的版本当属布拉克版，它印刷于埃及，是在1833年印度加尔各答阿拉伯语原本的基础上出版的。由这一版本衍生了许多其他版本，有的版本缺少一些故事，有的版本故事顺序不同。其他比较知名的版本有1824年哈比希特在突尼斯本基础上编写的布雷斯劳本。而在加尔各答二本基础上的布拉克本则出版于1835年。此外，世界各地图书馆还存有许多《一千零一夜》的手稿。[1]

通过东方学者在这一领域的不懈努力，这部著作先后被翻译成印地语、波斯语、土耳其语、乌尔都语、马来语、汉语乃至日语。[2]

关于这本不朽之作 (great book) 的起源及其相关的文学传承，历来是批评家、文学家和学者们争论不休的焦点。有的观点强调它的阿拉伯源头，有的强调其印度源头，有的则认为它来自波斯。就西方学术研究而言，欧洲学者并没有将工作局限于翻译和研究《一千零一夜》本身，他们更渴望探究其源头，除了作家和批评家的研究之外，一些印

---

1 Mia I. Gerhardt, *The Art of Story-Telling, a Literary study of The Thousand and One Nights* (Leiden: Brill, 1963). pp.11–2.

2 Examples of these translations are the Hindi translation (anon) *Sahasra-Rajani-Carita* (Lucknow: Nawal Kashore, 1886). The Malay trsnslation, *Hikayat Saribu Satu malam* (Singapore, 1891). The Bengali trandation by Dinendra Kumar, *The Arabian Night's Entertainment* (Calcutta, 1899), and several Turkish and Persian translations. We may also mention the translation into Hausa by Frank Edgar, *Dare dubu da daya* (Lagos, 1924).

刷版和各种语言译本的序言也关注这一问题。[1] 尽管这些研究有些根基并不扎实，并未捕捉到这部故事集的本质，因为事实上，《一千零一夜》并非人们通常认为的那样，是一部单一的作品。它实则是一系列故事的集合，这些故事不在意它们是否在图书馆中被阅读或是存留。它们由各不相干的散乱故事组成，意在通过口头流传来愉悦大众。数个世纪以来，故事的讲述者都是在讲述他们自己的《一千零一夜》，随意对它进行润色、增删，直至它开始受到世界的重视，被印刷或是收藏于图书馆之中。几个世纪以来，收集工作的主要目的还是为了愉悦听众，后者的兴趣取向是主导因素，讲述者们从不吝啬对原始文本进行大量扩充、修改。而这部著作的特点恰好也有助于此，故事之间没有共同主题，也并无关联，只是恰好由国王山鲁佐德和王后山鲁亚尔这个框架故事通联起来。

一直以来，这些故事的顺序和细节都相当松散、自由，直至西方世界开始对它们产生兴趣。是西方世界终结了这些故事自由松散的状态，使它们不再由普通民众口耳相传，而是被放在图书馆的书架之上，并不断被印刷出版。由于缺乏对《一千零一夜》本质的认识，没有准确把握到它是一部民间文学作品，早期学界，特别是西方学界对其的研究便显得缺乏根基。

我们应当看到，对《伊利亚特》源头的研究在很大程度上影响了《一千零一夜》研究。这并非因为二者都是民间文学，而是因为它们都经历了一个不断发展、被改写乃至和最初面貌渐行渐远的过程。

学者倘若对《伊利亚特》源头研究进行探赜，并将其与《一千零一夜》源头研究——譬如莱恩著述中所呈现的——相比较，就会发现前者研究范式的影响，即对作者极为关注：他是一个人还是多个人？同时还关注对文本产生影响的改写，其原因是什么？这些改写是同一时期完成的，还是经历了不同时期？[2] 无论事实究竟如何，第一个

1 Gerharedt, *Art of Story-Telling*, p.9.

2 Suhayi Al-Qalamāwī, *Alf Laylah wa Laylah* (Cairo: Dar al-Ma ‘ārif, 1966), pp.30–5.

对《一千零一夜》起源提出科学洞见的学者是德国东方学家冯·哈默（Von Hammer），他在自己出版于19世纪初的译本序言中说，《一千零一夜》故事的源头来自印度。他的观点是基于迈斯欧迪在其《黄金草原》中的论述，即：在他那个时代，也就是伊历4世纪或曰公元9世纪，有一本从波斯翻译过来的故事集就已经开始以《一千零一夜》为名流传，但其源头是在印度。[1] 然而，关于其源头的研究却仍在继续，争论也从未停止，直至1839年。这一年，冯·哈默出版了另一本著述，支持他第一本书中有关《一千零一夜》源头的观点，并说他在伊本·纳迪姆（Ibn al-Nadīm）的《索引》（*Fihrist*）中找到了佐证。[2] 从此以后，有关这点的争论逐渐结束了，学界开始把重点放在对这部故事集本身的研究和翻译上。[3] 毫无疑问，《一千零一夜》对西方和西方人有着巨大的影响，这一点容待下文综述。

值得指出的是，欧洲人是在18世纪才开始重视《一千零一夜》的，而这个世纪正是以古典主义开始，以浪漫主义结束。也就是说，欧洲人是在启蒙时期开始接触到这本故事集的。这个时代见证了欧洲人对古典遗产的反叛，他们尝试建立自己的身份意识，这就是后来所说的浪漫主义运动。欧洲人从《一千零一夜》中为西方的故事讲述艺术找到了源源不断的神秘源泉。同时，《一千零一夜》除了描绘出底层社会对上层社会的态度外，还激发了人们对东方式生活的痴迷，带来了情感的激荡。它满足了西方人小说创作对现实主义的渴求，这又反过来加强了《玛卡梅》中所体现出的现实主义之风的影响，后者是从穆斯林统治的安达卢斯地区传至欧洲的。

欧洲人对这些民间故事产生的狂热可谓前所未有（超越一切界限）。伏尔泰（Voltaire）便是明显例证，他是在完完整整地读了十四遍《一千零一夜》后，才开始小说创作的；而据说司汤达（Stendhal）亦

1 Ali ibn Ḥusayn al-Mas'ūdī, *Mrūj al-Dhahab Wa Ma'ādin al-Jawāhar* (Cairo: al-Maktabah al-Tijariyyah, 1384/1964), vol. I, pp.131–95.

2 Muhammad ibn Isḥāq al-Nadīm, *al-Fihrist* (Cairo: Dar al-Fikr, 1393/1973), pp.420–5.

3 Suhayr al-Qalamāwī, *Alf Laylah*, pp.26–9.

曾乞求上帝抹去《一千零一夜》在他头脑中的印记，这样他可以充满激情地一遍遍阅读；人们读埃德加·爱伦坡（Edgar Allen Poe）的作品时，看到他对楼宇、宫殿、房间的描述，看到他笔下各色精致的窗帘、家具、灯笼、灯具、燃烧的火焰，记忆会立刻回到那些充满阿拉伯想象、奢靡而虚幻的阿拉伯故事中。这也让读者始终有一种感觉：爱伦坡在创作他的故事情节时受到《一千零一夜》中幻象的强烈影响，并用其来塑造自己的故事氛围。[1]

《一千零一夜》为深入研究东方打开了一扇大门，其最明显的表现是西方学者竭尽所能尽可能多地收集各种它的手抄本，制作索引目录，对东方的语言、习俗、传统、自然历史、气候和宗教等进行研究。这还激发了西方学者收集其他东方民间故事并对东方进行表述的兴趣。于是乎那些游览过东方的人士纷纷创作描绘东方国度和城市的游记，这开始成为一种时尚。这些关于东方旅行的书籍，其形式越来越文学化，最终成为真正意义上的文学作品。当然，这些书最初并未受到《一千零一夜》太多影响，因为西方的首要兴趣还是在商业利益上。而在此之后，西方开始出于政治目的逐渐接近东方，他们越来越意识到这片广袤土地的重要性，奥斯曼帝国便是当时与这一地区建立联系的媒介。西方人开始与东方城市的顶级商业阶层接触，因此而得以了解该地区王公贵族以及其他社会阶层的生活。这些接触给西方及其文学带来了深远影响。鉴于当时法国的政治形势，法国文学所受到的影响尤其明显。

如我们所知，伽朗的译本改变了西方对东方的态度。《一千零一夜》以其文学魅力和丰富奇崛的幻想改变了西方的生活方式。当时的西方已对古典主义心生厌倦，而《一千零一夜》恰好就是新鲜而富有吸引力的替代品。《一千零一夜》翻译对西方的文学创作产生了影响，在写作之时对其进行模仿开始成为一种传统，这其中就包括帕

1 Muhmud Taymūr, *al-Qiṣṣah fi'l-Adab al-'Arabī* (Beirut, n.d.), pp.8–10.

蒂斯·德拉克鲁兹[1]的《一千零一夜》(*Mille et une nuits*)。也多亏了《一千零一夜》,它充满童趣的文学故事一直以来被不断传述、改写,形成了一种儿童文学,以满足孩子们的心理需求,这其中就包括阿里巴巴、阿拉丁神灯、辛迪巴德以及小公主的故事。这些故事甚至成为西方儿童文学的一部分。[2]

同样,西方世界的各种《一千零一夜》译本还促进了讽刺文学的发展,其中最为著名的就是法国人孟德斯鸠(Montesquieu)所写的《波斯人信札》(*Letters Persanes*)。这继而影响了伏尔泰,他模仿孟德斯鸠,创作了《阿马巴德之书》(*Letters D'Amabed*)。《一千零一夜》中的精灵、魔幻和动物寓言故事更是对西方文学产生了直接的影响,这种影响也波及音乐、舞蹈、绘画和建筑领域。丁尼生(Lord Tennyson)的《追忆阿拉伯之夜》(*Recollection of the Arabian Nights*)便是其中一例。

毫无疑问,首先引起西方人对《一千零一夜》关注的是伽朗的译本。他是位法国学者,专注于东方研究,并翻译了《古兰经》。许多西方学者认为,《一千零一夜》之所以能够在西方获得巨大成功,这要归功于伽朗的翻译。他施展自己讲述故事的能力,对原著进行某种程度上的改编,使它适应当时欧洲人的品味。

18 至 19 世纪期间,欧洲人对《一千零一夜》和东方的认知主要来自伽朗的译本。许多欧洲国家纷纷依据伽朗法译本将这部故事集译为本国语言;于是,也就出现了英语、意大利语、西班牙语、葡萄牙语、罗马尼亚语、荷兰语、冰岛语、德语、希腊语、瑞典语、俄罗斯语、波兰

---

1 弗朗西斯·帕蒂斯·德拉克鲁兹(François Pétis de la Croix, 1653—1713),法国东方学家,早年曾在叙利亚、波斯、土耳其等地区生活过多年。他最重要的贡献是将谢里夫·丁·阿里·亚兹德(Sharaf ad-Din Ali Yazdi)讲述帖木儿生平的《凯旋书》(*Zafarnāma*)翻译成了法语。——译者注

2 A. J. Arberry (tr), *Scheherezade Tales from the Thousand and One Nights* (London: George Allen & Unwin Ltd., 1953), pp.9-19.

语、匈牙利语等多语种译本。[1]

在1810—1885年之间，伽朗的译本再版多达三十次以上。许多法国译者希望步伽朗后尘，翻译《一千零一夜》，但都未获成功。如果一个人翻开马德鲁斯（Mardus）译本，会发现，尽管该译本刊印更加精致，插图更加炫美，但其译文却不够精确，平乏无味的增添随处可见，它与其说是翻译，不如说是一个笑话。[2]也正是因为这个原因，加之一些其他因素，伽朗的译本一直超越同代的许多其他译本，成为法语译本中的佼佼者。至于《一千零一夜》英译本，其最初均为伽朗法译本的转译品，直至一个多世纪后，英国东方学家才开始越来越活跃，并依据阿拉伯语原文翻译了这部故事集。马坎（Macan）有缘获得这部书的手稿，这无疑大大推动了其英译本的问世。《一千零一夜》的第一位英语译者是乔纳森·斯科特（Jonathan Scott, 1818），尽管对他的译本是否直接译自阿拉伯语，学界还尚有争论。斯科特之后，亨利·托伦斯（Henry Torrens）于1838年也完成了其较为严谨认真的译本；接下来便是莱恩（Lane）于1830—1840年陆续问世的版本。随后，各种翻译尝试一直在持续，直至伯顿（Burton）的呕心沥血之作。他于1885年付梓出版了该故事集的10卷本译本，外加7篇附录。在这部译作中，伯顿以“夜”为单位对故事进行划分。它也被誉为“和1704年安东尼·伽朗的12卷译本《一千零一夜》一起，为欧洲诗人和读者打开了一座全新的，名副其实的，充满了激情、魔幻色彩和异国情调故事的宝藏”。尽管其中许多框架故事早在10世纪就为欧洲人所知，但对这些故事进行收集、整理，却大约在15世纪才开始。在中世纪时期，这些故事大多是通过西班牙语作品而为人所知的，如堂·胡安·曼努埃尔（Don Juan Manuel）的《卢卡诺尔伯爵》

---

1 有关《一千零一夜》欧洲语言翻译的完整列表，参见Gerhardt, *Art of Story-Telling*, pp.67–8。

2 Powys Matters, *The Book of the Thousand and One Nights Rendered into English from the iteral and complete translation of J. C. Mardus* (London: Routledge and Kegan Paul). See also Gerhardt, *Art of Story-Telling* (Leiden: Brill, 1963), pp.67–8.

（*Conde Lucanor*）、伊塔大司铎胡安·路易斯（Archpriest de Hita Juan Ruíz）的《真爱之书》（*Libro de Buen Amor*）以及其他一些作品，尤其是欧洲的某些同类著作，如薄伽丘（Boccaccio）、乔叟（Chaucer）等人之作。一时间，《一千零一夜》的法语全译本成为18世纪欧洲收藏家热衷的新品。而英译本自1705年的《一千零一夜》（*Arabian Nights Entertainment*）起，一直持续到1885年理查德·伯顿的精美译本问世。[1]

通过整体介绍，本文旨在对《一千零一夜》的阿拉伯语原本、伽朗的法译本和伯顿的英译本进行比较研究。下文我们以引子故事《国王山鲁亚尔与弟弟沙赫宰曼》为例证，对伽朗和伯顿译本进行评述。

伽朗的译本并不太忠实于原著，尽管他提到有位阿勒颇的马龙派天主教徒曾协助他翻译。他的终译本（1710—1713年的12卷本）实则是助手的口述和他自己依据手中一份手稿进行翻译的合集。[2] 伽朗的翻译很随意，他会对原文进行增删、改写，以使其满足法国人的口味。在译本的前两部分，伽朗还细心地将故事按照"夜"来划分，但后来他又放弃了这种尝试。此外，伽朗也并没有按照传统，让山鲁佐德以"哦，幸福的国王陛下，相传……"这样的方式来开启故事，而在故事结束时，伽朗也没有说"眼看黎明就要到来，山鲁佐德停了下来"。他有时会如此开场，"陛下，当商人……"（Sire, quand le marchand...），或是"睿智伟大的国王……"（Grand Prince des génies），或是"伟大的苏丹……"（Grand Sultane....）[3]。在山鲁亚尔和他弟弟的故事里，有三段诗句并没有翻译，且在后面的译文中，伽朗也删去了《一千零一夜》中所有的诗歌。[4]

---

1 Werner P. Friederich, *Outline of Comparative Literature* (Chapel Hill: University of North Carolina Press, 1954), pp.233-4.

2 Gerhardt, *Art of Story-Telling* (Leiden: Brill, 1963), p.13.

3 Ibid., pp.16-29.

4 Ibid.

如同我们前面提到过的，伯顿在翻译《一千零一夜》时极其认真仔细。他的译本共 17 卷，前 10 卷为译文，后 7 卷为注释和附录。他加入了详细冗长的注解和阐释，因为他相信，他的英国读者们非常需要了解东方的社会生活。除了诗歌之外，伯顿坚持让自己的翻译更贴近原文，他以音乐的方式呈现诗歌，运用英语的韵律和节奏，这使得有些词汇与原文的含义相去甚远。

这两种译文（伽朗本与伯顿本）都提到，沙赫宰曼发现他的妻子与奴隶通奸。英译本是这样描述他的反应的：

> 他抽出弯刀，一刀把两人劈成四半，尸体就丢在地毯上，随后他回到营地，没有让任何人知道究竟发生了什么。（So he drew his scimitar and, cutting the two in four pieces with a single blow, left them on the carpet and returned presently to his camp without letting anyone know of what had happened. ）[1]

而法译本中这一段却略有不同：

> 他一口气结果了两个罪人，让他们在睡梦中一命呜呼。随后，他将两人捆了起来，从窗口扔到了宫殿外的阴沟里。（et d'un seul coup fit passer les coupables du sommeil à la mort. Ensuite les pennant l'un après l'autre, il les jeta par la fenêtre dans le fossé dont le palais etoit environné. ）[2]

在法译本中，沙赫宰曼把妻子和奴隶的尸体扔出了窗外。英译本接下来继续描述妻子不忠所造成的戏剧性效果，沙赫宰曼因受到打击

---

1 Richard F. Burton, *The Book of the Thousand Nights and a Night* (London: Burton Club, n. d.), p.4.

2 A. Galland, *Les Mille* (Paris: Claude Barbin, 1704–1717), p.13.

而患病，并因此而耽搁了他与随从的行程。而法译本却并未提到沙赫宰曼生病以及拖延行程这些情节。

在这两个译本中，沙赫宰曼远远看到山鲁亚尔的妻子在二十个奴隶的簇拥下进入宫殿的后花园。英译本描述说其中十位是白人奴隶，另十位是国王的嫔妃。法译本中同样提及有二十位奴隶，但描述却略有不同：

> 他（沙赫宰曼）非常惊讶，这个乍一看似乎全是女子的仆从中，竟然有十个黑人奴仆，各自陪伴一位妃嫔。（Mais il fut dans un extrême etonnement de voir que dans cette compagnie qui lui avoit semblé toute composée de femmes, il y avoit dix noir qui prirent chacun leur maitresse.）[1]

此处，法译本提到的这十位奴隶是黑奴，而并非英译本中所说的白奴。

如前所述，两个译本的主题相同。所不同的是，法语译本是纯法语行文，没有像英语译本那样插入阿拉伯语和伊斯兰词汇。同时我们应该承认，两个版本差别很大。伽朗译本所从出的是阿勒颇原本，而较长的伯顿本参照的则是加尔各答仲本的布拉克版。

《一千零一夜》的各阿拉伯语版本差别也非常之大。口头传承的文本很难有一个最终的定版。作为个体的故事讲述者往往按照自己的喜好或是听众的需求对故事进行润色。

两位译者的翻译手法也大不相同。伽朗本与其说是译本，不如说是面向西方读者的再讲述。他忠实于故事的基本情节和精神，但为了使之符合 18 世纪法国的审美趣味，他对原材料进行了随心所欲的增删。这使得经他处理的作品成为 18 世纪欧洲文学创作的一部分，也无疑使得它在西方广受欢迎，并且有助于它融入欧洲主流文学传统。我们同样应当注意到，是伽朗成功地将《一千零一夜》从一部口头文

---

1 A. Galland, *Les Mille* (Paris: Claude Barbin, 1704–1717), p.17.

学变成了书写文学，然而他的这种处理同时也使《一千零一夜》失去了口头文学的活力，将其变为更像是童话的一部故事集，但伽朗版无疑有其自身的文学价值。最后要说的是，正是它确立了《一千零一夜》在欧洲文学中的位置。

而伯顿的目标却似乎大不相同。首先，他致力于翻译的精确性。其次，他力图尽最大努力再现原作的风格韵味。最明显的例证便是他对极具阿拉伯特色的韵文塞吉阿（saj‘）的处理，它们是一些富于节奏和音律的散句，是阿拉伯文学中重要的修辞手法。伯顿对诗歌的处理也是一样。他试图保持诗歌的原韵律结构，然后尝试找到英语中与其对应的恰当表述；为了做到这一点，他有时对诗歌思想内容的处理反而显得有些随意。以下便是一则明显例证：

قل لمن يحمل ها　　إن ها لا يدوم
مثل ما يغنى السرور　　هكذا تغنى الهموم

（他对心怀忧虑的人说　　忧虑绝不会长久
就像欢愉在歌唱　　忧虑也同样在歌唱）

Tell whoso hath sorrow　　Grief never shall pass
E’en as joy hath no morrow.　　so woe shall go past.[1]

（告诉那些悲伤之人　　悲伤永不会消散
就像快乐没有明天　　悲伤也同样会消逝）

尽管伯顿竭尽努力使他的译作更具文学特色，但也正是因为他给自己设置的种种限制，这使得他的译文风格僵硬。书面阿拉伯语的翻译往往比较字面化，一方面他极端恪守英语叙事风格，同时又渴望保存阿拉伯原韵文的韵律，这导致他不得不常常运用生僻或是古典英语词汇，甚至在有些时候，他还会使用自己构建的变体英语，其后果就是他的译本略显僵硬，读起来不那么流畅。

1 Burton, *Thousand Nights* (London: Kama Shastra Society, 1885), p.15.

正如一贯使然，伯顿在《一千零一夜》中每个故事的分隔处依然保持了固定的讲述形式，运用不断重复的句式起到穿起主线的作用，这更贴近原文本。同时如上所述，伯顿常常会对原作诗文进行润饰修改。除此之外，我们还可以看到，伯顿的译本有时显得过于直白，甚至破坏了英语言风格。比如他将“头发”（hair）译为“头上的头发”（head hair），把“一把象牙质的梳子”（a comb of ivory）译为“一把象牙色的梳子”（an ivory comb），把“但是”（but）译为“仍然”（yet），如此等等。在题目上，两位译者选用的形容词均不恰当，但伯顿显然比伽朗更离谱。从某种程度上来说，二者对阿拉伯语语法均有误读，这也导致他们的译本偶尔显得含混难懂。

有时伯顿的执着会使情况变得更糟，他甚至不惜冒犯19世纪的英国读者，坚持保留原著中的情爱细节。这一点在注释中他特别提到过，但正文中存在的更多。这些都使得他的译本很难在维多利亚时期的英格兰广泛流传，即便是后来清教徒不那么多的时期也依然如此。

毫无疑问，伯顿译本更适合学者和专家们，并不适合大众读者阅读，因而也并非在整个欧洲产生如伽朗译本般的广泛影响。

值得指出的是，伽朗的译本恰好出现在欧洲由古典主义转向浪漫主义的时刻，它无疑在许多方面都对浪漫主义运动产生了影响。而伯顿的版本出现在欧洲文坛转向现实主义之际，因此，即使没有上述所提到的那些局限，其影响也不可能超过伽朗本。

时至今日，欧洲依然流行的“一千零一夜”这个概念仍然带有伽朗的印记，也正是伽朗最初构建了西方对东方的认知，这一点没有任何其他文人可以匹敌，或者说，至少是在20世纪的劳伦斯（T. E. Lawrence）出现之前。伽朗作为东西方之间的媒介，其重要性理应得到充分的肯定。

编后记

阿德南·M. 瓦赞（Adnan M. Wazzan, 1951—），沙特阿拉伯旅英学者，1974 年获得阿卜杜·阿齐兹国王大学英语语言及文学学士，1981 年获得英国爱丁堡大学比较文学博士学位，2012 年曾获得费萨尔国王国际伊斯兰研究奖。其代表著作有《比较文学文集：伊斯兰视角》（*Essays in comparative literature: an Islamic perspective*, 1985）、《莎士比亚戏剧中的基督教思想》（فكر التنصير في مسرحيات شكسبير, 1998）。本文《西方文学中的〈一千零一夜〉：话语分析》（*The Arabian Nights in Western Literature: a Discourse Analysis*）译自：*Islamic Studies*, vol. 32, no. 1 (Spring, 1993): 61–71。

《一千零一夜》中的基督教徒

[黎巴嫩]纳比勒·玛塔尔

《一千零一夜》以虚构的方式呈现了伊斯兰教和世界。当时,伊斯兰帝国已经建立,整个世界几乎都俯伏在它脚下。关于这些故事产生的具体年代,我们无法确切界定,但据学者穆哈辛·马赫迪(Muhsin Mahdi)考证,第一个《一千零一夜》手抄本出现在14世纪(据罗伯特·厄文所考是15世纪)的叙利亚,它包含了二百七十一个故事和数个片段。[1] 在这个核心的基础上,经过不断增添、润色,以及大量借鉴印度、波斯、希腊和土耳其故事,《一千零一夜》又衍生出后来的叙利亚本和埃及本。根据埃及布拉克推出的第一部阿拉伯印刷本,今天我们看到的一千零一个故事汇聚、展示了一幅令人讶异的、不断扩张的伊斯兰帝国图景,自9世纪阿拔斯王朝起,到7世纪后奥斯曼帝国衰落的前期。这一版《一千零一夜》由谢赫·穆罕默德·吉塔·阿德维(Sheikh Muhammad Qitta al-'Adawi)编辑整理,并以布拉克城命名。该城市拥有阿拉伯世界第一台精美印刷机。阿德维本人是一位翻译家兼出版商,《一千零一夜》的故事经其"校勘",并于伊历1252年(公元1836年)出版。马赫迪认为,阿德维的版本是埃及校勘本,大约完

1 *Kitab alf Layla wa Layla*, ed. Muhsin Mahdi, 3 vols.(Leiden: Brill, 1984); Robert Irwin, *The Arabian Nights: A Companion* (London: Allen Lane, 1994), p.60; 伽朗使用的是马赫迪所说的手抄本。

成于1775年[1]。该版本一经出版，便成为阿拉伯世界的标准本。[2]其后所有版本，尽管有些曾删除了许多情爱描写段落，但大抵都是基于这个版本而来的。

然而在叙利亚原本与这个18世纪校勘本之间的漫长岁月中，穆斯林对世界的认知发生了重大变化。如果对叙利亚本和布拉克本中的故事不加区分，把它们看作一种杂糅的话，这些重大变化就很难被发现了。这种杂糅和并存会在读者脑海中建构一种有关伊斯兰社会，特别是基督教社会的静态图景。例如，1704年伽朗版的读者与1706—1721年问世于“格拉布街”（Grub Street）的英译本读者一样（这些英译本中的故事依从的也是叙利亚本）[3]，他们看到的都是同样一个关于基督徒的故事，其中基督徒与穆斯林的关系一点也不像布拉克版中所描绘的那么复杂和紧张。后者故事中的基督徒总是以不同的角色出现在不同地方，从教士到武士，从海盗到蓝眼皮条客，等等。故事还会用不同的词汇指代基督徒：如nasara（意为拿撒勒人），它是《古兰经》中的词汇，用以指称穆斯林帝国中讲阿拉伯语且品德可嘉的基督徒；dhimmi（意为顺民），是一个伊斯兰律法术语，用以指称受穆斯林社区或阿拉伯民族（umma）保护的基督徒；rūm（意为罗马人），也是《古兰经》中的词汇，用以指称希腊或拜占庭帝国的基督徒，他们讲希腊语，但熟谙阿拉伯语和阿拉伯文化；ifranj（意为外邦人或法兰克人），是从“法兰克”（Frank）一词演化的，用以指称欧洲地中海地区的基督徒，是完全敌对的一方。这些不同的角色和指称使得《一千零一夜》中所描述的基督徒复杂多样，其程度远超乌尔里希·马尔佐夫

1 Mahdi, *Kitab* (Leiden: Brill, 1984), iii. 100. Heinz Grotzfeld, “The Manuscript Tradition of the Arabian Nights”, in Ulrich Marzolph and Richard van Leeuwen, (eds.), *The Arabian Nights Encyclopedia* (Santa Barbara, Calif.: ABC-CLIO, 2004), i. 17–22. 其中有个故事曾标注故事日期为伊历653/公元1225年。

2 Eva Sallis, *Sheherazade through the Looking Glass* (Richmond: Curzon, 1999), p.30.

3 *Arabian Nights' Entertainments*, ed. Robert L. Mack (Oxford: Oxford University Press, 1995).

(Ulrich Marzolph)和理查德·班·利文(Richard van Leeuwen)的概括。在有关“宗教”、“基督徒”以及“拜占庭”的相关文章中,这两位《一千零一夜大百科》(*The Arabian Nights Encyclopedia*)的编撰者总结说,《一千零一夜》中的犹太人、魔法师和基督徒“通常被固化为举止习俗令人厌恶”的形象。“在《一千零一夜》中,”他们补充说,“基督徒形象大多给人负面的刻板印象……作为具体的一个个角色,他们又总是以恶棍或骗子的形象出现。”[1]

至于《一千零一夜》的讲述者,从整体结构上来说,他们并不总是视基督徒为对抗性的“恶棍”(structurally adversarial villains),而是视基督徒(以及犹太人)为“有书之人”(People of the Book)[2],因此也就明确了其在伊斯兰社群中的顺民身份。从叙利亚本的《驼背人的故事》到布拉克本的《众多犹太人》(《以色列之子》, *Bani Israel*),《一千零一夜》似乎在很多地方都为他们建构了相对安全的空间——以至于在布拉克本中,犹太人是唯一能够成为故事主角的非穆斯林群体,同时,先知王所罗门也是故事中除先知穆罕默德之外出场频率最高的。[3]在《一千零一夜》从叙利亚本到布拉克本的嬗变过程中,犹太人的形

1 Marzolph and van Leeuwen, *The Arabian Nights Encyclopedia* (Santa Barbara, CA: ABC-CLIO, 2004), pp.689, 523. 遗憾的是,我没能找到约瑟夫·亨宁格(Josef Henninger)文章的副本,其文章为“Mohammedanishce Polemik gegen das Christentum in 1001 Nacht”, in *Neue Zeitschrift fur Missionwissenschaft*, no. 2 (1946): 289–305。

2《古兰经》中曾提及,信仰一神教比如基督教、犹太教的人是有书之人,“书”意指经书(《圣经》等各自的宗教经典),这部分人在伊斯兰教徒看来大多为受保护并容易为穆斯林接受的顺民。——译者注

3 参见 Joseph Sadan, “The Arabian Nights and the Jews”, in Marzolph and van Leeuwen, *The Arabian Nights Encyclopedia* (Santa Barbara, CA: ABC-CLIO, 2004), pp.42–46。See also the bibliography to the article. 所罗门(即苏莱曼)在《古兰经》中出现了大约十七次,或许正因为如此,布拉克本《一千零一夜》中的主人公才会将伊斯兰箴言的后半部分由“真主唯一,穆罕默德是真主的使者”改为“上帝唯一,苏莱曼是上帝的使者”(第十七夜)。在其他故事中,也有许多犹太人形象;但是《阿拉丁神灯》这个故事中的犹太人形象则属于后期窜变,详情参见 *The Arabian Nights*, trans. Husain Haddawy (New York: W. W. Norton, 1990), p.xiii, based on the Mahdi text。

象并没有像基督徒形象那般发生改变，这或许是因为基督教王国和伊斯兰王国间的权利关系发生了历史和政治性的转变。它折射出两个宗教文明间日益升级的对抗，进而使得“改宗”成为布拉克本中大多数有关基督徒和穆斯林关系故事的压倒性主题。就布拉克本的作者们（讲述者们）而言，两大宗教无法接受彼此的差异：基督徒总是试图转化穆斯林，而穆斯林也怀有同样的心思。在早期叙利亚版本中，“中国”对他者总是有包容性的；而在布拉克本中所描述的“扩张中的伊斯兰帝国”里，基督徒和穆斯林无论是凭借利剑，还是借助理论雄辩，却试图击败对方，从而证明自己宗教的正统性。事实上，基督徒往往煞费苦心地使用武力、美人计或各种诱惑来迫使穆斯林改宗——结果却往往以失败告终；而穆斯林在无论通过游说还是辩论促使基督徒改宗方面，总是会取得成功。在《一千零一夜》中，从来没有基督徒成功转化穆斯林的案例，其中有关基督徒的故事仅仅是为了庆祝穆斯林在劝诱改宗方面所取得的胜利。

叙利亚本中的基督徒

叙利亚本《一千零一夜》所描写的是一个以阿拉伯为中心的国度，其疆域无边无际甚至延伸至未知领地。[1] 其中的王宫贵胄、商贾小贩在这个多元的国度中穿梭。一个基督徒商贩可以从开罗游历至巴格达，再南下巴士拉，甚至是东抵中国，并在那里定居。无论是寻找爱情抑或是商机，无论是英勇的男女主人公乃至地痞恶棍，都可以借助

1 在早期穆斯林想象中，北半球北部是黑暗与蛮荒之地——类似概念也曾出现于中世纪巴格达出身的伊本 · 法德兰（Ibn Fadlan）的旅行见闻中；而东部，从开罗到大马士革和巴格达，以及各种通往中国的道路沿线，则正如贝鲁尼（al-Bairuni）和伊本 · 白图泰（Ibn Battuta）所描述的那样，虽然诱人并且神秘，却同时充满危险。参见 Sadik al-‘Azmeh, *Al-‘Arab wa-l Barabira/Arabs and Barbarians* (London: Riad El-Rayyes Books, 1991)。

精灵或飞马，在这个世界纵横驰骋，而且所有人都通晓阿拉伯语这一国际通行语。至于开罗以西的世界，叙利亚手稿对此鲜有提及，仅仅含混隐约地谈到过摩洛哥的金绣（第八十三夜）、安达卢斯的黄铜（第五十三夜），以及听起来像是希腊名字的“乌木岛国王阿福提马鲁斯”（第四十三夜）。[1]

“有书之人”（the People of the Book）及其“无书之人”（the People without it）生活在开罗以东。这些人尽管是伊斯兰马赛克般多元社会中不可或缺的组成部分，但他们绝无可能成为任何一个故事的主人公。对基督徒而言，叙利亚本既不试图改变他们，也不异化他们：他们不被视为“异族人”（ghurabā'）—— gharīb（是 ghurabā' 的单数形式——译者注）这个词在故事中反复出现，用来指代那些流浪者或外乡人。基督徒同样也不被视为他者（Other）——尽管故事的讲述者一贯喜欢抹黑其他族群：比如黑人奴隶，还有各种残疾人，包括驼背、老妪、半石半人的怪物、独眼龙以及跛子，这些人不是低三下四的奴仆就是十恶不赦的坏人。[2] 虽然《一千零一夜》常常有着明显的排外倾向，但正如《驼背的故事》所描述的那样，基督徒和犹太人大多是被包容在阿拉伯伊斯兰世界多样性之内的。在《被施魔法的国王》中，穆斯林、祆教徒、基督徒和犹太人共同生活在一座未知之城，被一个女魔诅咒，他们全部都被变成了鱼——有白的、红的、蓝的和黄的（第二十五夜）。咒语被打破后，所有一切就都恢复原样：人们相安无事，和平共存。

在叙利亚本中，基督徒唯一一次扮演关键人物是在《驼背的故事》（第一百零二至一百四十三夜故事）中：裁缝和他的妻子误以为他们杀了一个驼背。为了扔掉尸体，他们将其拖到一位犹太医生家门口，医生又把尸体拖到其“穆斯林邻居”家门口，邻居随即把尸体丢在“中

1 参见哈德维译本。

2 无论是在《一千零一夜》的叙利亚本还是布拉克本中，没有一个黑人是以英雄或善类形象登场的。据《〈一千零一夜〉大百科》（*The Arabian Nights Encyclopedia*）分析，“黑人全是负面形象，几无例外”（p.500）。

间商基督徒”家门口。最后这位基督徒被警察抓走，来到法官面前；法官本想判他绞刑，但此时之前的穆斯林来为他求情：“我杀死了一个穆斯林还不够吗？难道还要再连累一个基督徒，让我的良心受到谴责吗？这是我的错，请判我死刑吧。”在他准备接受审判时，犹太人又跑来说：“我不小心失手杀死了一个穆斯林还不够，难道还要再连累一个穆斯林吗？”[1] 在他准备受刑时，中国裁缝来了，他承认了自己的罪行。而就在此时，驼背从昏迷中醒了过来（在布拉克版本中，驼背是与裁缝吃饭时，被鱼刺鲠噎昏迷过去，裁缝以为他死了——译者注）。他并未死于意外。最后，这一群人都被带到了国王面前，国王觉得此事太过神奇，于是命人记录下来，传之后世。

驼背的遭遇到此结束，基督徒接下来向中国国王讲述了自己的经历。他说自己是一个科普特人，曾在埃及子承父业从事中间人（simsar）营生。一天，某个来自巴格达的年轻富商和他约定做一笔生意，并出于信任，慷慨地支付了一大笔定金。年轻富商对基督徒实在是太好了。基督徒几次三番以《新约》起誓，邀请富商到家中做客——就像穆斯林惯常所为。而当他们坐下来吃饭时，科普特人却感到很生气，因为他的朋友竟然用左手吃饭。在他们所认同的阿拉伯文化中，无论是基督徒还是穆斯林都无法接受这种做法。不过很快他就知道后者失去了右手的原因。后来，二人一起随商队来到了“中国”，基督徒决定留在那里定居。接着，犹太医生也向国王讲述了自己的故事。他在大马士革学会医术，成为诊室最厉害的医师，并与一位来自摩苏尔的病人建立起友谊，后者曾前往埃及做生意，又回到大马士革定居下来。分开前，朋友给了犹太人一些钱财。犹太人“前往东方旅行，先是抵达巴格达，又游历了波斯地区，最后到达中国，在此安逸地生活”。[2]

---

1 *Arabian Nights*, trans. Haddawy (New York: W. W. Norton & Company, 1990), p.212.

2 Ibid., p.248.

这个故事向我们展示了一个存在于“中国”（虽然我们并不知道这是否真实）的宗教多元社会——尽管没有具体的描述印证那真的就是中国，但穆斯林编年史家无疑相信中国是世界上管理最好的国度。[1]

这三位一神论者唯一的不同之处仅在于其祈祷方式：犹太人礼敬摩西、亚伦和约书亚；穆斯林认为只有真主是万能的；基督徒坚持每日晚祷，盖因担心末日降临。然而这些差异丝毫没有影响他们各自在故事中的重要作用，也并没有令他们彼此对立、相互仇视，更没有凸显伊斯兰教作为主流宗教的优越性。在案件审判过程中，犹太人或是基督徒从来没有被告知，倘若他们放弃自己的宗教信仰，就会被赦免，得到宽恕；他们也从来不会觉得自己的非伊斯兰信仰会给自己带来麻烦。三个人拥有同样的恐惧，持有同样的道德伦理：就算对方和自己宗教信仰不同，也决不能让他人因自己而丧命。

当然，我们并不能够想当然地认为《驼背人的故事》反映了中世纪阿拉伯语使用者的伊斯兰世界的社会现实。不过，我们还是能找到一些阿拉伯语文献，来佐证这些故事中折射出的宗教氛围。古典时期最重要的一部传记体著作是《智者传》（*Tarīkh al-Hukama'*），相传系杰马勒·丁·基夫蒂（Jamal al-Dīn ‘Ali Ibn al-Qifti, 1172—1248）所著，记述希腊与伊斯兰历史中的名人事迹。基夫蒂以字母排序，从被其视为与赫尔墨斯·特利斯墨吉斯忒斯（Hermes Trismegistus，埃及的赫尔墨斯）比肩的先知伊德里斯开始，一直讲到希腊名医尤尼斯（Yunis）、天文学家尤素福（Yusuf），以及哈伦·拉希德（Harūn al-Rashīd）统治时期最著名的基督教医学家尤哈纳·伊本·马萨维（Yūhanna ibn masawayh）。就像《一千零一夜》融汇了希腊、波斯、印度素材一样，《智者传》亦然，它描述了众多天文学家、医学家是如

1 拉韦耶（Jean-Louis Laveille）曾认为：“与印度和波斯相比，中国对《一千零一夜》影响有限。”参见其 *La Theme du voyage dans “Les Mille et une nuits”: du Maghreb a la Chine* (Paris: L’Harmattan, 1998), p.193。

何研习印度/"信德"地区数学、希腊科技和哲学的（托勒密和欧几里得、盖伦、希波克拉底、苏格拉底、柏拉图、亚里士多德等），同时还借鉴了有关"波斯智者的书籍"（The Books of Persian Wisdom）。[1] 基夫蒂笔下的*智者*从也门游历至赖伊、塞维利亚、亚历山大和耶路撒冷；同样，《一千零一夜》的主人公们也从阿拉伯世界游历至东方、更远的东方，甚而更加遥远的地区。最重要的是，基夫蒂笔下的*智者*宗教信仰各异，操着不同的语言，所属种族也各不相同。《一千零一夜》中的主角们也是如此。《智者传》中的犹太人、波斯祆教僧侣、基督徒每每操着各自的手艺，从伊斯兰世界的一端游历至另一端。基夫蒂传记中的真实世界恰恰是《一千零一夜》中虚幻世界的映照。

基夫蒂《智者传》中的某些场景与几乎同时代的《一千零一夜》的许多故事都能产生共鸣。波斯地区君迪萨布尔的叙利亚基督教医生贾维尔基优斯·伊本·巴赫蒂舒赫（Jawirjiyus ibn Bakhtishuh）接到命令去给拉希德哈里发治病，但他开始因为诊所忙碌，抽不开身而拒绝了；后来，他还是被迫来到"和平之城巴格达"，并治愈了哈里发。医生因精通阿拉伯和波斯文化而受到哈里发赞叹，被赏赐了大量黄金。哈里发知道医生的妻子年迈多病后，还赐予他一个美女。但医生非常生气，他将美女退还给哈里发，说他的宗教信仰只允许他娶一个妻子。哈里发于是劝他改宗伊斯兰教，将来能进天堂。医生回答说，他更愿意死后和他的先辈们在一起，无论他们是在天堂还是身处地狱。哈里发笑了，命人赐予他更多的黄金，并送他返回故乡。[2] 基夫蒂笔下的巴格达，就好比《一千零一夜》中的中国。所有一神论者在一个务实而非务虚、更重文化而非教义的伊斯兰教下和谐共处。

《一千零一夜》对基督徒持开放豁达态度，这还很容易让人联想到 14 世纪的一部欧洲名著：薄伽丘的《十日谈》（*Decameron*）。该

---

1 Julius Lippert ed., *Tarīkh al-Hukama'*,, (Leipzig: Dieterich'sche Verlagsbuchhandlung, 1903), p.255.

2 Ibid., pp.158–60.

书对穆斯林的描写与《一千零一夜》形成呼应。尽管从纯粹的神学角度而言，欧洲人对伊斯兰教怀有强烈的敌意，正如但丁在《地狱篇》（*Inferno*）中对穆罕默德受罚的夸张戏剧化描写。[1] 然而，佛罗伦萨人的作品却有所不同：薄伽丘反对彼特拉克（Petrarch）的观点；后者曾写信给他，对阿拉伯人和穆斯林进行种族抨击。[2] 薄伽丘更愿意从非宗教的世俗角度来看待“撒拉逊人”（Saracens）。[3] 在一百个故事中，有七个故事清晰地表明了他的观点：视地中海沿岸的突尼斯地区（包括突尼斯和加夫萨）、亚历山大、巴勒斯坦、塞浦路斯、希腊、意大利、西西里、西班牙（格拉纳达和阿尔加维）等为一片广袤区域，穆斯林和基督徒可以在这片土地上旅行、恋爱、营商、乔装改扮、经历各种冒险和航海事故。[4] 尽管对欧洲语言一无所知，但穆斯林公主总会疯狂地爱上那些将她劫走的基督徒；著名的萨拉丁成为“三枚戒指 / 三种宗教”故事中的核心人物，他与意大利亚历山德里亚的富翁建立起了深厚的友谊。故事从意大利一直延伸到埃及。还有一个故事是关于西西里国王的王孙与突尼斯公主之间的爱情悲剧。薄伽丘笔下的基督徒，无论是成为皇家顾问的海盗，还是女扮男装寻找新生活的女子，甚至是城市工商业者、沙漠苦行人，都可以安全地生活在伊斯兰的土地上。他们的故事或可被视为《一千零一夜》的补充，阐释了西地中海地区的基督徒-穆斯林关系，这是叙利亚本《一千零一夜》尚未涉足的地区。这些阿拉伯和意大利的故事都对不同宗教的另一方表现出开

---

1 有关中世纪欧洲伊斯兰教有过许多研究：其中最为全面的当数诺尔曼 · 丹尼尔（Norman Daniel）的《伊斯兰与西方》（*Islam and the West*, Edinburgh: Edinburgh University Press, 1960），以及约翰 · 托兰（John V. Tolan）的《阿拉伯人：中世纪欧洲人想象中的伊斯兰教》（*Saracens: Islam in the medieval European Imagination*, New York: Columbia University Press, 2002）。

2 参见 1364 年 8 月 28 日彼特拉克写给薄伽丘的信，收录于 *The Renaissance Philosophy of Man*, ed. and trans. by Ernst Cassirer, Paul Osker Kristeller, and John Herman Randall (Chicago and London: University of Chicago Press, 1948), pp.140–1。

3 G. H. Mc William trans., *The Decameron* (Harmondsworth: Penguin, 1980), p.23.

4 See Day 1, 3; Day 2, 7 and 9; Day 3, 10; Day 4, 4; Day 5, 2; Day 10, 9.

放的姿态：这一切就好像十字军东征从未发生过。

布拉克本中的基督徒

布拉克本增添了七百三十个故事，《一千零一夜》所涉的疆域也向西大为扩展，以至于延伸到了（希腊）罗马帝国、热那亚及摩洛哥（包括菲斯、梅克内斯、黄铜之城）等；向南则延伸至苏丹，甚至那些从不讲阿拉伯语的奇幻之地。而这些故事里的基督教社群，与叙利亚本中的大相径庭。叙利亚本中巴格达或是中国地区的基督教徒曾经作为《古兰经》中的拿撒勒人（nasara）被伊斯兰世界视为本地人对待，但在布拉克本中，随着故事从巴格达向西延展至拜占庭帝国以及那些“异邦人”（ifranj）领地，他们却变得如此敌对和陌生——如此陌生，以至于一个蓝眼睛的人，他的其他同教徒教友可能生活在海盗出没的遥远的热那亚港口。

同时，新故事显然熟谙基督教仪轨、等级及神学法则，但穆斯林主人公们却不会以不同态度来区别对待不同教派的基督徒：叙利亚本中提到科普特基督徒（这个词同时也是民族概念）[1]；布拉克本中没有提到其他派别的基督教徒，比如（希腊）东正教徒、叙利亚基督徒或欧洲天主教徒。对布拉克本的讲述者们来说，所有的基督教派都大体相同：提到他们只是反映了一种视觉上的效果，而并非一种历史认知。基督教是修士们（而非修女，布拉克本中根本没有提及她们）的宗教；它有供奉着圣像的教堂；耶稣受难十字架，有奉献箱，有圣餐，修士们腰间系着绳索，以及遵守圣枝主日；等等——尽管我们尚不能确定故事讲述者们是否都明白上述概念的真实含义。在布拉克本中偏远的教堂里，有的基督教徒在祈祷后会践行古怪却虔诚的誓言；有时故事

1 科普特人，是阿拉伯人对古埃及人的称谓，公元 8 世纪，当阿拉伯人进入埃及时，当地信奉基督教的原住民，无论其属于何种教派，统统被称为科普特人。这些人后来慢慢集中到亚历山大和开罗北部一些地区，目前占埃及总人口的 10% 左右。——译者注

还会提及某些教职：大主教（mutran），族长（batarika），虽然后者有时也承担一定的军事角色。基督教徒反复颂念“耶稣与圣母”（al-Masīh wal-‘adhra’），与此同时，穆斯林对自己的“穆斯林”（muslimūn）身份也具有了更为自觉的意识：他们通过反复吟诵《古兰经》和圣训，通过强化严格的伊斯兰教仪轨，如净仪和礼拜，来凸显自己的宗教身份。在布拉克本的故事中，伊斯兰教徒有一种强烈的自我意识，渴望打败基督徒——无论是通过战争还是让后者改宗。

由于无法确定布拉克本每个故事的具体年代，我将从其涉及的地域入手，先探讨能讲阿拉伯语，因而也被视为阿拉伯-伊斯兰帝国组成部分的基督徒；再谈及生活在罗马人和穆斯林边缘地带的基督徒，那里交织着爱情与战争；最后再分析生活在最西边的热那亚基督徒，那里穆斯林与异邦人的冲突往往是致命的。

布拉克本《一千零一夜》中对基督徒的正面描述体现于两个简短故事中，即第四百一十一至四百一十五夜故事，讲述苦行僧和修士的经历：一些穆斯林在赫拉克勒斯修道院附近徘徊，据说里面有一群疯子。[1] 他们坚信其中有个疯子言谈充满智慧，于是冲进修道院，向他行礼，并吟诵诗句：

哦，……
真主借你显现他的容颜，
你拥有不朽的声名，
永不老去、永不黯淡。

那人拿起一块石头，不断击打自己进行忏悔，直至惨然死去。人们围着他哭泣，随后将他埋葬，并向穆泰瓦基勒哈里发（al-Mutawakkil，847—861 年在位）禀报此事。哈里发为他举哀一整天。这个故事

1 下述所引布拉克本译文，均出自巴格达穆萨纳出版社（al-Muthanna Publishing House）依据 1835 年本再版的版本。

表达了对修士的赞赏和同情。而紧接着另一个故事则讲述阿莫里亚（Ammouriyya）附近基督教村民改宗伊斯兰教的情形。[1] 修道院长有个阿拉伯人的基督教教名：阿卜杜·麦斯哈（'Abudu al-Masīh），意为基督的仆人，他讲述了村民集体改宗的经过。一位穆斯林旅行者和苏非苦行者一起来到村里，留在那里修行。后来他爱上了一位基督徒姑娘，在她家门口久久徘徊，不忍离去。姑娘的家人让孩子们驱赶他，用石块砸他，但他纹丝不动。出于仁慈，修道院长把这个坠入爱河的人带到修道院，并替他疗伤。两周后，此人又回到姑娘家门口。这时，姑娘告诉他，如果他愿意，可以和自己同寝。青年拒绝了，因为他不愿违背自己宗教的教律。姑娘又说，如果他愿意改信基督教（原文误为伊斯兰教——译者注），就可以和她结婚。"真主绝对不会允许，"年轻人反诘道，"我不能背弃我的宗教。"说罢，他仍站在门口不走。孩子们又拿石头砸他，修士再次伸出援手，未能成功挽救他。青年死前还向真主请求，允许他与他的基督徒姑娘在天堂相聚。

姑娘梦见青年显灵，为了能够和他一同进入天堂，她决定改宗伊斯兰教。在梦中天堂里，青年给了姑娘两个苹果，其中一个两人同食，另一个让她带走。姑娘醒来后，看到身边的确有一个苹果，便决定从此绝食。五天后，人们发现她死在那个青年的墓旁。村里的修士们想将她埋葬，却发现他们根本无法挪动她的尸体。于是，一位穆斯林念念有词："以仁慈的真主之名，依据先知的教导，愿真主赐他平安"，随后他挪动了姑娘的尸体。这表明她已经皈依伊斯兰教。面对这个奇迹，修道院长也决定改信伊斯兰教，并把自己的名字由"阿卜杜·麦斯哈·拉希布"（'Abudu al-Masīih al-Rahib，意为耶稣的忠诚奴仆）改为"阿卜杜拉·拉希布"（'Abudu allah al-Raghib, 安拉的忠诚仆人）。所有修士、村民也都随之改宗，他们还从阿拉伯半岛请来了教法学家教他们吟诵《古兰经》，并前往麦加朝圣。

---

1 根据马尔佐夫（Marzolph）和班·利文（van Leeuwen）推断，这个故事在 Dawūd al-Antaki 的 *Tazyīn al-Aswaq*（d. 1599）中也曾出现过，*Encyclopedia*, p.534。

这两个故事都呈现出对修士和修道院相对积极的描述，它恰好符合《古兰经》在24: 36中的赞美。[1] 这两个故事都发生在不同宗教和谐相处的地区，双方可以用阿拉伯语相互拜访、交往。重要的是，两个社群之间不存在语言障碍；尽管他们明显拥有各自独立的生存空间，但彼此间是开放的，可以敞开心扉自由交流甚至谈情说爱。不过，通过第二个故事的描述我们可以看出，其中的基督教已然呈现出衰退迹象，这要么是因为它的清修制度难以维系，尽管它自有其可贵之处；要么是因为它难以抵制伊斯兰教考验。关键是连修士这些最具代表性，也最能抵抗穆斯林挑战的基督徒，都是自觉自愿，并非出于被迫而改宗伊斯兰教。“真理已清晰地向我们显露，”修士宣布，“这是实实在在的证据。关于伊斯兰教的可信性，再也没有比我们亲眼所见更具说服力的证据了。”就此而言，这个故事毫无疑问是在表明，伊斯兰教优于基督教。同样，《一千零一夜》第五百二十三至五百二十四夜故事中的修士也是如此。他叫雅阿穆斯，生活在遥远的地方，在钻石修道院拥有一间祈祷室。或许因为他的名字带点洋气，雅格穆斯不是个受欢迎的人；何况他还是一个巫师，邪恶狡黠，发明了一些稀奇古怪的装置，能控制动物、鸟和精灵。故事没有解释他为何邪恶；只是说他来自诺亚时代，并且从大卫之子所罗门那时起就被赋予了超自然能力。或许他的邪恶就在于他的顽固——他从未真正服从伊斯兰教的真主。

在《一千零一夜》第三百一十至三百二十三夜的故事中，有位表面上改信伊斯兰教的基督教牧师拉希德·丁（意为正确的宗教），他被看作“披着穆斯林外衣的异教徒”。他和改宗的兄弟巴尔苏姆都很富有，住在富丽堂皇的府邸中，但他们都很邪恶。拉希德·丁是一个长着蓝眼睛的丑八怪（第三百一十夜）。有一天，拉希德·丁在

1 “你必定发现，对于信道者最亲近的是自称基督教徒的人；因为他们当中有许多牧师和僧侣，还因为他们不自大。”（实则为《古兰经》5: 82，译文引自马坚译本，中国社会科学出版社，2013，第57页。——译者注）

集市上看到女奴祖姆鲁黛，就想将其占为己有，但最终未能得逞；当有人买走祖姆鲁黛后，拉希德·丁就让弟弟巴尔苏姆偷偷尾随其后来到买家的住处，借口是向买主讨点食物和水。故事的男主人公阿里·沙尔十分慷慨地说："这个顺民向我乞求一点吃的喝的，看在安拉的分上，我不能令他失望。"尽管宗教信仰不同，但居于统治地位的穆斯林社区和受法律保护的基督徒少数族群间有着相同的习俗和社会规范：那个基督徒"用右手给了阿里一根香蕉"，阿里只能接受。巴尔苏姆借机毒晕了阿里，掳走女奴送给了哥哥。他哥哥抽打、虐待女奴，并以"耶稣和圣母"起誓，说如果女奴不改信基督教的话，他就会一直折磨她。但是，就像那个拒绝了阿莫里亚基督教女子的虔诚穆斯林一样，祖姆鲁黛拒绝了这个基督徒："即使你一片片剜下我身上的肉，我也不会背弃伊斯兰教。"基督徒疯狂地抽打她，她忍不住恳求安拉的救护："万物非主，唯有真主；穆罕默德是真主的使者。"在故事的结尾处，祖姆鲁黛大仇得报，惩罚了这对基督徒兄弟，还有曾经绑架她、想玷污她的库尔德人。两个基督徒被打得皮开肉绽，他们被裹着干草悬挂于城门口，人们从他们身上剜下肉来扔到城外。至于那个库尔德人，尽管他痛哭忏悔，但依然受到了同样的惩罚。

基督徒受到惩罚不是因为他们的宗教信仰，而是因为他们的恶劣行径。拉希德·丁的行径比库尔德人更加卑劣，因为他企图强迫女奴背弃自己的信仰。而穆斯林库尔德人只是作奸犯科，假装改宗的基督徒却是以宗教信仰逼迫和恐吓女奴。在这个故事中，基督徒形象发生了变化，由那个毫无恶意的、接受了伊斯兰教的僧侣阿卜杜·麦斯哈变成了两面三刀的"顺民"拉希德·丁。后者生活在穆斯林之间，却蓄意破坏他们的信仰。这也最终导致他失去了穆斯林社区的豪华家宅，甚至一命呜呼。对阿莫里亚地区的基督教徒而言，他们在宗教层面被穆斯林打败了。而对假牧师和他的弟弟而言，他们看起来更像是第五纵队，利用他们和穆斯林共享的社会规范与习俗来颠覆伊斯兰教。库尔德人虽属于不同种族，但远没有基督徒兄弟那么危险，因为虽然后者有着蓝色的眼睛，却可以随意出入穆斯林市场、拜访穆斯林家庭，甚至分享穆斯林的食物。但在强迫穆斯林改信基督教方面，他们却毫不犹豫——在穆斯林疆域，没有一个穆斯林如此强迫基督徒。

对于穆斯林–基督徒关系，《一千零一夜》中还有一则感人的故事，讲述罗马女子与穆斯林青年之间的爱情。这个故事嵌套在《欧麦尔·努埃曼和他的儿子们》中，是《一千零一夜》最长的故事之一，从第四十四夜一直讲到第一百五十五夜。尽管这个故事以阿卜杜·麦力克·伊本·麦尔旺（685—705 年在位）统治时期为背景，但它揭示的却是伊斯兰帝国后期的历史。其时，穆斯林统治者的声名已经远播印度、中国、也门、希贾兹、埃塞俄比亚、叙利亚、土耳其迪亚尔巴克尔乃至诸"海中岛国"（第四十四夜）。故事的第一部分讲述了欧麦尔·努埃曼的儿子舒尔康和盖撒里亚国王哈尔杜布的基督徒女儿伊卜丽萨相亲相爱的故事。尽管两人都十分清楚各自信仰不同——伊卜丽萨起誓时会说"以基督的真理"和以"玛利亚和约翰"之名，而舒尔康则认为自己"来自穆斯林世界"，起誓时会说"以先知之诚"（第四十七夜）——他们还是坠入了纯洁的爱河，一同歌唱（她用阿拉伯语为舒尔康歌唱）、宴饮、享受着彼此的陪伴。同时他们都不曾忘记彼此的差异——毕竟，伊卜丽萨穿着"罗马人的服饰"（第五十一夜），而舒尔康则身披阿拉伯–穆斯林战袍。但是，舒尔康非常尊重伊卜丽萨这位"基督教女子"（第四十八夜），当她请他发誓的时候，他并没有使用伊斯兰誓言，而是特意使用比较宽泛的一神论言辞："以赐予肉体灵魂，并为我们制定律法之神起誓"（第四十七夜）。同样，伊卜丽萨为保护舒尔康免于基督教大军（batariqa）的追捕和伤害，向他保证："你，这个'穆斯林'，是受基督护佑的。"（第四十八夜）

后来，伊卜丽萨跟随舒尔康来到伊斯兰教的国度，这里的人们没有强迫她改变信仰。这与从《罗兰之歌》（*Chansons de Roland*）到奥德里克·维塔利斯（Orderic Vitalis）中的中世纪欧洲浪漫主义作品中的描述大为不同：他们笔下的众多穆斯林女性为了融入当地的基督教社区必先改信基督教。[1] 相反，伊卜丽萨来到巴格达，却保留着她的基督教信仰。我们看不到任何要求她改宗的迹象：她是作为一个基督徒被爱的，也是作为一个基督徒而受到舒尔康王国的欢迎与接纳的。她可以毫无障碍地穿越文化边界，这或许是因为伊卜丽萨熟谙阿拉伯语和希腊文化：她是属于阿拉伯文化一份子的基督教徒，精通《古兰经》，可以随口给舒尔康引用一段，并且熟知其他阿拉伯典籍（第四十七夜）。她甚至擅长最高雅的阿拉伯游戏：象棋（第四十九夜）。[2] 故事想要说明的是，语言和文化的共识可以超越宗教差异。在后续故事中，五个女奴受训学习所有有关阿拉伯的知识（第五十二夜），哈尔杜布邪恶的母亲十分了解伊斯兰教的各种仪轨，这使得她可以成功地扮演穆斯林圣女。[3] 重要的是，知识的传播是由阿拉伯传向希腊的（这恰恰颠倒了历史）：没有能讲希腊语的穆斯林，他们也不了解任何希腊文化及其宗教。事实上，偶尔出现与希腊有关的词汇反证了穆斯林其实并不了解它们的含义和重要性，比如“al-salib wa-l zunnar[4], wa-l ‘asir wal-‘assar, wa-l qussus wa-l ruhban, wa-l sha’anin wa-l mutran”等词语（第九十一夜），意为：十字架和（僧侣的？）腰带，果汁（圣餐？）和做圣餐的人，神父与僧侣，圣枝主日和大主教。

穆斯林与基督徒之间的和谐相处同样存在于商贸领域。来自基

1 参见 F. W. Warren, “The Enamoured Moslem Princess in Orderic Vital and the French Epic,” *PMLA*, vol. 29, no. 2 (1914): 314–58。瓦伦将《一千零一夜》与他所研究的一些著作联系在一起。参见 Mohja Kahf, *Western Prepresentation of the Muslim Woman* (Austin: University of Texas Press, 1999) 中第 2、3 章有关欧洲叙事中的穆斯林女性形象的研究。

2 参见阿兰·琼斯（Alan Jones）有关象棋的短文：“A Bridge between Two Communities”, *Studies in Muslim-Jewish Relations*, no. 1 (1993): 31–5。这篇文章中所讨论的象棋之桥，主要是指穆斯林和犹太人之间的桥梁。

3 她曾读过“伊斯兰典籍，并曾前往麦加圣城朝觐，为的是了解伊斯兰教，学习《古兰经》经文”（第九十三夜）。译者注：原文为“圣女”，此处有误，应为“圣徒”，这个故事中哈尔杜布的母亲实则为女扮男装，把自己乔装为穆斯林圣徒。

4 Zunnar（زنار）来自希腊语 Zonar，一种特殊的腰带，古时伊斯兰国家穆斯林要求非穆斯林佩戴，以示其为正文中所提到的顺民。——译者注

督教地区的商人可以在穆斯林国度自由买卖。尽管这两个宗教群体视彼此的地域为敌对地域，但民众之间却可以友善相处。不幸的是，在舒尔康的父亲欧麦尔·努埃曼强暴伊卜丽萨之后，这种友善被破坏了，此事也彻底毁灭了伊卜丽萨和欧麦尔的亲生儿子对他的信任。数月后，伊卜丽萨在逃跑的途中产下一子，但自己却被黑奴杀死了。蒙受耻辱的父亲决定对努埃曼宣战。之后的故事中，基督教和伊斯兰教之间充满了强烈的敌对气氛。在爱情面前，基督徒和穆斯林之间是亲密的，宗教的差异并未带来任何障碍；而在耻辱和强暴发生之后，冲突完全被宗教的极端对立所左右。穆斯林喊着“圣战”（Jihad）口号乞求先知的庇护，高举着伊斯兰箴言的旗帜：“万物非主，唯有安拉，穆罕默德是真主的使者”（第一百零一夜）。与此同时，基督徒呼唤耶稣、玛利亚以及“该死的十字架”的护佑（这是第八十八夜中故事的讲述者在“十字架”前加上的侮辱性词汇），同时还呼唤着他们的神父、圣枝主日以及大主教的名号（第九十一夜）。这是《一千零一夜》中第一次大范围、多方面地诋毁基督教：大主教竟然把焚香和自己的排泄物混合在一起点燃，然后再给他的士兵们涂圣油（第八十九夜）；被誉为“基督之剑”的战士鲁噶“容貌丑陋，长着一张驴脸，整个人就像一只猴子”（第九十夜）；战役中死去的基督徒被视为“猪猡”（第九十二夜）和“偶像崇拜者 / 拜物徒”（第一百三十七夜）。至此，分属两个不同宗教的人们彻彻底底成为敌人，成为他者，他们的言语中充满了仇恨和对立。和谐荡然无存，除非一方完全向另一方屈服，正如故事结尾处，基督教国王改信伊斯兰教，并依附于巴格达的穆斯林国王。

可以看出，故事对待基督教的态度发生了重大转变，从基督徒和穆斯林之间的友爱与和谐转向势同水火的敌对。相似的敌意——包括改宗——也集中体现在《一千零一夜》第二百四十九至二百六十九夜和第八百六十三至八百九十四夜的故事中。这两个故事有着相同的主线，而且都发生在《一千零一夜》所熟知的遥远的基督教地域：热那亚。其他故事均没有涉及如此遥远的西方，也没有如此确切地描写明显是发生于 14 至 15 世纪早期的地中海区域冲突。尽管这两个故事没有说明具体年代，但从事件本身看，它们应该发生在马穆鲁克王朝的亚历山大港与意大利外邦诸城之间频繁贸易的时期。故事没有提及 1517 年占领并统治埃及的土耳其人，却提到了咖啡。这种饮料在 16 世纪中期被奥斯曼帝国引进之前，曾在开罗的苏非修行者中广受欢迎。由此可见，故事应该发生于前奥斯曼时代（第三百六十六夜）。[1] 故事的有些场景发生在热那亚，该城的许多商人和官员在亚历山大建立了颇具规模的社区。但故事着重描写的是双方的敌对，这或许因为马穆鲁克王朝更喜欢和威尼斯往来。据 15 世纪末某位欧洲旅行者观察："在亚历山大的市场上，威尼斯的影响为各欧洲城邦之首。"[2] 而威尼斯之所以能够和马穆鲁克苏丹保持成功的商业与外交往来，是因为威尼斯人不像热那亚人那样乐于做海盗，抢劫穆斯林旅客、商人和朝圣者。[3] 反过来，就像第二个故事所描述的那样，穆斯林（"埃及人"这个词在故事中并未出现）同样以抢劫异邦人为乐，并把他们当作奴隶卖到开罗和亚历山大（第四百二十四夜）。

根据第二个故事，在前往朝圣的海上旅程中，外邦国王十四岁的公主玛莉亚被穆斯林海盗掳劫，卖到属于非阿拉伯人统治的凯鲁万地区（Qayrawan，波斯人的阿格拉布王朝在 9 世纪时首次攻下西西里和意大利南部地区，他们的影响甚至波及突尼斯）。[4] 掳劫者让她改信伊

---

1 依据奥斯曼土耳其历史学家哈吉·哈里发（Hajji Khalifah）所言，咖啡是在 1543 年进入小亚细亚地区的。参见 James Kritzeck, ed., *Anthology of Islam Literature* (New York: Penguin/Meridian Books, 1975), p.359；关于咖啡的历史，参见 'Abd Al-Qadir ibn Muhammad al-Jazīri, *'Umdat al-safwat fi hall al-qahwa*, ed. 'Abd 'Allah ibn Muhammad al-Habshi (Abu Dhabi: Cultural Foundation, 1996)。

2 H. F. M. Prescott, *Friar Felix at Large* (New Haven: Yale University Press, 1950), p.5.

3 Samīr 'Ali Khadem, *Al-Sharq al-Islami wa-l Gharb al-Masīhi* (Beirut: Rihani Publishers, 1989), pp.393–95.

4 阿格拉布王朝最初为北非地区的阿拉伯埃米尔王朝。公元 800 年时，由阿拔斯王朝哈里发哈伦·拉希德任命出身于呼罗珊地区的指挥官后人易卜拉欣·伊本·阿格拉布于北非创立，定都于凯鲁万。9 世纪时，其势力范围涵盖今天的北非突尼斯、利比亚、阿尔及利亚及意大利西西里岛等地区，后被法蒂玛王朝所灭。——译者注

斯兰教，并教她《古兰经》《圣训》和教法。后来，他们把她卖给了努尔·丁，一位生活在亚历山大阿塔林市场附近的十四岁巴格达少年。玛莉亚非常聪慧，意志坚定，能歌善赋，并且容貌姣好。两个年轻人坠入爱河，他们享受着爱的时光。玛莉亚有着“埃及女人的柔软、也门女人的风情、埃塞俄比亚女人的嗓音、印度女人的缠绵、努比亚女人的欲望、蒂姆亚特女人的呻吟、上埃及女人的热烈、亚历山大女人的慵懒”（第四百二十五夜）。同时，玛莉亚的父王派出了大臣和手下七人到“所有穆斯林领地”去寻找她。大臣最终找到了她，骗过努尔·丁劫走了玛莉亚，并以对“耶稣的忠诚”起誓，说她的穆斯林恋人从未真正爱过她。她被迫回到了自己的城市，一个类似君士坦丁堡的地方，那里“地域宽广，手工艺品琳琅满目，建筑奇伟，到处是奇花异草”。牧师们集聚在她身边，为她的罪行忏悔，乞求上帝的宽恕。当她的母亲发现女儿已经不再是处女，并且是因为和一个穆斯林有染后，便发誓要用上百个穆斯林的性命来替她洗脱罪行（第四百三十五夜）。

另一边，努尔·丁为了找到她，加入了一支前往玛莉亚所在城市的百人穆斯林商队。在这个细节上，两个故事表现出细微而有趣的差异。在第一个故事中，名叫阿拉丁·艾比·沙马特的主人公被亚历山大的热那亚执事官逮捕。在公海上面，载着他的热那亚船只捕获了一艘穆斯林船只，四十个穆斯林成为奴隶——而在第二个故事中，成为奴隶的是一百多位商人。到了热那亚后，俘虏们被戴上镣铐沿街示众，一路来到王宫门前。随后，除了沙马特之外，所有俘虏都被砍掉了脑袋。按照太后的懿旨，沙马特成了基督徒王国的奴隶，和其他成千上万的奴隶一样，从热那亚到加迪斯，在欧洲各国的奴隶市场上辗转、劳作。第二个故事中，努尔·丁被迫穿上修士的服装，做出各种让人耻笑的表情。第一个故事中，他在一座教堂服劳役，为盲人修士打扫厕所达十七年之久。[1] 一天早晨，他被勒令离开教堂，因为

1 此处原文有误，应为“在教堂辛苦了七天”。参见 1979 年黎巴嫩贝鲁特文化书局出版的《一千零一夜》，第八百四十九夜故事，第 177 页。——译者注

美丽的玛莉亚公主（两个故事中的女主人公都叫这个名字）要来教堂做礼拜，以兑现当初她逃离穆斯林领土时发出的誓愿。努尔·丁藏在教堂一隅，看到玛莉亚在四百多个女仆的跟随下来到“童贞女玛利亚”神龛前，“她光明之母。基督徒认为她的灵性与神秘就体现于此。姑娘们先后触碰神龛，祈求获得庇护，然后绕教堂走了一圈”。玛莉亚随后遣散众女仆，锁上教堂，努尔·丁走了出来，原来她早已发现了他，两人在此度过一个幸福的夜晚。这种挑衅和亵渎神灵之举在第一个故事中是阙如的：在那里，穆斯林俘虏要找的是玛莉亚的女仆。玛莉亚告诉努尔·丁，她决心成为他的妻子。但当她直抒胸臆时，努尔·丁却回答说：“夫人，我是一个穆斯林，而你是基督徒，我怎么能娶你呢？”玛莉亚于是当场表示，自己并非异教徒，早在十八年之前，她就信奉伊斯兰教了，她也是穆斯林。她还说，在十四岁那年，就读过《新约》和其他一些书籍，“在《旧约》、《新约》、《诗篇》和《摩西五经》中都看到过先知穆罕默德的身影。所以我相信穆罕默德，那时我就已经是一名穆斯林了。”公主说罢，把手放在穆斯林爱人的掌中，“再次重申了她的伊斯兰信仰”，并准备与他一同逃亡。

第一个故事显然更为残忍：玛莉亚的父王要求她陪酒，她来到父亲身边，等他喝醉后把他五花大绑带到阿里·丁那里，以便强迫父王改宗伊斯兰教。不管女儿怎样恳求，父亲还是拒绝了，于是阿里·丁一刀砍下了基督教岳父的头颅。随后，这对青年借助神灵赐予的“床”飞回亚历山大城。在第二个故事中，弑父情节被剔除了，但当这对恋人回到亚历山大后，大臣又成功地抓到了公主玛莉亚，把她带了回去。她的父王勃然大怒，斥责她“背弃了父辈的信仰，背弃了他们赖以生存的城堡。你怎能顺从伊斯兰教？它靠武力传播思想，并排斥十字架和圣像”。玛莉亚佯装很高兴回到了同胞中间，并以“耶稣基督、真正宗教、圣十字架和十字架耶稣”之名发誓（第四百四十一夜）。大臣强行与公主成亲，承诺要砍下三十个穆斯林人头，作为替代他和公主的献祭。努尔·丁再次踏上寻找玛莉亚的征程，而他所乘的船只也再一次被异邦人俘获。后者把一百多个穆斯林商人带到国王面前，国王下令将这些人处死，唯独努尔·丁获得宽宥。公主玛莉亚再次密谋逃跑。逃跑过程中，她杀死了宰相及其守卫。最后，在神灵的帮助下，她和努尔·丁乘坐飞床回到了亚历山大。

这两个故事在《一千零一夜》中是非常独特的。故事中穆斯林走进了西方基督教世界，而且时间地点都清晰可辨。同时，它们还采用了关于中世纪和现在早期地中海地区基督教–伊斯兰教遭遇经历中最流行的主题之一：俘虏叙事（the captivity narrative）。从薄伽丘到阿里奥斯托（Ariosto）和塔索（Tasso），从塞万提斯（Cervantes）到洛佩·德·维加（Lope de Vega），意大利、西班牙以及（后来的）英国作家发展出了一种叙事范式，并反复应用于中篇小说、长篇小说、戏剧和自传体小说创作：基督教主人公被穆斯林海盗、臭名远扬的土耳其人或是柏柏尔海盗俘虏，戴着镣铐押送到穆斯林统治者苏丹面前。基督徒坚决拒绝改宗伊斯兰教，宁愿干最最低贱的活计，并决心忍受长达多年甚至十多年的折磨。这时，苏丹的女儿（或王后、姐妹）往往会爱上基督教男子。这对爱人带着苏丹的珍宝，逃回基督教国度。就要踏上基督教土地时，穆斯林姑娘终于意识到伊斯兰教是错误的，同意改宗基督教。这个范式在塞万提斯的“囚徒的故事”（《堂吉诃德》第39—41章）中得到了最好的展现。在地中海海盗猖獗的时代，这些故事是想说明基督教信仰是如何坚不可摧。然而当时大量的基督教俘虏并没有像当代作家反复感叹的那样抵制皈依，而是接受了伊斯兰教，戴上了头巾。文学叙事为基督徒提供了一个理想的范式——这就是为什么欧洲的故事总是在皆大欢喜的氛围中结束。基督徒俘虏因其宗教抵抗而得到赏赐，甚至娶了王室成员，而且还拥有了穆斯林的财富，这是他在自己的国家永远也实现不了的。

和基督徒一样，穆斯林也是在沿海港口或外海被俘。但是，虽然有许多欧洲俘虏创作过小说或“自传”，描述了他们在“伊斯兰教徒”（Mahometans）那里所遭受的种种虐待。但阿拉伯语中却没有此类作品。中世纪阿拉伯有一些史籍谈到了穆斯林俘虏,[1] 还有许多现代早期马格里布小说家的自传和圣徒传也讲到有关俘虏、奴隶被圣人解救的事迹；[2] 但这些故事通常比较简略,并未详细描述生活剧变后的切身体验。《一千零一夜》首次浓墨重彩地描写了中世纪晚期以热那亚为中心的地中海穆斯林俘虏的生活。这些故事也首次颠覆了欧洲俘虏的浪漫主义:基督教女子改信伊斯兰教,而穆斯林却会拒绝基督教姑娘的诱惑,这显然是对欧洲叙事的颠覆。[3] 有趣的是,就像在“阿莫里亚”这一故事情节中一样,穆斯林青年拒绝和基督教女子结婚,直到她改宗。然而奇怪的是,故事明明提到《古兰经》允许穆斯林男子和基督教或犹太教女子结婚。可是如今,《一千零一夜》却第一次写到穆斯林“谋杀基督徒,仅仅因为他是基督徒”;而“献祭”穆斯林,也仅仅因为他是穆斯林。两个宗教团体间的交往没有一丝温和的意味:他们之间充满了掠夺、绑架、欺诈和谋杀。虽然基督徒愿意并生活在穆斯林的土地上,却没有穆斯林愿意生活在基督徒的领地。[4]

这些故事还进一步揭示欧洲基督徒还是非常了解穆斯林男子的。《一千零一夜》把他们形容为纯真而忠诚的教徒,绝不会因为身体的

1 P. S. Konginsveld, “Muslim Slaves and Captives in Western Europe during the late Middle Ages”, *Islam and Christian-Muslim Relations*, vol. 6, no. 1 (1995): 6,以及拙文“Piracy and Captivity in the Early Modern Mediterranean: The Perspective from Barbary”, in Claire Jowett, ed., *The Politics of Plunder, 1550–1650* (Basingstake: Palgrave Macmillan, 2006), pp.56–74。

2 参考拙文“Muslim Captives in Christendom”, in *Europe through Islamic Eyes, 1578–1727*, (forthcoming, Columbia Unviersity Press, 2008)。

3 卡赫夫(Kahf)总结过这样一个范式:“在中世纪文本中,有关穆斯林女子故事的基本情节大致是这样的:显贵的女子受到被她父亲或丈夫囚禁的基督徒的诱惑,并在基督教和穆斯林的战斗中助其一臂之力。最后,女子改宗皈依基督教,把其父或是丈夫的财富转给基督徒,成为欧洲世界的一份子。”(*Western Representation*, pp.4–5)

4 第四百六十九至四百七十一夜的故事讲述的是一个穆斯林医生被带到异教徒(kuffar)的地区,为国王的女儿治病。他发现她已改宗伊斯兰教,她还请求自己帮她逃往伊斯兰地区,医生助她实现了愿望。

欲望而违背自己的信仰，尤其是面对异教徒，这与欧洲基督教小说和戏剧中对穆斯林的描述完全相反。在《一千零一夜》第四百七十四至四百七十五夜故事中，一名穆斯林战士在欧麦尔·伊本·哈塔卜统治时期围攻大马士革的战役中被俘。拜占庭人给他一个基督教女子，想诱惑他背弃伊斯兰教，因为他们相信"阿拉伯人都非常喜欢女色"。[1]然而，穆斯林战士却克制了自己的欲望，并成功地将基督教女子转化为伊斯兰教徒，而后二人一起逃之夭夭。安拉于是派遣使者，见证了他们的合法婚姻。这些关于不同宗教间亲密接触的故事对拜占庭/欧洲人将阿拉伯人/穆斯林建构为受性欲驱使的形象是一个极大的反拨，同时特别强调了穆斯林对禁忌的严格遵守。《一千零一夜》还强调，穆斯林男子决不会与未改宗的基督徒女子结婚：改宗是必要条件。这或许不仅仅是为了凸显基督教必须向伊斯兰帝国权力的屈服，同时也意味着他们必须笃信伊斯兰教义。对于那些描绘穆斯林和基督徒在地中海遭遇的故事讲述者来说，基督徒-穆斯林式的亲密关系不复存在。他们之间绝不可以有亲密的肢体接触。一个穆斯林男子决不会与基督教女子发生关系，除非她同意改宗，就好像《古兰经》中关于允许穆斯林男子和基督教女子通婚的条文从来就不曾存在。

结　论

由于不知道故事的作者是谁，也不知道故事形成的确切时间（即故事的实际创作时间，而非故事的背景时间），要想用虚构的故事作为历史事件或是文化现象的证据，显然是不可信的——而爱德华·威廉·莱恩（Edward Willian Lane）却在其1836年的《当代埃及人礼仪风俗记》（*An Account of the Manners and Customs of the Modern*

---

1 有关穆斯林喜欢女色这个主题，就像穆斯林女性贪恋情欲主题一样，常常出现在欧洲小说中。参见 Norman Daniel, *Heroes and Saracens: An Interpretation of the Chansons de Geste* (Edinburgh: Edinburgh University Press, 1984), esp. p.70。

Egyptians）中这么做了。[1] 不过，《一千零一夜》中对基督徒的描述却呈现出一种稳定的演变过程，从《古兰经》所赞赏的修道院的和谐开始，最终演化为地中海地区的宗教冲突。自早期的叙利亚本到后来的布拉克本，《一千零一夜》的故事对基督徒的态度复杂而矛盾，一方面对阿拉伯基督徒的虔诚表示钦佩，另一方面又迫不及待地想要转化他们；一方面接受英勇斗争的基督教公主和穆斯林王子之间的纯真爱情，另一方面又谴责罗马和外邦基督徒是背信的入侵者和邪恶的海盗。故事从叙利亚本中生活在“中国”的基督徒–穆斯林和谐共存，到巴格达穆斯林社群中狡猾的蓝眼睛顺民（dhimmi）；从基督教与伊斯兰教接壤区中罗马基督徒与穆斯林之间圣洁而悲壮的爱情故事，到热那亚–亚历山大核心地带极端的暴力两极分化。在那里，基督教女子为了嫁给穆斯林爱人而改宗伊斯兰教，但她的穆斯林爱侣则杀死了拒绝改宗伊斯兰教的基督徒。[2]《一千零一夜》中，并非所有的基督徒都是负面形象，但几乎所有人最后都改信伊斯兰教了。

改宗问题绝对是《一千零一夜》中“基督教–伊斯兰关系”的压倒性主题。在《一千零一夜》的故事所涵盖的巨大时空延续中，这一主题渐渐呈现出越来越鲜明的主导性：这就意味着，尽管许多穆斯林能够接受基督徒，把他们视为生活在哈里发治下的顺民，却仍然觉得彼此在神学领域的差异是难以弥合的。对《一千零一夜》的众多缔造者而言，基督徒的出现从神学意义上来说只不过是暂时的，他们永远走

1 莱恩曾于1839—1841年间将《一千零一夜》由阿拉伯语译成英语，并且曾于1825—1849年间生活在埃及，他从《一千零一夜》中撷取大量素材、结合自己的观察，创作了这部明显是虚构加经验证据的复合著作。例如，他描写烟草（应为笔误，应该是葡萄酒）时说：“在《一千零一夜》的许多故事中，……我们能找到足够的证据证明，较之于今天，在那个时期或稍早的时候，葡萄酒对穆斯林来说是十分普遍的、可以公开畅饮的。”参见他的《礼仪风俗记》，以及萨阿德·丁（M. Saad El-Din）为其所写的序（London: Everyman, 1966, p.339）。而鲁本·利维（Reuben Levy）的《巴格达记》（*A Baghdad Chronicle*, Cambridge: Cambridge University Press, 1929）也是一部类似的作品。

2 指的是在该故事中阿拉丁杀死了所爱之人玛莉亚的父亲，只因其父拒绝改宗伊斯兰教。——译者注

在改宗的路上——而恰如那两个故事中的基督徒一样，他们也希望穆斯林能够改变其信仰，哪怕为此诉诸武力。奇怪的是，《一千零一夜》没有呈现基督教和穆斯林之间神学论争的故事，而在阿拉伯传统中，这类争论很多，且往往以伊斯兰教的胜利而告终。同样，《一千零一夜》也没有检视或是直接指出基督教教义的"错误"，也不会直接肯定伊斯兰教义的"正确"。对这些故事的讲述者而言，他们的目标是无须过多关注基督教便可打败基督教——这在某种程度上违背了《古兰经》的禁令，该禁令保护了基督教徒，尽管他们信仰基督教。这意味着《一千零一夜》已揭示出，伊斯兰思想此时已达到与基督教在16世纪"奥格斯堡和平协议"（*The Peace of Augsburg*, 1555）时所具有的同等位置，被超越宗教的文学无情地粉碎。

编后记

纳比勒·玛塔尔（Nabil Matar, 1949—），剑桥大学英国文学博士，曾任教于约旦大学和贝鲁特美国大学，现定居美国，曾任佛罗里达理工学院人文系主任，明尼苏达大学英语系教授，主要研究方向为早期英国、西欧和伊斯兰国家等环地中海地区关系研究。纳比勒著述颇丰，主要代表作有三部曲《英国伊斯兰教，1558—1685》（*Islam in Britain, 1558—1685*, 1998）、《大发现时代的土耳其人、摩尔人和英国人》（*Turks, Moors and Englishmen in the Age of Discovery*, 1999）、《英国和柏柏尔人：1589—1689》（*Britain and Barbary, 1589—1689*, 2005）、《阿拉伯人眼中的欧洲》（*Europe through Arab Eyes*, 2009）、《地中海世界的阿拉伯大使》（*An Arab Ambassador in the Mediterranean World*, 2015）等。本文《〈一千零一夜〉中的基督教徒》（"Christians in *The Arabian Nights*"）译自：Saree Makdisi and Felicity Nussbaum (eds.), *The Arabian Nights in Historical Context: Between East and West*, London: Oxford University Press, 2008, pp.131–151。

日本视角下的《一千零一夜》与东方主义

[日本]西尾哲夫

引　言

《一千零一夜》，也就是《天方夜谭》，是最受日本欢迎的阿拉伯文学作品之一。它曾经，并且直到今天依然影响着日本有关中东或是阿拉伯伊斯兰世界的图景构建。那些人物的名字，譬如阿拉丁、阿里巴巴、辛巴达等，都深受日本儿童的喜爱；而另一方面，《天方夜谭》这个标题也总是带点情色的味道。为什么《一千零一夜》具有如此双面性？下文我将会讨论这部作品在日本的接受和转化，以及它对欧洲和日本有关中东图景构建的影响，这种构建与所谓东方主义的出现有关。最后，我还会从比较研究的角度出发，探讨《一千零一夜》是如何在欧洲和日本引起东方主义的共鸣。

《一千零一夜》与欧洲东方主义：与日本相遇的前夜

自法国东方学家安东尼·伽朗首次将《一千零一夜》从阿拉伯语译至法语以来，已经过去了近三百年之久。他的法语本《一千零一夜》(*Les Mille et Une Nuits*)很快便被译为其他欧洲语言。《一千零一夜》

在18至19世纪的英国越来越受欢迎，这有助于不断抬高它作为一部世界文学作品的声誉，其文学质地也逐渐发生转变。大约在19世纪初，所谓“工业革命”给英国读者带来了巨大转变，其结果便是中产阶层的出现。[1]他们逐渐建构了属于自己的生活方式，并迥异于贵族阶层。他们希望在适当的时候将其道德观传递给下一代。大体上说，这就是为什么儿童文学作为一种文学流派开始出现了，尤其是为什么《一千零一夜》中的有些故事会被专门挑出来经修改后被用于适龄或是学前教育素材。[2]作为儿童文学出现的新的《一千零一夜》，其读者群很快扩展到其他文学娱乐类型，譬如戏剧等。

19世纪，特别是维多利亚时代，另一个与《一千零一夜》相关的趋势还在于出现了所谓的“东方主义”。[3]在此趋势下，英国人对东方的兴趣越来越浓厚，[4]他们关注伊斯兰世界的政治、经济和文化，《一千

1 此外也存在一些其他因素，诸如印刷设施的发明和推进，识字率的明显提高，这些都带来了英国读者群体的改变。有关印刷业对民族主义的塑造，可参见Anderson（1991）；有关其与阿拉伯世界的关系，可参见西尾（2001）。

2 在此趋势下，带有宗教动机的翻译者们，诸如乔纳森·斯科特（Jonathan Scott）、爱德华·福斯特（Edward Forster）等，都出版了他们的新译本，假称他们是译自阿拉伯语原文的。乔纳森·斯科特极富说教意义的《一千零一夜》被用作流行儿童版本的基础本。参见Irwin（1994: 22）。

3 “东方主义”一词的使用领域相当宽泛。至少在学术讨论范畴内，分析其概念时，我们应当将它的三种含义或是三种模式分开考量。最早出现的一种，是“作为社会模式的东方主义”，在这种概念中，其他文化或是文化元素被独立地设想或以非系统的方式组合为互不关联的成分。第二种是“作为历史心理学层面的东方主义”，用赛义德的话来说，他认为东方主义是欧洲文明中一个不可或缺的元素，前者通过各种文本再现，被表述为一个自闭自足、整体的话语体系而被欧洲分享。这种表述或曰意象构建丝毫没有指向真实的东方，却在竭力为控制东方而提供动能。在后赛义德话语中，东方主义变成了一个更加符号化的概念。在此概念中，作为文明实体的某个特定社会将其他类似实体再现为一种文本结构，有时实则是为了控制它们。

4 1814—1818年出版的被称为加尔各答一本的《一千零一夜》，其印刷动机最初就是为了给加尔各答威廉堡学院的英国学生教授阿拉伯语，有助于他们阅读伊斯兰文献。因此，《一千零一夜》第一个阿拉伯语文本出现在约翰·理查德森（转下页）

零一夜》便被赋予了崭新的学术视角。它的英国读者真诚而热切地渴望读到正本故事,如同其最初题目所展示的、包含一千零一个夜晚的故事。[1]这催生了对新译本的需求,他们不再需要译自伽朗的法语本,而是直接译自阿拉伯原文的版本。[2]爱德华·威廉·莱恩是第一位将《一千零一夜》从"完整的"阿拉伯语原文[3]翻译至英文的译者。[4]从严格的现代意义上来说,他是位语言学家和人类学家。[5]他以语言学家(或者更恰当地说,是辞典编纂者)以及人类学家的科学眼光,将《一千零一夜》视为一部满是有关中东通俗文化信息的百科全书式民族志文本。安东尼·伽朗对此也秉持类似观点,[6]他曾出版了第一部

(接上页)(John Richardson)的《阿拉伯语语法》(*A Grammar of the Arabick Language*, London, 1776)中,这也并不能说是实属巧合,后者收录了第一百零二夜故事。英帝国当时拥有世界上最多的穆斯林人口。

1 有关伽朗译本在形塑欧洲人对《一千零一夜》的看法上所起到的历史作用,参见马赫迪(Mahdi)的深厚研究(1995)。

2 许多英语译者,诸如爱德华·福斯特(1882 年本)、博蒙特(G.S. Beaumont, 1808 年本)、乔纳森·斯科特(1811 年本)等,都坚持声称他们的译本是源自阿拉伯语原文,但事实上,他们所依据的都是晚近一些时期的法语译本。

3 莱恩译本所依据的布拉克本(1835)借鉴了一些来源不明或是如今已遗失的埃及本阿拉伯文手稿。马赫迪(1995: 97—101)认为,尽管布拉克本印刷于埃及,实则是在阿拉伯传统文本中糅入了伽朗本《一千零一夜》的故事。有关埃及修订本,还可以参考 Chauvin(1899)以及 Irwin(1994: 46—48)。

4 莱恩的译本删去了许多故事和诗歌。参见 Irwin(1994: 23—25)。

5 有关莱恩的生平,参见 Arberry(1960)。Ahmed(1978)研究过莱恩的生活,以及他关于英国人对中东看法的作品。不过,杰森·汤普森(Jason Thompson)在其新编辑出版的莱恩所撰《现代埃及人的礼仪与习俗》(*Manners and Customs of the Modern Egyptians*)一书的序言中对其做了最新研究,从中我们可以看出,莱恩的作品必须在其真实文本的基础上进行重新分析(Lane, 2003)。

6 18 世纪的英国读者对此也持相同观点,因为《一千零一夜》英译本大多提名为《阿拉伯之夜的娱乐》,包含一千零一个故事,由印度的王妃讲给国王,试图感化他,不再重复执行其血腥之誓,即每夜与一女子结婚,翌日清晨便将其杀害,以此来报前王妃背叛之仇;故事还展示了鞑靼人、波斯人、印度人等诸多东方民族的习俗、礼仪以及宗教信仰,多于迄今为止所出版的任何作者的作品。

有关东方的学术百科著作《东方丛书》(*Bibliothèque Orientale*),但相比之下,莱恩的观点更具批判性和系统性,因为他总是将任何一条文本信息与自己在埃及的真实生活经历和悉心观察相比较;他尝试将手头所有独具价值的民俗资料进行分类,就像他编撰那本不朽之作——阿拉伯语词典一样。用这样的方式,他得以重建中世纪伊斯兰普罗大众的社会景观。对莱恩而言,《一千零一夜》并非纯奇幻作品,而是中世纪开罗的历史源泉。他的翻译受到了广泛欢迎,[1]并助推了《一千零一夜》最终版本的问世。

后人所称的加尔各答二本同样源自阿拉伯语原本,它的出现是欧洲与《一千零一夜》关系史上的划时代事件。[2]它曾是,迄今为止也一直是最后、最完整的由欧洲人为了满足自己对"由一千零一个夜晚所组成的"阿拉伯原作的激情而编纂的版本。据说该版本是基于源自开罗的阿拉伯语手稿(如今已散佚)。但学术研究证明,它吸纳了来自不同源头手稿的故事,虽然它的确使用了某份如今已散佚的埃及手稿,但其依然是多份文本的杂糅。可以毫不夸张地说,加尔各答二本(以及理查德·伯顿据此而出的译本)的出版是欧洲关于安东尼·伽朗所"创造"的《一千零一夜》想象传统的最终体现。

欧洲遇到了《一千零一夜》,在它所构建的虚幻世界中向往着东方或是中东世界,无关乎真实的东方究竟如何。他们并且通过亲手编造出来的原始《一千零一夜》来将这个想象中的东方现实化。在赛义德的感知中,《一千零一夜》可被视为"东方主义"的一个典型现象。由此而言,伯顿本之所以如此流行,也具有其历史意义。它是最后,也是最完整的英文全注释译本,出自中东文化权威人士之手,依据的是最晚近也是最完整的包含一千零一个夜晚故事的阿拉伯文原本。如我

1 这里,在将《一千零一夜》作为一种社会现象分析其影响时,我们必须考虑到商业活动。莱恩译本的出版商最初将其第一版作为每周期刊,配以插图出售,共计 32 部分,后来他又将其整合为三卷本。这种售卖方式是当时的一种营销策略。写作者经常会被要求写出一部三卷本的故事。

2 有关加尔各答二本(Calcutta II),参见 Mahdi(1995: 101—126)。

们所知,他的翻译和注释也是《一千零一夜》相关艳情图片的主要来源。这么做一方面是出自他的个人偏好,另一方面也是源于维多利亚时代的浪漫心态(参见 Nasir, 1976),人们总是将东方描绘成他们希望其成为或必须成为的模样。[1]

日本透过欧洲视野中的《一千零一夜》与阿拉伯世界相遇

可以说,《一千零一夜》的发现,其重要性堪比新大陆或曰美洲大发现。即便是在美国,许多不同版本的《一千零一夜》也经由欧洲涌入。自 18 世纪以来,美国本土的《一千零一夜》刊印量极大,且大多为盗版。[2] 大约在 1790 年或 1794 年,第一个美国版本的《一千零一夜》问世,[3] 它迅速成为四大畅销书之一,其中位居榜首的当然是《圣经》(*Sha'ban*, 1991)。《一千零一夜》对美国民众想象世界的影响不在本文的讨论范畴之内(参见 *Sha'ban*, 1991 : ch.8),但这无

1 需要指出的是,将《一千零一夜》视为“东方主义”的产物是具有一定缺陷的(事实上,有些缺陷是源于赛义德及其后继者“东方学”中存在的理论缺陷)。它忽视了真实东方的反作用力,后者的行为时而表现为对欧洲所呈现的己方形象的反抗,时而表现为依据欧洲的呈现而对自身进行塑造。有关这一点,我们必须结合所谓布拉克本的出版、在伽朗本之后出现的各种阿拉伯语手稿,甚至是中东世界的普通民众对《一千零一夜》的复杂态度进行综合考量。在《一千零一夜》的历史上,所有这些都并非是特殊和偶然出现的因素,而是影响着东方本身深层结构的诊断标志。此外,这种缺陷很可能恰恰就是欧洲本身。正如对有关东方主义文学作品的讨论所表明的,《一千零一夜》至少作为文学文本(虚构作品),对欧洲现代文学流派的出现以及现代意义上自我意识的构建有过并且仍在发挥着不可磨灭的影响。对于《一千零一夜》的文学影响,参见厄文(Irwin, 1994: 237ff)。有关进一步的理论探讨,参见本文“结语讨论”部分。

2 迄今为止,我们尚没有美国《一千零一夜》出版史的具体书目,而为了更充分地认识到《一千零一夜》所扮演的历史角色,这样的调查又是必须的,这是因为美国的某些版本极有可能被带至其他国家,譬如日本,以供翻译之用。

3 J. Cooper, *The Oriental Moralists* (London: Routledge, 1990). 众所周知,它曾是亚伯拉罕·林肯总统最为喜爱的一部作品,事实上,他也常引用其中的某些段落。

疑是个有趣的话题。在那个时代，作为一个年轻的国家或曰民族，美国一直在努力找寻自己新的民族身份，而不是作为他们过去祖国——诸如英国——的映照。独立的美国必须有独立的外交行为，以便与欧洲诸国建立起国际关系。[1]美国通过太平洋，开始将其关注国际的目光转向东方。正是在此机缘之下，海军上将佩里（Admiral Perry）得以在江户时代（Edo Era, 1603—1867）末期漂洋过海来到日本。

现在，让我们且来看看前佩里时期的日本。由于隔离锁国政策，当时的日本与外国文化的联系还非常有限。尽管如此，有关中东地区的资讯还是会通过中国、葡萄牙和荷兰等国传至日本。我们甚至会在日语中发现为数不少的源自阿拉伯语的外来词，其中多数间接来自现代初期的中国文学，或是来自西班牙、葡萄牙有着中世纪名称的欧洲新工艺制品。[2]这些带有原始阿拉伯风格的工艺品对日本有关中东或是伊斯兰文化想象的出现以及发展起到了至关重要的作用。举例来说，1821年，或曰江户时代文政四年（Bunsei 4），首批来自阿拉伯半岛的骆驼由一些荷兰商人带至日本，对日本城市民众产生了深远影响。[3]与骆驼有关的民间的性文学得到了发展。这种民间文学和与沙漠生活相关的浪漫图景一起，引发了在婚宴盛典上骑着骆驼的王子、公主的典型想象范式。这一场景伴随着

---

1 的黎波里战争是美国和阿拉伯国家之间的首次战争。这可被视为美国政治触角伸向阿拉伯世界的象征性符号。有关此事件及其对美国外交身份的影响，参见 Allison（1995）。

2 有关日本与中东关系的通史，参见 Sugita（1995）。有关日本的伊斯兰教史，可参见 Kobayashi（1988）。

3 日本人对骆驼的普遍想象和认知是其有关中东想象的历史脉络的典型和极佳例证。早在从中东进口骆驼之前，日本已经从中国古典文学中对双峰驼有所了解。骆驼被认为是一种想象中的动物，生活在中国以外的某个地理意义上晦暗不明的区域。当日本人看到另一种骆驼，也即单峰骆驼时，他们也是依据旧的知识来了解这些奇怪的动物，以至于他们还是用双峰驼的方式来描绘这些阿拉伯骆驼，画中还时常会出现中国人的形象，这些中国人被视为外国人的代表，至少在大众看来是如此这般的。

著名的怀旧歌曲《月之沙丘》至今仍深深根植于几乎所有日本人的心中。[1]

需要指出的是，日本与中东地区或是伊斯兰文化的联系一直都是间接的，及至相对晚近的时期。与中东或伊斯兰文化资讯或是手工艺品有关的直接来源国，往往在这些区域有着相当大的经济、政治甚至是军事利益。从这一点来说，尽管范围有限，但日本得以借此获得有关这一区域相对优质的历史信息。首先，中国曾与阿拔斯王朝接壤；其次，葡萄牙、西班牙在光复战争后均对伊斯兰世界抱有敌意；最后，江户时代与日本贸易占有垄断地位的荷兰也表现出与伊斯兰世界，特别是南亚以及东南亚从事商贸往来的兴趣，并进而成为这一领域，尤其是与中东或东方研究相关领域的翘楚，至少是在17世纪和18世纪早期（Brugman and Schröder, 1979）。日本因此从荷兰进口了大量图书，并将其译为日语，这使得部分在江户幕府或曰中央政府从事行政工作的精英人士得以获得有关伊斯兰世界地理、文化领域的坚实知识。[2]18世纪早期有两位重要的日本学者新井白石（Arai Hakuseki）和西川如见（Nishikawa Joken），[3]他们尤其关注外国文化，均与安东尼·伽朗为同时代人。

至于《一千零一夜》，从晚近的发现我们能够得知，早在江户时代就至少有两版荷兰语、一版英语本故事集经由荷兰商人之手被带至日

1 该歌曲由加藤正男（Kato Masao）创作于1923年，至今仍是日本最流行的儿歌之一。一个显而易见的事实很容易被人们认识到，每当日本邮政局发行日本最流行儿歌系列邮票时，《月之沙丘》邮票总是位列第一。据这首歌的作者说，他创作该歌曲与《一千零一夜》有关，而这种关联也几乎延及每一个日本人。

2 尽管山田先生曾做过详尽的研究（1995），但关于日本，尤其是江户时代的日本究竟都吸纳了哪些中东或伊斯兰世界的相关知识，这仍然是一个学术研究重心。

3 西川曾撰专著，研究包括从中东地区进口的外国商贸产品，详尽描述了许多商品的地理和文化特质。继这部专著之后，他还出版了一部著名的插图本作品，书中的人物穿着来自42个国家的异域服饰，其中包括土耳其、波斯等国人物形象。他的插图本著述很受欢迎，曾多次再版，有些版次还增添了新的内容。

本。[1] 江户时期，大量荷兰语的科学著作被译为日语，但我们并未找到被译为日语的荷兰儿童故事书籍，[2] 更遑论《一千零一夜》。即使是在江户时代的最后几十年，尽管有些人已经具备了关注国际事物的敏锐意识，[3] 但有关整个世界的新知识涌入日本无疑是要到明治时期（Meiji Era, 1868—1912）了。

日本第一部《一千零一夜》译作出现在1875年，由永峰秀树（Nagamine Hideki）翻译。[4] 这也是明治时代最早被译介的外国文学

---

1 我们在某位荷兰商人私人物品清单中找到一些相关标示。这位商人曾生活并最终卒于长崎的出岛。该清单中写有如下字样：《一千零一夜》……被翻译至法语……译者是伽朗……如今已被译为英语，第10版，4卷，W. 怀特斯通：都柏林，1776（W. Whitestone: Dublin, 1776）；《一千零一夜，阿拉伯故事》，沃特，约3卷，此前荷兰从未有过，沃特（*1001 nacht, Arabische vertellingen*, U. h. Fr. Vert. Verbet. en verm. M. 3 dln., die nooit te voren in 't Nederd. Vert. geweest zyn. Amst., s. v. Esveldt, 1755）参见 Matsuda (1998: 366, 376)。

2 唯一的例外便是《鲁滨孙漂流记》。它的荷兰语版本大约于1848年被翻译成日文，但目前尚未可知是否有儿童接触到这部作品。当然，为了教育目的引进一些荷兰语儿童书籍或故事集这是不争的事实。举例来说，最近发现的配有动物插图的卷轴书《奇树画卷》（*Ikokujunozuemaki*, 如今存放在国立民族学博物馆）中有许多动物插画，包括骆驼、大象，它被用作儿童阅读的图画书。这本书属于平户藩库存，该政府位于荷兰贸易中心出岛所在的长崎附近。曾有人认为平户藩受过良好教育的智者松浦静山（Matsura Seizan）之所以享有盛名，是因为他收集了大量的荷兰印刷品和工艺品，并让他的画师绘制了上述卷轴书插画。我们曾对这些插画的来源进行考证，它们极有可能是临摹自一些荷兰儿童插画书。

3 在这方面需要指出的是，江户政府开启了一项翻译荷兰百科全书的巨大工程，直到明治时期才得以完成。最近有一篇很有趣的文章被发现，所关注的是世界各地的人物角色，如今也被存放在国立民族学博物馆。该文章的作者是藤田幽谷（Fujita Yūkoku）和他的儿子藤田东湖（Fujita Tōko），二人属于水户藩信奉极端民族主义的武士成员。藤田东湖还是他那个时代的领军人物。在他们的手书中，可以看到有阿拉伯语字母的字样。水户藩的武士成员竟然对外国文化如此感兴趣，这十分有趣。这些武士很有可能是参考过一些荷兰语或是中文书籍，尽管在那个时候，江户政府在官方层面是禁止从中国进口任何伊斯兰书籍的。

4 有关《一千零一夜》在日本的早期翻译，参见 Sugita（1999）以及 Tarumoto（2002）。有关日本阿拉伯文学研究的概况，参见西尾（2002）。

作品之一。[1] 永峰 [2] 的翻译依据的是乔治·菲勒·汤森德牧师（Revd George F. Townsend）所编纂的英语本《一千零一夜》，[3] 后者编纂这部故事集主要是为了满足道德教化之功用。永峰翻译《一千零一夜》的动机，从大的角度来说，是为了向日本民众介绍世界文化，而从具体层面来说，则是利用其中的故事来教育日本女性，鼓励其参与社会事务。他的头一个动机得到了明治早期许多日本民众的赞赏，但第二个动机却不然，因为人们在《一千零一夜》中看到许多艳情图片，这对当时的日本读者而言多少有些陌生。永峰似乎认为《一千零一夜》是明治时代日本民众热衷效仿的欧洲文明的一部分。换句话说，19 世纪的欧洲价值观催生了诸如汤森德和莱恩等的《一千零一夜》版本，这些价值观也被适度调整，以使其契合当时的日本潮流，其结果便是这部故事集为欧洲人和社会所带来的基本价值和文学功用消失了。它已经失去了其文学功用，不再是一个可以让读者了解阿拉伯或是中东文化的文本。时至今日，至少是在普罗大众对待《一千零一夜》的看法上，这种状况仍未有根本改变。

永峰的《一千零一夜》是一部节译本，而且不幸的是，该译本并未受到日本读者的广泛喜爱。其后第二版是由井上勤（Inoue Tsutomu）[4]

1 有关明治时期外国文学翻译的整体情况和索引信息，参见 Yanagida（1935）。

2 永峰秀树（Nagamine Hideki, 1848—1927）是日本海军学院（Japanese Navy College）的英语教师。他翻译过许多英语著作，其中不仅包括文学作品，诸如《一千零一夜》、基佐（M. Guizot）的《欧洲文明史》（*General History of Civilization in Europe*）等，还有一些科学著述。他翻译的罗德·柴斯菲尔德（Lord Chesterfield）的《写给儿子的信》（*Letters to His Son*），以及哈斯克尔（E. F. Haskell）的《主妇百科全书》（*The Housekeeper's Encyclopedia*）体现了他个人的兴趣，也与其翻译《一千零一夜》的动机相契合。有关他的生平，参见 Hosaka（1990）。

3 在前言中，永峰提到他的译本源自汤森德的版本。不过他似乎也参照了莱恩本。参见 Sugita（1999: 3—9）以及 Tarumoto（2002）。

4 井上勤（1850—1928）是一位多产的译者，也是他那个时代最著名的翻译家。他翻译过许多文学作品，包括威廉·莎士比亚的《威尼斯商人》、丹尼尔·笛福的《鲁滨孙漂流记》以及托马斯·莫尔的《乌托邦》。有关他的翻译，参见 Sugita（1999: 9—18）。

翻译的译本，它则在整个明治时期广为流传。正如其日译本标题所呈现的，这是“全世界一大奇书”(*Zensekai Ichidai Kisho*)，井上的《一千零一夜》更倾向于娱乐读者。他，或者说是出版商的意图无疑是契合英文本原标题《阿拉伯之夜的娱乐》(*Arabian Nights' Entertainments*)，也使其文学功能得到了凸显。这是自中世纪开罗及伽朗时期以来它就具备的特质。在这一点上，我们必须肯定井上独具慧眼，他为那个时代的日本读者准确呈现出了《一千零一夜》的基本特质。书中的故事源自阿拉伯伊斯兰世界，在欧洲世界流布，其完全迥异的文化背景俘获了日本读者。

自那以后，日本还出现过几版《一千零一夜》译本，但直至晚近时期，它们均源自莱恩、伯顿、马德鲁斯等人的英语、法语，是为间接译本。也正缘于此，这部故事集一直被视为英国或是法国文学的一部分。[1] 从明治时期直至今日，《一千零一夜》，至少是其中的一部分故事，都是许多作家和艺术家的创作源泉，同时也是儿童想象力的催化剂。日本对它的这两种社会消费方式似乎都在步欧洲之后尘，但无论过去还是现在，这种消费都没有涉及《一千零一夜》作为东方主义产物的这个面向。它被翻译至日本，被日本读者消费，却很少被视为解读故事最初呈现的世界的参考书，也几乎没有日本读者会希望在《一千零一夜》中找到中东世界的真实人物。可以说，一如前文所述，《一千零一夜》与东方(或曰中东)和欧洲之间的关系是双向的；但对日本而言，这种关系却只是与欧洲而并非与中东的单向关系。这就是为什么当被视为欧洲东方主义终极版文学体现的伯顿本《一千零一夜》被翻译到日本的时候，日本读者只留意并格外关注其中浪漫、艳情的元素。不过事实上，这些元素也已经是杜撰的、想象中的东方的一部分，是欧洲人将他们期待的东方世界投射到其中了，并视其为真实存在。就这个层面而言，马德鲁斯的《一千零一夜》其实更适合日本

1 英语或是法语本的《一千零一夜》，曾经并且依然被用作外国语言教学，这便是一个证明。

读者，它是一部纯粹的、充满文学想象的奇幻作品，也因之被视为法国文学的一部分，后者常常被日本视为文学的典范。

前岛信次（Maejima Sinji）和池田修（Ikeda Osamu）的译本（1966—1992）是首版也是唯一一版直接译自阿拉伯语的版本。他们翻译所依据的是加尔各答二本。日本读者对这个版本有着超乎寻常的喜爱。[1]这种热爱似乎根植于与19世纪英国环境相似的心态。也就是说，了解《一千零一夜》的本质有助于认识中东世界（东方），而要做到这一点，我们必须去阅读原始的、未经欧洲人变形的《一千零一夜》。唯其如此，我们才有可能与中东世界或是伊斯兰国家建立起良好的国际关系。但考虑到加尔各答二本的形成历史，[2]我们就会明白，这只不过是另一个美好的愿景。

自明治时代以来，日本已接受了欧洲文明，而《一千零一夜》则是其中的一份子，是东方主义的文学产品。日本也的确在现代化的历史进程中促使自己去适应欧洲的东方主义价值观。

结语分析

《一千零一夜》被移入欧洲土壤之前的中东世界，已经具备了收集本地知识的社会功用，这些知识至少是城市阶层所共享的。这也就是为什么《一千零一夜》不仅以其娱乐性，还因其百科全书式的信息，吸引了伽朗及其后继者。他们以这部故事集为基础，在叙事空间中将想象中的东方视为想象中的他者而进行文学创作。这部在欧洲土壤上被重新移植的《一千零一夜》还留存着另一个原始功能，这是因为它也具有

1 其译者已经荣获日本最著名的文学翻译奖。

2 在这方面，如今需要做的，不仅仅是要将《一千零一夜》作为历史资料来重构中东阿拉伯社会，同时还需要重新评估西方对中东世界的想象及其对日本文化的影响。我们如今已将加尔各答二本全部制为电子文本，借此编写一本用于分析中世纪阿拉伯社会文化术语的词典。

民间故事的属性。这部故事集的真正价值恰恰是因为它被欧洲文化的所有成员共享才得以体现。换句话说，作为《一千零一夜》里想象的东方，它越来越多地在文学话语中被提及，也因之而找寻到进入另一个文学空间的途径。在这个空间中，想象中的东方（等同于想象中的他者）扮演着一个自我定义、与欧洲（映照中的自我）对立的实体。需要留意的是，这一过程与欧洲现代进程中自我意识发现的历程交织缠绕，其间各种文学流派纷杂涌现，就是为了让想象中的他者和映照中的自我都能够作为可控实体在虚拟的叙事空间中扮演各自的角色。正是以这样的方式，欧洲在一个被称为东方主义的虚拟叙事空间中确立了自我的身份（或者说是它作为一个可识别的自治文明的自我意识）。如此，东方主义出现在欧洲的土壤上绝不应被视为可直接适用于其他境况的普世现象，而是人类历史上已经被欧洲现代文明所实践的某种独特现象。我们的《一千零一夜》被迫在欧洲东方主义中扮演了一个绝无仅有的角色，而这仅仅是缘于它与法国东方学家安东尼·伽朗的偶然相遇。

福泽谕吉（Fukuzawa Yukichi）是整个明治时代日本现代化进程中推动理论发展的学者，在其卓富影响力的作品《文明论概略》（*Bunmeiron no gairyaku*）中，他大量参考了基佐的《欧洲文明史》，后者恰巧由《一千零一夜》的首位译者永峰英树翻译。福泽采纳了基佐对于文明的定义，认为文明社会（欧洲）与东方不发达的野蛮社会相对立。而由于东方似乎也涵盖了日本，福泽于是竭力想要找到一个新的未开化的东方，以使得日本被看作文明社会的成熟分子。中国于是就被视为这样一个未开化的东方，尽管其曾是东亚中华文明圈的社会经济和文化本体中心。有鉴于此，日本便开始使用带有歧视含义的词汇“支那”（Sina，即中国）以迎合相对比较新的术语“东洋”（Tōyō，即“东方”之意），从而以日本自己的新视角重新定义东亚文明成员（Koyasu, 2003）。[1]

1 此处需要指出的是，日语词汇“东洋”（Tōyō）原本被用来指代中世纪中国文学中非常有限的区域，经江户时代末年的领军人物佐久间象山（Sakuma Shozan）首次采纳，用来指代拥有相似文化价值观的区域实体，使其具有了现代意义。

日本将《一千零一夜》作为欧洲文化的组成部分予以接受。欧洲人关乎东方，或者说中东的想象源自其与《一千零一夜》的相遇，它也在日本找到了植入途径。当然，这些想象在移入日本的时候也经历了一些调整。日本学会了在与过去结构不同的世界体系中建构自己的新视角，开始将其视为欧洲文明中的一员来呈现自己，并且伴随着这种现代化进程进入东方语境。虽然日本将东方主义视为欧洲文明体系的一部分引入，但为了践行这个东方主义国际新体系，日本不得不彻底调整目标，将中东视为欧洲人的东方。日本对中国和他的亚洲相邻区域进行再发现，以东方主义的视角重新构建了日本周边的世界体系。然而不幸的是，日本并没有认识到欧洲土壤上东方主义的本质，后者实则是欧洲与东方或是中东整体互动关系的副产品。可以这么说，日本只是机械地运用这个东方模式将中国视为东方而加以控制，却将欧洲视为想象中的他者，以此表征为一个自我定义的实体。[1] 中国，或者更确切地说是想象中的中国，并未像中东地区或是阿拉伯伊斯兰世界在欧洲东方主义形成过程中那样，在日本东方主义形塑方面扮演相同的角色。

在日本东方主义的话语中，《一千零一夜》常被作为一个象征性或是符号学术语，来指代会按照日本意愿行事的想象中的他者。就如同在诸如“像《一千零一夜》中的世界”此般表达中所看到的那样，日本的这种话语是一种延续，它同样可以在欧洲东方主义话语中看到，并且仍然是日本现代文化场景中带有某种奇特内涵的表述。在日本新构建的世界体系中，欧洲扮演了双重角色，它在日本自我身份形成的过程中，既是映象中的自我，又是想象中的他者。中东地区作为欧洲语境中的东方已经不再在日本语境中扮演它东方主义的角色，而是降级成为一抹背景。《一千零一夜》中所描绘的中东，尽管在现实中介乎

1 西原（2003）近期关于该话题的讨论极具启发性。他厘清了《一千零一夜》对大正时代日本小说家谷崎润一郎（Tanizaki Junichiro, 1886—1965）有关中国形象的文学影响。

欧洲与中国（或者说亚洲）之间，但在日本的想象世界中已经超乎二者之外了。

编后记

西尾哲夫（Nishio Tetsuo, 1958—），日本京都大学博士，现任日本国立民族学博物馆副馆长，综合研究大学院大学教授，长期以来一直致力于研究阿拉伯游牧民族的语言与文化，特别关注《一千零一夜》的文学、人类学研究，对其在日本的接受与日本东方学兴起的关系颇有研究建树。其著述颇丰，近期主要代表作有《通过文字解读文化：〈一千零一夜〉的语言世界》（『言葉から文化を読む：アラビアンナイトの言語世界』，2015）、《通往中东和伊斯兰世界的三十扇门》（『中東・イスラーム世界への 30 の扉』，2021）、《阿拉伯地区文学作品中的个人与公众》（*The personal and the public in literary works of the Arab regions*, 2021）等，本文《日本视角下的〈一千零一夜〉与东方主义》（“The Aarabian Nights and Orientalism from a Japanese Perspective”）译自：Yuriko Yamanaka and Tetsuo Nishio (eds.), *The Arabian Nights and Orientalism: Perspective from East & West*, London and New York: I. B. Tauris, 2006, pp.154–167。

《一千零一夜》结构分析

[约旦]苏拉·穆罕默德·赫莱斯

《一千零一夜》的结构方法

《一千零一夜》是伊斯兰黄金时期以阿拉伯语编纂的中东和印度传说与民间故事集。它也被称为《阿拉伯之夜》,其形成时间和作者尚无确切定论。它所包含的阿拉丁、阿里巴巴和水手辛巴达的故事几乎已经成为西方民间传说的一部分。在本文中,我认为,运用结构方法使我们能够同时对多个文本进行阅读和比较,而这个方法适用于《一千零一夜》第三卷中的十个故事。文本尝试从三个主要方面对其进行新的解读:人物类型、叙事技巧和环境(地点要素)。当然,研究过程中也会涉及其他更多的故事,以丰富研究内容。本文将主要运用弗拉基米尔·普罗普在俄罗斯民间故事研究上所使用的结构方法,同时借鉴茨维坦·托多罗夫(Tzvetan Todorov)关于神奇故事的观点。首先,本文将《一千零一夜》中的角色依据其行为功用进行分类。在这方面,本文所采用的是普罗普的功能人物理论。另一方面,本文将对同样的人物按照其与现实的吻合度分为历史人物、想象人物和神话人物。在讨论《一千零一夜》中神话人物的作用时,本文将采用弗拉基米尔的神话理论来研究文本中超自然元素的意义。接下来,本文将分析《一千零一夜》中的叙事技巧。最后,本文将讨论这些故事中的地点特质，并展示其独特而普遍的存在要素。

结构批评将文学文本与一个更大的结构联系起来，这个结构可能是某种特定的体裁，一系列互文关系，普遍的叙事模式，或者一个反复出现的模式或主题系统（Barry, 40）。因此，结构阅读聚焦多个文本，探求这些文本是如何将自己整合为一个连贯体系的。这种方法能够使读者将文本视为抽象结构的表现形式来进行研究。结构主义的目标在于它“不是描述一个特定的作品，定义其内涵，而是建立一种普遍的规则，将这个特定的文本视作其对象物”（Todorov, 133）。结构分析揭示了“形式系统和意义系统之间存在的联系”（Genette, 136）。因此，对《一千零一夜》中的人物类型、叙事技巧和场景的研究能够使读者理解这些共同的形式，他们后来发展成一个有意义的系统，使故事与众不同。通过对《一千零一夜》中所选的故事采用结构性方法进行研究，本文凸显了该书的整体特点。同时，本研究致力于重新构建作品的部分及其各部分间的连贯原则，据我所知，这类研究此前鲜有学者涉及。

许多关于《一千零一夜》的研究主要集中在如下领域：对 19 世纪以来该书的历史接受（Ali, 1980; Caracciolo, 1968, 1988）、其历史背景（Makdisi and Nussbaum, 2008）、起源和演变（Aliakbari, 2014）、其题目的由来（Goitein, 1958），以及其他在 12 世纪开罗书商中的流转（Abbott, 1949; Goitein, 1958; Grotzfeld, 1985, 1996–7; Mahdi, 1995），将故事译介至西方的法国译者所使用的资料，以及这些出色的故事对文学的影响（Marzolph, 2006;Grunebaum, 1942），乃至故事中的浪漫风格（Heath, 1987—1988）和对故事个案的阐释（Allen, 1984; Bencheikh, 1997; Cooperson, 1994; Hamori, 1971; Mahdi, 1984; Molan, 1987），甚至还有围绕山鲁佐德这个角色性别的政治本质和《一千零一夜》在现代阿拉伯文学中的回响（Malti-Douglas, 1997），等等。此外，大卫・皮诺（David Pinault）还对故事讲述技巧进行了独特的研究（1992）。与此同时，许多比较研究探讨了《一千零一夜》对英国文学（Al-Olaqi, 2012）、伊朗文化（Marzolph, 2005, 2006）、整个文学领域

（Ghazoul, 1996）以及古代中世纪欧洲文学（Tuczay, 2005）的影响。而本文则提出了一个不同于以往研究的新观点。

《一千零一夜》中有大量的人物。故事通常在开篇时会向我们介绍主角生活的特殊环境,同时也会介绍其家庭的其他成员,以及他的社会地位、职业状况等。故事中的每个人物都有其特定的功能。普罗普将功能定义为人物的行为,以意义为指归,对人物的一系列行为进行定义。每个人物的行为都有一定的时空范畴。普罗普依据俄罗斯民间故事,参考人物行动范围,将其大致分为三十一种功能。本文将讨论我们在《一千零一夜》文本中发现的十三种不同功能,力图证明这十三种功能乃是这部故事集的基本组成部分。

《一千零一夜》中的故事在介绍了大致背景情况后,人物行为往往涉及如下十四种普罗普所定义的系列功能:

1. 不在场。某个家庭的成员离开了安全的家庭环境。他可能是故事主角,也可能是主角在后面将要拯救的其他家庭成员。原本休戚与共的家庭成员逐渐出现分离,这为故事情节注入了最初的张力。故事中的主人公通常是一个普通人。与俄罗斯民间故事一样,《一千零一夜》中的不在场行为一般是自愿的;当然,也会有被迫缺席的情形,比如相关人物突然死亡所造成的缺席。不在场有可能出现在老一辈人身上,也有可能是年轻人的自主行为。譬如,在《渔夫和魔鬼》中,国王离开他的王国去探寻湖泊和五彩鱼的秘密。然而,在《王子与国王》中,年轻的王子离开王宫原是为了外出打猎;在这次旅行中,他迷路了,继而被一个女妖绑架。在《尤南国王和智者鲁杨》的故事中,国王被毒死,他的离场并非出于心甘情愿。

2. 禁令。禁令往往是针对主人公下达的（“不要去那里”,“不许做这个”）。在《一千零一夜》中,人物被直接或间接地告知不许如何。在《巴格达的脚夫》这个故事中,主人公收到了一系列禁令:“带着你的背篓跟我来”（36）;“不要询问与你无关的事情,否则你会听到令你扫兴的内容”（38）。大臣贾法尔向哈里发哈伦·拉希德建议说:“不要进去,陛下。那些人都喝醉了。”（40）可是哈里发却说:“编个

谎言吧，这样我们就可以进去了。”(40)

3. 打破禁令。这种行为旨在破坏禁令。禁令被破坏后，往往会有一个新的角色登场，这个角色通常是反面形象。在《第二个流浪汉》的故事中，国王的女儿警告流浪汉不要去触碰屋顶的符咒，否则会招来魔鬼。流浪汉却不服从命令，结果魔鬼出现了，后者对国王的女儿百般折磨并将她杀死了。随后，他给流浪汉施加咒语，把他变成了一只猴子。又或者，聪明的医师鲁杨警告国王不要偏信那个邪恶的大臣，然而国王却不听劝告，最终枉送了性命。

4. 刺探消息。故事中的反面人物总是试图刺探消息(邪恶之徒企图找到孩子或者珠宝等；亦有可能是潜在的受害者质询邪恶之徒)。恶棍(通常已经乔装改扮)绞尽脑汁，试图寻找各种线索；比如找到一些值钱的东西或费尽心力抓住某人。他会和某个家中的其他人攀谈，让他无意中泄露一些信息。他也可能试图找到主角，因为他可能已经知道主角在某些方面与众不同。在《一千零一夜》中，一个人物往往会为了获取某个特定事项的信息而煞费苦心。譬如，邪恶之徒总是试图找到某人、小孩或珍宝的具体位置。在前面提到的《第二个流浪汉》的故事中，魔鬼化身成一个老人的模样来到城中寻找流浪汉。他最初并不知道流浪汉的真实身份。此外，魔鬼还尝试从他的情侣口中打探消息，他不停问道：“你这个贱女人，你的心上人是谁？”(52)

5. 阴谋诡计。邪恶之徒总是试图欺骗受害者，以占有受害者及其财物。通常，他们总是具有欺骗性，并不断试图获得受害者的信任。恶人还会步步紧逼，利用已经获取的信息不断尝试用各种方式欺骗主角或受害者。此外，他们还会欺骗受害者，让其相信他们是他的朋友，从而使他放弃警戒，甚至成为他们的同谋。这些恶人还有可能借助魔法以实施骗术。比如精灵欺骗渔夫，是为了让他把自己从魔瓶中释放出来，但他的真实目的是摆脱囚禁、杀死渔夫。女妖化作温顺女子的模样来蒙蔽国王的儿子。她实则是想让王子成为她孩子们的盘中晚餐。

6. 同谋。这指的是受害者受到欺骗后，不知不觉中帮助了他的敌人。邪恶之徒的诡计发挥了作用，主角或受害者的某些行为在不知不觉中帮助了恶人。他们有可能给坏人提供了某些物品，譬如地图或魔法武器，这反而对好人造成了伤害。或许坏人已经成功地说服了主人公，令其将那些好人视为恶人。在《一千零一夜》中我们可以看到许多这样的例子。比如男主人公划破了妖怪的灯笼，因此不得不满足坏人（魔鬼）的要求。有时候，男主人的行为甚至过于机械，会借助魔法来对付其所爱的人。在《三个女子》（即《脚夫和三女子》中三个女子讲述的故事）中，女精灵实施魔法，将女子的两个姐姐变成了黑狗。[1]而在《被施了魔法的王子》[2]中，王子的邪恶妻子对其丈夫实施了魔法，把他的下半身变成了石头。

7. 邪恶。邪恶之徒对家庭成员或其他角色造成伤害或损害，比如通过绑架、借助魔法进行偷窃或破坏庄稼等。他还可能以其他形式进行掠夺，让人失踪，驱逐某人，偷换孩子；也可能实施谋杀，监禁或扣留某人，胁迫婚姻，在夜晚折磨他人，等等。在《一千零一夜》中，魔鬼绑架公主，要娶她为妻；另一方面，女妖也会绑架她看中的王子。有时，坏人会给其他角色带来深重的伤害。比如善良的公主虽然用她的魔法打败了魔鬼，但魔鬼被打败后，公主却被烧死了。邪恶之徒还有可能会造成他人突然消失，比如道德败坏的哥哥勾引他的堂妹，将其带进一座硕大的坟墓，以此对她实施绑架，最后两人都消失了。恶人还会将他人流放，举例来说，叔叔将他的侄子赶走，杀死了他的兄长，继承了他的王国。不仅如此，邪恶之人还会折磨受害者，如邪恶的妻子为了情人而折磨自己的丈夫。

8. 缺失。家庭中的一个成员要么是缺乏某种物品，要么是渴望拥有某种物品。换句话说，缺失感是十分明确的。例如，在主人公的家中或周边环境中，有些物品被确定是失去了，抑或某些物品因为某种

1 此处原文为“女精灵将她的两个姐姐变成了黑狗”，但其实此处有误。故事中，是一位女精灵为了报恩，将房主女子的两位姐姐变成了黑狗。—— 译者注

2 四色鱼中的一个故事。—— 译者注

原因令人渴望拥有，比如能以某种方式拯救人类的神奇法力。阿拉丁缺乏财富，于是会踏上征途，寻求财富。国王缺乏知识，便会周游列国求学问道。

9. 启程。这是《一千零一夜》故事的一个特点，主人公离开家乡投身冒险，这带来行为的延续，同时其他人物也得以进入场景。在征途中，主人公会受到各种考验、审讯，甚至遭到攻击。这为神奇宝物的出现或帮助者发挥作用铺平了道路。此处连带出现了角色的捐赠功能。贵人[1]往往会要求主人公解开某个谜语，以便将其从监禁中解脱出来。有时候，也会有善良的魔鬼帮助主人公，带他从一个国家飞抵另一个国家。贵人还会提供有关失踪人物的信息，抑或指点迷津，传授击败邪恶精灵的方法，以此来帮助主人公。

10. 主人公做出反应。主人公对贵人或帮助者的回馈表现为经受住或未经受住考验、解开谜语、救出被掳掠的人，以及调和争端、提供服务或者以其人之道还治其人之身。计划实施过程中，主人公有时还会有其他行为或举动，帮助另外一些刚刚被带入行动的人物。在所有故事中，主人公的正向反应是一个普遍特征。

11. 提供或接受神奇宝物。通过直接转交、在指定地点购买、准备、自动出现、吞咽或饮用、其他角色提供帮助等各种方式，主人公得以获得并使用神奇宝物。在《一千零一夜》中，主人公往往得到长着翅膀的马、可飞行的生物或飞毯的帮助。在《脚夫和三女子》的故事中，其中一个姐妹在溺水时一条巨大的飞蛇拯救了她。尤南国王是被聪明的医师鲁杨所制的神奇药草治愈的。魔鬼手握一把黄沙，口念魔咒，将其扔到被施魔法的主人公身上，以助其恢复人形。

12. 战斗。主人公面对面直接同邪恶之徒展开斗争。恶人往往更为强大，他会使用魔法对付受害者。如果主人公没有得到贵人提供的神奇力量，他就会运用人类的智慧战胜恶人。

13. 胜利。邪恶之徒通常会失败，或是在战斗中落败，或者败于主

1《故事形态学》译作“贵人”。——译者注

人公的计谋。有时候，坏人会在睡梦中被杀死或放逐。譬如，主人公告诉魔鬼，他不相信后者能够被封禁在那么小的灯或瓶子之中，魔鬼为了证明这一点，便会再次进入其中，结果导致自己再度被囚禁。主人公因此打败了魔鬼。

14. 回归。主人公通常是在取得胜利、把失散的兄弟或被绑架的公主带回家时踏上归途，有时也会在赚得财富或解开谜咒之后返回。

以上这些便是在《一千零一夜》所选故事中反复出现的最显著的角色功能。尽管普罗普讨论的有三十一种功能，但其中许多功能在《一千零一夜》中出现的次数很少，不具普遍性，或者体现得并不显著，因此可以忽略。而另一方面，普罗普的角色功能也未能涵盖《一千零一夜》中人物的所有特征。对于相关角色的功能，还应当考虑如下几点。

第一，《一千零一夜》中有许多角色是无名无姓的，特别是有些作为故事主要行动实施者的中心人物。譬如，巴格达的脚夫、三姐妹、被施魔法的王子或他的妻子、巴格达的理发师或巴格达商人，我们都不知道他们的名字。这也许是由于讲述者不愿意为他的人物角色设定任何历史或地理背景。也有可能是出于政治原因，因为讲述者会使用政治性比喻，使其人物间接指涉某个特定的政治人物。还有一种可能，是讲述者想让他的人物和故事具有普遍性。

第二，《一千零一夜》中的大多数人物都有很高的政治或社会地位。国王、苏丹、王子、公主等。也许，那些听故事的普通百姓会认为这些人物是最幸运的。当然，有些故事的主人公地位较为低下。在这种情形中，作者会让上层人物与下层人物相遇相爱，以此证明阶级并不固化。例如，作为平凡仆童的主人公取得胜利，在救了国王的女儿后赢得了她的芳心。苏丹娶了渔夫的女儿，或者王子迎娶地位较为低微的姑娘。

第三，除了作为冲突主要来源的反派人物之外，大多数人物都心地善良。正面角色通常比反面角色要多得多。

第四，人物通常被刻画为痴迷并乐于追寻爱欲，特别是女性。在

《一千零一夜》中，我们从未看到过粗暴的求爱场景或强暴行为。然而，另一方面，故事也不会交代寻欢行为的后果。换句话说，我们从未读到过有关女性怀孕或生孩子的经过。孩童在故事中也并不是具有实际意义的人物。更有甚者，未婚人物常常会染指非法的两性关系。在这种情况下，婚姻也没有被视为唯一神圣的结合。总体来说，故事中的两性行为更像是奇幻世界的一部分，这意味着人物的行为不能用通常的道德标准来评判。尽管如此，这还是会引起读者的谴责而非赞同。妻子背叛丈夫并与黑奴睡觉，哥哥与妹妹乱伦，这当然会引起读者的反感。此外，赤身露体也是许多故事中的一个主要行为；它与两性行为带来的快感和肉体折磨的痛苦有关。所有被鞭打的人物都被剥去了衣服。

第五，新的人物通常会突然窜入到行动过程中。例如，《脚夫与三女子》中的女主人公跺了地面三下。突然间，一扇门开启了，七名手持利剑的奴隶蓦然出现。这些奴隶并不是主人公生活的一部分，读者对他们知之甚少。小妖和魔鬼会突然从瓶子、灯笼，或者其名不详的地方现身。一面墙裂成两半，一位美丽的女子出现，并为故事增添了不少神秘性。贵人往往是偶然出现，而援助者的魔法则是作为礼物被赐予的。然而，值得注意的是，行为之间往往有很深的关联，每一位新人物的出现，尽管是意料之外，却大多在情理之中。另外，有时候故事里的其他人物在讲述故事时，也会引进新的人物，这也是一个事实。这就是说，《一千零一夜》是故事套故事的。国王山鲁亚尔的妻子山鲁佐德是故事的总叙述者，但她讲述的每个人物又都在讲述自己的故事，并因此引入新的人物。举例来说，《黑奴与苹果》的故事是由山鲁佐德叙述的，她给我们介绍了第一位叙述者贾法尔·巴尔马克，后者又讲了一个《努尔丁和沙马斯丁》的故事。接下来，在另一个《美丽姑娘》的故事中，他们的儿子女儿又相继登场。有关这种叙述技巧下文将会详述。

另一方面，普罗普对将人物引入行为过程方式的论证，适用于某些《一千零一夜》的故事。据普罗普的观点，每一类人物都有自己的出场形式，他们会借用某些方式来引入新的人物。例如，普罗普发现，在俄罗斯民间故事中，邪恶之徒往往会出现两次。首先，他会从外部或从天而降（《一千零一夜》也与之类似），继而消失得无影无踪。而在其他人物寻找他的时候，邪恶之徒会第二次出现，这一点在《一千零一夜》中并不常见。此外，《一千零一夜》中的人物可以根据其与现实的对应性进行分类。他们要么是代表历史上的真实人物，要么是完全出自想象的人物或虚构的神灵。历史或宗教人物诸如哈里发哈伦·拉希德（Calif Haroon al-Rasheed），他的大臣贾法尔·巴尔马克（Ja’afar al-Barmaki），还有伟大的穆斯林征服者萨拉丁（Salah al-Deen），波斯国王、著名穆斯林诗人艾布·努瓦斯（Abu-Nawas），著名的大臣艾布·法德勒[1]和先知所罗门等。其他想象中的人物则更是多不胜数，譬如侯赛因、白德尔·布杜尔、水手辛巴达和商人的首领班达尔·图贾尔等。属于神灵的则有各种魔鬼、小精灵、飞木马、飞蛇等。这些人物中，代表历史上真实人物的角色往往是受人尊重、令人赞赏的。比如穆斯林哈里发哈伦·拉希德，他常常被描绘成一个值得尊敬、有爱心、公正和强大的统治者。这也是合情合理的，因为大众确实是如此看待他和他的王权的；对于这一史实，故事的作者们很难否认。而各色神灵则为故事增添了魔幻的色彩。他们的存在为了使故事情节更为复杂，使作品具有更加浓厚的奇幻色彩。在《一千零一夜》早期读者的简单认知中，魔鬼象征着力量、速度、倨傲、巨大的破坏力和建设能力。故事中神灵角色大致有两种类型：主动参与型和被动参与型。主动参与的神灵要么是利用他们的超自然能力来伤害某些角色，要么是帮助或拯救他人。而被动参与的则通常是以机械方式受到控制，他们除了服从命令外什么都做不了。例如，铜人（一个奇幻角色）驾驶着神奇的小船（载着第三个流浪汉）；飞木马所做的仅仅是把主人公从一个地方带到另一个地方。

1 疑似艾布·法德勒（Abu’l-Fazl ibn Mubarak, 1551—1602），是莫卧儿王朝统治者阿克巴的大宰相。——译者注存在比人更强大的生物是奇幻文学的一个特点。托多罗夫（Todorov）在《奇幻文学导论》（*The Fantastic*）一书中指出，奇幻元素可以分为两组。第一组是变形。其中最好的范例便是在“第二个流浪汉”故事中人被变成猴子，猴子又被变回人。还有决斗场景中的一系列变形：魔鬼变成了狮子，公主用剑将其切成两半。狮子的头变成了一只巨大的蝎子，而公主则变成一条蛇“与蝎子展开了激烈的战斗，蝎子眼见难以取胜，就变成了一只鹰，并进行追击”（34）。随后又出现了一只黑白相间的猫，并被一只黑狼追赶。猫摇身一变成了一条小虫，钻进一颗石榴之中。石榴不断膨胀，到有南瓜那么大的时候忽然炸裂。黑狼此时变成一只公鸡，开始吞食石榴籽。一颗石榴籽落入水中，变成了一条鱼。最终两个主要角色都恢复人形。

第二类奇幻元素是基于超自然生物的存在，比如精灵和公主、女巫，他们拥有左右人类命运的权力，都能将自己和他人变成不同的生物。正如托多罗夫所言，这些能掌控人类命运的超自然存在象征着人类对权力的梦想。但它们是虚构因果关系的具象显现，也可被视为机遇、幸运或意外（虽然真正的奇幻世界或许并不需要运气和机会）。因此，在“流浪汉的故事”中，邪恶的精灵打断风流嬉戏，这只不过是因为主人公运气不佳罢了。此处，让我们再稍作延伸，看看托多罗夫所划分的四种超自然现象类型：

1. 极度夸张的奇观。这类奇观多指称一些超自然生物，由于其尺寸远比我们熟悉的生物要庞大得多，从而形成超自然现象。譬如水手辛巴达声称，他曾见过一百甚至两百米长的鱼和一条能吞下大象的蟒蛇。然而，这可能只是一种夸张的描述方式，俗话说，“恐惧有一双夸张的眼睛”。

2. 第二类奇观是异域风情。在这类故事中，读者能看到一些神奇的现象，但其所描述的人物或角色并非真实存在，并且其相关的周边环境也是经由主人公转述的。例如，在辛巴达的第二次航行中，他描述了一种巨大的大鹏鸟“鲁赫”，其翼展能遮住太阳。从当代动物学的角度而言，这种鸟肯定是不存在的，但描述它的人却丝毫不考虑这一现实。

3. 第三种类型或奇观是神奇器物。在故事所发生的时代，技术的发展还远不能将其变为现实，但其存在的可能性是有的。比如，在“艾哈迈德王子”的故事中，神奇器物便是飞毯、具有治疗能力的苹果、用于远距离观察事物的筒管。就好像今天我们所拥有的直升机、抗生素药物和双筒望远镜。

4. 第四种类型的超自然现象，便是科学奇观，这类作品也就是我们今天所说的科幻小说。其中的超自然现象可以用理性方式来看待，但为如今的科学概率所否认。《一千零一夜》中的许多故事都蕴含早期的科幻元素（Irwin, 2005）。在这里，我想举几个例子，它们出自《一千零一夜》，却并非局限于第三册。其中一个例子便是“布鲁奇亚的冒险”。主人公布鲁奇亚为了寻求长生不老药而拔山涉海，上天堂入地狱，并且穿越不同维度的四维空间世界，那些世界比他自己所处的世界要大得多，这像是银河系科幻小说元素的前身（209）。一路上，他遭遇精灵的世界，见过美人鱼、会说话的蛇、会说话的树和各种其他形式的生灵。在《艾布·侯赛因和女奴苔娃杜德》的故事中，女主角苔娃杜德就月球的宫位以及行星的吉凶属性做了重要的演说。在另一个故事《渔夫阿卜杜拉和人鱼阿卜杜拉》中，主人公渔夫阿卜杜拉获得了在水下呼吸的能力，并发现了一个水下社会，该社会被描绘成现实社会的倒映。这个水下社会遵循的是类似于原始共产主义的形态，诸如金钱、服侍这样的概念皆不存在。还有一些其他故事描述了女性占主导的亚马孙社会、失落的古代技术、误入歧途的先进古国以及给他们带来毁灭的灾难。“黄铜之城”的故事便讲述了一支考古探险队（Hamori, 1971）穿越撒哈拉沙漠，探寻失落的古城，企图找到所罗门曾经用来封印精灵的铜瓶。在这个过程中，他们遇到了化为木乃伊的女王、石化的居民、栩栩如生的人形机器人和迷人且无须提线便可自动起舞的人偶；还有一名黄铜骑士，他引领一行人走向那座古城，它如今已成为鬼城（Hamori, 1971；Pinault, 1992）。“乌木马”是一匹可用钥匙操控的机械飞行马，能飞向太阳，甚至是外太空。用现代的观念来解释，这匹马其实就是个机器人（Pinault, 1992）。这个被称为乌木马的机械可以在一天内飞行一年的距离，波斯王子盖马尔·阿克马尔使用它作交通工具，完成了飞越波斯、阿拉伯和拜占庭的冒险。在关于第三个流浪汉的故事中，还有一个神奇的机器人船夫。

特别值得一提的是，阿拉伯和波斯神话中有几个元素如今在现代科幻作品中很常见，如精灵、巨龙、魔毯、神灯等。因此当弗兰克·鲍姆（L. Frank Baum）想写一部不落窠臼的童话故事时，他将精灵视为与侏儒和仙女一样的陈旧原型（Thurber, 1984）。

本文想要讨论的第二部分内容是《一千零一夜》的叙述技巧，它值得仔细研究。这部故事集中的所有故事的共同点在于，它们是国王山鲁亚尔和妻子山鲁佐德最初的框架故事所衍生的，并且体现了故事本身的框架策略。所有故事都是从这个原始故事开始的；有些被纳入这个故事框架内，而有些则是有自己的开端和结局。故事均由山鲁佐德讲述。她通常以这样一个著名的句子作为开端："幸福的国王啊，我听说……"或者"我听说——但神知道得更多——那便是……"（1）随后，她开始描述故事中的主人公，这便是普洛普所说的"初始情形"。有时，她会把发言权留给分支故事主人公，让他们以独白或对话的方式来讲述自己的故事。下文以山鲁佐德所讲的第四百八十个夜晚的故事（艾布·希尔和艾布·绥尔的故事）为例，来探析其所体现的叙事技巧：

"哦，幸福的国王啊，我听说，一位船长问起他的朋友艾布·绥尔，后者回答说，洗染工晕船了。船长说道：'很快就会没事的。'"（5）

山鲁佐德此处使用了三种不同的叙述技巧。首先是第一人称叙述，她使用的是代词"我"。其次是第二人称叙述，当她说"哦，幸福的国王啊"，其中暗指的是代词"你"，指向作为听众的国王山鲁亚尔。最后是第三人称叙述。山鲁亚尔用第三人称来描述故事中的所有人物，艾布·希尔和艾布·绥尔只是众多角色中的两个。然而，作为故事的主要叙述者，山鲁佐德从不使用阿拉伯文学中典型的开场白，如"很久以前……""据说……"等。她总是说，"我听说……"。山鲁佐德的目的是让国王对她的故事感兴趣，这样他就不会像对待以前的妻子那样把她杀死。所以，使用这个开场白给她赋予权威和力量，激起了国王的好奇心，促使他精神百倍地倾听故事，直到黎明来临；整个白天，他都会陷入沉睡。[1] 需要强调的是，山鲁佐德使用的经典阿拉伯语对白最好翻译成“有人告诉我……”，而非像某些译者那样翻译成“它与……有关”(It’s related)。

另一方面，故事叙事中经常使用独白。最典型的例子诸如脚夫对自己说：“今天早上真是运气太好了。”(36) 哈伦 · 拉希德对自己说：“我明天要惩罚她。”(51) 国王对自己说：“我的天哪，他们太年轻了！”(56) 流浪汉对自己说：“我父亲遇到什么事了？”(56) 等等。运用独白也是为了吸引听众，这样他们可能会对某些需要回答的问题做出回应，或者对将来要发生的事情产生兴趣。

一个故事是如何引出其他故事的，这个前文我们已经探讨过。通常会有一个主要的故事，所有其他故事都是从这个故事衍生的。山鲁佐德讲述的总结每每出现在主要故事结束时，而非次要故事的结尾。例如，上文提到的“艾布 · 希尔和艾布 · 绥尔”的故事是一个主要故事，它引出了许多其他故事。此外，《欢喜冤家》的故事还包括其他一些小故事，如《古堡的故事》、《两个小丑的故事》和《一个女人的诡计的故事》。《三个苹果》的故事中包含了《努尔丁和沙姆斯丁》的故事。换句话说，山鲁佐德故事中的人物会向其他人物讲述他自己的故事，而这个故事中很可能还会有另一个故事，从而形成了丰富的叙事结构层。乌尔里希 · 马尔佐夫 (Ulrich Marzolph) 认为，《一千零一夜》的故事绝对是“故事套故事”这一叙事技巧的早期典范。然而，在《一千零一夜》中，小故事常常是以微妙的方式被引入的，特别是作为对前一个故事中提出的问题的回答 (Marzolph, 2004)。

故事中对环境的表述十分有趣。《一千零一夜》的故事通常发生

1 此处原文为“he would fall asleep all day long”，作者此处理解并不完全准确。一些学者研究表明，山鲁亚尔通常在白天处理政务，晚上应当是在休息后，听山鲁佐德讲故事，直至天亮。将其描述为昏睡一整天，显然不合情理。——译者注

在广阔而宽泛的环境中。魔鬼能够自由地从一处飞往另一处。他们或潜入海底，或钻进地下，在那里建造他们的王国。然而，通过仔细研究故事中描述的地理环境，我们可以发现，许多故事都发生在巴格达或巴士拉境内。但其所描述的世界则远远超越了这两座城市，可以延伸至亚历山大、开罗、大马士革、阿曼、也门、希腊和非阿拉伯人居住或了解的外邦之地，以及印度、信德等。巴格达是故事中唯一一个被详细描述的城市，它被视为繁荣的商业之都，来自许多国家的不同商品都在那里买卖。我们可以看到来自世界不同地区的水果，譬如来自沙姆地区（大叙利亚地区）的苹果、阿曼的桃子、埃及的柠檬等。我们可能看出，故事的讲述者常常提到的地区多限于东方阿拉伯世界（al-Mashrik al-Arabi），而非西方阿拉伯世界（Al-Maghrib al-Arabi, 也被称为日落之地）。故事中所涉及的航行即使是航海冒险也都是自底格里斯河起向东方而去，绝不会出海向西。

有时我们也会看到一些我们从未听说过的地方，如安全岛（Islands of al-Salama），或神话之境卡夫山（Qaf Mountain）。有时人物到达某个城市，却不会提及它的名称。主人公谈论的地方大都很神秘："我一直走到了我叔叔的城市"（85），"我离开洞穴，来到了一座善良人居住的城市"（61）。此外，我们读到的故事中，很少有不涉及航海的。大海是一个非常重要的意象。许多城市都建立在大海、河流或湖泊附近。我们常常会看到主人公将扬帆出海视为其冒险生活的一部分，他们或是为了解开谜团，或是要将公主带回家，或是为了获取财富；故事接下来会详细描述船只、水手、船长和冒险经历本身。另一方面，我们还会看到主人公在船上与精灵或魔鬼鏖战，偶尔也会看到精灵或魔鬼出手拯救了溺水的主人公。可以说，富含神话般的场所正是山鲁佐德故事的特色所在。这些想象中的地方，诸如巴格达的脚夫所听到的磁石山、变形城或卡夫山，都反映了讲述者丰富生动的想象力。磁石山在现实中并不存在；然而，这样的描述为它增添了许多神秘感。它有一个巨大的穹顶，被施了魔法的王子被囚禁在里面。它是一个受到诅咒的地方，魔鬼借助它来摧毁那些因为磁力而被拽向它的船只。我们还看到变形城，它被诅咒是因为生活其中的百姓沉溺于享乐。他们受到了雷电的惩罚，一切都被变成了黑石。而卡夫山是另一个神话中的场所，在阿拉伯传说中，它象征着极其遥远的地方。只有法术强大的魔法师或超能的魔鬼才能到达那里，人类难以找寻到它。值得一提的是，《古兰经》中也提到过卡夫山（50: 1），伊斯兰学者和哲学家将其视为寻常肉眼无法可见的巨山，由绿宝石堆砌而成，环绕着地球。据说它是精灵的居所。由于《古兰经》中提到对未可见之物的信仰也是穆斯林信仰的一部分，因此所有穆斯林都相信它的存在。此外，第十四夜故事中提到的公主也拥有神奇的能力。她将父亲所在的城市移到卡夫山之后说道："我可以将你们的城市移到卡夫山后面。"（69）在"三个女子的故事"中，其中一个女子讲到，女精灵曾给她一撮头发，只有将其点燃，女精灵才会现身，"她给了我一绺头发，说如果你想让我来，就烧掉这绺头发，那么即使我在卡夫山后面，我也会立刻前来"（197）。这说明那座山是一个非常遥远的未知世界。

要之，对《一千零一夜》中的人物类型和功能、神奇元素、环境和叙事技巧的结构分析可以使读者了解这部故事集的常见形式和整体特点，厘清该故事集所蕴含的体系。本研究旨在重新构建故事单元及其连贯性原则，它也意味着为进一步讨论开辟新的视野。对更多故事的深入阅读肯定会产生更多富有成效的评析。

编后记

苏拉·穆罕默德·赫莱斯（Sura M. Khrais, 1975—），约旦阿曼巴尔卡应用大学（Al-Balqa Applied University）英语语言及文学系教授，主要从事世界文学、女权主义文学和后殖民文学研究，同时也关注侨民及流散文学。本文《〈一千零一夜〉结构分析》（"A Structural Approach to The Arabian Nights"）译自：*Arab World English Journal, Special Issue on Literature*, no. 2 (2014): pp.125–136。

这是谁的故事？

——文学和电影中的水手辛巴达

欧阳文津

如果没有水手辛巴达的话，今天《一千零一夜》会在哪里呢？它的故事（或曰历史）人们早已耳熟能详。伽朗发现了《水手辛巴达七次航海》，此后他开始收集并翻译这部故事集，也就是今天我们所知道的《一千零一夜》。因此，水手辛巴达的故事一直以来都是最受欢迎的篇什，这也就不足为奇了。它非常适合改编成儿童读物。世界各地的儿童都很喜欢这个水手及其令人着迷的冒险故事。无论在海上遇到什么艰难险阻，他总能全身而退，平安回到他的故乡，成为一个富裕、幸福的人。故事充溢着冒险传奇的各种元素。当我在利比亚学习中文"母语"时，我读到的第一个故事便是它。1970 年代，日本创作的关于这个故事的十三集动画片广受欢迎，它的阿拉伯语版光盘至今仍在阿拉伯世界各个国家销售。阿拉伯国家的制作人甚至自己投资，用阿拉伯语为该动画片配音，这足以证明其在阿拉伯世界的崇高地位。给角色配音的都是受过专业训练的黎巴嫩著名演员。当动画片在斋月期间播出时，人们的公众生活都停了下来，直至每天的开斋炮响起。那时万人空巷，大人孩子都坐在客厅，沉浸甚至参与到辛巴达的冒险之中。

故事能够把读者和观众带进它的世界，因而对其进行重构和影视化的再创作是很正常的。辛巴达的旅行癖似乎无药可救。从儿童故事，到好莱坞电影、阿拉伯诗歌，以及现代美国和阿拉伯小说，辛巴达的旅行穿越文化和历史空间，横跨各种文学流派和媒介。无论被叫作辛巴达还是辛迪巴德[1]，归于他名下的旅行，远比《一千零一夜》为其安排的“原始”旅程要漫长得多。这在某种程度上使他从中世纪的巴格达商人成为一个具有全球魅力的人物。他可能是个青年男子，是潇洒的海盗、威严的王子，也可能是位怨艾的老者，或者被判处终身流浪的阿拉伯式奥德修斯。他反复经历大同小异的七场旅行，或者说七次全新的冒险。他是一个变形人，总能绝处逢生并以另一个自己出现。很明显，在不同的轮回中，辛巴达不断演化。不过，尚未弄清楚的是，究竟是文字叙述还是视觉艺术影响了这部叙事作品的演化。这些演化的核心元素又在哪里？辛巴达的环球之旅在向我们揭示意识形态、性别意识形态以及主观性在推动叙事和故事形成方面起到了哪些作用？尤其重要的是，他的旅行会以怎样的方式影响人们对《一千零一夜》“原始”故事的解读？在下文中，我将梳理《水手辛巴达的故事》（*Story of Sinbad the Sailor*）在好莱坞电影以及当代美国和阿拉伯小说中“反向突变”，并特别关注在叙事转型过程中，意识形态和性别意识形态的作用。随后，我会回到《一千零一夜》的这个故事本身，去探析未来解读或新读的可能性。

好莱坞的海盗王子

2003 年梦工厂出品了该故事的动画片《辛巴达：七海传奇》（*Sinbad: legend of the seven seas*）。好莱坞将《一千零一夜》的故事改编成电影，可谓由来已久。这是最近一次。[2] 就像日本那部电视动

1 Sinbad 是欧美影片通行的译法，而其阿拉伯原文为 sindbad（سندباد），为了与《一千零一夜》中另一个故事“智者辛迪巴德”区别，本译文采用“辛巴达”这个译法。——译者注

2 欧阳文津这篇文章写于 2005 年。在那之后，梦工厂还出品过《一千零一夜》故事的新动画片，如《阿拉丁神灯》等。——译者注

画片——其阿拉伯语译名为《辛巴达冒险》(*Mughāmarāt al-Sindbād*)一样,这部动漫同样主要面向儿童。它着重描绘奇幻场景(比如大鹏鸟和鲸鱼岛)以及他和伙伴们的冒险之旅。在日本电视动画剧中,辛巴达是个年轻小伙子,因为一时行为失察,被迫与家人分离,和伙伴雅思敏——公主变成的鸟、阿里巴巴、伪装成老师的贼一道,开始了十三次冒险之旅。因此,日本这部《辛巴达冒险》其实是对《一千零一夜》的数个冒险故事的整合。那些适合孩子们胃口的故事,比如《阿拉丁和神灯》,都被糅进了动漫。于是,《一千零一夜》中最初的七次航海冒险变成了十三次。而受电影容量的限制,并考虑到儿童注意力的持久度,好莱坞梦工厂的作品却仅有一次冒险,即辛巴达前往混沌女神阿莉艾斯的故乡塔尔塔鲁斯的旅行,并聚焦于夺回被盗的《和平之书》,因为只有它才能保证锡拉库斯十二座城池的和平。

很明显,这些动画版本关注少儿观众的审美取向。因此,《一千零一夜》中一些少儿不宜的恐怖场面,比如食人狂的凶残行为和辛巴达妻妾成群等,都被淡化或是抹去了。其传奇色彩恰到好处地契合了"现代世界"的孩子;友谊擢升为爱情,而爱情使他们走向幸福的婚姻。自由、公正、忠诚、责任,更重要的是追求梦想等价值观念都得到了体现和肯定。《辛巴达:七海传奇》的确如此,它演绎并大胆地改编了故事。题目已经预示其行程,"辛巴达"和数字"七"让人联想到《一千零一夜》的源头,但是"传奇"和"七海"等又向我们展示了与《一千零一夜》中世纪伊斯兰世界的不同场景。(影片中的)辛巴达看起来更像海盗,而非水手。在他作为海盗的一次冒险中,遇到了老朋友普鲁特斯,后者奉命将《和平之书》带回锡拉库斯。辛巴达没有偷这本书,而是帮助朋友与阿莉艾斯派来拦截普鲁特斯船只的巨型章鱼展开搏斗。辛巴达的冒险便从阿莉艾斯于锡拉库斯偷走了那本书开始。她嫁祸给辛巴达。辛巴达因此被判处死刑,就在即将行刑的关键时刻,普鲁特斯出现了,后者毅然替辛巴达赴死,让辛巴达从阿莉艾斯那里夺回神书来救赎自己。辛巴达不得已在普鲁特斯的未婚妻玛丽娜的帮助下铤而走险,结果后者爱上了辛巴达,并加入了他的航海生涯。当然，一起冒险的还有他的船员。辛巴达先后战胜了海妖、巨鲸和大鹏鸟，并最终打败了阿莉艾斯，带回了《和平之书》，挽救了普鲁特斯，并与玛丽娜乘船离去。

对电影的故事脚本更为熟悉的显然是《一千零一夜》系列电影的观众，而非原著的读者。尽管里面也有大鹏鸟和鲸鱼岛，却和《一千零一夜》中为行家里手所熟知的阿拉伯故事没有什么关系。人物角色和情节发展只有一部分是来自原始故事。这不仅仅是因为演员和电影场景是希腊式而非东方式的，还因为其所体现的价值观是现代的和世俗的，而非中世纪伊斯兰文化。不过这样的政治正确性无法掩盖其原始属性。当然，电影并未将东方有意异质化或情色化（这要得益于希腊演员和场景），也没有将女性边缘化（玛丽娜是一位独立自主的女性，与辛巴达一样）；然而，如同我下面将要叙述的，它的叙事范式并非出自《一千零一夜》，而是出自好莱坞手笔或是为好莱坞而生的辛巴达系列电影。从 1924 年起，许多《一千零一夜》的故事都被好莱坞改编成电影，最早是拉乌尔·沃尔什（Raoul Walsh）的默片杰作《巴格达之贼》（*The Thief of Bagdad*），随后是一系列 B 级片，而最新的 2003 年《辛巴达：七海传奇》可谓这一系列电影的巅峰之作。《水手辛巴达的故事》是《一千零一夜》中最受电影业欢迎的故事之一，甚至可能超过了阿拉丁[1]和阿里巴巴[2]。辛巴达系列电影[3]是同一个主题的

1 E.g. Aladdin and His Lamp (1952; dir. Lew Landers) and Disney's animated films: *Aladdin* (1992; dir. John Musker and Ron Clements) and *The Return of Jafar* (1994; dir. Toby Shelton, Tad Stones and Alan Zaslove).

2 E.g. *Ali Baba Goes to Town* (1937; dir. David Butler), *Ali Baba and Forty Thieves* (1944; dir. Arhtur Rubin), *Son of Ali Baba* (1952; dir. Kurt Neumann) and *The Sword of Ali Baba* (1965; dir. Virgil Vogle). 阿里巴巴和四十大盗的故事同样被糅进了迪士尼第二部阿拉丁的电影，以及电影 *The Thousand and One Nights*（2000; dir. ?）中。

3 E.g. *Sinbad the Sailor* (1947; dir. Richard Wallace), *Son of Sinba*d (1955; dir. Ted Teztlaff), *The 7th Voyage of Sinb*ad (1958; dir. Nathan Juran), *The Golden Voyage of Sinbad* (1974-British; dir. Gordon Hessler) and *Sinbad and the Eye of the Tiger* (1977, British; dir. Sam Wanamaker).

不同变体，它追随的是《巴格达之贼》的叙述范式，即便是以哈利豪森（Harryhausen）特效而知名的散步系列电影，也未能脱离这一范式。无论海盗还是王子，故事讲的都是辛巴达，他在“寻求”“保卫世界”的“宝藏”过程中与“邪恶的王子搏斗”，并拯救“落难少女”。《水手辛巴达》（*Sinbad the Sailor*）是好莱坞辛巴达系列电影的第一部，也是动作冒险类型的典范之作。

1947 年好莱坞出品的《水手辛巴达》对《巴格达之贼》中影星道格拉斯·费尔班克斯（Douglas Fairbanks）之子——小道格拉斯·费尔班克斯而言，是一次良机。它彰显演员的惊险打斗场面，着重刻画东方和东方人的异域情调与狡猾奸诈。更为重要的是，它有意向第一部《一千零一夜》电影致敬。就像它的前身，《水手辛巴达》的主人公也是一个海盗，偶然上了贼船，开始了他的第八次航海之旅，去寻找传说中的征服者亚历山大留在德里亚巴岛的宝藏。有两个邪恶之人是他的竞争对手：贾马勒和达波尔的艾米尔（意为达波尔的王子——译者注）。后者把爱上了辛巴达的波斯公主席琳劫为人质。随着故事的推进，辛巴达的真实身份逐渐显露，他原来竟是德里亚巴国王失散多年的王子艾哈玛德。为了保证他的安全，国王将怀抱中的辛巴达送走，以免众多邪恶之徒利用他这个儿子来要挟他，让他说出亚历山大宝藏之所在。当众人都来到德里亚巴岛上，辛巴达和他的父亲渐渐发现，真正的宝藏只能凭借心和头脑以及一双“明亮的双眼”才能找到。辛巴达放弃寻找宝藏，转而搭救了所爱之人席琳和被达波尔的艾米尔奴役多年的船员。最后，他杀死了艾米尔。在此之前，坏人贾马勒已死于艾米尔之手。于是，银幕让我们看到辛巴达在给一群围坐身边的人讲述这个故事，然后他扔给他们一把宝石，让他们后悔自己没有去经历辛巴达的冒险。终于，他跳上甲板，拉着席琳的手，隐约消失在透明船帆背后，并用一个吻向观众暗示了他们的幸福未来。

辛巴达，这个王子出身的海盗，或者海盗身份的王子，在好莱坞电影中成为一个“传奇”形象。他更容易让人联想到的是欧洲东方故事中的英雄，而非《一千零一夜》里的航海商人。无论是那些 18 世纪的伪作译品，还是19世纪广受欢迎的所谓原创[1]，所有好莱坞电影中的辛巴达形象和他的故事，均体现了个人中心主义价值观。这对18世纪和19世纪的西方世界来说既诱人又可耻，但在20世纪却被人们普遍接受。这种新兴的世界观伴随着性别政治的改变，开始被逐渐定义为什么是爱、人际关系、婚姻和男女平等这些我们今天习以为常的概念。更为重要的可能还在于，它确立了个人在塑造自身命运过程中的核心地位。然而，个人意志必须由一系列其他价值观做支撑，这些价值观肯定团体的一致性和连续性。《水手辛巴达》和《辛巴达：七海传奇》的不同之处在于，前者沉浸在战后的乐观主义（抑或逃避主义？），而后者则必须与当今世界和平所面临的威胁做抗争。更广泛的意识形态或政治对故事的作用有限。在辛巴达系列电影中，我们可以看到所有动作冒险类影片的结构功能，这类电影包括《夺宝奇兵》（*Indiana Jones*）、《星球大战》（*Star Wars*），甚至詹姆斯·邦德系列影片。主人公总是在险象环生的冒险格斗中杀出一条血路，打败敌人，拯救世界，最终抱得美人归。

约翰·巴思笔下的美国大亨

西方世界的小说与《一千零一夜》系列电影的差异无疑强化了这些性别意识形态类的作品。19世纪中期，埃德加·爱伦·坡（Edgar Allan Poe）在《山鲁佐德的第一千零二夜》（*The Thousand-and-second Tale of Scheherazade*, 1845）中，将《一千零一夜》的两个故事改写成短篇小说。他的故事展示了现代大发现以及科技的进步，这对他那个时代的人而言，是难以置信的。作品援引古老的谚语作为副标题："真

1 请看 Francois de la Croix's *Turkish Tales* and *Person Tales*, Thomas Simon Gueulletted's *Chinese Tales*, *Mogul Tales*, *Taratian Tales* and *Peruvian Tales*, 后来这些故事的合集又被译为其他欧洲语言，这些18世纪的伪译作品值得全面研究，以厘清它们对颇受欢迎的"东方人的"故事的影响。

相比虚构更离奇"。这奠定了小说的基调。小说中的"奇幻"元素实则是"真实"现象,无论它们属于自然发现还是工业奇迹。框架故事中的人物,山鲁亚尔、山鲁佐德或者敦亚宰德,以及辛巴达系列故事中的人物、水手和脚夫等统统在小说中亮相。然而,每个人物都被赋予了新的喜剧色彩。脚夫辛巴达带着水手和货物来到港口,被描绘成一个既贪婪又懦弱的角色。当他看到"魔幻般"的潜艇时,吓得扔下水手扭头就跑。

不过,故事很简单。它延续了《一千零一夜》用故事挽救性命的范式及其所隐含的性别政治。爱伦·坡运用《一千零一夜》的框架结构技巧,重写了山鲁佐德,将她的命运与辛巴达第八次航海的故事直接关联。在小说的尾声,山鲁亚尔恢复了嗜血本性,勒死了山鲁佐德。山鲁亚尔的这种"逆行",或者说是反转明显取决于小说的"预设"。它对《一千零一夜》进行了位移和改编。其实,这是将自己定位于源自"西方"版故事亚当和夏娃的性别政治。这是辛巴达故事的构成框架:"总之,山鲁佐德是夏娃的后代,她从夏娃那里得到了整整七篮子故事,而这些故事是夏娃在伊甸园树下找到的。"这里,山鲁佐德的"絮叨"酿成了她的厄运,成为山鲁亚尔逆向转变的堂而皇之的理由。在对框架故事的现代改编中,性别政治并不陌生,它们随着潮流的改变而改变。在西方作家中也不例外。约翰·巴思(John Barth)的《敦亚宰德》(*Dunyazadiad*, 1972)对爱伦·坡的厌女倾向有所纠正,并尝试恢复故事中的女性主体。这两个例子中,作者的主观能动性在叙事中无论是内化还是外化,都受审美至上原则左右。[1] 爱伦·坡对《一千零一夜》框架叙事技巧的借鉴是随意的,它们指向一种对叙事传统的间离,并肯定这种间离的重要性。山鲁佐德最后死去了,因为她不再讲"奇幻"故事;相反,辛巴达的第八次航海则记录了一个比虚构还离

1 我曾对《一千零一夜》的现代改写过程中的性别政治学和约翰·巴斯小说中的主观性问题进行过讨论,参见拙文 "Metamorphoses of Scheherazade in literature and film", *Bulletin of SOAS,* vol. 66, no. 3 (2003): 402–18。

奇（stranger-than-fiction）的“真实”，这种真实显得缺乏想象力和戏剧性。西方对《一千零一夜》故事的再创作通常标志着新美学体验的到来。当代美国作家约翰·巴思两部对《一千零一夜》开篇的框架结构和辛巴达的改写作品尤其证明了这一点。

约翰·巴思既是美国当代作家，也是叙事理论家。从这个角度推演，研究《敦亚宰德》，需将其置于三部曲《奇美拉》（*Chimera*）的背景下进行讨论。《敦亚宰德》是三部曲的第一部。《奇美拉》标志着约翰·巴思从“现代主义”向“后现代主义”的转变。小说的三个特征——文本化的自我，直接再现神话以及叙事的多声部——可以被视为这种转变的信号。这种间离的产生源于巴思作为一个小说家所遭遇的“写作瓶颈”式的危机，也是他自己对危机的创造性和批判性回应。创造性并非体现在发明新的故事上，而是体现在怎样用旧故事创造新的表述方法。本文的互文性体现在后现代主义与“文学传统”的结合和对“叙述枯竭”的治愈上。[1]《某水手的最后一次航海》（*The Last Voyage of Somebody the Sailor*, 1991）篇幅要长一些，它是其后现代主义创作的另一种体现，其基础是故事声部和叙述层次的铺叠。据

1 参见 Jac Tharpe, “Toward the Chimiracle,” *John Barth: The Comic Sublimity of Paradox* (Carbondale and Edwardsville & London and Amsterdam: South Illinois University Press and Feffers & Simons, Inc., 1974), pp.105–10; Charles B. Harris, “The New Medusa: Feminism and the Uses of Myth in *Chimera*”, *Passionate Virtuosity: The Fiction of John Barth* (Urbana and Chicago: University of Illinois Press, 1983), pp.127–58; Stan Fogel and Gordon Slethaugh, “Chimera”, *Understanding John Barth* (Columbia, SC: University of South Carolina Press, 1990), pp.131–48; M. F. Schulz, “the Eraton Transactions of *Chimera*,” in *the Muses of John Barth* (Baltimore and London: the Johns Hopkins University Press, 1990), pp.16–32; Patricia Tobin, “*Lost in the Funhouse* (1968) an *Chimera* (1972): the Hero Minors in Metaphor,” *John Barth and the Anxiety of Continuance* (Philadelphia: University of Pennsylvania Press, 1990), pp.84–102。同时参见 Bruce Allen, “*Chimera*,” Jerry H. Bryant, “The Novel Looks at Itself-Again,” Cynthia Davis, “the Key to the Treasure: Narrative Movements and Effects in *Chimera*,” and Jerry Powell, “John Barth's Chimera: A Creative Response to the Literature of Exhaustion,” in *Critical Essays on John Barth*, ed. Joseph J. Waldmeir (Boston: G. K. Hall & Co., 1980), pp.211–40。

巴思自己在《敦亚宰德》的后记中所说:"《一千零一夜》不是关于山鲁佐德的故事,而是关于故事的故事。"(55)《最后一次航海》是一部关于"后现代讲述"的后现代故事。它不像《敦亚宰德》那么成功,因此评论界对它不太关注。这部作品在很大程度上是对其之前创作的重复,他早期作品的读者对他玩弄小说语言、概念、叙事技巧和表达方式的"伎俩"早已烂熟于心。

在一次访谈中,巴思解释说,他的这部小说通过两个交替叙述的系列故事实现了中世纪伊斯兰世界(辛巴达)和20世纪美国话语(西蒙·威廉·巴赫勒)的交会。无论是字面还是隐喻层面,辛巴达六次奇妙的航海之旅与小说人物巴赫勒的六次航海故事都交替出现,直至最后会合成一个故事。[1] 情节在交替的间隙中展开。在水手辛巴达准备开始自己的第七次也是最后一次航海之际,一位陌生人来到他的住处,他就是巴赫勒,也就是"某水手"(Somebody the Sailor)。巴赫勒发现自己在遭遇海难之后,来到了中世纪的巴格达。整整六个夜晚,两人都在轮流讲述自己的航海故事,《一千零一夜》故事中的世界与当代美国小说中的世界在此交会。"奇幻"与"现实"不再相互排斥。尽管我们可能没有察觉,但事实上他们的故事十分相似。一位听众听了巴赫勒的故事大声说道:"兄弟们,此刻我就站在传统现实主义的高地上!给我来点熟悉的、实实在在的奇闻吧:大鹏鸟、犀牛、魔鬼、精灵和飞毯……不要让外人产生疯狂的念头,以为真有什么'时间机器',或者他们有一天会取代我们这个伊斯兰国度。后者才是故事的真正首府啊。"[2] 那么,在这种交叉结合的叙事中,《一千零一夜》的水手辛巴达都经历了什么呢?

《最后一次航海》聚焦于两点:讲故事的夜晚和冒险故事本身。夜晚的聚会绝对是一种"狂欢":显贵、美女云集,各种珍馐美味,有歌有

1 In an interview with Dave Edelman, "An Interview with John Barth (1991)," published at http://www.dave-edelman.com/barth/interview.cfm.

2 John Barth, *The Last Voyage of Somebody the Sailor* (Boston & New York: Houghton Mifflin Company, 1991 [2001]), p.136.

舞，有故事也有阴谋。辛巴达在男性宾客中寻找可以资助其最后一次航海的金主，而在女性宾客中则寻找迷人的诱饵。随着故事的推进，他过去的成就和故事的真实性开始遭到质疑。最后，人们认为他是个骗子，不同意由他带队远征藏有宝藏的塞伦迪布。他们一致认为，应该由巴赫勒顶替他。最终，巴赫勒当然是回到美国。无论美国究竟是不是传说中的塞伦迪布，《一千零一夜》中那个辛巴达的冒险都被残忍地破坏了。事实上，所有的"奇幻"造物都云集在那里，七次航海也次次都有出人意料的曲折和磨难。但辛巴达不再是《一千零一夜》中听天由命而幸运的水手；他化身为一个心怀怨艾的老人（巴赫勒），贪婪狡诈，充满忌恨。生活中他和男男女女们的关系也说明了这一点。在辛巴达冒险生涯这个背景下，巴赫勒的家人和家庭生活也从幕后走到了前台。他爱上了马尔佳娜并与她结婚。可是在有了女儿雅思敏后不久，他就不幸地失去了妻子，而且他是在航海回来后才得知她的死讯。后来，他又和妻子的女仆嘉伊达生了个儿子，但仍视她为仆人。他的养子欧麦尔·尤姆爱上了他的女儿，并在海上遭遇了同样的厄运——船沉没之后，他们都趴在同一块木头上。为了让辛巴达活下去，养子牺牲了。后来，雅思敏又莫名其妙地失去了童贞，怀孕并最终流产。或者有意堕胎了？她的父亲是罪魁祸首吗？小说在此伏下了乱伦的暗示。

西蒙·巴赫勒和雅思敏之间的关系，预示着事情往往不像表面看来那么简单。我们不仅仅只是在读一个另类的故事。在一篇最初发表于 1991 年《约翰霍普金斯新闻通讯》（*The Johns Hopkins News-Letter*）上的访谈中，巴思谈到小说的标题、开篇和结尾时说："航海旅程或多或少就像是启蒙之旅：出生、尝试性行为、结婚、为人父母、离婚、再结婚、中年、达到事业巅峰……"他的作品是对这一观点的实践和回应。巴赫勒的启蒙之旅看起来是以辛巴达的航海经历为"镜像"，这些主题在当代美国小说中非常流行。[1] 曾有位批评家抗议说，这部

---

1 In an interview with Dave Edelman, "An Interview with John Barth (1991)," published at http://www.dave-edelman.com/barth/interview.cfm.

小说就像是伯顿“建立在帝国主义、种族主义和性别歧视上的东方主义作品”的“复制品”,“巴思给西蒙・巴赫勒设置的世界是没有边界的,故事中的角色缠着头巾,身穿长袍,挥舞弯刀,到处掳掠女子,并且高呼着‘啊哟’和‘哦呵’——这是一个陈旧、神秘、非理性和西方殖民主义神话中‘阴柔’的东方。不像马里兰,它缺乏切实可信的典型细节。它就是为了表演而塑造的。这位20世纪的作者不是再创作(composing)伯顿,一如梅纳德再创作塞万提斯,布鲁姆再创作《创世纪》。他这是在抄袭伯顿”。[1] 他说得对吗?这段关于巴思的絮叨和漫画式的东方主义乱象的评论有一定道理,但这不能解释小说对辛巴达及其旅程的演绎。按照作者自己的解释,这两段平行的旅程合二为一,最终指向辛巴达和西蒙人生经历的交会点:他们的启蒙之旅。

因为没有统一的启蒙之旅,因此故事的叙述方式自然不是单向一维的。叙述者围绕巴赫勒的故事展开,将他的航海历险包含其中,或者被辛巴达的故事所包含。这样,从第一组的六个插曲开始,直到最后一个,每个插曲都由辛巴达讲述,或者与他有关。巴赫勒是一个小镇青年,后来成了享有国际声誉的新闻记者,他以第一人称叙述自己的启蒙之旅,从成年到婚姻的失败,职业生涯以及第二次婚姻的成功等,这些与讲述辛巴达航海的多声部叙事并列。在此,从嘉伊达、雅思敏和巴赫勒的养子欧麦尔・尤姆的视角出发,辛巴达的冒险被增添了新的细节。巴赫勒的家庭关系错综复杂,其因在于人人自私自利总想剥削他人,哪怕对潜在的赞助商也不放过。他自己也是如此。小说揭露了美国商业大亨的兴衰。间或有插曲和性娱乐方面的描述,借以表现美国企业塞伦迪布有限公司的“丑闻”。假设中世纪巴格达便是纽约,奢华的晚宴聚会和衣着光鲜、举止优雅的宾客的虚伪假象背后是一个充满贪婪、恶意和阴谋的世界。同样,巴思所描写的“东方风情”并不能掩盖其故事的美国性。他只不过是采用了不同于传统美国

1 Jonathan Raban, “The Sloop of Araby,” *The New York Times* (February 3, 1991, Sunday, Late Edition). http://www.nytimes.com/books/98/06/21/specials/barth-voyage.html.

小说的叙事方式。诸如约翰·厄普代克（John Updike）、索尔·贝娄（Saul Bellow）以及戈尔·维达尔（Gore Vidal）等人的作品，都是巴思试图超越的。因此，他不仅尝试将"东方"和"西方"两种叙事世界糅合在一起，并且将两个虚构的空间"美国小镇"和"美国公司"对位并举。它们都有自己的启蒙之旅。这些都具有典型性。它们还定义了美国小说和电影的两种不同的面向。

在巴思的虚构世界中，辛巴达无疑是"美国化"的。处于险境的不再是水手辛巴达的命运或《一千零一夜》的结果，而是作为美国小说家的巴思的旅行轨迹。巴思的自我在小说中被明显对象化了。就像《敦亚宰德》，巴思的这部作品同样是关于故事的故事，而非故事本身。突破"写作瓶颈"二十年之后，再次回顾《一千零一夜》，巴思以此强调了他对美国小说的认同，同时也突出了他对美国叙事方式的疏离。推动或形成故事的，是基于美学的优先性，它决定着作家对自我及其在美国传统小说中的位置感。辛巴达就是巴赫勒，巴思自我的对象化或文本化与《一千零一夜》的辛巴达并不相似。他更像与其对应的巴赫勒。巴思的辛巴达诞生于作者对自己在美国小说界的地位认知。辛巴达持有美国护照，可以合法居留，并在美国叙事框架内开始他的旅程（被许可与美国叙事同行）。能否避免这种重构式塑造？它使得再生的辛巴达不得不为了一种身份而放弃另一种。即使待在阿拉伯文学的"家中"，他能否不被扭曲？这看起来似乎无法避免。决定权似乎总是在那些继承阿拉伯叙事的新主人手中。

纳吉布·马哈福兹的民族寓言

水手辛巴达在许多阿拉伯现代诗歌、短篇故事[1]和小说[2]中客串。

---

1 参见 Mohammed Shaheen, *The Modern Arabic Short Story: Shahrazad Returns* (New York: Palgrave Macmillan, 1989 [2002])。

2 Samīr ʻAṭallāh, *Awrāq al-Sindibād* (Beirut: Dār al-Ḥāḍir, 1998).

每一次，他都以寓言式的、隐形的方式出现。他的名字让人想起的不再是那个勇敢无畏、周游世界、寻求冒险的水手，而是一个被判放逐，疲于奔命的流浪汉；他是阿拉伯的奥德修斯，永远在寻找回家的路。他不是出于冒险的召唤而踏上旅程，而是出于一种离开熟悉世界的渴望，去寻找治愈的方法；或谓告别过去，为后殖民时代的阿拉伯世界找到未来。辛巴达和他的世界作为一个悖论，在阿拉伯文学中投胎转世。在巴德尔·沙克里·萨亚布（Badr Shākir al-Sayyāb）的诗作《辛巴达之城》（Madīnat al-Sindibād, 1954？）中，现世的衰败与《一千零一夜》里的巴士拉（抑或巴格达）的辉煌形成鲜明对比。在哈利勒·哈维（Khalīl al-Ḥāwi）的《辛巴达第八次航海》（*al-Sindibād fī riḥlatihi l-thāmina*, 1958）中，尽管寻找新的未来之举与阿拉伯当代文化格格不入，但《一千零一夜》的世界已经过去，必须离弃。更为重要的是，他向西寻找答案和解决方法的旅程，也正是辛巴达的第八次航海，结果反而让他置身于两个貌似不可调和的矛盾世界之间。辛巴达已经沦为一段过去时和现实世界的隐喻。这种对《水手辛巴达的故事》的"字面"（literal）上的植入，只是现代阿拉伯文学中辛巴达故事的一部分。纳吉布·马哈福兹 1982 年对《一千零一夜》的这个故事进行了寓言式改写，即《千夜之夜》[1]。辛巴达在其中被赋予了不同的角色。

马哈福兹对《一千零一夜》的改写主要关注被《一千零一夜》所忽略的教化功能：感化山鲁亚尔。由于危机已经避免，山鲁亚尔现在需要了解什么是权力的本质，以及权力附带的责任。马哈福兹将《一千零一夜》的许多故事进行了改写，并将其糅进同一作品，从而放弃了《一千零一夜》的框架叙述结构。它讲述山鲁亚尔从一个嗜血暴君变成干枯衰弱的老人。评论界认为，他对《一千零一夜》的改写是为了建构政治寓言。后者不仅根植于当代阿拉伯现实及其社会背景，而

1 英译本为 Denys Johnson-Davies as *Arabian Nights and Days* (Cairo: American University Press, 1995)。

且表现为马哈福兹对《一千零一夜》的解读。一如我在其他文章中谈到过的，[1]《一千零一夜》的奇幻世界与马哈福兹小说的政治寓言交叉缠绕，这正是他对埃及这个民族–国家的形塑。小说用想象建构了一个与民族–国家类似的共同体，但随后又颠覆了这种想象。它模仿民族主义者的论调，想象出一个充满痛苦和血腥的世俗化和民主化共同体，它始于权力的人性化，终于权力的普罗化。权力，特别是政治权威，隐藏在两条相反相成的叙述之维的背后：一方面是山鲁亚尔失去权力，另一方面是普罗大众掌控社会。这两种叙述后来又在贾马萨·布勒第的故事中实现了质变：暴政和国家机器变成了正义的工具。马哈福兹通过选择政治权力为描述对象，创造了一个类似于本尼迪克特·安德森（Benedict Anderson）所说的“想象的政治共同体”。安德森对国家的定义有两个特殊层面：它必须被想象为“既具备固有的局限性，又富有独立性”。[2] 这个共同体还存在于那著名的马哈福兹街区（Ḥāra），它位于旧开罗市中心。共同体的成员都是本街区的公民，他们就像他现实主义小说中的各色人等，夜晚在艾米尔咖啡馆消磨时光，因为那儿是信息传播中心。

然而，小说不仅从思想层面对政治当局进行表征，而且为民族–国家提供诊断和预后。这促使马哈福兹从《一千零一夜》的爱情故事汲取内在的知识范式。山鲁佐德拯救山鲁亚尔的王国不仅仅在于她令国王不再“杀害女子”，而且还给他生了三个儿子，以确保国王的血脉不会中断。更为重要的是，她教给国王爱的含义和力量。爱情的经验在叙述中不断充实，同时影响叙事并被开篇的框架结构所影响。《一千零一夜》的爱情故事更多的是关于“民族”的命运，它影响

1 参见 “Theorizing Narrative, Narrativizing Theory: Mahaouzi interprets the Nights”, http://www.cpgecpa.ac.ma，以及 “Metamorphoses of Scheherazade in literature and film”, *Bulletin of SOAS*, vol. 66, no. 3(2003): 402–18。

2 Benedict Anderson, *Imagined Communities: Reflections on the Origin and Spread of Nationalism* (London, New York: Verso, 1983 [1991]), p.6.

了“情色之爱”和“传统之爱”的相互作用。[1] 在《一千零一夜》的故事中，爱情的结局往往决定民族的命运。这些故事关乎爱情的礼仪、尺度、法理，它以忠诚和忍耐为前提。恰当的爱情，比如王子和公主成功联姻，往往会经历一系列波折和不幸，而后得以在符合社会礼仪的规范下顺利完婚，从而实现皇室与民族的和谐统一。我们对《一千零一夜》的主干故事和它牵强的美满幸福的理解，是基于我们对它所包含的爱情故事范式和结局的理解。[2] 马哈福兹对《一千零一夜》的框架故事和爱情故事的改写是受到了它内在固有的知识范式或性别意识形态的影响，但这种影响是带着警觉的；它颠覆了有关范式：当婚姻因为分离或死亡而破灭，想象的共同体也就缺乏凝聚力，政治权威的正统性也就遭到了质疑。[3]

然而，什么都没有失去。在小说中，山鲁亚尔的旅程有许多重要的经验有待总结。他如今是一位仁慈的国王，很像 9 世纪著名的阿拔斯哈里发哈伦·拉希德，常常在夜间微服出寻，观察城中百姓的生活。通过夜巡，他渐渐明白，智慧与权力是不相容的，就像那个令人心碎的故事所表明的：人类向往、寻找幻想之国[4]——乌托邦的行为最终只能

1 参见 Andras Harnori, “An Allegory from the Arabian Nights: the City of Brass,” *Bulletin of SOAS*, no. 34 (1971): 9–19; “A Comic Romance from *the Thousand and One Nights*: the Tale of Two Viziers,” *Arabica*, 30: 1 (1983): 38–56; “The Amagian and the Whore: Readings of Qamar al-Zaman,” *Mundus Arabicus*, 3, *The 1001 Nights: Critical Essays and Annotated Bibliography* (Cambridge: Dar Mahjar, 1983), pp.25–40; “Notes from Two Love Stories from the Thousand and One Nights,” *Studia Islamica*, vol. 43, no. 1 (1976): 65–80; *On the Art of Medieval Arabic Literature* (Princeton: Princeton University Press, 1974)。

2 参见拙文 “Romancing the Epic: ‘Umar al-Nu’man as Narrative of Empowerment,’ *Arabic and Middle Eastern Literatures*, 3: 1 (2002): 5–18; “The Epical Turn of Romance: Love in the Narrative of ‘Umar al-Nu’man,’ ” *Oriente Modemo*, 83: 2(2003): 485–504。

3 详尽分析参见拙文 “Metamorphoses of Scheherazade in literature and film”, *Bulletin of SOAS*, vol. 66, no. 3 (2003): 402–18。

4 该词引用自 Jacqueline Rose, *States of Fantasy* (Oxford: Clarendon Press, 1996)。

是失败。更重要的是，山鲁亚尔如今看到，权力已经开始从专制向一种接近于民主的状态转变，它的基础与“权力经验”密切关联。这种转变最终由辛巴达做出总结：他在小说开始部分离开，在结尾处归来。辛巴达的故事与山鲁亚尔的故事平行展开，他们从各自的旅程中学到的东西得到了彼此的印证。

> 陛下，我所学到的第一点是：人可能会遭到幻想欺骗，并误以为它就是现实。我们只有脚踏实地，才能感到安全（第一次航海）……陛下，我还学到：该清醒的时候，决不能睡觉，只要活着，就没有理由绝望（第二次航海）……我还学到：适量进食有益，贪吃则很危险——爱欲也是一样（第三次航海）……陛下，我还学到：固守成规不仅愚蠢而且危险（第四次航海）……我还学到：灵魂是自由的，人一旦失去自由，纵使身在天堂也与快乐无缘（第五次航海）……陛下，我还学到：人或许会遭遇奇迹，但仅靠奇迹是不够的，他应当在真主之光的指引下接近它，让它照亮自己的心灵（第七次航海）。[1]

这些略显晦涩的表述当可被视为有关权力的演说。权力的真谛必然来自于实践经验。要小心翼翼，防止权力滥用，前景才会乐观；反之，对权力赤裸裸的欲望是危险的，权力必须保障自由，政治权威必须遵从智慧。小说把水手辛巴达的故事演绎为教化故事，借以点化山鲁亚尔。他七次航海的细节被删去，被重塑成山鲁亚尔转化之旅的“镜像”，辛巴达成为次要角色，是为主角铺路的，一旦任务完成，他的故事也就失去了原有的含义。

对《水手辛巴达的故事》进行改写的前提是我们对《一千零一夜》中这个故事耳熟能详。有关辛巴达所有的改写都是如此。在这些改

---

1 Johnson-Davies trans., *Arabian Nights: Tales from the Thousand and One Nights* (London: Penguin Classics, 1973), pp.210–16.

写中，主人公和他的故事看起来熟悉，实则被陌生化了。所有改写无疑会产生变形，其原因在于不同的文化背景和相应的世界观以及故事类型中固有的知识范式，有时还包括作者的主观性等。无论变形的原因何如，故事在此过程中无疑会有所流失。那么遗失部分是否能与其改写本一样，传递出同样多的信息呢？这个问题亟需引起重视，因为前现代时期的阿拉伯故事仍缺乏文学层面的分析，这些分析有助于揭示它们的叙事方式及其产生的意义。同时，我们还应当特别关注与其问世密切相关的文化背景。我们怎样来解读阿拉伯故事叙述的独特性呢？关注性别意识形态或许是一个有益的出发点。这种意识形态的根源是什么呢？故事改写本中丢失的那些内容又是以怎样的方式来衔接故事本身和它所产生的文化背景呢？

《一千零一夜》的故事叙述者

对好莱坞动作片《水手辛巴达》的所有改编都毫无例外地保留了航海这个基调和结构。危机迫使人出发，随后是一系列冒险，最终危机解除，返回故乡。这个冒险范式看起来相当普遍。《水手辛巴达》沿用的便是同样的蓝本。冒险的功用却有很大不同，辛巴达的航海并非总是被迫受危机驱使，确切地说，在他看来，危机就是冒险的代名词。这是在中世纪阿拉伯–伊斯兰文化中形成的特定叙事范式：“劫后重生”（faraj ba‘d shidda’，其字面含义为先紧张后放松）[1]。《一千零一夜》的两个故事《石榴花公主的故事》（*Jullanār*）和《懒汉艾布・穆罕默

1 英国学者罗伯特・厄文在他的专著中也曾对此有过揭示：9 世纪以后，以“苦尽甘来”或曰“劫后重生”为主题的书籍渐渐成为阿拉伯文学的一个亚类型。这些轻松娱乐的故事以病后痊愈、先穷后富、失败后的成功等为主题。10 世纪巴格达的一位卸任法官塔努赫（التنوخى，939—99）收集了一部故事集，以“劫后重生”（الفرج بعد الشدة）为名，收集了当时书面和口头流传的一些故事，成为这类故事的代表作。相关内容见前述所选译的厄文研究。——译者注

德》（*Abu Muhammad al-Kaslan*）在《奇闻逸事》（*Al-ḥikāyāt al-'ajība wa-al-akhbār al-gharība*）中也曾出现，后者于1956年由汉斯·威尔（Hans Wehr）发现并编注：在每个故事标题末尾，都有一句"劫后重生"。"faraj"意为"打开，缓和"，指经历了一段艰苦后，情感上或是物理上的放松状态，"shidda"意味着紧张。这些收集来的故事，只要标题有"劫后重生"的字样，无论是以经典阿拉伯语[1]还是方言[2]写成，讲述的都是先艰难后甘甜的故事。这种阿拉伯故事类型结构似乎比好莱坞的动作冒险电影更富有弹性。主角投身一场冒险，却无须靠危机来推动，而危机的结果也未必一定是一次冒险。《一千零一夜》的旅程中，字面意义和象征意义相互交叠。旅程可以让人从紧张进入放松状态，不论主人公是否真的开始这段旅程。

《一千零一夜》开篇的框架故事和大多数框架故事一样，建立在相同的叙事范式上。在那个框架故事中，山鲁亚尔和沙赫宰曼以及他们的王国都陷入了困境，他们遭遇了妻子的背叛。两位国王内心都有一股"杀女泄愤"之火。王国因此陷入危机，这不仅仅是因为国王与女子度过一夜便会杀掉她，更因为这会导致王权无法延续。倘若童贞女在新婚之夜都被杀死，谁还能繁衍子嗣以继承王位呢？山鲁佐德解决了这个危机，她将自己的死刑推迟了一千零一个夜晚，在这段时间里，她给山鲁亚尔生了三个儿子。她挽救了山鲁亚尔的王国，第一次为"杀女泄愤"画上了句号，从而保证了王族血统的延续。据猜测，敦亚宰德极有可能与沙赫宰曼在一起，也扮演了同样的角色，挽救了另一个王国[3]。

---

1 E.g. Abū Bakr 'Abdallah Ibn Abī al-Dunyā, *Al-faraj ba'd al-shidda*, ed. Ḥasan 'Abd 'Āl (Ṭanṭā: Maktaba al-Ṣaḥāba, 1987), 以及 Abū 'Alī al-Muhassin Ibn 'Alī al-Tanūkhī, *Kitāb al-faraj ba'd al-shidda*, ed. Abbūd Shāljī (Beirut: Dār Ṣādir, 1979).

2 *Al-ḥikāyāt al-'ajība wa-al-akhbār al-gharība* (Bibliotheca Islamica), ed. Hans Wehr (Wiesbaden: Franz Steiner Verlag, 1956)，其中包含很多《一千零一夜》中的故事。

3 这一点恰恰在约翰·巴思的虚构作品《敦亚宰德》中也有体现，这更多的是后人的一种演绎。——译者注

《一千零一夜》中水手辛巴达的七次航海（在布拉克本和加尔各答二本中从五百三十六到五百六十六夜）同样讲述了一个先紧张后放松的故事。事实上，每一次航海冒险都发生在不同地点，遭遇不同的“奇幻”经历和古怪生物，但七次航海都用同样的叙述范式，有同样的结局。除了第一次冒险是因辛巴达将继承来的遗产挥霍一空，为谋求生计而启航之外，其余几次冒险都是由于他那颗不安定的心。他坚持说“需要去看看世界”。每个故事都由三部分组成：出发、经历危险、幸存。所有故事的生存机制都一样，构成了叙述中的三位一体：相信真主和真主的使者，耐心与坚忍（ṣabr），生存意志，这三者在辛巴达面临威胁时所采取的应对中都有体现。

在第一次航海中，辛巴达停靠一座小岛，其实那座“岛”是一头沉睡的鲸。鲸动起来了，他的很多船员都四散奔跑或掉落水中。他并没有回到船上，靠着一根木头漂浮到一座真正的岛上。他独自在那座岛上，直至有船来到，将他搭救。最终的结果呢，是他找到了他的所有货物，还大赚了一笔，并回到了巴格达，摇身一变成为富翁。在第二次海航中，辛巴达在一座岛上睡着了，醒来后发现自己已然被抛弃在这座岛上。他发现了一个大鹏巢穴[1]，爬了进去，把自己绑在大鸟身上，跟随它来到了钻石山。往自己兜里装满了钻石之后，他又把自己绑在一艘前来挖钻石的船上，再次盆满钵满地回到了巴格达。在第三次航海中，他的船沉没了，他漂到了一座荒岛，岛上满是大蟒和食人巨人，他和船员们设法弄瞎了巨人的眼睛，因此得以逃出魔爪，但最后仅他一人从大蟒口中逃生，并被另一艘商船搭救，还找回了自己的货物，安然地回到巴格达。（以下几次航海经历从略。——译者注）

上述叙事体现的是一个特定的伊斯兰范式，这对小说的结构和叙事活动都有影响，更重要的是，它凸显了“讲故事”这个行为在该文化语境中的功用。故事中有部分内容在许多当代改写版本中是缺

1 阿拉伯语版本中描述的是他趴在巨大的鸟蛋之上，趁大鹏鸟孵化鸟蛋熟睡之际，把自己绑在大鹏鸟的腿上。——译者注

失的，而这些对理解中世纪阿拉伯-伊斯兰文化，特别是《一千零一夜》中的叙事范式和叙事功能至关重要。在布拉克和加尔各答二本中，故事的原名是《水手辛巴达和脚夫辛巴达的故事》（*Ḥikāyat al-Sinbād al-Baḥri ma' al-Sindibād al-Ḥammāl*）。像《一千零一夜》的许多故事一样，这个故事由两个故事组成，一个套一个，而其当代改写本并没有延续这种结构。原作中，脚夫的故事套着水手的故事。脚夫是一个出卖苦力的可怜人，靠给富人搬运重物谋生。他有一天偶然来到水手辛巴达宫殿般的豪华府邸，精疲力竭、虚弱不堪的他坐在府邸门口，吟诵着打油诗，抱怨命运不公。水手辛巴达听到了他的抱怨，邀请他到家中宴饮。随后，连续七天七夜，他给脚夫讲述自己的经历，并每晚给他 100 金币。故事的最后，不仅脚夫变成了富翁，水手的所有朋友也都成了富人。聆听故事的脚夫从讲故事中获益。这在《一千零一夜》开篇的框架故事中也是如此。山鲁亚尔从山鲁佐德的故事中获益。更重要的是，这种叙事范式很可能是来自《古兰经》。

有关先知的故事（qiṣaṣ al-anbiyā'）或许是《古兰经》中最受欢迎的故事，在它们的基础上，至少衍生出两种不同类型的宗教故事，尽管它们略有交叉：一是先知故事融入著名的历史编年记述，如塔巴里（al-Ṭabri）的《先知与列王记》（*Tārīkh al-rusul wa-al-mulūk*）[1] 与伊本·凯西尔（Ibn Kathīr）的《始于末》（*al-Bidāya wa-al-nihāya*）[2]。这两本书后来被缩减并集合为一个单卷本；二是更为通俗的故事，如齐赛伊（al-

1 塔巴里（838—923）是著名的阿拉伯古代历史学家，伊斯兰教经学家，他最知名的传世之作是其《先知与列王记》（تاريخ الرسل و الملوك，也作《历代民族与帝王记》，或《塔巴里历史》），该书凡 11 卷，记述了自古代传说以来，至公元 10 世纪初的阿拉伯——伊斯兰历史，相对而言较为客观，是不可多得的研究资料。——译者注

2 伊本·凯西尔（ابن كثير），阿拉伯著名的历史学家，《始与末》是他的代表作，一部历史巨著，记述自天地创世起的历史事件，包括先知等人的生平事迹等。——译者注

Kisā'ī)[1] 和塞阿拉比（al-Tha'labī)[2] 以自己名字为书目的作品。尽管这两种类型的故事有所不同，但它们所提到的内容《古兰经》中都并没有多少记述，此外，如果对这些故事所描写的细节进行"一般性解读"，会发现所有先知故事都包含了"奇幻"或"超凡"元素。它们在《古兰经》经注学中被称为"神迹"，以显示先知的奇迹，真主给他们降示的恩赐便是他们预言能力的明证。这些故事毫无疑问讲述的是那些忍耐力受到考验的先知事迹，当然，他们的耐心、对真主的坚信和他们的使命都注定他们会在考验中生存下来，并最终取得胜利。这便是"劫后重生"故事类型的前身，塔努赫（Al-Tanūkhī）在他的《劫后重生集》开篇故事中也默认了这一点。[3] 而讲述这些故事的目的无疑是传达"信仰是胜利的保障"这一道理。这对那个年代处于困境之中的穆斯林来说是受益无穷的。《优素福》中优素福的故事在叙事方式和内容上，都堪称"劫后重生"范式的典型。

《优素福》是《古兰经》中唯一包含了一个完整故事的章节。[4] 该

1 齐赛伊（الكسائي，737—805），出生于库法，精通《古兰经》和阿拉伯语法，据说是库法学派语法学的真正奠基者。——译者注

2 塞阿拉比（أبو إسحاق الثعلبي，？—1035），著名的《古兰经》经注学家，曾记述数位先知的经历。——译者注

3 塔努赫收集的故事由朱莉娅·布雷（Julia Ashtiany Bray）编辑校注，"al-Tanūkhī's al-faraj ba ʻd al-shidda as a Literary Source," *Arabicus Felix, Luminosus Britannicus: Essays in Honour of A. F. L. Beeston on His Eightieth Birthday*, ed. Alan Jones (Exeter: Ithaca, 1990): 108-28; "Isnāds and Models of Heroes: Abū Zubayd al-Ṭā'ī, Tanūkhī's sundered lovers and Abū 'l- ʻAnbas al-Ṣaymarī," *Arabic and Middle Eastern Literature*, vol. 1, no. 1 (1998): 7–30, and "Figures in a Landscape: the Inhabitants of the Silver Village," Story-telling in *the Framework of Non-fictional Arabic Literature*, ed. Stefan Leder (Wiesbaden: Harrassowitz, 1998), pp.79–129; Andras Hamori, "Tinkering with the Text: Two Variously Related Stories in the Faraj Ba'd al-Shidda," *Story-telling in the Framework of Non-fictional Arabic Literature*, ed. Stefan Leder (Wiesbaden: Harrassowitz, 1998), pp.61–78。

4 穆斯坦绥尔·米尔（Mustansir Mir）对这个《古兰经》故事的文学维度进行了分析，参见他的文章"The Qur'anic Story of Joseph: Plot, Themes and Characters", *The Muslim World*, vol. 126, no. 1 (1986): 1–15。不过，他没有探讨故事中隐含的叙事范式。

章讲述了优素福的“流亡”，他被迫背井离乡要感谢他哥哥们的嫉妒和背叛，他在流亡埃及时经历了种种磨难，包括提法企图诱惑他，又反咬一口说他行为不端，并使其锒铛入狱。然而，他还是活了下来。他的信仰和忍耐将“胁迫”变为“胜利”，贫穷变为富有，羸弱变为强大，分离变为团聚，流放变为还乡。从危机到解决的旅程有趣地与“求知之旅”（riḥla fī ṭalab al-‘ilm）的范式相交叠。事实上，后者往往包含前者。这一章开篇的一句话（1、2 节）是：“艾列弗，俩目，拉仪。这些是明确的天经节文。我确已把它降示成阿拉伯文的《古兰经》，以便你们了解。”紧接着是：“我接着启示你这部《古兰经》而告诉你最美的故事，在这以前，你确是疏忽的。”[1] 故事的结尾（102—111 节）又把我们带回了开篇所讲述的那个训诫：

> 在你之前，我只派遣了城市居民中的若干男子，我启示他们。难道他们没有在大地上旅行，因而观察前人的结局是怎样的吗？后世的住所，对于敬畏者是更好的，难道你们不理解吗？知道众使者绝望，而且猜想自己被欺骗的时候，我的援助才来临他们，而我拯救了我所意欲的人，我所加于犯罪的人们的惩罚是不可抗拒的。在他们的故事里，对于有理智的人们，确有一种教训。这不是伪造的训辞，却是证实前经，详解万事，向导信士，并施以慈恩的。（Arberry, I: 266）[2]

这里所指的知识，当然是认主的知识，也就是对安拉的信仰。该章最后的内容（102—111 节）定义了需要学习的知识——智慧（‘aql）是学习知识（‘lm）的前提——是真主的力量和仁慈的本质。《一千零一夜》中水手辛巴达的故事便是对这种信仰的表述。他所遭遇的恐怖

1 A. J. Arberry, *The Koran Interpreted* (New York: MacMillan, 1955), I: 254. 译文引自马坚译《古兰经》，中国社会科学出版社，2013，第 115 页。

2 Arberry, I: 266，译文引自马坚译《古兰经》，中国社会科学出版社，2013，第 122 页。

事件，见到的那些奇观（指那些贯穿七次航海旅程的神迹），以及降临到他身上的那些奇迹，在辛巴达最后一次航海中达到巅峰：真主向他显示，贪婪会带来怎样的灾难，而他也终于忏悔。他急切想要结束第七次航海。在这次航海中，他所经历的唯一恐怖事件，就是发现自己生活在一个没有穆斯林的环境中。这表明，在他的认识中，伊斯兰是穆斯林的终极目标。他回到巴格达，安定下来，心满意足地生活在穆斯林当中。

不仅是先知们（优素福以及穆罕默德）和水手辛巴达通过切身经历体会到了信仰的内涵，在进行着他们的"寻求知识之旅"；那些听故事的人，经文中的"你们"也在体会这种旅程。《一千零一夜》中的脚夫辛巴达就像《优素福》中的"你们"，他被委以倾听水手辛巴达故事的任务。水手讲述的，是脚夫应当学会并能从中获益的知识。贫穷的脚夫在故事的尾声也终于成为富人。他所做的唯一事情就是倾听。金钱奖励是有象征意义的，否则它就什么也不是。把辛巴达的故事置于《一千零一夜》的那个框架故事来阅读，这个意义就越发明显。框架故事的当务之急是化解危机，而最好的办法就是讲故事。在辛巴达故事中，他取法信仰和忍耐。有了这个经验后，框架故事中的危机也就迎刃而解了。山鲁亚尔放过了山鲁佐德，因为她有信仰有耐心，他们组成了家庭，和谐地生活在他们的"社会"。

过去也好，现在也罢，阿拉伯故事都强调"社会"的和谐团结，这也成为个人故事建构的基石。它与更为个人化的"美国"故事相契合。无论在文学作品中，还是在电影里，关于社会的故事恰好体现了个人主义的完整性。两种不同存在的优先性差异催生了不同的性别意识形态和主观性。这种主观性既符合又颠覆了优先性。然而，这些优先性必定与意识形态相关，意识形态则决定了一个主体在权力方面与他人及世界所进行的绥化。我们的故事会受这些压力影响，并呈现出不同的意识形态。这些意识形态催生了特定语境下的特殊文化。故事在不同文化、历史时期、流派和媒体中流传时必然会发生变异，其中的意识形态作用是显而易见的。梳理文化交融过程中意识形态和作品形式的相互关系，其意义越来越明显。影响研究在解读故事及其产生的文化语境方面反而显得有些多余。在传播过程中，它必定会吸收所在地的新文化、新流派或媒介中最重要的部分来形塑自身，否则就会被同化。不过，这无法解释为什么有些故事能够在不同文化中传播，有些却没有。这还有待继续研究。

编后记

欧阳文津（Wen-Chin Ouyang, 1960—），幼年时成长于利比亚，在的黎波里大学获得阿拉伯语本科学位，哥伦比亚大学中东研究博士，现为伦敦大学亚非学院知名阿拉伯文学及比较文学专家。欧阳文津的大部分著作聚焦古代阿拉伯文学批评，曾获得多项殊荣，2018 年当选为英国国家人文社会科学院院士。其代表作品有：《阿拉伯小说中爱的诗学：民族–国家，现代与传统》（*Poetics of Love in the Arabic Novel: Nation-State, Modernity and Tradition*, 2012）、《阿拉伯小说中的怀旧政治：民族–国家，现代与传统》（*Politics of Nostalgia in the Arabic Novel: Nation-State, Modernity and Tradition*, 2013），并主编作品《一千零一夜：欧阳文津推荐版》（*The Arabian Nights: Introduction by Wen-chin Ouyang*, 2014）、《作为世界文学的多语种文学》（*Multilingual Literature as World Literature*, 2021）等。本文《这是谁的故事？——文学和电影中的水手辛巴达》（"Whose Story Is It? Sindbad the Sailor in Literature and Film"）译自：Wen-Chin Ouyang and Geert Jan van Gelder (eds.), *New Perspectives on Arabian Nights* (London and New York: Routledge, 2005), pp.1–15。

“外国文学学术史研究”书目

第一、第二辑

《塞万提斯学术史研究》
《塞万提斯研究文集》
《雨果学术史研究》
《雨果研究文集》
《歌德学术史研究》
《歌德研究文集》
《左拉学术史研究》
《左拉研究文集》
《海明威学术史研究》
《海明威研究文集》
《庞德学术史研究》
《庞德研究文集》
《肖洛霍夫学术史研究》
《肖洛霍夫研究文集》
《普希金学术史研究》
《普希金研究文集》
《康拉德学术史研究》
《康拉德研究文集》
《高尔基学术史研究》
《高尔基研究文集》
《哈代学术史研究》
《哈代研究文集》
《贝娄学术史研究》
《贝娄研究文集》
《狄更斯学术史研究》
《狄更斯研究文集》
《芥川龙之介学术史研究》
《芥川龙之介研究文集》
《菲茨杰拉德学术史研究》
《菲茨杰拉德研究文集》
《茨维塔耶娃学术史研究》
《茨维塔耶娃研究文集》

第三辑

《乔叟学术史研究》
《乔叟研究文集》
《简·奥斯丁学术史研究》
《简·奥斯丁研究文集》
《希伯来经典学术史研究》
《希伯来经典研究文集》
《泰戈尔学术史研究》
《泰戈尔研究文集》
《普鲁斯特学术史研究》
《普鲁斯特研究文集》
《陀思妥耶夫斯基研究文集》

第四辑

《〈一千零一夜〉学术史研究》
《〈一千零一夜〉研究文集》
《巴尔扎克学术史研究》
《巴尔扎克研究文集》
《列夫·托尔斯泰学术史研究》
《列夫·托尔斯泰研究文集》